bald ruhest du auch

Wiebke Lorenz

薇比克·羅倫茲　賴雅靜——譯

Thriller

願你安息

獻給我女兒露西

群山之巔
靜謐一片，
眾樹梢間
幾乎感受不到
一絲風息：
眾鳥沉默在林中，
且待，俄頃
君也即將安息。

歌德，流浪者的夜歌

「身為未亡人實是難以承受的痛。無論何處都找不到庇護，
因為你才是我的庇護。你死了，我卻得活下去。」

碧雅特莉絲．戈斯特貝格，來不及道別：在他死後繼續活下去

序幕

還剩三小時，三小時過去，一切便畫下句點。到時艾瑪沒命，她自己也會步上艾瑪的腳步命喪黃泉，全都不免一死。就跟丹尼爾，跟其他不得不和生命告別的那些人一樣。還有，也和吉內斯，她忠實的朋友與夥伴同樣難逃死劫。

三小時。

她坐在車內再一次凝視這幾張不太清晰的照片，這些大多是艾瑪的照片，但並不是準備收藏在家族相簿上的，不是準備貼在印有插圖，記錄艾瑪的體重、身高，還有她開始學步、開始說話的日期，外加她的小手印、小腳印等等的粉紅相簿上。

哦不，這並不是這些照片的用途。這些照片是出自一個病態狂之手；一個藏匿、囚禁她年幼女兒並準備加害的病態狂之手——除非她先死，否則女兒便沒命。

在午夜前你必須自我了結，
否則你女兒就得死。

這則最後的訊息如此簡單直白，更使得連同訊息寄來的照片加倍揪人心肝：身穿鵝黃連身裝的艾瑪躺在圈著白色柵欄的嬰兒床上張眼微笑，一雙小手向上高舉，彷彿在祈求著：「媽媽來！來這裡抱抱我！」

幾滴淚水滴落到相片上，她用風衣袖口抹去淚水，卻抹不去相片上的斑斑淚痕。接著她用一根手指溫柔地拂掠過女兒臉龐，沿著她稚嫩的臉頰線條一路畫下來。

「寶貝，你在哪裡？」她輕聲呼喚：「你到底在哪裡？是誰這麼對待你？是誰這麼對待我們？還有，為什麼？」

她得不到任何答案。這個問題沒有解答，沒有或許能提供進一步訊息、能解套、能拯救女兒和她免於遭受人間至痛、遭受無以名狀之痛的答案。

無論是什麼原因，她都得償還——以她自己的性命，或是她愛之甚於一切的寶貝的性命來償還。她的寶貝，一個才剛來到人世的無辜嬰兒、一個柔弱無助的生命。人類是如此殘酷，但稚子何辜……

否則你女兒就得死。

駕駛座一側的門霍然開啟，他回來了。她收起照片放回信封裡。

還剩三小時，她準備好了。

我

你將因為你對我們造成的痛苦而遭受懲罰，因為你毀了我們的人生。

你罪無可恕，無論你怎麼做，都逃不過對你的懲罰。當時你做了決定，而在你決定的當下，你自己的命運也已拍板定案。

「為什麼？」你將自問：「為什麼我會有這種遭遇？」

終有一天，這個「為什麼」會清楚來到你眼前，屆時你將恍然大悟，並甘心領受對你的安排。

因為只有唯一一條路能讓你獲得解脫。

1

你死了，我卻得活下去……

這句話有如無聲的回音，在她腦海中迴盪——迴盪、迴盪再迴盪。在睡夢中、清醒時，在她哭在她笑，甚至什麼都沒做時不斷迴盪，無時無刻不在，每一瞬間、每一分每一秒都只有這句話，這句無比殘酷卻真真實實的話。無論她如何殷切盼望、如何祈禱那不是真的，它依然如此真實，真實得令人難以置信又難以承受。你死了，我卻得活下去，必須活下去、活下去，她必須活下去！

莉娜已經不記得是在哪位熟人好意送給她的哪本書裡讀到過這句話，她只記得是在瀏覽教人如何走過喪親之痛的經驗談、希望從中覓得些許慰藉的一本書中看到。這句話就出現在書中某處，並且在短短數秒內，就深深烙印在她腦海中了。

因為再沒有比這句話更能貼切傳達她的感受與心思：丹尼爾死了，她卻得活下去。

丹尼爾，像隻被人一拍打死的惱人蒼蠅般，轉眼就喪失了性命。事情發生在八天前，連接布克斯特胡德與施塔德兩地的B73聯邦公路，也就是人稱「死亡公路」的途中。豎立在這條公路兩旁的木十字架幾乎和當地的樹木同樣多，如今更是多出兩個，一個屬於丹尼爾——

丹尼爾・安德森，一個屬於托馬斯・克羅恩。克羅恩是在赫頓道夫某處彎道和丹尼爾對撞時，另一輛車的駕駛人。兩人當場死亡，沒有機會活命，丹尼爾沒有，對方也沒有。

而她，莉娜，卻得活下去，繼續活下去。不是為自己，是為了，為了當她一如其他夜晚在床上輾轉反側時，在她腹中手舞足蹬、彷彿想說「嗨，這裡還有我呢」的孩子而活。

沒錯，還有她，小艾瑪。這個小人兒在莉娜腹中已有三十七週，現在她身高四十五公分，體重兩千九百公克，心臟怦怦跳動，不安分地扭動著身軀，一雙小手和小腳伸展著、踢蹬著、揮舞著，有時甚至從外面就看得到、摸得到她的動態。艾瑪在那裡要求莉娜做她最怕的事：活下去，好在幾個星期後誕生新的生命。

一個她與丹尼爾萬分期待、殷殷期待的生命；百分之五十像媽媽，百分之五十像爸爸——死去的爸爸。將來莉娜會告訴艾瑪，已經死去的爸爸就坐在天上的雲朵俯瞰著她們。雖然他已經離開人世了，但什麼都逃不過他的眼睛，他也會永遠陪伴著她們。

我死了，但你可以活下去。不對，話不能這麼說。沒有莉娜就沒有艾瑪，而沒有艾瑪，丹尼爾便蕩然無存。能延續下去的，能將關於他的記憶牢牢刻印在莉娜心版上的，都將蕩然無存。

「我好想你。」莉娜對著被淚水濡溼的枕頭呢喃。溼透的枕頭猶如被人遺忘在花園裡、被雨水淋了一整晚的動物布偶。「我非常非常想念你。」她渴盼坐在雲朵上俯視著自己的丹尼爾聽得見她的思念。

□

「你得吃點東西！多少吃一點。」莉娜的婆婆艾絲塔過來為莉娜做了紐倫堡烤香腸佐馬鈴薯泥，但沒有搭配酸菜。身為丹尼爾的母親，艾絲塔深知酸菜容易脹氣，畢竟她自己也生養過孩子，只是這個孩子已經不在人世了。

但現在她必須陪伴莉娜，幫她做飯、打掃、洗燙衣物。她說，這樣可以避免自己因為無事可做而發瘋，避免自己因為想到丹尼爾的事故而瘋狂。因此這段時間她幾乎天天過來幫忙，要不就是陪伴莉娜，和她一同哭泣。

「謝謝。」莉娜叉起一點薯泥送進嘴裡，儘管不論吃什麼她都食不知味，卻還是說了聲：「好吃。」她知道艾絲塔說得對，她得進食維持生命。雖然莉娜自己還未曾有過生產經驗，這一點她是知道的，畢竟她是助產士，曾經照料過許多婦女，許多喜悅的母親——以及許多得意的父親。

停，別想這種事！別想像那些如今不再是兩人，而是三人、四人或五人而歡笑的愛侶；別想像他們欣喜若狂地站在嬰兒床邊，一連幾小時都拉著寶寶的小手、凝望著自己的寶寶，彼此擁抱，並且因為躺臥在他們眼前的小小奇蹟而開心喜悅、不斷喟嘆的男男女女。不，停停停！拜託、拜託，千萬別去想這些畫面！

當然也有孤身一人，被男人拋棄的女子。但那些男人只是跑掉，並沒有死去。這樣有比較好嗎？或者如果他是自願離開的，如果他可以選擇留下卻一走了之，是否更加令人痛心？如果他不是躺在被撞得稀巴爛、車身嚴重毀損的車內，以致在葬禮前不宜見到大體，因為殯儀館的人表示最好這樣，這樣有比較好嗎？

這句最好這樣幾乎將莉娜逼瘋。如果沒有為想像劃下界線，它將無限上綱到何等地步呀！日復一日，夜復一夜，莉娜都被那些畫面追趕著：丹尼爾的身軀被燒得體無完膚，僅剩的肌膚是一處化膿、有血紅液體滲出的傷口；他的臉孔扭曲變形無法辨識，眼珠迸裂；腦漿從他燒得焦黑、詭異萎縮的頭顱流出，形成黏呼呼的小川。這顆頭顱彷彿發出最後一次狂笑，齜閃著牙齒……或者他的腦袋被毀損車體銳利的部件劈斷，皮膚、肌肉、肌腱、脖子如同被剁了頭的雞隻般斷裂……他的婚戒則如一片彎折的金屬，深深割入他無名指粉碎的肌膚內。他白骨僅存的手指末梢控訴般指向另一輛車上同樣扭曲變形的駕駛人……對方則全身浴血躺臥在汽車引擎蓋上，碎裂的骨塊從他的四肢戳刺而出，彷彿有成千上萬處被尖利的物體刺中。

她曾經考慮過，是否該不顧殯儀館的建議，前往探視擺放在殯儀館冰櫃內的丹尼爾遺體。但為了艾瑪著想，最後她放棄了這個念頭。誰曉得肚子裡的小生命對此會有怎樣的感受，會感受到怎樣的痛苦呢？什麼會透過母親傳遞給她？是哪些情緒與感受呢？莉娜女兒的人生現在豈不已經有個悲慘的開頭了嗎？她尚未來到人世，便已失去了父親。

我是世界的光。這是她和婆婆決定在訃聞上採用的句子。跟從我的，就不在黑暗裡走，必要得著生命的光。她不信什麼上帝，但現在她卻祈求丹尼爾能在光裡幻化，不要像她自己，被困在一團黑暗中不知何去何從。

「也吃一根小香腸吧。」艾絲塔的叮嚀打斷了莉娜的思緒。

「好。」說著，她咬下一口紐倫堡烤香腸，咀嚼著，怔怔望向廚房的白色牆面，最後目光停駐在和桌面等高的一處汙漬上。那個巴掌大小的紅褐色汙痕被幾點因為酒杯碎裂而噴濺出來的紅酒漬包圍著。那是丹尼爾第一次，也是最後一次當著莉娜的面喝酒。

八個月前，莉娜告訴丹尼爾自己懷孕了，開心之餘，他唯一一次違反自己的最高準則，從爐具上方的抽油煙機一把抓起一瓶紅酒，倒了一杯，但他只喝幾口就醉了，一個錯誤的手勢，就把酒杯打翻了。

兩人哈哈大笑，泡了茶，在客廳沙發的毯子底下緊緊依偎著，接著開始做愛，之後又纏綿了一遍。很快地他們兩人的孩子就要出生，這實在太令人開心了。

「吃過飯以後，需要我送你去做產檢嗎？」艾絲塔的聲音將她喚回現實，「我可以在候診室等你做完檢查。」

「不用了，我自己坐公車去。」

「我真的很樂意……」

「謝謝，不過我想自己去。」

「好吧。」

兩人坐著、吃著，默默無語地發著呆，直到一聲啜泣，一種上氣不接下氣、極其大聲的啜泣突然響起。幾秒鐘後，莉娜才驚覺那是她自己發出的聲音。

「莉娜！」艾絲塔一條手臂攬住莉娜，將她拉向自己。「我們辦得到的。」丹尼爾的母親撫摸著莉娜的頭，安慰她。「我們一起來一定辦得到的，一定辦得到。」

「我知道，」莉娜合上雙眼，說：「我們辦得到的。」

□

拍擊聲更像某種液態物質的搏動，規律而迅速，是一種古怪的水下聲響。超音波結果一切正常，醫師對莉娜的狀況相當滿意。現在莉娜躺在胎心宮縮圖旁的木板床上，檢查腹中胎兒的心跳與她子宮收縮的狀態，需時二十分鐘。

莉娜聽著監測器傳來的女兒心跳聲，並且在啵啵啵的脈搏聲中沉沉睡去。這聲音好洪亮、好飽滿、好健康。艾瑪醒來了，她正奮力踢蹬，踢得一對小腳都在莉娜的肚皮上拱出小小的隆起。這段日子以來，艾瑪經常這麼做——一如在她爸爸過世的那一天。

莉娜迷迷糊糊地睡去，她見到自己再次和丹尼爾坐在車內，正在前往波斯特摩爾途中。這次的死亡旅途她也在，就坐在車內丈夫的身邊，和他激烈爭執；為了微不足道、一點也不值得吵的小事而爭執。然而在決定他們命運的那個七月二日，這點芝麻小事卻顯得無比重要又意義重大。

2

「我不懂，我們幹嘛要看那棟房子。」莉娜雙手抱胸，像個固執的孩童般惱怒地說：「我根本不想搬去鄉下。」

「這可是個千載難逢的機會，」丹尼爾朝手錶匆匆一瞥，說：「那棟房子很棒，而且那裡還有一座超大的花園。」

沒錯。幾天前，他曾經把那座位在波斯特摩爾、歷史悠久的閒置農莊相片寄到莉娜的電子信箱。那座莊園相當大，矗立在「古地」外圍，風光如夢似幻。當天晚上他和莉娜共同觀看這些照片，向莉娜大力推薦這座農莊的優點，並且盛讚當地新鮮的鄉村空氣，還說那裡沒有惱人的鄰居，有的只是寬廣的空間。

這棟大型桁架建築建於十九世紀，屋頂鋪著蘆稈，坐落在浪漫絕美的庭園上，種植著色彩繽紛的水仙與杜鵑，草地遼闊，還有一株樹齡古老的椴樹與一口圓形古井。寬闊的車道兩側果樹矗立，而一棵滿布節疤的橡樹，在最粗壯的樹枝上甚至垂吊著一架鞦韆，似乎在等待著小朋友坐上去，盪到最高點。

主建築內部也非常富麗堂皇：超大的門廳架設著厚實的橫梁，過了門廳便是居住區，這裡設有開放式廚房和瓷磚壁爐。整棟主建築共有六個房間、三間浴室，全都剛剛修繕完畢，設備也經過現代化。另外還有一間暖房、一處陽光露臺和三座附屬建築，分別充作洗衣房、客房與倉庫。莉娜不得不承認，那裡確實是許多人的夢想。

然而。

然而儘管如此，她還是不想過去。半小時前，只因為丹尼爾請求她「至少看一下」這棟莊園，她才不情不願地上了車。

「我們現在也有花園呀。」她說。

丹尼爾笑了起來。「如果你說的『花園』，指的是我們家後面那片浴巾般大小的土地，那麼你說得當然沒錯。」

「浴巾大小對我來說就很夠了！」

他驚訝地斜睨了她一眼，說：「我怎麼都不知道！從前你老是說，你希望有大一點的綠地養育孩子。」

「話是這麼說沒錯，」她承認，「但也不要那麼偏遠呀！」

「抱歉，寶貝，想找位在蒙克貝格街的農莊可是難如登天。」

「我又沒說我想住市中心，」她臭著臉說，「還有，剛才我不是說了嘛，對我來說，我們現在的花園就非常足夠了。」

「對我來說可不夠！」丹尼爾手掌往方向盤用力一拍，語氣也瞬間變得尖銳。近來，愈接近八月五日的預產期，他就愈常出現這種反應。

莉娜在其他即將為人父的男人身上也見過這種反應，他們會變得恐慌，擔心即將到來的新生命，和這個新生命帶給自己的責任。只是莉娜萬萬沒料到，丹尼爾也會有這麼劇烈的轉變。在她與他相識的這五年間，她見到的他總是冷靜又謹慎，就算面對龐大的壓力，他也能控制局面。但打從她懷孕以來，他便變得神經緊張又易怒，莉娜和她的女同事們戲稱這是「男性妊娠不適」。

「我們的朋友都住在市區，」她說，「住在那麼偏僻的地方，我會很孤單的。」

「他們可以來我們家過夜，地方反正大得很。」

「不會有人這麼做的。」

「那種連開一小時的車都不肯的朋友，不要也罷。」

「你可以不要！」她回嗆。

他嘆了口氣，說：「我只是不希望我們的女兒在都市裡成長。」

「你的第一個女兒，她的童年也是在都市裡度過的啊。」她回答。

「很好，現在你把喬西也扯進來了！」

「抱歉。」莉娜確實感到抱歉，因為丹尼爾幾乎是為了莉娜才離開女兒喬西——約瑟芬娜——並且跟妻子蕾貝卡離婚的。而為了和蕾貝卡離婚，他甚至不惜割捨心愛的喬西。這一切都源於他對莉娜的愛，為了與她共度新人生。「我只是一想到要住在那麼偏僻的地方，就覺得很恐怖。」莉娜試圖釋出善意，讓自己的語氣溫和些。「再說，總有一天我會再出去工作，而在布克斯特胡德或施塔德，就沒那麼簡單了。」

「那裡的人也要生孩子，」丹尼爾說，「不管在哪裡，你都可以幫人接生。」

「是啊，」怒火再次燃燒，「當然無所謂啦，我的願望和需求一點也不重要。」

「莉娜，你還是可以繼續在漢堡工作，問題到底出在哪裡？」

「我們的孩子要怎麼辦？問題就在這裡！我怎麼應付得來？我可不能像你這位好命先生早上直接開車走人！等我到了市區，時間太晚了，我又得再開車回來，因為托嬰中心要打烊了。」

「拜託你別那麼情緒化好不好！」

「是你不顧我的意願，硬要把我拖去什麼鬼地方，你卻怪我情緒化？」

丹尼爾狠踩煞車，直接把車停在公路上，轉過身來看著莉娜說：「硬拖你？我想帶你去看別的女人夢寐以求的超棒房子，你卻搞得像要被人驅逐出境的樣子！」

「我懂了，」她反擊，「我應該跪下來感謝上帝，因為我有個買得起超棒房子的棒老公，是這個意思嗎？如果那根本不是我想要的呢？」

「莉娜，你這是什麼意思？」

「沒什麼意思！我們在漢堡已經有一間漂亮又寬敞的古老公寓，有花園，地方也夠大，可以布置一間兒童房，為什麼我們不維持現狀就好？」

「首先，我們的公寓並不『大』，再說這間公寓是租的，而我覺得我們該擁有自己的房子了。」

「好啊，那我們就買在市區呀，可是拜託別去那麼偏僻的地方！」

他煩躁地甩甩頭，說：「我們只是去看看房子，又不表示我們一定要搬過去！」

「可是，既然我根本不想搬過去，那就沒必要看呀！」

「我真的快被你逼瘋了！」

「不對，是我快被你逼瘋了！」她盯著他，希望他會爆笑出聲，因為她自己早已快憋不住笑了。但丹尼爾依然繃著臉，接著突然對她大吼。

「我為了你離開我的家人！為了你我什麼都捨棄，每個月得支付蕾貝卡一大筆錢，還有喬西寄宿學校的費用，只為了我們倆能共同生活！結果你卻莫名其妙亂發脾氣！」

他的話有如閃電般朝她劈下。她輕聲說：「注意你說的話。你知道事情不是這樣的，你的前一段婚姻令你十分痛苦，你忘了嗎？」

「沒有，我沒忘。可是蕾貝卡和我說不定回得去……」

她駭然望了他一眼。丹尼爾從來沒有對她說過這種話，從來沒有。她無法相信這是他真正的想法。不可能的，他絕對只是想傷她的心，而他確實成功了，這真的很痛。莉娜感到一股怒火燒了上來。

「回得去？」又一次，她把音量放得極輕極輕，接著突然拉高音量：「你前妻才不甩你，她根本把你當死人！我認識你的時候你就完蛋了，你心力交瘁，根本就是個廢人！」

他猛催油門，輪胎發出刺耳的聲音向前疾馳。

「丹尼爾！」莉娜雙手緊抓座椅驚呼：「拜託小心！」

丹尼爾沒吭聲，反而換檔加速。這時他手機響起，他從一旁的車門置物格掏出手機。

「拜託，這時候別講電話！」

他瞄了手機螢幕一眼，隨即擱下，說：「是仲介，他大概想知道我們現在在哪裡。」

「可是我們又沒遲到！」

「啊，誰曉得，」他惱怒地說：「這麼沒耐心。」他再度加速，不要命似地狠狠左轉。

「寶貝，拜託！」莉娜尖叫，「住手！」

一股噁心感湧了上來，她的胃揪成一團，同時感覺到胎兒的腳在踢動。寶寶醒了，她踢得好猛，從肚皮上都看得出來。莉娜緊繃的孕婦T恤底下，肚臍右側出現一個清晰的隆起，那不是艾瑪的一隻小腳丫，就是她的一顆小拳頭。艾瑪不斷朝同一個部位踢著。「你看！她都聽到了，她在抗議！」

他匆匆往她肚皮一瞥，說：「怎麼，現在連這個都是我的錯了？」

「我們的錯。」莉娜努力放緩語氣。「對不起，我沒有要責備你的意思，我很愛你的！」

「我也覺得對不起你。」說話時，他雙眼依然注視著前方路面。這時一輛商旅車迎面而來，兩輛車前方推起的氣流彼此碰撞，莉娜他們的車大受衝擊。

肚子裡的艾瑪再次踢著莉娜腹部，莉娜一隻手擱在肚皮上保護，撫摸著寶寶。

「丹尼爾，」她再次懇求，「開慢一點，請顧慮寶寶！這又不是寶寶的錯！」

這句話彷彿啟動了一個開關，丹尼爾突然狠踩煞車，把車子開向路肩，接著車子猛然一頓停了下來，震得莉娜身體向前一衝，身體被安全帶緊緊勒住。

「哦，」她發出呻吟，雙手緊緊抱住腹部。「丹尼爾，你在幹嘛？你會害死我們的！」

丹尼爾不發一語，只是坐著發愣。

過了一會兒，莉娜問：「丹尼爾？你怎麼了？」

丹尼爾沒吭聲，只是朝她轉過身來，一隻手擱在她的肚皮上，神情恍惚地望著女兒不斷製造的小小凸起，臉上閃過一抹微笑。

接著他說：「下車。」

「什麼？」

「請下車！」

「丹尼爾，你不能把我扔在半路上！」

他手伸向車門的置物格，取出錢包，抽出一張歐元百元鈔，手往前方路面一指，說：「前面有個加油站，你去那裡叫計程車回家。」

「你在胡說什麼，」她回說：「我為什麼要坐計程車回家？」

「因為我想自己靜一靜。」

「拜託，丹尼爾，你根本不知道自己在幹嘛。」莉娜想握他的手，卻被丹尼爾閃開了。

「讓我自己靜一靜，」他說：「下車！我自己和仲介見面，自己看房子，看完了我就回去。」

「可是我想跟你去！」

「不是，你不想，再說現在我也不要你跟了。」

「對不起！」莉娜再次道歉，懇求他，「我們別再吵了。」

「我也不想再吵。可是現在我想自己靜一靜，讓心情平復。」

「你確定嗎？」

「沒錯。」

莉娜等了一會兒，希望他回心轉意，接著打開車門下車。莉娜才剛站定，丹尼爾就發動車子開走。車門自行關上、向前疾馳，速度好快，莉娜只能祈禱丹尼爾的情緒能夠平復。

3

「吉內斯！」狗兒又靠過來，乖乖在莉娜身邊慢慢隨行，牽繩在人狗之間鬆鬆搖晃著。打從一開始，莉娜就非常重視要讓吉內斯學會聽從指令。「將來如果我們有了孩子，這一點非常重要。」她如此向丹尼爾說明，同時幫吉內斯在訓犬學校報名。兩年前的耶誕節，這隻拉不拉多犬就躺在樹下一塊毯子上，當時牠還小，簡直像顆躺在黑色刷毛毯上的小絨球。

「送你，」丹尼爾親吻她，說：「這樣你就不會因為還沒有成功受孕而那麼傷心了。」聖尼古拉斯節當天，驗孕結果又是陰性，沒懷孕，一直都沒有。雖然他們努力了三年，雖然醫師認為他們兩人都沒問題，卻依舊毫無成果。「吉內斯一定能讓你開心起來！」

「吉內斯？」莉娜問。

「對啊，」丹尼爾問：「你不喜歡這個名字嗎？」

「不會，這個名字很好！」她想，「等我們的孩子出生後，牠就可以保護他。牠會睡在他的小床邊，注意他的安危，牠會成為他第一個玩伴和最好的朋友。」

現在只剩吉內斯還在了。莉娜還不知道寶寶出生後，是否要繼續留下這隻狗。寶寶、狗兒、孤身一人——婆婆的援助不算的話——對她來說壓力可能太大了。再說，雖然她很愛吉內斯，真的非常喜愛，但她也恨牠，因為牠會讓她想起丹尼爾，還有牠和丹尼爾經常嬉鬧玩耍的情景。

嬉鬧玩耍，現在狗兒得自己來了。以莉娜目前的狀況，她是無法取代丹尼爾的。

來到位於阿爾斯特河畔的遛狗草地外圍，莉娜幫吉內斯解開項圈上的牽繩，目送牠奔向其他狗兒，開心尋找玩伴去了。

莉娜哼哼唉唉吃力地在一張長椅上坐下，慶幸兩腳可以稍微放鬆一下。她重了十五公斤多，其中一大部分是水。她四肢疼痛，雙腳腫脹，雙手也肥腫得快無法交握了。

幸虧這些就快過去了，莉娜實在不喜歡懷孕的感覺。雖然期待帶來莫大的喜悅，但打從一開始她就不喜歡懷孕。先是噁心、疲累，接著是火燒心、消化不良，體重也持續攀升。她動作愈來愈遲緩，就連丹尼爾還在世的時候，她也不像懷孕育兒雜誌或網路論壇上其他婦女那樣，享受這種狀況。

「啊，你看！」

一個聲音將莉娜從思緒中拉回現實，她抬起頭來，見到一名婦人和她的同伴。莉娜認出這兩人是誰，頓時嚇了一大跳。婦人有著金色短髮，男人有著一頭深褐色捲髮，戴金絲邊圓框眼鏡，兩人都穿著 polo 衫和牛仔褲。

「哈囉，芭貝特。」莉娜起身，遲疑地把手伸向婦人，但婦人並沒有握住，只是默默凝視著莉娜的腹部。「塞巴斯提安……」莉娜轉向婦人的先生，但他同樣無意和她握手，莉娜只好遲疑地把手縮回夏季外套的口袋裡。

「我都不知道呢，」芭貝特下巴朝莉娜的腹部點了點，問：「預產期是什麼時候？」

「八月五號，」接著莉娜又說：「是女孩。」說完，她才發覺自己話裡滿是歉意，彷彿想表示：「是女孩，不像你們的孩子，不像奧斯卡是男孩。」

奧斯卡過世快三年了，死時才兩個月大，某天下午他躺在自己的嬰兒車裡就這麼死了。在他死前幾小時，莉娜進行訪視時他健康情況還很良好。奧斯卡的父母芭貝特和塞巴斯提安．舒斯特都不抽菸，他們將兒子抱進睡袋裡讓他仰躺，奧斯卡身邊也沒有可能令他窒息的動物布偶或枕頭，一切都如莉娜所陳述的，結果意外還是發生，奧斯卡還是失去了性命。

這不是任何人的錯，依據急救醫師的說法，這不是莉娜的錯，也不是芭貝特或塞巴斯提安的錯，他在死亡證書上註明死因是「ＳＩＤＳ」——嬰兒猝死症，這是所有父母的惡夢。當然也是所有助產士的惡夢——儘管這種案例並不那麼普遍。舒斯特夫婦向莉娜提出過失致死的刑事指控，檢察官進行調查後隨即中止偵查，案子就此正式終結。但直到今日，莉娜依然無法原諒自己，她經常自問，當時自己是否忽略了什麼？自己是否能阻止奧斯卡的死。半年後，莉娜寫了一封很長的信給芭貝特和塞巴斯提安，表達她的同情與歉意，但信件被退回，沒有拆封就被人塞進新的信封裡，還附上一張奧斯卡的照片，沒有隻字片語，如此決絕。

要不是丹尼爾再三勸阻、說她並沒有任何過失，否則莉娜說不定就會放棄自己的職業，說不定會改當超市收銀員，或是改行做不會有孩子死亡的工作。丹尼爾給了她力量與生活的信心，一如她令他重生一般：這是他經常說的話。

「所以你們也成功了。」芭貝特冷笑著說：「恭喜你，也恭喜你先生，他一定開心死了。」莉娜正想告訴她丹尼爾的事，芭貝特卻已轉向塞巴斯提安，問：「你還記得那時候你有多開心嗎，寶貝？」莉娜根本沒有機會開口。

「記得，我簡直欣喜若狂。」

「沒錯，」她點點頭，說：「我們兩人都欣喜若狂。」接著她目光又轉回莉娜身上，「真好，現在你終於也有機會體驗了。」

「謝謝。」莉娜深深呼吸，想讓自己怦怦狂跳的心臟恢復正常。

芭貝特朝她跨近兩步。現在她離莉娜好近，幾乎要碰觸到莉娜了。「還有，我希望其他的事你也會經歷到。」她說得很小聲，卻尖銳又滿懷恨意。「我希望你也有機會體驗，當你想將你的孩子從她的小床上抱起時，發現她皮膚出現大理石斑紋又發青。當你將她抱起來時，你會發現她已經沒了呼吸，冰冰冷冷地躺在你懷裡。」接著她拉高音量。「無論你怎麼搖、怎麼喊，她都一動也不動，眼睛也不睜開，小小的身軀只是軟趴趴地晃動著。」說到這裡，她高聲怒吼，聲音大到連路人都轉頭張望。「你會發現，你的孩子已經死了！」

「我……」莉娜說：「對不起，真的很對不起！那是一件不幸的事故，我……」

「是啊，」芭貝特說：「當然啦，那不是你的錯，大家都這麼告訴我們。」她抬起一隻手，彷彿想打莉娜，但隨即把手放下。

「芭貝特，請……」莉娜一隻手搭在芭貝特的肩頭上。

「別碰我！」芭貝特叫嚷著將莉娜推開，說：「千萬別碰我！」

突然響起狗兒的狺狺低吼，莉娜猛然轉身，是吉內斯。牠就站在他們身後，頭部放低，頸背的毛豎立，齜咧著牙齦，嘴裡有口涎滴落下來。牠尾巴直挺挺地豎起，身體蹲低，彷彿準備一躍而起。莉娜從沒見過牠這種模樣，畢竟牠是拉不拉多，不是軍犬。

「呼呼呼……」塞巴斯提安防衛地舉起雙手，一邊小心翼翼倒退一步，同時朝妻子點頭，示意她跟隨自己離去，但芭貝特卻一動也不動。

「牠不會咬人。」話一說完，莉娜立刻想到，對照吉內斯凶猛的模樣，自己的說法聽起來未免過於荒謬。

「不會，當然不會。」芭貝特的語氣像是在嘲諷。接著她朝吉內斯彎下身，對牠伸出手，開始摸起牠的頭。吉內斯任憑她撫摸，但仍然維持原來的姿勢。「要照顧好你的女主人哦，」說著，芭貝特再度起身，挽起先生的手，說：「來，我們走。」

莉娜目送著他們的背影，震驚得說不出話來。吉內斯發出低低的嗚咽聲，搖著尾巴，用身體摩挲莉娜的雙腳。當莉娜在牠身邊蹲下，吃力地幫牠繫上牽繩時，她的雙手又溼又冷。

回到家，莉娜幫吉內斯準備好食物，順便也加熱自己的食物，婆婆離開前就先幫她把菜放進微波爐了。在返家途中，莉娜和艾絲塔通了電話，告訴她自己遇見芭貝特和塞巴斯提安的事，向她徵詢該如何是好。

「告他們，」艾絲塔說：「這根本就是恐嚇！」

「不是，我認為不是，他們只是過度絕望。」

艾絲塔鄙夷地「呸」了一聲，說：「既然這樣，你最好什麼都別做，就當作沒這回事吧。舒斯特夫婦曾經無憑無據硬指控你有罪，結果沒得逞，現在你也沒必要怕他們。」

「我沒有怕他們！我只是擔心而已。」

「莉娜！」婆婆嘆了口氣，說：「我了解，可是現在你自己問題已經夠多了，他們不過是陌生人而已。」

莉娜並不那麼想，她和工作上接觸到的媽媽們關係都相當親密，可是她也了解艾絲塔的想法。

因此她說了句：「你說得沒錯。」並且決定採納婆婆的意見，不再多想這件事了。她不想再自責，她不想再懷有罪咎感；就算辦不到，至少也要試一試。

吃過晚餐後，莉娜來到客廳，在沙發上坐下，打開電視，任由螢幕閃著微光，卻不知道電視上到底在播些什麼。

晚上八點，平常這個時候丹尼爾已經返家，現在他卻再也不會回來了。這一點甚至連吉內斯都察覺了，否則八點左右牠便會在門口玄關處奔跑。自從丹尼爾過世後，牠就突然終止了這個習慣。天地之間，有些事是我們無法解釋的……

天與地。

後天就是丹尼爾的葬禮了，莉娜不知道他是否希望火化，他們從未討論過這種話題。哪會討論呢？人在三十、四十或五十歲的時候，通常不會想到這種事，在這種年齡，人生的盡頭似乎還相當遙遠，遠到我們永遠不會遇到。

昨天產檢結束後，莉娜還去看了心理治療師。這位女治療師建議莉娜改用過去式來談丹尼爾，把「丹尼爾是」改為「丹尼爾生前是」。他生前是個好先生，他生前是她的摯愛，他生前是她夢想擁有的一切。

你死了，我卻得活下去。

怎麼會這樣？怎麼會這樣？她坐在沙發上，回想自己最後一次和他相處的情景。回想當時兩人坐在車上，經歷了一場爭執，後來她下了車，徬徨無助地走到加油站，徬徨無助且怒氣未消。她當然生氣！誰會把自己即將分娩的妻子丟包在公路上，給她錢要她坐計程車呢？直到今天，她依然不知道七月二日那天丹尼爾到底是怎麼想的。

要是她知道從此再也見不到他，要是她知道十分鐘後他就氣絕身亡，而當天晚上警察就來按他們家門鈴，通知她丹尼爾出了車禍，他沒能逃過死劫。

想到他們的爭執，或許是丹尼爾如此氣憤、導致他車速過快的原因；想到他或許因此才在那個該死的彎道和托馬斯．克羅恩的車對撞，這個想法幾乎快將她逼瘋。除了哀傷，還有一種難以言喻的罪咎感。早知道，如果早知道，她就不會挑起那場無謂的爭執，永遠不會！

此時此刻她好想抱住丹尼爾，緊緊擁抱、親吻他，撫摸他的頭髮，告訴他，她感到好抱歉；告訴他，她再也不要跟他吵架了，要跟他一起搬去波斯特摩爾，就算要搬去月球背面或任何地方都行。最重要的是，他們能夠在一起。

但是這些話她都沒辦法說了，這些話丹尼爾都聽不到了。他留在她腦海中的最後一個畫面是，他開車疾馳而去，急速奔向死亡。他如此氣憤，以致不久之後就撞上了另一輛車，當場死亡。至少警察是這麼告訴她的，丹尼爾和另一個人雙雙當場死亡。她忍不住又哭了起來，雙手掩面，放聲痛哭。

吉內斯過來用冰涼的鼻頭輕輕推了推她。莉娜摸了摸牠，接著起身進入浴室，準備稍後上床睡覺。八點半不到，時間其實還太早，但她好想逃入夢鄉，不必清醒的每一秒鐘，對她都是種解脫。

她在盥洗臺前刷牙，往臉上塗抹乳液，專注地看著自己鏡中的影像。她那頭閃亮滑順的深色頭髮垂落在肩頭，碧綠的眼珠在圓潤的臉蛋上幾乎顯得有點淒涼。莉娜身材向來纖細而偏瘦，現在臉色雖然略微蒼白，至少外表看來顯得養尊處優。兩個星期前，莉娜洗完澡起身時，丹尼爾在浴室裡望著她，說她胖得都快爆了。當時他哈哈大笑，在她看來，那不是開懷大笑，而是有點緊張焦慮的笑。在那當下，或許他心裡想的是，妻子是否還能瘦回懷孕前的身材。莉娜什麼話都沒說，只是抓起一條大浴巾，裹住自己走樣的身軀……

稍後莉娜躺在床上，一隻手往冰涼又空蕩的那一側探伸過去，傾聽著從臥房通往露臺、那扇敞開的門戶鑽進她耳膜的聲響：歡笑聲、玻璃杯的「叮噹」聲，鄰居們正在花園裡烤肉，享受這溫熱的夜晚，近三個星期來他們幾乎每晚都這麼做。漢堡的夏日時光相當短暫，必須善加利用。丹尼爾經常提起，他好希望能住到其他地方，比如澳洲，或者南非更好；總之就是終年晴朗、陽光普照的地方。只是身為廣告公司的所有者之一，他無法就這麼走人，至少現在還不行，將來也許可以。

「總有一天，我會把這些亂七八糟的東西賣給我的合夥人，到時候我們愛去哪裡就去哪裡。」

丹尼爾現在所在的地方，是他喜歡的嗎？

4

莉娜初次見到他，是在醫院院區裡。那天她為三名寶寶接生，經過漫長的工作時間後正疲憊地走向自己的車，想盡快回家泡個熱水澡，喝杯紅酒就上床。

她就是在這個時候注意到他的，他站在W37棟入口旁抽菸，身上穿著黑色牛仔褲和灰色帽T。在離他不遠的地方有一小群同樣抽著菸的病患，但他並沒有和其他人聊天，只是默默注視著他們，看著他們彼此談笑風生，邊比手畫腳，邊一支接一支把短短的菸頭彈進附近的大花盆裡。偶爾他會輕輕搖頭，輕微到令人幾乎難以察覺，彷彿在對其他人的談話內容做出無聲的評論。她估計他年紀大約在四十歲前後，也可能再大一些，因為他的黑髮中已經夾雜不少灰色髮絲了。無論如何，他的年齡顯然和二十八歲的她頗有一段距離。

莉娜馬上就知道他為什麼在那裡：他是酒癮戒治中心的患者，顯然是新來乍到。頭一個星期，這些癮君子不得離入口處太遠，而且最少要兩人以上一起行動，因為這段時間他們痙攣發作、需要醫護人員立即協助的風險還太高，因此大家都直接站在W37棟的入口處抽菸；這些人沒有哪個不抽菸的，他，丹尼爾也不例外。但後來他很快就不再碰菸了，除了唯一一次例外，他也就此滴酒不沾，而且好多年來都沒有破戒。不然莉娜初次見到他時，他可是像煙囪般不斷吞雲吐霧，而且戒酒才過兩天。

這是五年前，他們初次見面的情景。認真說起來，那根本不算什麼重大的邂逅，不過只是短暫留意了一下。見到他，莉娜不知不覺停下腳步，他也發現她站在那裡觀望著自己，於是他揚起右手朝她揮了揮，臉上掛著微笑。

莉娜覺得自己像是做壞事被人逮到了，急忙繼續向前走。想到他可能以為自己在目不轉睛地注視他，她就感到很難堪。沒錯，她確實是目不轉睛地注視著他。為什麼？她自己也不知道，當時她根本無意結識別的男人。不久前她才結束了跟雅斯培的關係，雅斯培是她那一科的主治醫師，先前他對她表示，他只想談談戀愛，並不想要固定的關係，這大大傷了莉娜的心，傷透了她的心。不過過去幾年來，莉娜幾乎已經習慣在漢堡這樣的大城市裡，絕大多數的男人寧可住牢房，也不想要有固定的伴侶關係。

所以對莉娜來說，這已經不是什麼新鮮事，不過只是又一次的失望罷了。比較難堪的是，他還是她每天工作時必須見面的同事。雅斯培表示，他們可以繼續做「朋友」，對他來說，事情就是這麼簡單；對莉娜來說，「男人」這碼子事算是暫時告一段落了。

現在她快步走向位在獅街旁的過道，準備來到她停車的位置。儘管她感覺得到他的目光在她背後追隨，她還是沒有轉過身去。

隔天她又在那裡的出入口遇見他，第三天也一樣，每次莉娜抵達醫院院區或是離去時，他都會抬抬手打招呼。到了第三天，這已經成了她習慣的儀式了。儘管這只不過是對陌生人的招呼致意，依然令她相當期待。

如此過了一個星期，當他首次沒有站在出入口時，莉娜相當失望。這個團體的人似乎都在，唯獨不見他的蹤影。經過他們那一科時，莉娜刻意放緩腳步，期盼他隨時會出現在她面前，可惜她並沒有見到他。

當天下午，在準備回家的路上，莉娜經過他們那一科，準備經由小過道往院區下頭走時，她走得特別慢，但依然沒有見到他。

她邊用鑰匙打開她的老爺Polo車邊想，他是否出院了？是否自願提前出院？一般來說，戒治需要三週，這是莉娜從她一位曾經在戒治科工作過、交情頗好的女醫師那裡聽來的。想要戒掉伸手拿酒瓶的反射動作，需要這麼久的時間。而戒掉在短短一週內就成為常態的陌生人的招呼，也需要同樣長的時間。

她感受到一種罕見的哀傷，同時也開始擔心：他是否菸癮、酒癮又復發了？

實在太荒謬了，自己幹嘛替個根本不認識的人擔心？儘管如此，她還是放心不下。

「抱歉？」一個聲音在莉娜背後響起，嚇了她一大跳。莉娜猛然轉身。「對不起，我嚇到您了！」

他年齡確實比她大上一截，從他臉上的皺紋來看，比較像是四十中旬的人。他和她一樣，有著碧綠的眼珠，但顏色略深，幾乎快轉成褐色了。

他右手緊抱一小束花，那是白色與深紅色的茶香玫瑰，其間點綴著滿天星。從花托的玻璃紙包裝和綠色縐紋紙，莉娜知道那是在下頭這家綜合醫院主建築書報攤買來的現成花束。

「這個我想送給您。」說著，他把花束遞了過去，但莉娜並沒有伸手去接，只是默默望著他。「對不起，」他又說了一遍，突然像個不知所措的青少年，說：「也許我不該這麼唐突。」說著，他兩隻腳甚至開始扭捏不安地動著。「我還是再……」

「不不，沒關係。」她打斷他的話，急忙接過花束。由於動作太過急促，一些花瓣都飄落到地面了。「我只是太驚訝，就只是太驚訝了。」她難為情地笑了笑。

「這的確會讓人措手不及。」這麼說時，他絲毫掩飾不住看到她接受花束而鬆口氣的心情。「不過這幾天，您總是那麼友善地對我微笑、向我打招呼，所以我想……」

他突然說不下去，轉而清了清喉嚨。

「您想……」

「我想，也許您願意和我喝杯咖啡？」他努力想讓這句話像是隨口說出的，但他的聲音卻在顫抖，而莉娜非常確定，那並不是戒斷現象。

後來她才知道，她誤解了，那確實是一種戒斷現象，但他缺的不是酒，是愛。

「群山之顛，靜謐一片；眾樹梢間，幾乎感受不到一絲風息……」女低音的歌唱聲在小教堂裡迴盪著，有如撫慰人心的披肩般環抱著哀悼者顫抖的肩膀。丹尼爾非常喜愛這首由舒伯特為歌德的詩譜寫的曲子。要不是莉娜認為這首歌「太過莊嚴，在這種場合太憂傷了」，他甚至想請人在他們的婚禮上演唱這首歌曲。最後，莉娜選用了巴哈的〈耶穌，吾民仰望的喜悅〉。

因此，這一次採用的是舒伯特的歌曲。莉娜的婆婆艾絲塔彷彿化石般，和莉娜緊鄰著坐在第一排。她握住莉娜冰冷的手，在演唱到「俄頃，君也即將安息」時，艾絲塔的身軀震了好幾次，彷彿有人擊打著她的頸背。

丹尼爾的棺木幾乎被花海淹沒，墓園花匠將深紅與白色玫瑰紮成一把大花束擺放在棺蓋上，葬禮場地各處同樣點綴著花環與花束，多到小教堂幾乎快容納不下，一些「最後的問候」只好擺在教堂門外的臺階上。

一些前來悼念的人士在教堂裡找不到座位，進行追思禮拜時只好站在教堂外的墓園裡。有三百多人是因為看了《晚報》上的訃聞而前來向丹尼爾告別。每當有人英年早逝，他們總會前往參加喪禮。

艾絲塔的高爾夫球俱樂部朋友也全員出席，對這個「男孩」如此早逝，大家都深感震驚。丹尼爾是他們從小看到大的，其中幾個甚至在球場上教過他如何揮出人生最初的幾桿球呢。另外，丹尼爾廣告公司的合夥人和員工也來到現場，大家都傷心欲絕、彷彿麻痺了般，有幾個人甚至放聲痛哭。整個家族的人，包括他的姨姑叔伯，還有客戶、生意夥伴和鄰居等等，也都到場致哀。

至於莉娜的友人和熟人等，當然也沒有缺席，就連莉娜的前男友雅斯培都堅持要來。這幾年來他們果真成了朋友，某次值夜班時，雅斯培還坦承，丹尼爾和莉娜是天生一對，這種深切的連結，是他自己內心深處一直渴盼卻遲遲未能覓得的。莉娜沒有表示意見，只是笑著在他腰脅間捶了一拳，表示她認為這種奉承太過火了。

現在，所有過去幾年來的同伴都來了，人數多到弔唁冊都不敷使用。

五年前莉娜祖母的喪禮上，弔唁賓客屈指可數。她的朋友大多早已過世，一個一個走了，全都比莉娜的祖母早一步踏上人生的最後旅途。

莉娜的目光轉向教堂另一側，蕾貝卡和喬西就坐在那裡。喬西哭紅了雙眼，雙手抓著一條揉縐成一團的手帕，蕾貝卡的表情則彷彿凍結了般。「沒感情，」丹尼爾經常說：「蕾貝卡這個人沒感情，無論對自己或他人都沒有。」

此刻，這個沒感情的女人正用右手臂攬住嗚咽哭泣的女兒肩膀，把十六歲的女兒拉向自己，左手撫摸著她的臉頰，幫她拭去幾滴淚水。

在她們後方相隔幾排處坐著馬汀，蕾貝卡的第二任丈夫。她和丹尼爾離婚後不久就和馬汀在一起了。

和蕾貝卡離婚後半年，丹尼爾與莉娜得知她同樣有了新伴侶時，丹尼爾表示：「我很慶幸她那麼快就得到慰藉了。」儘管馬汀曾經是他的好友，他對這件事並不在意，甚至表示：「這麼一來，我至少知道對方會待她不錯。雖然馬汀事業上沒什麼成就，但總比隨便一個小混混好。」說著他笑了起來，笑聲中夾雜著一絲尖酸。「不過就算對方是個混混，也還有我這個當提款機的笨蛋。」

莉娜什麼話都沒說。儘管莉娜有時會想，除了替女兒支付生活費，丹尼爾為何還要繼續金援蕾貝卡的生活？但她從不干涉，那反正不干她的事，何況莉娜也知道他這麼做背後的原因：丹尼爾是個有道德感的人，然而離開妻子，從而離開自己的女兒，讓他覺得如果至少能為她們兩人提供不愁吃穿的生活，甚至因此嘉惠第三者馬汀，也能讓他感到好受些。

莉娜的目光從丹尼爾離婚前的家人身上移開，再次轉向前方。那裡，牧師正要開始他的悼詞。

5

「我結過婚了。」

他們正坐在緊鄰醫院大門口的小咖啡館，沐浴在陽光下吃著冰淇淋。這一週以來，每當莉娜下班後他們便一起散散步或喝咖啡。今天莉娜雖然沒有排班，家裡也有一大堆事情等著她做，她卻還是來到醫院。對莉娜而言，和丹尼爾見面，同他說說話，和他共同歡笑，聆聽他談論他自己、他的生活和工作，並且讓他參與自己的世界，要比待洗的衣物、早該進行的打掃工作或是急需處理的文書等都更重要。

他們兩人很快就走得很近，這是莉娜前所未有的經驗。不只因為他們喜愛相同的書、相同的音樂，有著相同的電影品味。經歷過至少兩次封藏起來的關係後，莉娜已經不再被這些表象所欺騙了。最主要的原因是他們擁有相同的價值觀，老派的、過時的價值觀：可靠、真誠、忠心，以及對人生滿懷謙卑與感恩——儘管過去這些年來，丹尼爾逐漸喪失這種感恩之心，並且蹂躪他自己的人生。打從一開始，他就沒有隱瞞自己確實是在醫院戒除酒癮的事。大約兩週前，他總是醉得不省人事，但他是自願入院的。他之所以如此坦白，並非因為莉娜早晚會知道這一點，而是他真心想要真誠待人，不是空談。

他坦率地告訴莉娜，到最後他每天都灌下一、兩瓶伏特加，那是一種逃避，一種想把鬱悶醉死的行為。但在他少數清醒的時刻，這種行為反而令他愁上加愁，並且逼迫他再多喝一瓶。結果他更加鬱悶，成了一種惡性循環。他總是輪流在超市和加油站販賣部，以及玻璃回收桶之間輪流奔波，以免自己的消費行為啟人疑竇；過去三年來他就是這麼過的。

他的公司，他的廣告公司之所以能維持存續，是因為就算沒有他，他的員工和合夥人也能運作，還有他還能勉強出席重要會議。

三年來日子就是這麼過的。孤寂感愈來愈強烈，這種無情的孤寂感緊纏著他不放，不止一次令他想了斷自己的性命。

這一切他全都向她坦白，而她則專注聆聽著，表示諒解。更重要的是，她還試圖讓他重新見到生命中的重要事物。她告訴他，每天清晨自己醒來時，依然感受得到一種孩童感受到的激動與興奮，懷抱著欣喜與想做點什麼的強烈欲望從床上一躍而起，想快點看看新的一天會帶來什麼，新的一天為自己準備了哪些驚喜。就連新的一天可能帶來的煩惱，她都加倍珍惜——生命本來就是一場奇妙的旅程。

還有小寶寶，她告訴他關於小寶寶的事。告訴他，對她來說，世上再沒有比協助小寶寶來到人世，陪伴著那些小寶貝，直到他們發出第一聲哭喊，見證他們的出生，給予他們愛，並且得到他們咯咯一笑，用小手緊抓著你，甚至回報你一個微笑更美好的體驗了。

他們在院區內一連漫步好幾個鐘頭，有時則坐在埃彭道夫公園的草地上，聊聊彼此對人生意義的看法。

透過莉娜，丹尼爾又記起許多一度被他遺忘的事。

此刻他和她相對而坐，面前擺著一杯義大利麵條狀冰淇淋，因陽光耀眼而瞇著眼睛。接著他突然說出一句話：「我結過婚了。」

「嗯？」她盯著他看，彷彿他剛剛告訴她，他只剩幾天可活了。

他點點頭。「十四年了。我有一個女兒，她叫約瑟芬娜，小名喬西。」

「我……我……」她結結巴巴，淚水在眼眶裡打轉；同時間她又為自己如此劇烈的反應感到羞愧，畢竟她和丹尼爾之間並沒有什麼。他們相約見面、聊天，但肉體上並沒有進一步接觸。好吧，他確實一開始就送她花；還有，他很快就請她用「你」來稱呼，但這並不構成理由讓自己產生浪漫的幻想啊。太可笑了！

「莉娜！」丹尼爾的手伸向莉娜緊握著冰淇淋杯的雙手，小心翼翼地將這雙手從冷冰冰的玻璃杯上移開，牢牢握住。

「抱歉，」莉娜縮回雙手，說：「我的行為太幼稚了。」

「不會，一點也不會。」丹尼爾起身，在桌邊來回踱步，接著將莉娜從椅子上拉起來。在這裡，就在醫院的主要汽車出入口旁的咖啡館，在週日最美的陽光下，他攬著她、親吻她，吻得那麼溫柔，連她在最浪漫的夢境裡都無法想像的溫柔。她感覺到了他碰撞在她胸口上的心跳，吸著他混合著甘草、蘋果與淡淡菸草味的氣味，感受到他溫暖的手臂有如一件外套，裹住了她的身軀。

他們就這麼站了天長地久，緊緊擁抱著對方。是否有同事或某位由她照顧的孕婦會看見他們，她都不在乎。他們沒有做壞事，他們只是互相親吻。

當他們身體終於鬆開，重新坐下時，他說：「我要跟我太太離婚。」語氣平和但堅定。

「可是……」莉娜才開口，就被丹尼爾打斷。

「跟你沒有任何關係，我確實愛上你了，可是就算沒有你，我也要離婚。」「愛上」，聽到這個詞，莉娜身體戰慄了一下，她真想請他再說一遍。「是這樣的……」他停頓了一下，手指在外套口袋上摸了又摸，最後放手。

「想抽菸就抽，」她說：「我沒有關係的。」

「不好。」他搖搖頭說：「不抽也好，我也想擺脫這種習慣。」他笑了起來，說：「所有讓我厭煩的，我都想擺脫。」

「你太太會讓你厭煩？」

他聳聳肩。「這麼說可能還太客氣了。」此刻他還是掏出他的 Gauloises 菸盒，取出一支菸點燃，說：「抱歉，我還需要幾天才戒得掉。」他先用力吸上一口，這才繼續說：「蕾貝卡和我在一起已經很久了，從我二十幾歲就開始。」

莉娜在腦子裡迅速算了一下。他曾經說過他四十三歲，所以大概有二十年了。

「真的很久。」她說。

「是啊。」他又吸了一口煙，「如果沒有我們的女兒，我早就離開了。」

「她幾歲了？」

「剛好十一歲。如果你願意，我這裡有一張相片可以給你看。」他猶豫了一下，說：

「不過，這樣可能有點……」

「不會。」她要他放心，「我真的很想知道她長什麼樣子。」

丹尼爾從另一個外套口袋裡取出手機，在上頭點了點，接著把手機遞到莉娜面前。螢幕上一個滿頭金髮和同樣碧綠眼珠的漂亮女孩右手比「V」，正對著鏡頭微笑。

「很漂亮。」莉娜說。

「謝謝。」丹尼爾嘆了口氣。「她就是我來這家醫院的理由。為了喬西，我想戒酒。」

「這是全世界最棒的理由了。」

「是啊。」他再次將香菸湊近雙脣，吐出煙圈，說：「可是，除非我的生活有巨大的轉變，否則我就辦不到。醫院的治療師也是這麼說的，所以出院後我要和蕾貝卡分手，把離婚協議書交給她。」

「你真的要這麼做？」

「絕對。這麼多年來我們只是各過各的，在蕾貝卡心中，我不過是臺提款機，是那個提供漂亮的市區住房、奢華旅行和大車的人；除此之外我什麼都不是。」

「你這麼想？」

「顯然就是這樣。」他說：「她不曾來這裡看我，連一次都沒有，甚至不願意帶我們的女兒來。」他將菸蒂在菸灰缸捻熄。「她說她不想讓喬西見到爸爸這個模樣。」

「也許她只是出於善意。」

他又笑了起來，搖搖頭說：「現在連你都在替她辯解！」接著他又搖搖頭，「不是，你大可相信我，事情就是我說的那樣。」

「果真這樣的話，離婚也許真的最好。」

「沒錯，」他說：「好幾年前，在我開始酗酒之前好久，我就該離婚了。」

「我們總是事後諸葛。」連她自己都察覺這句話太老套了，可是除了這句話，她不知道該說什麼才好。

「你知道嗎，我很怕如果我離開，我就會失去喬西。」

「我了解。」她問：「現在你不怕了嗎？」

「怕，當然怕，可是我別無選擇。如果我繼續酗酒，我反正還是會失去她。」他又點燃一支菸。「總之，我女兒很黏我。」

「她跟她媽媽關係怎樣？」

「她們處得不是很好。」他眼神顯得若有所思。「我幾乎相信，由於我們的女兒跟我那麼像，所以令蕾貝卡很不開心。」

「像？」

「情感上。」他解釋，「重感情，有點愛幻想，跟她媽媽恰好相反；我老婆覺得這些都是缺點。」

這次輪到莉娜搖頭了。「我覺得這些都是美好的一面。」她心想：「正好都是我喜歡你的特質。」

「我會勸喬西跟我住。」彷彿想特別強調這句話，丹尼爾狠狠將剛才點燃的香菸壓熄。

「就算又回去工作，我也能照顧好她的。喬西反正在學校上課到中午，接下來的時間我會請保姆；再說，她還是可以常常去她媽媽那裡的。」

「聽起來不錯。」

他偏著腦袋，目不轉睛地望著她。光是這種目光就能再度喚起她腹部酥酥麻麻的溫暖感覺；每當她在他附近，這種感受往往油然而生。當他繼續往下說時，他的聲音幾乎成了一種呢喃。

「莉娜，剛才我說的……我已經愛上你了……」

莉娜察覺自己心跳加速。「嗯？」

「我對你是真心的。」

她身體朝桌面前傾，用自己的一隻手握住他的手，說：「我對你也是。」

「你真的願意跟一個曾經是酒鬼的單親爸爸繼續交往嗎？」

「我願意。」

6

莉娜站在墳墓旁，和一隻隻不斷伸向她、似乎數不盡的手握了又握，耳裡聽到：「謹致上我衷心的悼念」、「致上我最深切的哀悼」和一遍又一遍的「請節哀」，以及偶爾一句「如果需要幫忙，隨時可以打電話找我」。到底誰說了哪些話，她都不記得了，只見到一張又一張臉龐模模糊糊地來到她跟前。站在莉娜身邊的是艾絲塔，艾絲塔的旁邊則是喬西和她媽媽。喬西和弔唁的客人握手時，一直怔怔地凝望著爸爸的墳墓。

「莉娜，我的甜心！」是雅斯培。人群中出現了他這張少數的熟悉臉孔，莉娜真心欣喜在這個時刻見到他。金髮、藍眼、雀斑——雅斯培這個人就是生命喜樂的化身，即便在這種陰鬱的場所都是如此。他略一遲疑，隨即將莉娜拉向自己。他把莉娜抱得好緊，讓她可以把頭倚靠在他肩膀上片刻。雅斯培邊撫摸著她的頭髮邊低聲呢喃：「我感到非常不捨，十二萬分的不捨。」

「謝謝。」莉娜說，身軀依然停靠在他懷裡。她真希望就這麼站在這裡，下半輩子就這麼站著，由著他抱著，由著他撫摸著自己的頭髮，像個跌倒後得到撫慰的孩童，待在媽媽或爸爸的臂彎裡，待在一個有臂膀環抱、呵護，再也不會有厄運降臨的地方。

「你的痛我只能感受，」雅斯培倒退一步，凝視著她的臉孔說：「因為這麼可怕的事而失去摯愛……」

「是。」才說完這個字，她就說不出話來了。在他的注視下，淚水立刻又湧上莉娜的眼眶。就在此刻，她突然浮現一種荒誕的想法：當時她和雅斯培的交往要是有結果，那麼此刻自己就不會站在這裡了。荒謬，這個想法實在太過荒謬了——只是現在她腦子裡亂糟糟地，根本不知道自己該怎麼想。

「嘿！」雅斯培溫柔地幫她拭去臉頰上的一顆淚珠，同時微笑著為她打氣。「你知道的，只要有需要，隨時可以打電話給我。」他朝她眨眨眼，說：「我們互相扶持，好嗎？」

莉娜點點頭。「好的，謝謝。」

「那麼我……」再一次遲疑不定，接著他朝她俯身，在移步讓出位子給下一名弔唁者之前，在她臉頰上輕輕親了一下。

莉娜目送他的背影，接著目光掃過正朝她看過來的喬西和喬西的媽媽。莉娜覺得她們的眼神裡帶有責備的意味，但緊接著，她的注意力就被另一件事吸引了過去。

在喬西和蕾貝卡正後方，在丹尼爾安息之處的墓穴邊緣站著兩男一女，他們正低頭注視著棺木。三個人都穿著長度幾乎及地的黑外套，在七月裡，這樣的裝束著實太熱了。女子手中拿著一朵玫瑰，嘴脣無言地歙動著，彷彿在祈禱。接著她手一鬆，任憑玫瑰掉落，然後她抬起頭來，正好撞上莉娜的目光。

她朝莉娜笑了笑，彷彿她們相識，但莉娜不記得自己見過這名女子。女子年紀不過二十出頭，蒼白又纖瘦，幾近於骨瘦如柴，臉孔被長及下巴的頭髮框了起來。她是丹尼爾的友人嗎？是廣告公司的女員工？莉娜完全想不起來。

此刻，這三名身穿長外套的人也廁身在弔唁者行列中。莉娜持續和弔唁者一一握手致意。「致上我誠摯的哀悼……」

輪到年輕女子來到莉娜跟前，她朝莉娜伸出手。莉娜握住她的手搖了搖，女子什麼話都沒說，但她的目光友善又溫暖，臉上依舊掛著笑容，另一隻手則擱到莉娜的肩頭上，溫柔地順著她的手臂往下滑，一路滑到莉娜的手肘處。儘管這動作親暱得有點古怪，而且莉娜也不認識她，但莉娜絲毫不覺得有何不妥。

黑色外套的袖子略微向上縮起，露出一個刺青圖案。女子手腕處點綴著某種動物，是昆蟲嗎？莉娜見到一對張開的螯肢和向上翹起的尾巴，尾巴末端還帶著鉤。蠍子，那圖案顯然是一隻蠍子。莉娜立刻想到「死啊，你的毒鉤在哪裡？」，這首泰勒曼的眾贊歌也是追思禮拜經常選用的歌曲，但最後她和艾絲塔決定採用舒伯特的曲子，因為那是丹尼爾最喜愛的。

「謝謝。」莉娜答道。女子往旁邊踏開一步，讓出位子給兩名同行的夥伴，他們同樣默默和莉娜握手。緊接著又是下一名致哀者來到莉娜面前，魚貫而來，簡直永無止盡。

莉娜的雙腿愈來愈沉重，背部發疼，同時感到頭暈目眩，幾乎快站不穩了。她連忙用雙手撐住臀部，偏偏艾瑪也在這時開始又踢又蹬，在她肚子裡大鬧。

「還好嗎？」艾絲塔低聲詢問。

莉娜點頭。儘管什麼都不好，一點也不好。

「致上我的哀悼之意。」一名嗓音低沉的男子說。莉娜轉向他，和他握手。這名男子身材高大，穿著黑襯衫、黑西裝，沒有打領帶，搭在左手臂上的深色風衣輕輕晃動著。

「謝謝。」說完，莉娜便準備和下一個人握手，但男子依然在她前方立定不動。莉娜以詢問的目光望著他，等待著，看他是否還有話要說。

他清了清喉嚨，說：「我是尼可拉斯．克羅恩。」

「哦？」她定睛看了看他。對方顯然期待她對這個姓名會有印象。金色短髮、褐色眼珠，下巴上有個小酒渦，年紀大約將近四十。可是沒有，她從沒見過這個人。

「抱歉，我這麼冒昧前來。」一看出莉娜對自己的姓名毫無印象，男子於是解釋：「我是托馬斯．克羅恩的弟弟。」

「哦。」莉娜膝蓋發軟，必須扶著婆婆的手臂。艾絲塔困惑地瞥了她和男子一眼。

莉娜聲音微弱地說：「另一位駕駛。」

尼可拉斯．克羅恩點點頭，說：「是，他正是家兄。」

托馬斯．克羅恩，她怎麼會忘了這個名字？

「但願我的出現不會令您感到不悅。」他說：「不過，看到了《晚報》上的訃聞，我覺得一定得過來向您表達我的哀悼之意。」

「非常感謝。」莉娜說。

這時艾絲塔也知道了男子的身分，她朝他伸出手，說：「我也要向您表示我們的哀悼之意。」

「謝謝。」尼可拉斯吞嚥了一下，忍住淚水。接著他再次轉向莉娜，從外套口袋裡取出一張名片遞給莉娜，說：「如果您想找個了解……您知道我的意思——找個人談談，我隨時都很樂意。」

莉娜接過名片，嘴上說：「我會再跟您聯絡的。」心裡卻想，自己絕對不會和他聯絡。哪有必要呢？難道說說話就能改變已經無法改變的事實？

「樂意之至。」他又吞嚥了一下，接著微微一鞠躬，退到一旁，加入準備離開墓園、前往餐廳的弔唁客人之中。莉娜和艾絲塔已經安排好在餐廳邀請大家用餐了。

就這樣又過了二十分鐘，莉娜才和最後一名致哀者握完手。當她在婆婆的攙扶下準備返回教堂附近的停車場時，她已經疲憊萬分了。

從前方一片黑壓壓的人群裡，莉娜認出了尼可拉斯·克羅恩，他正和有著蠍子刺青的女子邊走邊談，看來他們兩人早已認識。莉娜還來不及多想，背後突然傳來一聲淒厲的尖叫，接著莉娜便感覺到背後遭人狠狠撞擊。她身軀搖晃，接著腳步一個踉蹌，身體倒向地面，幸虧在最後一秒她用雙手撐住。當她的身軀在碎石路面上滑過時，碎石子深深嵌進她皮肉裡，令她皮開肉綻。莉娜本能地側轉身軀護住腹部。胎兒，她心想，老天，胎兒！

「喬西！」不知何處傳來一名婦女的喝止聲，莉娜茫茫然地感到頭暈，不曉得方才究竟是怎麼回事。她試著想站起來，力氣卻不夠，只好無助地閉上雙眼。

「都是你害的！」

莉娜張開眼睛往上看，看到的是正上方喬西憤怒扭曲的臉孔。喬西高高抬起一隻腳，準備朝躺在地上的莉娜踹下去，嚇得莉娜雙手護住腹部，準備接受那痛徹心扉的一腳。

「喬西！」

喬西被人拉開，蕾貝卡從後方環抱住女兒，和奮力掙扎的喬西角力。「立刻住手！馬汀，快幫忙！」現在丹尼爾的女兒被媽媽的丈夫抱住，但連他都費了好大的勁兒才能避免她掙脫。

「都是她害的！」喬西再次咆哮，並試圖掙脫馬汀的控制。另外幾個男人，包括雅斯培和尼可拉斯都趕緊過來幫忙制住她。「凶手！」喬西仍然怒吼著，嘴裡噴出口沫大罵：「你是凶手！如果沒有你，爸爸就不會死！是你殺了他！」

周圍的人驚駭地望著這一幕，艾絲塔臉色死白，她站在媳婦身邊，一隻手駭然掩住了嘴，蕾貝卡也震驚地直搖頭。

「放開我！」喬西大吼大叫，氣得快瘋了。

「喬西！」她媽媽呼喊：「冷靜！」接著哭了起來；這是莉娜第一次見到她流淚。

「你沒事吧？」是尼可拉斯．克羅恩，他朝莉娜彎下身，想扶她起來。

莉娜說不出話來，她感到頭暈目眩、天旋地轉，身體痛得有如被人用上千枚釘子凌虐。

再下一秒，她感覺到體內一陣抽搐，有如被撕扯開來。同時間，她感覺到在衣服底下，兩腿之間有液體順著大腿向下流淌。

羊膜破了。

我

你感到歉疚嗎？我確信你感到歉疚。不過沒有用，已經太遲了。在你之上有另一位更崇高者在審判。等時間一到，他同樣會對我做出判決，而我也將誠心領受。但首先你自己必須先認罪，承認你莫大的罪孽，對此懺悔，並且打從心底深自悔恨。在此之前是不會有救贖的，不會有你的救贖。

奉聖父、聖子、聖靈的名赦免你的罪過，阿門。

7

艾瑪不喝奶，艾瑪不哭鬧，艾瑪在睡覺。

莉娜帶女兒回家有十天了。十天前，救護車載著她和她婆婆從歐爾斯道夫墓園直奔大學醫院，莉娜在那裡進行剖腹產生下了艾瑪。不是自然分娩，由於臍帶脫垂無法自然分娩，必須全身麻醉剖腹生產。

莉娜滿心的期待落空了。就算沒有丹尼爾在身邊握著她的手，她很清楚生產過程可能有多辛苦、多痛，她依然希望能自然分娩。別的事不能如她意，至少她可以自然生產。雖然尚未親身經歷過，但莉娜已經見證夠多的生產過程，一直以來她見到的都是歷經數小時奮鬥後，終於抱著新生命時，新手媽媽的幸福臉龐；精疲力盡、虛軟無力，但依然洋溢著喜悅。

莉娜並不開心，剖腹產讓她不開心，孩子也讓她不開心。這個握著小小拳頭、曲著兩隻小腳的寶寶肌膚細嫩、溫暖，散發著爽身粉的甜香。她暗色的頭髮已經相當濃密，一雙水藍色的眼睛試圖盯著莉娜的臉孔，卻總是定不住。這個小人兒是需要她守護、需要她的愛與關懷的人。每一天、每一分、每一秒，無時無刻不需要，並且會持續好多年。

儘管莉娜經常把寶寶抱在自己光裸的腹部上或胸前，艾瑪對莉娜依然感到陌生。艾瑪不肯喝莉娜的奶水，這是橫亙在她們之間的隱形障礙，是阻礙母親與女兒親近的障礙。

吉內斯似乎比莉娜更愛這個孩子，夜裡牠總是睡在艾瑪的搖籃邊，一有風吹草動，牠立刻警覺地豎起耳朵，隨時準備採取行動。

莉娜卻相反，她什麼都沒做。

「Bonding」，嬰兒與母親之間的親密連結。她自己經常把這個字掛在嘴邊，向新手媽媽解釋這種最早期的連結有多重要，這段時間使母親與嬰兒緊密綰繫，形成一種永遠存在的親密關係。結果現在卻是這樣！莉娜完全沒有做到她對別人所說的話，對她和艾瑪而言不過只是一種理論。

灰暗，她的周遭、她的內心，一切都灰灰暗暗的。她覺得自己被囚禁在一部黑白電影中，她的人生荒涼又絕望。

艾絲塔天天幫艾瑪量體重，她發現艾瑪體重增加太慢。艾瑪應該一星期長一百二十公克，但現在她卻增加不到八十公克。艾絲塔說：「這樣下去不行，她太輕了。」艾瑪出生時還有三千一百多公克重，扣掉出生後幾天正常減少的重量，現在她也不過才兩千八百公克。

「我知道，」莉娜回答：「是我的問題，我奶水太少。」

艾絲塔嘆了一口氣，說：「那你就得餵她喝奶粉。」

「不行！」莉娜嚇壞了，說：「我不要！母奶對她是非常重要的！」

「可是目前就是沒辦法這麼做！莉娜，你先別堅持，艾瑪喝奶粉也能健康長大。」她笑著說：「我也沒餵丹尼爾喝母奶，現在你看他……」

話一出口她就發現不對勁，立刻垂下眼簾，說：「對不起……」

莉娜趕忙答應：「我們就試試奶粉吧。」她從沙發上起身，把在她胸口酣睡的艾瑪抱進搖籃車裡。

兩人一起走進廚房，艾絲塔已經買好一盒奶粉和奶瓶放在那裡了。

奇蹟出現！艾瑪開始喝了。莉娜將她抱起來，溫柔地撫摸她將她喚醒，把奶瓶湊過去，她立刻貪婪地吸吮起來，一口氣吸了好久。

「你瞧，」艾絲塔說：「我們可以把她養大的。」

「是啊。」莉娜低頭望著女兒回答，心想：「愛的結晶」，眼前似乎見到丹尼爾正在規畫他們的共同生活，為了非常重要的新開始而規畫。

「怎麼樣？你覺得怎樣？」丹尼爾站在這間公寓寬敞的玄關詢問，剛才他便是帶領莉娜從玄關進來。這間雅緻的古老建築有四間半房、一間極寬敞的廚房、兩間儲藏室，外加一個全套衛浴設備、一間專供客人使用的洗手間，甚至還有座專屬他們的小花園。一百二十平方公尺大，坐落在漢堡市羅特鮑姆區拉珀街，地點就在市中心，離阿爾斯特河不遠，有大片綠地，堪稱是都市中的綠洲。

「真漂亮，」莉娜稱讚，「住在這裡一定很舒適。」

「我也這麼想。」他一隻手攬著她的肩頭，接著彷彿只是邀請她晚上看場電影般說：

「所以我希望很快你就會搬來這裡。」

「噢？」她離開他的臂膀，驚訝地看著他。「這麼快？」同時間內心感到雀躍欣喜。丹尼爾出院三週了，在這三個星期中，他和莉娜一有空就見面，只是還沒有肌膚之親。他們倆希望等到丹尼爾和他妻子「關係明朗」以後，畢竟他的妻子還不知道莉娜的存在。

「我們何不試一試？」他說：「我們都是成年人，而且我很清楚自己想要什麼。」他深情款款地凝視著莉娜，說：「今天晚上我就跟蕾貝卡談。」

「對她來說，這肯定是顆震撼彈。」

他笑了起來，再度攬住她的肩膀。「別想那麼多，一切都會很順利的。」

她依偎在他身上問：「你這麼想？」

「那當然，我清楚得很。」接著他將她稍微挪開些，懇切地望著她問：「嗯，怎麼樣？你願意跟我一起住嗎？」

當她回答「非常願意」時，喉嚨裡彷彿卡著一塊石頭。

他將她拉過去，溫柔地親吻她，莉娜對這樣的吻幾乎已經上癮了。接著他拉起她的手，再一次帶領她參觀他的公寓，這次莉娜觀看的目光已經截然不同了。

「這裡，」他興奮地說：「會是我們的客廳，有大大的門通往花園最理想了！另外呢，廚房就在旁邊，也許我們可以弄個門，這個我得跟屋主好好商量。」莉娜隨著他走進下一個房間。「這裡我想當成書房，這樣我想在家工作時就可以使用；你當然也可以擺張書桌處理你的文書工作。」

莉娜點頭，她在腦海裡描繪那幅美好的畫面：丹尼爾和她雙雙坐在書桌前工作，偶爾彼此深情凝視、微笑。她想像自己有時起身過去，親吻他的頸背；沒什麼特別的理由，只是想這麼做。這時他濃密的黑髮會搔得她鼻頭刺癢，她會用一隻手將他的頭髮揉亂，並且在他臉頰上親一下。在他通電話談生意時，自己將會因為他成功戒癮並且擺脫悲情的心態而為他感到驕傲。

莉娜深知，距離丹尼爾痊癒還有段路要走；但她確信他不會再犯癮了。從出院到現在，他連一根菸都沒碰過；而她相信，他也不會再碰酒了。

兩人瞧著下一個房間。「這裡，我打算當作我們的臥房。」丹尼爾說。

我們的臥房。離開父母家後，莉娜曾經有兩年和別人共同租屋生活，除此之外她都是單獨住，更不曾和男人共同生活過。

她繞到他背後，環抱著他的上身，把一側的臉頰貼在他背上，合上雙眼，說：「我好像在作夢，我還無法相信這是真的。」

「這是千真萬確的，」他握住她的雙手，一隻手的大拇指輕輕撫觸著她的手指頭，「這一切都是真的。」說著，他在她的環抱中緩緩轉向她，直到莉娜的臉龐依偎在他的胸膛，接著他用一隻手將她的下巴抬高，凝視著她，深情到幾乎令人心疼。

又一個溫柔的吻，但這吻愈來愈急切、熱烈、激動。他雙手摟著她的頸背，經過她的背部下滑到臀部。他小心翼翼地讓她的身軀貼靠過來，壓得既緊又小心，身體同時往下蹲，將她拉向地板。

兩人躺臥在地板上，在臥房硬邦邦的木質地板上，身體貼著身體。陽光從大大的窗戶投射進來，照射在丹尼爾的臉上，照得他一雙碧眼閃爍著光，而他身上典型的蘋果與甘草味更是令她陶醉，她想爬進他體內，和他溶而為一；她想要就這麼和丹尼爾躺在地板上，永遠不再起身。

他開始用一隻手解開莉娜襯衫上的鈕釦，中間不時停頓一下，用目光確認這也是莉娜想要的，確認自己並沒有太過分。莉娜差點就要按捺不住地高呼：「我要！」她恨不得自己把身上的衣物扒下來，這世上再沒有她更渴求的了。純粹是基於對他的尊重，基於尊重他的觀念莉娜才表示，她覺得他們再等一等比較好，等到他把所有的事情都處理好、都釐清了，完全自由了，可以跟她在一起、和她共同生活時。此刻她感覺到丹尼爾已經準備好了，他早就自由了。

「我愛你，」他呢喃著說：「我愛你勝過任何人。在你來到以前，什麼都沒有意義，現在你就是我的一切。」

「我也愛你。」她回應著。

「第四個房間要做什麼？」一個鐘頭後，他們依然並靠著躺在木質地板上，兩人都赤裸著身體、滿身大汗又極度幸福。他一隻手沉沉地擱在她的腹部上，她的頭則枕在他的臂彎裡。這時莉娜問：「第四個房間有什麼用途？」

「你知道的呀，」他偏過身體，用一側的手肘撐著身軀凝視著她，說：「我想讓喬西也住這裡，這個房間是要留給她的。」

「哦，這樣啊。」話才說完，她隨即感到自己太蠢了，怎麼會忘了他還有個女兒呢？幾個星期前還在醫院時他就告訴過她，他想把女兒接過來。他說，他那十一歲的女兒應該和他同住，現在她居然提出這麼愚不可及的問題！居然在心醉神迷的情緒下妄想自己跟他在這間公寓房裡一起生活，只有他們兩人，在他們的新愛巢裡。她怎麼會這麼笨呢！

「這會對你造成困擾嗎？」他問。他目光裡的光芒消失，現在莉娜看到的是兩座又深又暗的湖泊。

「不會，當然不會。」她趕忙回答，同時用一隻手撫摸著他光裸的手臂，又說了一遍：「完全沒有問題。我一點也不希望你和你女兒分開！」雖然她並不認識這個女孩，只在丹尼爾的手機上見過她的照片，既然他愛這個女孩，她也會愛她的。「恰好相反，」發現他仍然懷疑地打量著自己，莉娜又補上一句：「我覺得能在這裡過真正的家庭生活很好。」

他終於又露出笑容，躺回地板上，接著又把臂彎留給她，讓她可以把頭靠在上面。

「剛才我有點自己嚇自己了，」他說：「萬一你回說，你不想要這樣，我就不知道該怎麼辦才好了。我不能也不要把喬西留在她媽媽身邊。」

「相信我，」為了消除他最後的疑慮，莉娜再次強調：「我一點也不反對。」但同一時間，她察覺到一股莫名的不安從她體內升起。「只不過我實在無法想像，你把另一個女人介紹給她認識，而她又得跟這個女人共同生活，到時情況會怎樣。」

「別擔心，」他解釋：「喬西很清楚，我跟她媽媽之間早就不對勁了。我們爭執，我們一連數日彼此不說話，這些她全都知道，並且深感痛苦。」

「是嗎？」

「沒錯。喬西經常見到我很不開心，以她這種年齡的孩子來說，太常看到了。所以我確定，她一定能夠理解的。今天晚上我跟蕾貝卡談判好以後，我立刻就搬出去；如果可以，我也會馬上把喬西接走。接下來幾個星期，你們可以彼此慢慢熟識。等到風平浪靜，我女兒也接納你了，你就解除租約，搬來我這裡。」

「聽起來好像一切都很簡單嘛。」

「本來就很簡單，」他說：「自從我認識了你，一切都變得很簡單。我不懂，我幹嘛奮戰這麼多年，其實我只需要放手就行了。」

「可是會怎……」她考慮該如何把接下來的想法轉換成語言，以免他誤解自己的意思。「可是蕾貝卡的反應會怎樣？她會怎麼說？」

「天曉得，」他答道：「其實我認為她根本無所謂。只不過她跟我過的舒服日子將會就此結束，她得再去工作，這她可一點也不喜歡。」

「我的意思是，你要把喬西帶走，她會怎麼想？」

「恐怕這件事她也不會太在意的。」

「你真的這麼想嗎？再怎麼說，喬西都是她的女兒！」

他聳了聳肩，說：「她就是這樣的人。」

「一直都這樣？」

「不是的，否則我就不會和她結婚了。她變了，我覺得是從喬西出生後開始的。不過，或許是我錯怪她了。總而言之，多年以來我一直試圖和她溝通，可是沒辦法，她根本不想。自從喬西出生以後，她就愈來愈疏遠我，我只好把寂寞寄託在酒瓶裡。」他苦笑了一下，說：「我不是想找藉口才這麼說……」

莉娜陷入沉思，心中浮起另一種不安。「還有……你的朋友們會怎麼說？你的員工呢？你的客戶呢？還有你媽媽？在他們眼裡，我一定成了破壞你婚姻的第三者。」這種想法實在令她不舒服。

丹尼爾哈哈笑了起來，說：「這種事我們可以不用管！」他側過頭來望著她。「莉娜，最近這三年我活得像行屍走肉，整天爛醉，腦子裡全是不斷折磨著我的陰暗念頭。」他突然變得極度激動，坐起上半身，說：「有天早上我醒來時，甚至發現自己尿床了，躺在我自己的尿水裡，我……」

「丹尼爾，拜託！」

「不，莉娜，你聽我說！當時我徹底完蛋了，什麼都沒辦法做，什麼都沒辦法！每天夜裡我都帶著一瓶酒坐在電腦前，白天則活得像置身一部由我擔任落魄主角的恐怖片裡。」

「當時你病了，」莉娜說：「那不是你的錯，酒精成癮是一種病。」

「沒錯，」他說：「現在我康復了，我會採用所有必要的手段讓這種情況維持下去。」儘管他呼吸還有點沉重，神情卻輕鬆多了。「我的朋友和員工怎麼想，我完完全全不在乎。至於我媽媽，她一定會喜歡你的。這一點我現在就很清楚，理由很簡單，因為我愛你。」

「可是你跟蕾貝卡一起生活了那麼久，還有……」

「拜託，莉娜，」他打斷她的話，「別再說什麼『可是』了，我們別再談這件事吧，那些都已經過去了，就像一場已經過去的惡夢。」

「好吧，」莉娜說：「所以今天晚上你會和你太太好好談談？」

「是的。」

「我有點害怕。」莉娜說。

「你不需要害怕。」他雙手捧起她的臉龐，又吻了一下，接著又一下、再一下，一直到她的恐懼消失，心中只有一股喜悅的暖流，這是她即將面對的新人生的喜樂。不管別人會怎麼想、怎麼講，她幾乎等不及要立刻享受這種人生了。

8

莉娜在書房裡，坐在丹尼爾的辦公椅上。整個上午她把艾瑪哄得好好地，自從開始給艾瑪喝奶粉，她顯然愛上了這種口味，幾乎每小時都想再喝。現在她終於在搖籃車裡睡著了。

莉娜望著桌上的物品：他的手錶、他的皮夾、他的手機還有他的婚戒。婚戒已經刮花、變形了。她沒有多少丹尼爾的遺物，一星期前她收到一個裝有他個人物品的小塑膠袋，這些物品是從他被燒毀的汽車裡找到的。

真令人難以置信，手機居然還能使用。她將手機連上網路，一開機，語音信箱立刻響起。她按掉自動留言，不想聽那些已經無用的訊息。

不想聽那些在打電話給丹尼爾時，不知道電話另一端已經無人能接聽；正當他們試圖和丹尼爾聯絡時，他已經被撞得稀巴爛，躺在一輛燒毀的汽車裡的人的聲音。

她只查了最後幾通通話名單，並暗自祈禱能見到自己的名字。她期盼丹尼爾想再聯絡自己，想跟她和好如初；想告訴她他正調轉回頭，想和她在公路旁會合，因為他對自己反應如此激烈深感抱歉，還有他愛她等等。

結果完全沒看到。莉娜其實沒有抱太大希望，當她被丹尼爾丟包在路邊後，她的手機便沒有再響起，她的名字自然不會出現在通話紀錄上。

她只查到一通打進來的手機號碼，這個號碼莉娜從沒見過，丹尼爾也沒有輸入對方姓名，而丹尼爾最後一次撥的也正是這個號碼。「仲介。」莉娜想起來了。他們開車到半路時，仲介曾經想和丹尼爾聯絡。自己丈夫最後一通電話，他人生的最後一通電話便是打給那個想把閒置在波斯特摩爾的農莊賣給他們的房地產仲介；那座農莊便是導致這次車禍的爭執原因，命運實在太捉弄人了。

莉娜想過要把語音信箱上的留言，無論新的舊的都聽過一遍；把手機上所有的簡訊、圖片和影片都看過，她實在太想探查他的物品了，但她隨即放棄這種想法。

艾絲塔和莉娜決定割捨他的物品，認為盡快將那些物品清運掉比較好，她和艾瑪不該活在記憶的囚室裡。莉娜認為，她的心理治療師應該也會贊同她的決定。

因此，莉娜把所有物品，包括丹尼爾的衣物、書籍、ＣＤ、盥洗用具等等，全都收進紙箱。另外，丹尼爾的合夥人在檢查過文件和檔案夾之後，把屬於公司的帶走，剩下的莉娜也同樣包好收妥。

此刻她正等待著婆婆過來。婆婆已經安排搬家公司，將這些紙箱搬運到她位於福克斯道夫寬敞住家的地下室存放，兩人約定將這些箱子擺放半年後就要全部處理掉。

她只保留他的手錶、皮夾、手機、婚戒和葬禮上的弔唁冊。她留下人們對他最後的悼念，這樣的物品不該交給他人。莉娜拿起這些物品，起身走進臥房，將這些遺物連同弔唁冊收進床頭櫃最上層的抽屜。

接著她疲憊地在床上坐下。等會搬家公司也會把這張床連同兩張床墊運走，不過是直接當作大型廢棄物處理，那家公司也會送來新床架和新床墊。在他們兩人的雙人床上，莉娜無法入眠，連睡一晚都沒辦法。丹尼爾和她經常在那張床上做愛，夜裡彼此一聊就聊上好幾個鐘頭，清晨醒來之後又共同規畫當天要做的事。她也沒辦法在殘留著丹尼爾的氣味，殘留著蘋果與甘草香的枕頭、棉被或其他寢具上入眠了。

莉娜的手機震動，是艾絲塔打來的。為了避免吵醒艾瑪，艾絲塔沒有按門鈴。快要走到玄關時，莉娜望了艾瑪一眼，她正在搖籃車裡吸著奶嘴安睡，吉內斯則跟平時一樣躺在旁邊的地板上，當牠聽到莉娜走向門口的聲響時，只是懶洋洋地豎起一隻耳朵。

「你都弄好了嗎，寶貝？」婆婆邊吻著莉娜的臉頰邊問。

「好了，全都包好了。」

「那麼就開始吧。」艾絲塔轉身朝三名穿著工作服的男子揮手。他們正站在一輛貨車旁，匆匆趕著享受一根菸。

四十五分鐘後，屋裡的紙箱全部清空，比舊床要小的新床已經組裝妥當，艾絲塔也把寢具都鋪好了。她準備了全新的寢具；新棉被雖大，但再大也只是一條，枕頭也只有一只，都是供莉娜個人使用的。

莉娜打算將公寓大門鎖上，卻見到兩名搬運工正忙著將一件家具從大卡車上搬過來。那是一張以天然木製成的小型嬰兒床，床的四周環繞柵欄，上頭還籠罩著粉紅色薄紗。

莉娜轉身，以詢問的目光望著艾絲塔，艾絲塔正從臥房走向玄關。

「該是時候了。」婆婆說。

莉娜點頭。她了解，該幫艾瑪布置屬於她的房間了。目前艾瑪要不是睡在客廳裡的搖籃車，就是睡在莉娜床邊的移動式嬰兒床，但總有一天該給她屬於自己的空間。一個專屬於她，貼有粉色系小熊壁紙，綴有彩色蝴蝶圖案的吸頂燈、滿滿一架子動物布偶、一個擺放她衣物的兒童衣櫥、一大片巧拼墊和滿滿一箱木頭積木與樂高積木。這座公寓的第四個房間除了擺放一張窄床，多年來一直空蕩蕩地為一位未曾來過的訪客——喬西——保留著，未來那裡就是艾瑪的房間了。

家具搬運工把兒童床安置好，同時將未曾使用過的客床搬上大卡車。這時艾絲塔說：「我們會布置得漂漂亮亮的。」

「會，」莉娜回答：「一定會的。」此刻，她不由得想起自己如何再三請求丹尼爾，說她準備把這個房間布置給艾瑪使用，而他的回答總是：「首先，這是喬西的房間。第二，距離寶寶出生還有足夠的時間，何況前幾個月寶寶反正會跟著我們睡。就算我們的孩子需要自己的房間，放幾件家具進去，兩天的時間也就夠了。第三，我還沒打消買下那座農莊的念頭，在我們開始全面改變這裡的安排之前，我一定要帶你去看看那座農莊。我們根本不確定是否會繼續住在這裡，說不定我們會離開這裡，搬到鄉下去呢！」

沒有，我們沒有繼續住在這裡，我們也沒有搬去鄉下，我們沒有。

9

「你為什麼不回我電話？這三天我都聯絡不到你！」莉娜在丹尼爾的新居門口轟炸式地猛按門鈴，丹尼爾才開門，莉娜已經壓抑不住滿腔怒火。她發現丹尼爾氣色極差，他臉色蒼白，眼睛底下帶著黑眼圈，但是怒火中燒的她對他絲毫不感同情。

「我傳了一通簡訊給你了。」說著，他往旁邊讓出一步，讓莉娜進來。

「一通簡訊，太棒了！」她在玄關脫下外套，狠狠地往地板上一甩，說：「你指的是『需要一點時間，我會再跟你聯絡』這種沒人看得懂的訊息嗎？」

「哪裡讓人看不懂了？」

「基本上就是！」莉娜也察覺到自己非常情緒化，但是她就快崩潰了。她最後聽到的說法是，他得跟蕾貝卡好好商量，再來就是這則情況不妙的簡訊……

「出什麼事了嗎？」莉娜拉著丹尼爾的手問。

「沒什麼，」他抽回自己的手，說：「來，我們到客廳去吧。」

客廳裡只有一張舊沙發和幾只搬家用的紙箱，丹尼爾將其中一只的開口向下，充作茶几使用。

「這裡還不太舒適，」他說：「可是蕾貝卡幾乎保留了所有物品，而我當然還沒有新家具。」

「沒關係。」話才說完莉娜就愣住了，但她不是被這裡簡陋的陳設嚇到，而是看到了紙箱一旁擺放在地板上的一瓶伏特加。「這是怎麼回事？」她指著酒瓶問。

「是酒。」丹尼爾在舊沙發上坐下，說：「來，過來我這裡坐。」

「可是為什麼……」莉娜不知該說什麼才好，「你為什麼又……」

「我沒有，」丹尼爾打斷她的話，抓起酒瓶，舉高，指了指還沒開過的瓶塞，說：「我原本想喝的，但後來作罷了。」

莉娜鬆了一口氣，同時又感到困惑。她依照丹尼爾的要求坐了過去。

「現在可以告訴我，發生什麼事了吧？」她再次要求。

「沒事。」他拿起酒瓶，但隨即放下，說：「只是我必須做決定。」

「什麼決定？」

「放棄讓喬西跟我住。」

「什麼？」她詫異地望著他，「我不懂。」

「這樣比較好。我考慮了很久，最後決定讓我女兒留在她媽媽身邊。」

「抱歉，可是你為什麼一百八十度大翻轉？喬西怎麼說？蕾貝卡呢？」

「蕾貝卡大鬧了一場，可是她說的話我一個字都不信。」他一隻手急促地梳掠過頭髮。

「喬西呢？」

「我想她很不好受，不過她了解我的苦衷——或者有一天會了解的。」

「她哭了嗎？」

「她當然哭了！」

「對不起，我……我……」她想尋找恰當的說法，卻怎麼也找不到。

「你不必說對不起，那本來就是意料中的事，畢竟她還小，而每個孩子都希望自己的媽媽爸爸住在一起。」莉娜察覺他朝伏特加瓶瞟了一眼；她從沒見過丹尼爾這麼魂不守舍的模樣。但捫心自問，她對他其實所知不多，顯然比她自己所認為的還要少。儘管從一開始她就覺得自己跟他特別投緣，但她對丹尼爾態度如此大翻轉還是感到無法理解。

「我還是不懂，現在喬西為什麼不該跟你住了。」她不敢說跟「我們」，「是她不願意嗎？」

「不是的，是我自己改變想法了。」

「為什麼？」

他猛然從沙發上站起身來，在客廳裡來回踱步，說：「你看我這模樣！」他幾乎是用吼的。「一遇到小小的情緒壓力，我就跑去買那個東西！」他朝酒瓶一指。

「和你太太離婚真的不只是小小的情緒壓力。」

「再怎麼說都沒有用！」他雙手擦抹著眼睛，說：「這樣不行，我沒辦法承擔對喬西的責任，我還太過脆弱，如果我這麼做，我也沒辦法當她的好爸爸，讓她留在她媽媽身邊比較好。」

「可是……」

他打斷莉娜的話。「不只是因為我病了。我每天在辦公室的時間超過十小時，孩子和廣告公司我要怎麼兼顧？這是絕對行不通的。」

「你說要請保姆，並且多在家……」

「這是在作夢！」他語氣嚴厲地說：「行不通的。」

有那麼一分鐘，莉娜什麼都沒說，只是默默望著他，心中感到無比傷心。接著她垂下眼簾，囁嚅著說：「還有我呢。」內心幾乎在等待丹尼爾開口說他們兩人玩完了；等待丹尼爾說，是他弄錯了，他並不愛她，只是在兩人認識的特殊情況下，誤以為那是愛罷了。她等待他說，請她走，從此別再來了；甚至說他將回到蕾貝卡和女兒身邊，說他想離婚不過只是一時衝動罷了。

大家豈不都知道，住院期間是一種特殊情況：離開一成不變的日常生活，身處遠離現實、受到庇護的場所。那裡只有今天，沒有明天，那裡的生活經過柔焦處理，就像被半透明玻璃製成的巨鐘罩著；他們之間不過是一段夏日的愛情插曲。

一旦重回「正常的」世界，他就不再需要莉娜，莉娜已經完成她的任務了：她燃起丹尼爾心中的激情，賦予他面對新開始所需的力量與意志。但現在他將獨自走下去，沒有她；獨自面對他的真實人生，沒有她。

「莉娜，」他又坐回她身邊，但保持一段距離，莉娜沒有勇氣抬起頭來，因為她等待著剛才自己想的那些話會像重重的打擊般紛紛落下。「怎麼可能？喬西根本不認識你，你沒有辦法取代她媽媽的。」

「我也沒這麼想，」她依然囁嚅著說：「可是你不是說，她一定會喜歡我嗎？」

「對，」他承認，「我確實說過。」莉娜從眼角餘光瞥見他朝她伸出手來，但隨即又縮了回去。「看來是我自欺欺人，因為那是我的希望，因為我非常非常希望。但老實說，你不太樂意她跟我們一起生活吧。」

「不是這樣的！」她抗議道：「我只是需要一點時間，讓自己習慣這種想法而已。」

「那麼你該慶幸，現在你不必去習慣了。」他說：「因為那不會成真，我們不會共同生活在一個屋簷下，組成快樂的家庭。」

「我們兩人也結束了嗎？」她被自己的話嚇到了，但這個問題她無法迴避。

丹尼爾遲疑了一下，接著他同樣盯著地板看，說：「我不知道。我真的不知道。所以我才傳簡訊給你，說我還需要時間。」

「時間。」她重複了一遍。她不相信他的話，他不過是在拖延，是在推遲無可避免的結果。丹尼爾不肯「刷」地撕掉膏藥，而是試圖一點一點地將它撕開。「好，」她強忍著淚水說：「那麼我走了。」她站起身來，丹尼爾似乎無意挽留。她站在沙發前猶豫著，祈禱他會將她拉回身邊，但是他並沒有這樣做。莉娜彎下腰，拿起那瓶伏特加離去。

回到家，在她位於洛克施泰特的兩房公寓裡，莉娜在廚房桌邊坐下，把伏特加放到面前，目光空洞地盯著看。接著她打開瓶蓋，就著瓶口喝下一大口。

接著一口再一口，希望酒精能麻痺自己，幫她忘掉這一切。

10

「你確定你沒問題嗎？」艾絲塔問。

「沒問題的。」莉娜答道。但她心裡想的卻是，未來兩星期自己該如何獨力照顧艾瑪。此刻她們兩人正站在莉娜位於漢堡市羅特鮑姆區的公寓玄關，艾絲塔準備出發和她高爾夫俱樂部的朋友們前往德國南部，在拜羅伊特度假兩週。早在丹尼爾過世前許久艾絲塔就訂好行程了，但現在她開始猶豫是否該去。

「我也可以取消。」她以詢問的目光望著媳婦，說：「其他人會諒解的。」

「千萬不要！這趟旅行對你有益，你也得出去走走。」

莉娜其實非常盼望艾絲塔能留下來，繼續精力充沛地幫自己照顧艾瑪。艾瑪現在四個星期大，現在她雖然很樂意喝奶粉，但想到未來十四天自己得單獨帶孩子，莉娜就感到恐慌。

她擔心艾瑪會察覺媽媽內心有多冷、多麼槁木死灰；也擔心艾瑪會察覺她的存在依然無法帶給媽媽喜悅；四週過去了，還是沒辦法。另外，莉娜也擔心自己會一直想哭，一味地想哭；擔心得勉強自己才能振作起來。

半夜裡，莉娜往往因為哭泣或突如其來的恐慌而一再驚醒，滿身大汗地躺在床上，覺得房間的牆壁正朝自己逼近，覺得自己快無法呼吸——她胸口上的壓力實在太大了。這一切，都不能讓艾瑪察覺。

就連白天時恐慌也會襲擊，將莉娜抽離真實的環境，把所有一切都幻變成虛幻的景象，各種顏色變得更為刺目，聲響變得更大，而莉娜覺得她可以從外在世界觀察自己，彷彿置身在再也醒不過來的驚悚夢境裡。

莉娜害怕自己會發瘋，因此上醫院看精神科。醫師告訴她：「產後憂鬱症，您這是解離症。」她不知道是孩子的出生還是丹尼爾的死使自己陷入這種狀態，或者兩種原因都有。

「你確定嗎？」艾絲塔又問了一遍。

莉娜點頭說：「艾瑪很健康，我自己也一天比一天好。」她盼望自己的語氣聽起來有信心。「再說，不過是兩星期，真的不是什麼大問題。」莉娜勉強擠出笑容，看起來倒像是扮了個鬼臉。「何況我還有這個。」她從玄關茶几上拿起一小袋藥錠，高高舉起。這種「他佛」能讓她鎮定，萬一她的恐慌症太過嚴重，這種藥物能讓她正常行動。「再說，吉內斯也會照顧我們的。」這隻拉布拉多犬正在客廳艾瑪的搖籃車旁打盹，聽到自己的名字，立刻汪汪叫了幾聲。

「不好，」婆婆考慮了一下，接著開始脫起身上的夏季外套，說：「我想我還是取消行程，在這裡陪你們。」

「拜託別這麼做！」莉娜一隻手搭在艾絲塔的手臂上，說：「你已經幫了我很大的忙，葬禮、文書工作，光是這些事沒有你我根本辦不了，你真的該稍微喘口氣的。」

「可是就算到了南部，我還是片刻都不會放心的。」

「如果你因為我的緣故而不去，我只會更加不好受。」客廳裡傳來一聲低低的哭聲，艾瑪有動靜了。「你又不是要去多遠的地方，」莉娜表示：「萬一真的有問題，我一定會馬上打電話給你；何況我也有朋友能幫我。」莉娜是不會打電話給朋友的，少數幾個熟人和雅斯培都曾多次在手機留言，約她出去散心，但莉娜都沒有回覆。除了艾絲塔，她不想接受別人的幫助。她不要別人同情，受不了別人的同情！

艾絲塔嘆了口氣，說：「好吧。不過至少讓吉內斯跟著我。」

「高爾夫之旅帶牠又派不上用場，牠頂多只會在球場上亂挖一通，還會追逐你們的球！」

「這你就不用擔心了。我們有將近二十個人，任何時候都有人可以照顧牠，或是帶牠散步。」

「好吧，你就帶牠去吧，這樣我確實會輕鬆些。」聽到莉娜的呼喚，吉內斯立刻跑過來。莉娜幫牠繫上牽繩，交給婆婆。

「我會幫牠買狗食的。」艾絲塔說。

「好。」莉娜問：「那你那裡的植物和郵件呢？需要我偶爾過去看看嗎？」

「我的鄰居會幫我，鑰匙我會交給她。」艾絲塔叮囑：「從現在起，你只要照顧好艾瑪和你自己就好了。你要多帶她到戶外活動；還有，如果艾瑪乖乖地，在家時你也要經常把腿抬高。」

「我會的。」說著，莉娜因為艾絲塔無微不至的關懷而感受到一股暖流。

「有什麼事就打電話給我，我會隨身帶著手機。」

「我會的。」又一聲「哇」從客廳傳來，這一次更加大聲，艾瑪吵著要喝奶了。吉內斯汪汪叫著，邊拉扯牽繩，想回到艾瑪身邊。

「靠，吉內斯！」丹尼爾的母親嚴厲喝斥，並緊緊拉著牠。

「你走吧，我得餵艾瑪喝奶了。」

艾絲塔再次擁抱兒媳婦，說：「等我到了，就打電話給你。」

「好，就這麼辦。」

艾絲塔帶吉內斯出門，屋裡只剩莉娜獨自陪伴現在正扯開喉嚨大哭的女兒。莉娜匆匆進到廚房沖泡好一瓶牛奶，回到客廳，把艾瑪從搖籃車裡抱出來，帶到沙發上坐下，調整好哺乳枕的位置，把溫熱的牛奶遞給寶寶喝。

「寶寶乖乖，」莉娜輕聲哄著，艾瑪閉著眼睛吸吮奶瓶。「媽咪在這裡，媽咪不會走掉。」莉娜同樣閉起雙眼，聽著女兒的吸吮聲。媽咪不會走掉。爸爸走了，但是媽咪會留在這裡！

11

三天過去了，艾絲塔出門旅行到現在才過了三天，莉娜卻覺得似乎過了好多天。艾瑪好像察覺到媽媽焦躁不安，似乎清楚感受到莉娜應付不來，因此連一分鐘都不肯讓媽媽喘氣。她幾乎整天哭鬧：肚子餓、肚子痛、太暖、太冷、累了、尿片溼了。莉娜設法每隔半小時就盡力滿足這個小人兒可能的需求，一下子餵她喝奶，一下子按摩她的小肚子、換尿片，餵她服用順勢療法用的糖球藥丸，唱歌、逗弄她，抱著她搖來搖去地在客廳裡走動，開窗、關窗，把玩具弄得喀啦喀啦響、搖撥浪鼓、播放音樂、量體溫或是幫她的小屁股塗抹乳液。

趁著艾瑪安靜或入睡的短暫空檔，莉娜往往精疲力竭地癱軟，她趕緊養精蓄銳，準備迎戰下一波哭鬧尖叫。莉娜差點就想打電話給艾絲塔，求她中斷旅程回來，但最終她還是想獨力處理，不願就這麼放棄！

每次艾絲塔打電話來，莉娜就走進廚房、關起門，以免艾絲塔聽見孫女的哭鬧聲。這時莉娜會裝出快活的語氣，表示一切都很順利，非常非常順利。她總是這麼欺騙丹尼爾的媽媽，避免她擔心。

其實完全不是這麼回事，莉娜對艾瑪一直毫無感覺，她對艾瑪還是感覺不親，她內心深處依然麻木空虛。現在，除了憂鬱，她還被剝奪睡眠，被哭喊尖叫搞得快精神崩潰。有好幾次莉娜已經拿起醫師幫她開的藥，但每次又原封不動地放回去，深怕這種藥物會讓自己完全喪失行動力。

此刻，凌晨三點時分，她再度想起「他佛」，這種藥物就放在浴室盥洗檯上方的鏡櫃裡。艾瑪只稍微睡了一下，從午夜到凌晨兩點，接下來的一個小時她又聲嘶力竭地哭鬧著。莉娜抱著女兒坐在沙發上，唱著、搖著，唱著、撫摸著她的小腦袋，唱著、哭著，淚水止不住地流。不行了，這輩子她第一次感到如此虛弱又心力交瘁。

將來該怎麼辦？

未來該怎麼辦？未來幾年該怎麼辦？她的力量該從哪裡來？現在她已經崩潰了。

她站起身，抱著寶寶在客廳裡來回走動。她是大家所能想像最孤單的媽媽，在深夜裡、獨自一人，現在更加上了自憐自艾以及滿腔怒火。她氣丹尼爾離棄自己，氣他當天那麼大意，氣他開車時沒有謹慎些。如果他能開慢一點，或許就能閃開另一輛車，他絕對閃避得了的。他絕對來得及迅速調轉方向盤，救自己、也救托馬斯·克羅恩一命。他為何沒這麼做？

莉娜將艾瑪抱進搖籃車，前後推動、前後推動。艾瑪安靜了一下，但隨即哭鬧得更加劇烈，莉娜也推得愈發迅速、愈發絕望。她該怎麼辦？她究竟該怎麼辦？

「你到底要什麼？」她突然對著女兒嘶吼，同時朝嬰兒車狠狠一推，推得它滑行撞上了房間牆面。「你想要我怎樣？別再哭了！你給我安靜！該死，別再哭了！」

她被自己嚇到了，嚇得雙手掩住臉龐。她怎麼會如此失控抓狂？

她眼前彷彿見到急診室裡的小寶寶們，失去意識、一身是血，遭人毆打、被人掐脖子、被人用枕頭悶得只剩半條命，被暴怒的父母狠狠搖晃，直到他們不再吵鬧為止。之後則是青少年福利局、家事法庭、寄養家庭——孩子離開，到安全的地方去了。

不行！在這種情況發生之前，她要打電話給艾絲塔，承認自己無能、請她協助。她一定要這麼做；但不是現在，不是在這種時刻。等明天一大早吧，屆時她一定要這麼做。

門鈴響起，先是一聲，接著又是一聲，再來有人敲起莉娜家的木門。莉娜僵住了，這種時刻怎麼會有人來？

莉娜走到玄關，背後傳來艾瑪的尖叫、抽噎、哇哇啼哭聲。

莉娜透過門上的貓眼向外窺看，站在門外的是二樓的鄰居利希特太太。這位老婦人腳上趿著居家脫鞋，身上披著晨袍。

莉娜把門打開。「請問？」

「不好意思，安德森太太……」看得出利希特太太很尷尬，她說：「不過您家的寶寶把整棟公寓的人都吵醒了。」

莉娜感到一股怒火又從體內升起，她說：「抱歉，可是小寶寶本來就會哭鬧啊。」

「是沒錯啦，當然是啦，但不是二十四小時都在哭鬧呀。」

「您倒是說說看，什麼時候才能哭？」

「啊，安德森太太，」利希特太太顯得手足無措，語氣裡也夾雜著同情，「我知道您的處境很艱難，可是……」

「哦？」莉娜拉高音量，「您知道？」她朝這位鄰居逼近一步，恨不得用力推她一把，將積累在胸中的鬱悶一古腦發洩在她身上。「您先生是幾歲過世的？四十八歲嗎？跟我先生一樣嗎？」

「我……」

「您曾經獨自帶孩子嗎？懷孕時獨自一人，分娩時獨自一人，在最難熬的頭幾個星期獨自一人？獨自忍受那種難以承受的痛？」利希特太太什麼話都沒說，只是窘得低垂著目光，但莉娜仍然止不住對她咆哮。「哦，沒有，就是這樣！我記得他是去年過世的，安詳地在睡夢中走了，享壽八十多歲！」上面的樓層響起開門聲，似乎有其他鄰居想出來了解情況。莉娜不在乎，她什麼都不在乎。「兩位一起過了圓滿又長壽的一生！有子女、孫女、曾孫女，而他們絕對不會尖叫哭鬧，因為爸爸被壓在撞得稀巴爛的汽車裡，因為爸爸像頭被人宰殺的豬失血過多而死！」

「我也感到萬分遺憾，」利希特太太囁嚅著說：「我只是想……」

但她的話硬生生被莉娜打斷。「結果您居然埋怨我女兒哭鬧？您認為我該怎麼辦？把她活活打死？將她扔到窗外？將她淹死在浴缸裡？請您給我建議吧！」

這下子利希特太太嚇得睜大了眼睛。「老天，您這是什麼話？我並不是想責罵您，絕對不是。」她用舌頭舔著皺癟癟的薄唇，說：「不過……嗯，也許您可以……依據我孫女的經驗，我知道大學醫院有哭鬧門診，他們或許幫得上忙？」

「哦？哭鬧門診？」莉娜朝這位鄰居跨近一步，逼得利希特太太往後退。「我自己是助產士，」莉娜說：「您以為他們可以教我什麼我不知道的嗎？」

「我……我……」

「走開！」莉娜低聲說：「給我滾，別來煩我！」

「但您不是……」

莉娜終於扯開喉嚨大吼：「別煩我了！」接著把門「砰」地狠狠摔上，站在玄關裡重重喘著氣，眼睛瞪著不透明玻璃後方的身影。這身影要走不走地離去，而艾瑪依然放聲大哭。

莉娜勉強放緩呼吸。和利希特太太的爭執儘管不愉快，倒是讓她恢復了冷靜。她走進臥房，將不斷尖叫的艾瑪從搖籃車裡抱出來，幫她脫掉睡袋，穿好褲子、外套，戴上輕便的小帽子，再輕手輕腳地來到她放置嬰兒推車的樓梯間，把艾瑪放進去，推著車離開公寓大樓，踏入依然燠熱的夜風中，只想出去，不管去哪裡都好，只要是寶寶的哭鬧聲不會吵到別人的地方就好。

波斯特摩爾。沒錯，那棟她不想住的閒置農莊就是這樣的地方。那裡不會有利希特太太或其他受不了寶寶哭鬧的鄰居；她、丹尼爾和艾瑪在郊外自家屋子裡，不受任何干擾、和和樂樂地組織完美的小家庭。

淚水再次潸潸而下，因為事情被她毀了！因為她幼稚地拒絕去那座農莊看看，就看那麼一下，夢想一下、讓想像自由奔馳，不需要做任何決定。那天她如果不那麼固執，不那麼自以為是，丹尼爾就不會死。沒錯，喬西說得對，是她，是莉娜害死丹尼爾的。她就是在那一天，在她與他於車內激烈爭吵、吵到艾瑪在她肚中亂踢亂蹬的那一天害死他的。

艾瑪睡著了。莉娜推著嬰兒車繞著英諾森公園走動時，艾瑪終於慢慢入睡，鼻息和緩，嘴巴還發出吧嗒吧嗒聲，看起來如此無辜。趁著這安詳的片刻，莉娜的目光掃過公園周邊的都會豪宅，這些華麗的聯排別墅大多建於十九世紀，前院經過悉心照料，還有供高價車停放的車位，住在這一帶的大多是豪門大戶人家，或是一些新貴，如今莉娜甚至也住得起這樣的房子。丹尼爾為家人做了妥善的規畫，他為莉娜、艾瑪、喬西和母親都留下了一筆財產，莉娜甚至還能出售她在廣告公司的股份。「至少你不必為錢煩惱。」艾絲塔這麼說。是啊，至少不必為錢煩惱。

她走進公園，橫穿過大半個園區，最後在其中一張長椅上坐下，心不在焉地將嬰兒車前後推動。這裡如此靜謐安寧，除了幾輛從遠處經過的汽車，唯一的聲響就是嬰兒車的輪子壓輾沙徑的聲音。莉娜可以在這裡坐上一整晚。

突然「喀嚓」一聲，莉娜聽到後方傳來不尋常的聲音，她嚇得轉過身去，眼睛緊盯著茂密的灌木叢。

「哈囉？」她高聲問：「有人嗎？」

靜默無聲。莉娜只聽得到自己的心臟「怦怦」敲擊著胸膛，將血液傳送到她耳朵裡。莉娜緊張地瞇起眼睛，試圖辨識暗處中的物體。樹葉間是否有任何動靜？沒有，什麼都沒有。她屏住氣再仔細傾聽，還是寂靜無聲。

她緩緩從長椅上起身，推著嬰兒車往公園出口移動。她原以為經歷過這些遭遇後，她已經沒什麼好懼怕了，但此刻她突然感到恐懼，一種毛骨悚然的恐懼。

但她並不是為自己，而是為艾瑪的安危感到恐懼，這一點幾乎令她感到慶幸了。她心中出現一種悸動，一種對孩子的悸動，終於有感覺了！但也正是這種感覺令莉娜感到恐懼，萬一有人想攻擊她們該怎麼辦？萬一有人躲在這裡，等著襲擊她和艾瑪，該怎麼辦？吉內斯，這隻在阿爾斯特河畔保護她不受芭貝特和塞巴斯提安傷害的狗兒，這時並不在這裡。

別傻了，她想：「你人在市中心呢。」但緊接著下一個念頭卻是：「這座公園裡空蕩蕩的沒有人，誰聽得到你的呼救聲呢？」

那裡，那裡又傳來了「喀嚓」一聲！莉娜開始奔跑，倉皇之中還在沙徑上絆了一跤，差點翻倒嬰兒車。莉娜聽到一聲輕微的啼哭，知道艾瑪被自己驚醒了，但此刻她哪會在乎，一心只想趕到出口，逃離公園。

「喀嚓！」從她近處的灌木叢裡傳來一陣沙沙聲，莉娜驚恐地張望，以為會見到一個黑色身影、一個令人生畏的跟蹤者會攻擊她，拖她、拽她。不久前，她才看過一名慢跑女性在德國北部，大概是弗倫斯堡還是呂貝克一帶遭人襲擊、殺害的新聞。

又一陣沙沙響，接著某種物體拂過她的腳踝！莉娜嚇得驚聲尖叫，艾瑪哇哇哭了起來。

接著她認出那個物體，忍不住為自己的大驚小怪而哈哈笑了起來。那是一隻松鼠！不過是隻跑過她身邊的松鼠。她隱約見到這個尾巴蓬鬆的小動物正竄進馬路另一側的灌木叢裡。

莉娜喘了一口大氣，同時朝嬰兒車彎下腰，安撫著艾瑪。

「噓噓，」她說：「沒事了，我的小寶貝，沒事了！」她撫摸著艾瑪的臉頰，把滑出來的奶嘴塞回她嘴裡，繼續說著話安撫她。艾瑪開始吸起奶嘴、閉上眼睛，馬上又睡著了。

莉娜又站了一會兒，她凝視艾瑪，享受著一波波的溫熱空氣。丹尼爾告訴過她，人類遭遇危險時反應會特別情緒化，危險會把我們最內在的一面翻轉向外；比如在那種特殊情況下，人們特別容易陷入愛河；這是一種行之已久的廣告手法，無論用在汽車、旅遊、香菸廣告，甚至建房儲蓄契約上都屢試不爽。

又是「喀嚓」一聲，就在莉娜和艾瑪即將抵達家門時，在她背後又傳來了相同的聲音。「又是松鼠。」莉娜腦子裡閃過這個念頭，卻還是嚇了一大跳。

緊接著她聽到了：

「莉娜。」

「啊！」她發出尖叫，猛然轉過身去。

12

「對不起！」雅斯培舉起雙手要莉娜冷靜，接著走向她。在昏暗的光線下，莉娜見到他帶著歉意的微笑，說：「是我。我沒有想嚇你！」

「你在這裡幹嘛？還挑這種時間？」莉娜雙手緊抓嬰兒車手把，彷彿深怕雅斯培會把她的艾瑪搶走。

「我睡不著，」他聳聳肩，說：「所以就想說過來看看。」

「半夜三點半？」

他哈哈大笑，說：「我看到了，你還沒睡啊。」莉娜發現雅斯培喝了酒，雖然只是微醺，顯然已經夠讓他壯膽了。

莉娜聳聳肩，下巴往嬰兒車點了點，說：「艾瑪哭鬧了一整晚，在嬰兒推車裡至少可以讓她睡著。」

「我可以看看嗎？」莉娜還來不及回答，他已經朝艾瑪彎下身。他匆匆看了艾瑪一眼，隨即又轉向莉娜，說：「很漂亮，跟媽媽一樣。」

莉娜忍不住淺笑一下，但心中依舊不解，他來這裡幹嘛？雅斯培不可能知道在這種眾人睡覺的時刻自己還醒著。因此她又問了一遍：「喂，你怎麼會來這裡？」

「我知道聽起來很瘋狂，」他說：「可是我突然渴望過來看看你。或者應該說，渴望到你這裡一下。在這種時刻，我當然不會按你家門鈴的。」

「你看到啦，一切都沒問題。」

「真的嗎？」他深深打量著她，莉娜也從他的目光見到了擔憂。「我在你的答錄機留言好幾十遍了。」

「我就是不想跟別人說話。」

「沒想到我只是個『別人』。」他聳聳肩，憂傷地望著她說：「看來是我自作多情了。」

「對不起啦。」她想離他遠一點，但嬰兒車的輪子似乎卡住了。或者是雅斯培用腳擋住了？

「我該回你電話的。」

「莉娜，」他發出一聲喟嘆，接著雙手突然搭在她肩膀上，沉沉地壓得她很不舒服。現在她聞到他噴出來的酒氣，心臟瞬間快蹦了出來，就如同方才在公園裡……難道是他？剛才在公園裡的是雅斯培嗎？「一個人窩在家中不讓別人接近你，這樣也不是辦法。」他舌頭滯重地嘟囔著。

「雅斯培，請你……」莉娜想把他的手推開，這麼一來她就得將嬰兒車鬆開，此時此刻她萬萬不想這麼做。她覺得自己都僵成鹽柱了。「我很好。」在公園裡！剛才在公園裡的是他嗎？他在觀察她、跟蹤她嗎？但他為何要這樣做？

「我跟你說過，我永遠為你而在，而我也證明了。」

她吃力地吞了一下口水。「我知道。」

他默默注視著她，臉上又露出微笑。接著，如同他乍然現身，乍然把手搭到她肩膀上般，他出其不意地抓住她的上臂，將她拉向自己，開始親吻她。莉娜嚇得放開嬰兒車，有那麼一秒鐘她愣住了，緊接著立刻狠狠將他推開。

「不要這樣，雅斯培！」她再次握住嬰兒車，將它移到自己和前男友之間，艾瑪也瞬間驚醒，哭了起來。

「哎喲！」他尷尬地笑了笑，一手掩嘴，說：「剛才我太激動了！」

「你在幹嘛？」她訓斥著，同時朝嬰兒車彎下身，伸出一隻手撫摸艾瑪的臉頰安撫她。這下子恐懼消失，代之而起的是憤怒。「你怎麼會想要跟蹤我和艾瑪，還想攻擊我？」

雅斯培的笑臉轉成了驚駭。「『攻擊』，我覺得這麼說未免太嚴重了吧。」

「你覺得？我可不覺得！」艾瑪又哭了起來，莉娜將她從嬰兒車裡抱出來搖哄著。

雅斯培再次舉起雙手，做出安撫的姿態，苦笑著說：「抱歉，我……我莫名其妙就……我想，是我喝多了。」

「我相信。」莉娜察覺自己已經不再氣惱。儘管她心裡不樂意，但見到他懊惱的模樣，她的態度還是軟化了。

「唉，你知道嗎，我就是放心不下你，你懂嗎？」

「什麼？」

「沒錯。」他點點頭。「這幾年來，老實說，我常常在想，我們……那是不是個錯誤……後來你跟丹尼爾……」他突然住口，清了清嗓子。「總之，在葬禮上見到你的時候……你顯得那麼無助、那麼不快樂……所以，我恨不得把你……」

「很抱歉，」她打斷他的話，說：「我聽不太懂，你到底想對我說什麼？你半夜跑來這裡，就為了向我告白？」她差點笑了出來。葬禮上有那麼一剎那她自己也有過和他極為類似的想法；有那麼一瞬間她也想過，果真如此會怎樣——但這些事她寧可藏在心底。

「不是的！是……沒錯，的確是這麼回事。」

「雅斯培！」她就快憋不住笑了。儘管她很清楚接下來的話將會大傷這位前男友的心：「我們早就結束了。」

「我也這麼想。」他垂下目光望著地面，用一隻腳把一顆石頭踢開，接著再度注視她，說：「我只是想告訴你，我不時會想到你。」

「真的很感謝你，」她覺得自己像個哄著傷心孩子的媽媽，「可是你絕對能理解，目前我對感情的事實在興趣缺缺。丹尼爾死了，我必須全心全力照顧艾瑪，我心裡真的已經沒有留給其他事的位子了。」

雅斯培點點頭。「嗯，我知道。」又踢了一顆石頭。「看來今晚我啤酒確實喝多，我是鬼迷心竅了。」

「沒那麼嚴重啦。」她發現自己說得過於輕描淡寫了。「你最好回家好好睡個覺。」

「是啊。」他看來很沮喪。莉娜心中的母愛拚命想找話來安慰他。

「不久以後，我們可以見面，好嗎？」

「好啊！」這針安慰劑果然奏效，他的笑容又回來了。「還有，求求你，」他說：「我希望你了解，如果有需要，不管什麼時候我都會幫忙。隨時！無論什麼事！無論什麼時候。」

「謝謝。」她說得堅決、果斷，近乎不客氣，完全不讓對方有討論或表達情感的餘地。「現在我得上床，艾瑪也得睡了。」說完，她朝他點點頭，將嚎啕大哭的孩子放回嬰兒車，推著車走向公寓大門。

「晚安！」她聽到雅斯培在背後低聲道別。

艾瑪情況改善了，莉娜不明白原因何在，彷彿當天夜裡那場散步解開了一個死結，從此艾瑪就比以前少哭鬧許多。但莉娜依舊感到疲憊無力，剖腹產的傷口還會痛，連做個簡單的動作都感到吃力。再一個星期艾絲塔就回來了，莉娜很慶幸這些辛苦即將結束。

她好想念艾絲塔，她能向艾絲塔傾吐心事，因為她深知當你的摯愛被上天奪走時，在你面前塌陷的黑暗洞穴是怎麼回事。

莉娜不想和朋友談這些事，不想和他們見面，以免必須見到那些尷尬的臉孔，聽那些「時間會治療一切」之類的老話。她受不了在朋友面前，她不再是「我們倆」之一。假使和老朋友見面，她就會加倍清楚意識到，圓桌邊，她身旁的位子是空的，那裡少了一個人，永永遠遠缺席的人。

一有機會，莉娜就會帶艾瑪到市區走走。此刻她正坐在萊恩波法德運河畔的長椅上，前後來回地搖著嬰兒車，眺望水上划船的人們。這是個晴朗的夏日，是個沒有人想孤單度過、人人都想坐在咖啡館和其他人共同歡笑的日子。

莉娜拿起手提包，取出手機，撥了艾絲塔的號碼，但是艾絲塔沒接。莉娜不想對著語音信箱說話，也不知道該說什麼好。她只是想聊一聊，聽聽艾絲塔的聲音，因此她又把手機放回手提包裡。

這時，她無意看到一張名片，她拿起名片瞧了瞧，上頭印著「尼可拉斯．克羅恩，平面設計」，另外還有固網號碼和手機號碼。尼可拉斯．克羅恩，葬禮結束後她便再也沒有想過這個人。莉娜再次拿出手機，撥打名片上的手機號碼。響了四次後，對方接起了。

「我是克羅恩。」

「您好，」莉娜說：「我是莉娜．安德森，丹尼爾．安德森的太太。」

克羅恩靜默了一會兒，接著說：「啊，是您打來的，實在太好了！您好嗎？您的孩子呢？一切都順利嗎？」

「都好。」她回答：「艾瑪健健康康地出生，現在我正帶著她散步呢。」

「是嗎，很好！雖然在葬禮上有點不太愉快。」

「是啊。」莉娜猶豫了一下，這才又開口：「是這樣的，方才我看到了您的名片，就想說打個電話給您，問問看是否願意和我見個面？」

「當然，非常樂意！」他問：「您什麼時候方便？」

「其實隨時都行……」

「那我們就約明天好嗎？十點左右怎麼樣？」

「我沒問題。不過，我當然會帶著艾瑪一起。」

「她還不能照顧自己嗎？」

莉娜笑了起來。她很慶幸自己打電話給他，克羅恩友善又溫馨的態度讓她感到很舒坦。

「麻煩給我您的地址，我去接您，然後我們再找個地方。不過我沒有兒童安全座椅。」

「我有。」於是莉娜給了他自家的街道名稱和門牌號碼。

「您想去哪裡？」尼可拉斯問。

莉娜有點猶豫。「您覺得哪裡好呢？如果我們……不過我的想法可能太可笑了。」

「什麼想法？」

「我只是想……是這樣的，自從葬禮過後，我就再也沒有去過那裡的墓園了。」

「那我們就開車過去吧！」他馬上說：「我哥哥的墳墓同樣在歐爾斯道夫，這樣我也可以去探視他的墓地，兩個人一起也會好受許多。」

沒錯，兩個人一起會好受許多。

13

她雙手不斷冒汗，心跳急速。莉娜緊張地把弄著餐巾，邊透過環景窗注視丹尼爾的一舉一動。在秋日正午和煦的陽光下，他正站在外頭人行道上等待喬西到來。為了她們兩人初次的會面，莉娜特別挑選一處「中立」的地點——埃彭多夫大道上一家義大利餐廳。

莉娜和丹尼爾共同生活已經一個月了，在這段時間裡，莉娜依然不時會不敢相信自己居然如此幸運。丹尼爾終於決定和她共度人生，追求新的生活。而現在，他認為時候到了，該讓莉娜與喬西彼此「熟悉熟悉一下」了，於是有了這次週日中午在義大利餐廳的聚會，希望披薩和義大利麵能營造輕鬆的氣氛。

喬西起先不肯，但在爸爸的勸說下，最後回心轉意。這次的聚會讓莉娜緊張到快失控，為了今天的裝扮，她花了整整一個上午，衣服一件又一件穿了又脫，不知該選牛仔褲搭配厚T的輕鬆年輕風、窄裙搭襯衫的優雅運動風，還是花卉圖案洋裝的浪漫俏皮風。

「這根本無關緊要，」見到莉娜在玄關不滿意地照著大鏡子轉來轉去，丹尼爾說：「就算你套著馬鈴薯袋去，喬西也會喜歡你的。」

「我完全不知道該怎麼辦才好，」她坦承，「我好希望喬西跟我可以處得很好。」

丹尼爾走到她背後抱住她，凝視她鏡中的影像笑著說：「別擔心，還有我在呢。」接著在她後頸上吻了一下。

此刻莉娜就坐在餐桌邊，面前擺著一個用彩色紙包好的小包裹，裡頭裝的是她買了卻從沒用過的 iPod touch。她滿心盼望喬西會喜歡。

丹尼爾認為這件禮物「太過誇張」，此時此刻她自己同樣不確定這個點子究竟好不好。這會不會像在賄賂呢？像在拍馬屁？

莉娜還來不及細想，一輛暗灰色 Volvo Kombi 已經在餐廳外停了下來，一名莉娜在照片上見過的金髮女孩下車。她穿著牛仔褲和兜帽風衣，一頭長髮隨意紮成高高的馬尾。接著駕駛座一側的門開啟，一名身著優雅套裝、高跟鞋，身形苗條的金髮女性現身。她走向在餐廳外等候的丹尼爾，雙手擱在他的肩膀上，親吻他的臉頰。

莉娜又開始冒汗。蕾貝卡！她不會也跟著進來餐廳吧？這是莉娜沒有料想到的，而她也萬萬沒想到丹尼爾的妻子是如此的絕色美人——再沒有更貼切的形容詞了。丹尼爾從未給莉娜看過蕾貝卡的照片，莉娜也沒有提出過要求。他們兩人看起來真是一對俊男美女，莉娜感到自己妒火中燒。

蕾貝卡身體和丹尼爾分開，接著頭向左一轉，朝環景窗看了過來。莉娜恨不得鑽到桌子底下，躲避那雙現在射向她的審視目光。莉娜突然覺得自己這身牛仔褲和略微寬鬆的厚T顯得太笨拙、太孩子氣。這身裝扮是她為了讓自己在面對喬西時，盡量表現出和她「同一國」而特別挑選的。

見到蕾貝卡走向她的 Volvo 車並且打開車門，莉娜這才大聲鬆了口氣，同時察覺自己憋氣憋了好幾秒。她察覺到一股放鬆之感流貫全身，看來喬西的媽媽應該不會進來了。但她似乎也不準備開車離去，雖然坐在駕駛座，卻在車內文風不動，絲毫沒有要發動引擎的意思。

接著丹尼爾便帶領女兒走向莉娜。喬西低垂著頭，雙手交叉擱在腹部上。

「喬西，」丹尼爾介紹，「這是莉娜。」

「哈囉，喬西。」說著，莉娜邊起身邊朝喬西伸出一隻手，隨即又坐回椅子上，因為喬西毫無動靜。

「你不說『哈囉』嗎？」丹尼爾敦促著她，語氣顯得有點不耐。

「哈囉。」喬西低聲咕噥著，但目光依舊定定地望著地板。

「很高興認識你。」莉娜說，尷尬之餘又補了一句：「我知道這對你來說並不好受。」

這下喬西終於抬眼看她了。沒錯，她果真擁有和丹尼爾相同的碧綠眼睛，這雙眼睛此刻微微紅腫又水汪汪地，似乎在來這裡的路上哭過了。「你怎麼知道呢？」喬西問，語氣顯得驚人地成熟，並沒有故意反抗的意味。

「喬西！」丹尼爾說得更大聲。

喬西沒脫外套就坐下，目光依然低垂，定定盯著桌布。

「也許我該……」說著，莉娜準備起身。

「別這樣！」丹尼爾拉過她身旁的椅子坐下，一隻手擱在她的手臂上。喬西朝爸爸射來惡毒的目光，她當然發現他們的肢體碰觸了；莉娜的身體稍微挪離丹尼爾一點。

一場惡夢，她腦中閃過。一場徹徹底底的惡夢！丹尼爾難道看不出來，他女兒一點也不想認識她嗎？看不出他女兒完全不想和爸爸的新女友開心共進午餐嗎？

莉娜把目光投向窗外，蕾貝卡依然坐在車內，隨時準備再把女兒載回家。這種情勢一點也不像場輕鬆的「熟悉熟悉一下」。

「這是什麼？」喬西將莉娜從思緒中拉了回來，並且指著擺在她們兩人之間的小包裹詢問。莉娜在心裡咒罵自己怎麼沒有立刻把它收進手提包裡，現在要收已經太遲了。

「這是莉娜帶來給你的，」丹尼爾毫不猶豫地說：「打開來看看嘛。」

有那麼一瞬間，喬西遲疑地望著那份禮物，最後她那十一歲女孩的好奇心戰勝了。

喬西連忙打開包裝，接著「哦」了一聲，「是iPod touch！」她臉上露出一絲笑容，在這片刻之間，莉娜幾乎以為自己勝券在握了。可惜這笑容來得快、去得也快，喬西只說了聲「謝謝」，立刻又定定望著桌布。

「好了，喬西，」丹尼爾把菜單推過去給女兒，問：「你想吃什麼？」

「我不餓。」

「可是你一定得吃點東西。」

「我吃過了。」

丹尼爾表情錯愕，說：「我們不是要在這裡吃午……」

「沒有，」他女兒打斷他的話，氣沖沖地瞪著他說：「又沒有人問過我的意見。」

「我當然問過了。」

「那媽媽跟你為什麼要把我扔到寄宿學校去？」

「你說我們要什麼？」丹尼爾似乎嚇了一大跳。「這話是誰說的？」

喬西聳聳肩，說：「媽媽。她說耶誕節過後，你們要送我去波羅的海旁邊的什麼學校，讓我住在那裡。」

丹尼爾張大了嘴愣愣看著女兒，接著立即做出反應。他猛然起身，椅子都被他撞得向後彈開，「乒乓」一聲倒向地板。「失陪一下。」說完他就離開。莉娜和喬西看向窗外，眼看丹尼爾走出餐廳，衝向那輛 Volvo。

蕾貝卡打開車門出來，兩人激烈爭吵。喬西和莉娜都驚慌地注視著這場默劇，不知該如何是好。

幾分鐘後，丹尼爾回來了，但他並沒有坐下。

「好，喬西，」他說：「午餐取消，你媽媽在等你。」

「寄宿學校的事呢？」她抹去淚水，望著爸爸的眼神滿是懇求，看得莉娜心都快碎了。

「這件事我們以後再談。」丹尼爾比劃了一個手勢，示意女兒跟他出去。

喬西瞧也不瞧莉娜一眼，逕自起身跟隨爸爸出去。

走到門口時，丹尼爾轉身指著餐桌問：「iPod 你不拿嗎？」

「我不需要。」喬西朝莉娜看了過去，兩人的目光瞬間交會。

恨，莉娜心想，她恨我。

□

當天晚上，莉娜聽到丹尼爾在講電話。離開餐廳後，他們幾乎沒有再交談，丹尼爾一言不發地躲進書房，接下來一整個下午莉娜都沒有見到他。現在她坐在床上試著想看點書，但丹尼爾的聲音清晰無比地從書房鑽進她的耳膜，使她無法專注。

「小寶貝，」她聽見他說：「又不是永遠這樣，何況那所學校真的很棒，你在那裡會過得很好。」接著是一陣沉默。「不是這樣的！沒有人要把你趕去那裡！」之後他聲音變得較小，討好的意味也更濃，莉娜聽不清楚他說的內容。

她的注意力又回到了書上。

十五分鐘後，丹尼爾也進到臥房，他看起來既傷心又疲憊，臉色很差。他默默脫掉衣服，把衣服擱在床畔的椅子上，接著鑽進被窩裡，沒有親吻莉娜道晚安便轉身背對她。不久之後，她聽到他發出均勻的呼吸聲，但她確定他沒有睡著，只是裝出睡著的模樣，避免得跟她說話。

莉娜腦海裡思緒一片紛亂。丹尼爾為什麼非得讓喬西在耶誕節過後上寄宿學校不可？這麼做根本毫無意義！難道還有其他原因？他是否有什麼事瞞著自己？

她無奈地坐在床上，膝蓋上擺著書，目光卻望向丹尼爾。此刻她心痛地意識到，自己對這個男人，這個和自己第一任妻子共同生活了二十年、有個不想跟一個新女人共享爸爸的十一歲女兒的男人，是多麼地不了解。

她怎麼會傻到相信，她和丹尼爾的關係會單純無虞呢？

我

你這樣的人該受怎樣的懲罰呢？我思考了許久，在許多無眠的漫漫長夜裡，我總會自問，怎樣才能重重傷害你，從你的內心深處重重傷害你，猶如你傷害我一般。不對，應該說是猶如你毀滅了我那般。這是你活該承受的，必須分毫不差地承受。

14

莉娜打開門，見到尼可拉斯．克羅恩尷尬地對自己微笑，說：「哈囉！」這時莉娜才意識到，這是多年來自己初次和其他男性會面。

「哈囉。」莉娜露出和尼可拉斯同樣尷尬的笑容。他看起來帥極了，身高一米九，穿著淺色牛仔褲搭配藍白雙色格紋圖案襯衫、米色帆船鞋，太陽眼鏡瀟灑地垂掛在領口間，一頭金髮略溼，可能剛洗過澡。她聞到他身上刮鬍水的味道。

「您準備好了嗎？」他問。

「好了。」莉娜說：「我去帶艾瑪，麻煩您在玄關稍等一下。」

「沒問題。」

莉娜走進客廳，艾瑪醒著。她把女兒從搖籃車抱到尿布檯上，幫她換尿片、穿衣服。艾瑪心情很好，她咯咯笑著，連莉娜幫她扣上 Maxi Cosi 嬰兒安全座椅的安全帶時也沒有表示抗議。

「好了，可以了。」莉娜高聲說。她一手拎著安全座椅，一手提著手提包和媽媽背包走回玄關。

「就是她嗎？」尼可拉斯．克羅恩朝艾瑪彎下腰，說：「她跟您長得很像。」艾瑪也好奇地注視著他。

「是嗎？」

「是啊。」他點點頭，調皮地笑著說：「就是頭髮太少了。」

莉娜忍不住哈哈大笑，原先的尷尬一掃而空，說：「希望很快就會改變。」

「一定會的。」他說。

「您有孩子嗎？」莉娜趕緊補上一句，「對不起，這本來不關我的事，只不過……」

「沒問題！沒有，我沒有，不過我有一個姪女、一個姪兒，我非常喜歡他們。」接下來是一陣靜默。

莉娜終於又開口：「您哥哥的孩子？」

他點頭。

「他們一定很傷心。」

又一次點頭。「是啊，到現在他們還是很困惑。一個才三歲、一個五歲，當然不清楚發生了什麼事，只知道爸爸再也不會回來了。但是原因他們就完全不懂了。」

莉娜朝安全座椅上的艾瑪瞥了一眼。至少，至少自己的女兒還沒發現，事情不是該有的樣子。

「要出發了嗎？」尼可拉斯問。

「可以了。」莉娜走向擺在公寓樓梯間底下的嬰兒車，問：「這個也帶上車，方便嗎？」

「沒問題。」說著，他就把嬰兒車帶上。

他的福斯 Passat 旅行車就停在公寓大門口的馬路邊。尼可拉斯將車鑰匙朝車子所在的方向瞄準時，車門發出「咔啦咔啦」聲，接著他幫莉娜打開後側車門。莉娜將艾瑪的安全座椅在後座固定妥當，不需她特別說明，尼可拉斯就自動把嬰兒車的車架收疊好，抬起來放進後車廂。兩人上了車，彼此對看一眼。

尼可拉斯繫上安全帶，發動引擎，接著突然提議：「我們用『你』互稱吧？」

莉娜感激地點點頭。「既然我們都要一起探訪摯愛的墳墓了，用『你』互稱應該滿合適的。」

「我也這麼想。」

車子在兩人沉默不語中朝墓園方向前進。兩人都陷入自己的思緒中，後座的艾瑪也在引擎的催眠聲中迅速入睡了。

不久，當兩人在「蝴蝶園」漫步，穿過墓園準備前往托馬斯．克羅恩的墓地時，莉娜央求他：「談談你哥哥的事吧。」這天天氣極佳，是個溫暖的夏日，許多民眾在這片種植許多植物的地區漫步，或是坐在長椅上面對著陽光，自行車騎士與玩直排輪的人從他們身旁飛馳而過。這裡雖然禁止玩輪鞋，但並非人人都遵守規定，大家根本把歐爾斯道夫墓園當成了遊樂場，而非供人沉思悼念的場所。這片面積廣大的區域有兩路公車行駛，將訪客從這裡帶到另一處地點，因為這座墓園長近四公里、寬逾兩公里，面積比紐約中央公園還大。這裡有超過一百五十萬名死者安息，幾乎和漢堡市居民人數不相上下，其中包括托馬斯・克羅恩與丹尼爾・安德森。

「托馬斯他……」尼可拉斯立即住口，改用過去式說：「他大我三歲，四十二歲。」

「所以他是你哥哥嘍。」

「對。不過他和大家刻板印象中的哥哥截然不同。」

「這是什麼意思？」

「我總是我們兩人之中比較理智的那一個。」他解釋：「托馬斯性情急躁、魯莽又叛逆，總是想怎樣就怎樣。我成績幾乎都得甲，他卻老是蹺課，還抽菸、喝酒。我跟他剛好相反，這輩子連根菸都沒碰過。」說到這裡，尼可拉斯聳聳肩，斜睞了莉娜一眼，些微尷尬地說：「很無趣吧？」

「我也沒抽過菸。」莉娜答。

「可是一直以來，托馬斯都不太快樂，」尼可拉斯繼續說：「總是靜不下來，老是……」他在搜尋恰當的字眼，「老是在追尋某種他自己大概也不清楚是什麼的東西。」

「我想，許多人都這樣吧。」

「可能吧。」他說：「雖然這樣，一直以來我卻很崇拜他，就像天底下的弟弟崇拜著哥哥那樣。」

莉娜點點頭。她是獨生女，但在少女時期，她偶爾也會希望能有個哥哥。

「總之，托馬斯非常沒定性、不愛受拘束，直到他遇見了卡洛琳。」

「他太太？」

「對。」尼可拉斯說：「我們同時認識她。七年前，當時我們和一群朋友去艾瑟爾湖玩帆船。」他哈哈笑了起來。「哎呀呀，我們立刻被她迷住了！」

「兩人同時？」她感到心中刺痛了一下，心想，難道這是他講述的事情造成的？

「正是這樣。我們在租來的船上對她一見鍾情。」

「可是托馬斯贏了。」莉娜猜。

「這根本談不上輸贏！打從一開始我就完全沒機會。卡洛琳和托馬斯彼此一見鍾情，就像……」他打住，咬了咬下脣，說：「白痴一樣……抱歉！」

「沒那麼嚴重，」莉娜要他放心，「真的沒那麼嚴重！誰講話能字字斟酌呢。」

「沒有，」他搖搖頭說：「大概沒辦法吧。」他沉默了一會兒，彷彿得收攝心神，之後才又開口：「總之，從這趟帆船之旅開始，他們就成了一對，托馬斯這輩子也第一次嘗到真正快樂的滋味。半年後他們結婚，一年後雷納德出生，再一年阿爾瑪也來到世上。」

「兩個名字都很好聽。」莉娜讚美。

「我很訝異，」尼可拉斯坦承，「我原本以為托馬斯會選『傑克』跟『莉西』這種狂野大膽的名字，不過卡洛琳大概發揮了影響力。」他望著正在吸吮尿布的艾瑪說：「『艾瑪』這個名字也很美。」

「謝謝。」

「總而言之，他在卡洛琳身邊，還有在孩子出生後就完全改變，變得平靜、穩定多了。

比如他生平第一次一份工作做了半年以上，甚至做得有聲有色；做的是保險業務。托馬斯耶，做保險業務耶！」他搖搖頭，感傷地笑了笑。「他說，現在他有責任要扛，從現在起，他要顧慮的不只是他自己和他的人生，更重要的是他的太太和孩子。」

「他說得確實沒錯。」

「當然沒錯！」

莉娜身子一震，但輕微得令人難以察覺，因為尼可拉斯幾乎是在吶喊，彷彿突然升起一股怒火；但他隨即以較和緩的語調繼續說。

「我覺得他未免太誇張了，他甚至還要蓋房子，而且是在偏僻的阿倫斯堡。從前托馬斯老說，他才不想住在漢堡市以外的鬼地方呢。」

「我理解，我也不想搬出羅特鮑姆區。」

「那是你們本來的計畫嗎？帶著孩子搬到鄉下去？」尼可拉斯問：「許多人一有孩子就會這麼想。」

「不完全是。」話才說完莉娜就後悔了，因為接下來得輪到她談自己的事，談那些她恨不得能淡忘掉的事。幸好沒時間了。

「我們到了。」就在這一刻，尼可拉斯指著前方說。

莉娜發出一聲讚嘆。「蝴蝶園」果然名不虛傳。在陽光照耀下，這裡的空地上有數百隻蝴蝶在花壇間、墓碑間翩翩起舞，宛如一座小型的英式園林。一道修剪過的樹籬將這處悉心整理的墓園分成內圈和外圈，中間散置一些長椅供人休憩。

「這裡好漂亮。」莉娜讚嘆。

「這個地點是卡洛琳挑選的，」尼可拉斯說：「因為蝴蝶是重生的象徵。生命不會結束，只是轉化為另一種型態。」

「這種想法滿能撫慰人心的。」

「我不知道。」他說：「對我沒有多少撫慰效果。」他又咬了咬下脣，說：「我哥哥的墳墓在那裡。」他指著右邊一座墓碑說。

「你想一個人過去嗎？」莉娜說：「我在那張長椅上餵艾瑪喝奶，好嗎？」

「好。」

尼可拉斯朝他哥哥的墓地走去，莉娜則在墓園入口處找了張長椅，從嬰兒車底下的網袋裡取出她的媽媽背包。從她所在的位置可以看到尼可拉斯雙手在身前交握，站在一個大墓碑前。墓碑底部擺放著鮮花，顯示不久前才有人來過，也許是遺孀卡洛琳。

莉娜轉向艾瑪，溫柔地在她額頭上親了一下。莉娜不希望尼可拉斯在和他哥哥「交談」時，有被她觀望的感覺。

餵艾瑪喝過奶後，莉娜小心地讓她趴在自己肩上，拍著她的背讓她打嗝。

莉娜相當享受與艾瑪沐浴在陽光下，在長椅上抱著她、撫摸著她的寧靜時光，就像其他母親每天所做的那樣。好吧，也許是在其他場所、在不同情況下，但莉娜倒覺得此時此地這種感受也是相當「尋常」的。

「嗯，有人喝飽飽心情好哦。」

莉娜沒察覺尼可拉斯已經回來了，他在莉娜身邊坐下。

過了一會兒，尼可拉斯說：

「我猜，艾瑪是你第一個孩子？」

「對。」莉娜又在艾瑪的額頭上親了一下。「艾瑪是我們一心盼望的孩子，我們期待她好久了，超過四年才成功。」

「哦，那麼久？」

「是呀，」莉娜聳聳肩，說：「我一直沒懷孕。」

「你們有沒有找醫師……」

「有，當然有。」她打斷他的話，說：「我自己是助產士，你知道嗎？這種事我很清楚，我們兩人當然都做過檢查，卻找不出任何醫學上的原因。」她朝他笑了笑，說：「嗯，結果後來還是成功了。」

「很好，」說著，他舉起一隻手撫摸艾瑪的臉頰，「她的皮膚真暖，而且好柔軟。」

「我好喜歡這種感覺，新生兒是我工作最美好的回報了。這麼小的嬰兒，每一次都是獨一無二的。」

「你終於懷孕了，你們一定非常開心。」

「開心到都快擁抱這個世界了。」

莉娜不知道自己到底怎麼了，但是在尼可拉斯身邊，她感到極有安全感又非常輕鬆，她已經好久沒有這種感覺了。她忍不住就把自己的事都告訴他，例如她和丹尼爾是怎麼相識的，無法懷孕如何折磨著她等等。她告訴他，起初他們的關係如何艱難；還告訴他丹尼爾如何酒精成癮，如何和妻子蕾貝卡離婚，還有喬西和她爸爸如何形同陌路。她也談到丹尼爾打算搬到鄉下住的計畫，談到她最後一次見到他時，他們如何激烈爭吵，之後她往往在夜裡哭著驚醒，因為在絕望中她好盼望自己能讓時光倒轉，讓這件事有不同的發展。就算她救不了他，她也希望自己至少能和他好好分離，平和地、滿滿是愛地分離。

她說著說著，把所有事都傾吐出來，甚至連她害怕自己無法真心疼愛艾瑪、怕自己無法當個稱職的媽媽等等，都毫不隱瞞。

尼可拉斯專注地聽著，他讓她盡情宣洩，一次也沒有打斷她的話。

15

「寶貝，耶誕快樂！」莉娜正想離開客廳，卻在經過丹尼爾身邊時被他攔住。他指了指他黏在門框上的槲寄生枝條，將她拉向自己，同時給她一個溫柔的吻，在她耳畔呢喃：「我愛你！」

「我也愛你。」說著，莉娜的雙頰滾燙了起來。

兩人共度的第一個耶誕節太美好了。清晨，丹尼爾便把院子裡的耶誕樹搬進屋裡擺好，接著兩人一起裝飾耶誕樹，把好多的球飾、天使、心形巧克力和金銀絲帶等掛到樹枝上；這些素材都是上星期莉娜童心大發買下來的。他們花了好幾個小時才完成，因為中間他們不時在臥房裡纏綿一下。

丹尼爾心情大好，一方面是因為他——如同他不斷向莉娜宣告的——因為有了她，自己是「世上最幸福的男人」；同時也因為喬西今晚要來。

這段時間，丹尼爾極少見到自己的女兒，週末時父女相聚往往不過一、兩個小時。幸好最後她被爸爸說服，答應耶誕夜在媽媽家收到禮物後，就過來這裡用餐。八點時蕾貝卡會送她過來，十一點再接回去。

耶誕樹裝飾完成之後，丹尼爾精心幫他為喬西準備的禮物包裝，莉娜忍不住要他「別那麼緊張」。那是一件裡頭襯著加拿大鵝絨的冬季外套，據說喬西表示那是目前最流行的。莉娜看過這件外套的標價，價格實在令人咋舌。一件外套超過六百歐元！而且是送給十一歲的孩子！

但她什麼都沒說，這畢竟不是她的事，而且這也令她想起自己那支被喬西拒絕的iPod，想起自己曾以禮物討喬西歡心的拙劣嘗試。

「我就是忍不住會緊張。」丹尼爾回答，接著又繼續和那張超大的禮品包裝紙奮鬥。

「你不需要這樣。我不是跟你說過，時間會解決一切的。喬西只是需要先適應新的狀況，總有一天她會了解，爸媽已經不再共同生活，而爸爸的生活中也有另一個女人，這其實是很正常的。」

「但願你說得沒錯。」

「我當然沒錯啦！」

「可是她如果上寄宿學校……」

「那就別送她去！」莉娜立即反對。「我不懂，你們兩人到底是誰想出這種點子，要她去上那所學校；還有，究竟是為什麼？」

他嘆了口氣，說：「這時候我們別談這件事好嗎？不如好好慶祝美好的耶誕節！」

下午時間還早，丹尼爾就開始準備晚上的烤鵝了。他說：「這是大廚的任務。」莉娜則負責把整個家布置得充滿耶誕氣息，並且將她為丹尼爾準備的禮物裝飾好，放到高加索冷杉底下、喬西的外套旁。她無法決定該送他什麼好，最後只好準備了七個小包裹。

一件綴著綠色挪威風圖案、柔軟的白色套頭毛衣，他穿起來一定帥爆了。一本書，不久前他曾說過很想看的書。一本精緻大方的記事本，平時他總是帶著小本子，隨時把廣告公司用得上的構想記下來。兩張電影票，不久前他說過，他已經有一百年沒看電影了。一個軟皮夾，他的舊皮夾幾乎快要解體。一瓶他慣用的淡香水。還有最後一件，莉娜很想看到丹尼爾收到這件禮物後反應如何：一本介紹他最喜愛的國家，南非的攝影圖冊。

「好了，鵝已經放進去烤了。」兩人在槲寄生的枝條下親吻過後，丹尼爾的身體這才和莉娜分開，說：「接下來輪到今天下午的精采節目了。」他誇張地摩挲著雙手，高喊：「交換禮物！」

兩人回到客廳。見到耶誕樹下一堆禮物，丹尼爾腳底彷彿生了根似地，大感驚奇。「這是怎麼回事？」

莉娜忍不住臉紅。「都只是一些小東西。」她讓自己平靜下來，說：「看起來很多，其實沒那麼多啦。」

「哦，」丹尼爾假裝哭喪著臉說：「你以為用一些小東西就可以打發我了？」說著，他執起莉娜的手，拉她來到耶誕樹旁。丹尼爾坐下後，示意莉娜在他叉開的雙腿間坐下，莉娜乖乖照做。「現在我很想知道，裡面的禮物打開來會是什麼！」說著，丹尼爾雙臂環抱著莉娜的上半身，開始親吻她的頸背。

莉娜咯咯笑著，邊試圖抵擋。她輕輕嬌嗔著說：「嘿，我還以為現在我們要交換禮物呢！」

「我已經開始啦。」他在她的頸畔呢喃著，但絲毫無意停止他的愛撫。

「等等等一下！」她裝出生氣的模樣將他推開，說：「先把我的禮物給我！」

「好，」他說：「你想知道是不是值得繼續為我獻身。」

「沒錯。」她朝他伸出一隻手，作勢向他索討，說：「來，給我！」

「好吧。」他嘆了口氣，接著開始在西裝褲後頭的褲袋裡摸索。莉娜不由得心想，那裡能塞得下怎樣的禮物。老實說，想到禮物大概不會是擺在小首飾盒裡的飾物，比如戒指等，她確實有點小失望。

但這種想法未免太幼稚了，畢竟他們不久前才在一起。儘管他們每天都信誓旦旦好幾次，說這輩子再也不想在別的人身畔入眠或是醒來，但他和喬西的問題，以及令丹尼爾痛苦萬分的各種情況等，在在使得他們的關係從一開始就問題重重，有待克服。

雖然如此，當丹尼爾把一個樸素的信封舉到她面前時，莉娜還是忍不住有點難過。他在要送給喬西的外套上花了那麼多工夫，送給莉娜的禮物卻只裝在一個白色信封袋裡，上頭連她的名字都省了。

「謝謝。」她還是向他道謝並朝他微笑，彷彿他送給自己的是英國皇室的珍寶。

「打開來看看，」他說：「說不定你根本不喜歡。」

「我一定喜歡的。」說著，莉娜準備拆開信封，但動作隨即停止，反而伸手拿取包著套頭毛衣的包裝，說：「你也要把我送的禮物拆開。」

「哦，」丹尼爾高呼：「是小折刀嗎？」

她忍不住笑了出來。「你瘋了！」

兩人同時拆開禮物。見到套頭毛衣時，丹尼爾又一次誇張地歡呼：「哦！」至於莉娜，

「你才瘋了！」

當手上拿著信封裡的物品時，她先是默不吭聲。

見她默默望著自己送的禮物，丹尼爾於是問：「怎樣？」莉娜依然不說話，只是驚訝又困惑地看了看他，接著又看了看手上的幾張紙。「你不喜歡嗎？」丹尼爾的語氣突然顯得很沒有把握。

「我……我喜歡嗎？」

「嗯？」

「我當然喜歡！」她熱情洋溢地繞著他轉圈圈，兩條臂膀摟住他的脖子，接著在他臉上親了又親，親個不停。

「哎喲！」他邊笑邊抵擋她愛的宣示，哀求著：「別這麼猛，你會弄死我的！」

「我簡直不敢相信！」莉娜笑望著他，歡呼道：「去南非三個星期！你瘋了！」

「我當然瘋了，」他說：「我為你瘋狂，所以我想跟你一起去；不過，除非你也想。」

「我當然想啦！」她開心得都快哭了。接著她從他身上挪開，默默拿起包裝好的攝影圖集放到他手上，說：「拆開來看！」

他迫不及待地撕開包裝紙，裡面的書露了出來。「你有預知能力嗎？」他搖搖頭說：

「看來在你面前我什麼都隱藏不了！」

莉娜起身，拉起丹尼爾的手讓他也起身，說：「還有三個小時才八點，」她貼上他的身軀，「而我知道這段時間你想幹嘛，因為我有預知能力呀。」

電話鈴聲將莉娜從半睡半醒中驚醒，身邊的床位是空的，她聽見丹尼爾在外頭說「哈囉！」接聽來電。莉娜往床頭櫃上的鬧鐘瞄了一眼，六點半，離喬西到還有一段時間。莉娜伸了伸懶腰，掀開被子起身，打算趕緊沖澡為今晚做好準備。為了和喬西共進晚餐，莉娜特地挑了一條灰色窄裙搭配白襯衫。

「這是什麼意思？」聽到丹尼爾惱怒的聲音傳來，莉娜忍不住豎起耳朵。「你當然得好好跟我解釋！」

她一把抓起擺放在床邊椅子上的浴袍穿上，來到玄關。丹尼爾在那裡焦躁地來回走動，他朝她看過來，莉娜則報以詢問的目光，但丹尼爾沒有回答，只是對著話機大吼：「你不覺得現在才講有點太晚了嗎？」停頓，接著拉高音量，「所以，我已經沒有權利了？這是你想對我說的嗎？」又停頓了一下。「我現在就要跟喬西談，讓她跟我說！」

莉娜聽不清楚電話另一頭到底說了些什麼，她只聽到一個同樣大聲咆哮的女人聲音。蕾貝卡！可以確定是她，莉娜大概也猜到她對丹尼爾所說的內容了。

「讓她跟我說！」丹尼爾再次要求，「我是她爸爸，我現在要……蕾貝卡？蕾貝卡！」

他露出難以置信的表情，把聽筒從耳邊移開，呆呆地瞪著瞧。「掛了，」他搖搖頭說：「她就這樣掛我電話。」接著，在沒有任何預警下，他把話機狠狠朝牆壁摔去，裂成許多碎片，塑膠片和電池有如彈頭般射向空中。

「丹尼爾！」莉娜小心翼翼地朝他跨近一步，試圖握住他的手臂，卻被他掙脫了。「發生什麼事了？」

「喬西不來了，就是這麼回事！」他氣呼呼地望著莉娜，彷彿那是她的錯。

「可是……可是怎麼不來了？」

丹尼爾聳聳肩。要不是莉娜知道他的情況，幾乎要以為他在笑了。也許他確實在笑，一種譏諷、挖苦或絕望的笑。「蕾貝卡說，喬西沒興趣、不想來，就是這樣，沒興趣！」

「可是總該有個理由呀。」

「如果有理由，那麼蕾貝卡並沒有告訴我。」

「這樣太惡劣了。」此時，莉娜想的卻是：「我就是理由！再沒別的理由了。」

「看來我們只好自己把鵝吃了。」這次丹尼爾真的努力想擠出笑容，卻失敗了。「還有，你想要加拿大鵝絨做的外套嗎？不過你穿起來可能有點小。」

「啊，親愛的！」她再次走過去，這一次他讓她摟住自己，並且把頭埋進她的秀髮中，緊緊摟著她，直到有那麼一瞬間，她都快無法呼吸了。

接著他開始哭泣，嚎啕大哭。他哭得那麼淒切，身體彷彿抽搐般激烈抖動。

「噓噓，寶貝，」莉娜低聲安慰，「好了，好了。」

「不，」他倒吸著鼻涕說：「什麼都不好，以後也不會變好，我女兒恨我！」

「她絕對不會恨你的，」儘管莉娜並不怎麼確定，她還是說：「你只是需要再給她一點時間，總有一天她自己會願意來的。」

「蕾貝卡會想辦法阻止的。」他低聲咕噥著，突然變得很固執。

「為什麼？」莉娜將丹尼爾略微推開，問：「為什麼她會想阻止？」

「啊，就是這樣。」他又把莉娜拉過來，說：「我現在心情亂得很。」

「我了解。」她喃喃說著：「我非常了解。」

接著她說了一句話。這句話本該帶給他安慰，能稍微減緩他心中痛苦的。那是個無奈、笨拙的嘗試，希望能讓丹尼爾開心，為他的未來提供希望，讓他看到他的人生還有許多值得期待的。儘管她立意良善，但在說出口的那一瞬間，她就知道自己做錯了。「相信我，時間久了事情就會過去，一切都會好轉的。我百分百確信，一定會這樣的。還有，誰曉得呢，說不定有一天我們也會有自己的孩子，組成真正的小家庭。」

丹尼爾身子一震，一把將莉娜推開，一臉難以置信地望著她。

「這就是你的計畫？」他質問：「我們自己生個孩子，然後我失去喬西就變得沒那麼悲慘了？」

「不是的！」莉娜大駭，她高聲回說：「不是的，我沒這麼想，我只是想……」

「我得出去。」他悲傷地說，邊走到衣帽間從鈎子上抓取外套。

「出去？你要去哪裡？」

他簡短回了句：「去辦公室。」

「丹尼爾，今天是耶誕節！」

「我還有事要處理。」他匆匆走到門口，拉開門，接著「砰」地摔上逕自離開，沒有再轉身看莉娜一眼。

「丹尼爾！」她在他背後呼喚，但他已經聽不見了。

16

莉娜滔滔不絕地說著，當她終於說完時，尼可拉斯緩緩點頭，但依然沒有說話。

「對不起，」她羞赧地對他笑了笑，說：「你都聽累了吧！」

「哪裡，」他說：「你不過是把一切都說出來，這一點很重要！我知道這樣有多好。」

「是啊，沒錯。」她表示贊同。「謝謝你願意聽我說。」

「樂意之至。」他朝她笑了笑，說：「能把托馬斯的事情告訴你，我也覺得很好。」

「難道你沒有其他人可以談論他的過去嗎？」

「幾乎沒有。」他答道：「我父親很早就過世，至於我媽……對她來說，這些事太沉重，她躲在她自己的夢幻世界裡，不想談論他的事。」

「我可以理解，」莉娜說：「自從丹尼爾過世後，我也寧可獨自一人，只有我婆婆艾絲塔我才幾乎天天見到。她幫了我很大的忙，特別是幫我照顧艾瑪。」

「有她幫忙，那很好。」

「是啊。」她回答：「要不是有她，剛開始的時候我會很慘。目前她外出旅行，我很期待她回來。」

「我也很希望自己能協助卡洛琳，多多照顧她和孩子們。」尼可拉斯表示。

「你嫂嫂？」

他點頭，說：「可是她不要。」

「她不要？」

「她沒有說得那麼白，可是她帶著阿爾瑪和雷納德很少跟別人來往，我幾乎無法接近她，跟我媽媽的情況有點像。」

「所以你們不會談論托馬斯的死？」

「車禍剛發生時我們當然談過，」尼可拉斯說：「我們都再三思考，怎麼會發生這種事……」

「他們兩人都開得太快，」莉娜說：「他們應該是在彎道撞上，然後……」

「是，我知道，」尼可拉斯打斷她的話，說：「可是我說的不是這個意思，我指的是不願意接受事實的心態。」

「我也一樣，」接著她又輕聲補上一句：「直到現在也還是一樣。」

「我也是。」尼可拉斯說：「我哥哥就這麼走了。前一秒還好好的，下一秒就死了。之前他是那麼幸福，心願終於達成，結果——啪！」他合掌一拍，莉娜和艾瑪都大吃一驚。

「這已經超過我們所能想像的了。」莉娜低語。

「確實如此。」他若有所思地點頭。「我慢慢覺得，我嫂嫂不願意接受這個事實。」

「怎麼說？」

尼可拉斯聳聳肩，說：「一個星期前，我最近一次去她家時，我有點嚇到了。」

「嚇到了？」

「她把自己在阿倫斯堡的家弄成了紀念館。」他解釋，「到處都是托馬斯的相片。」

「我覺得這並不怪。」

「如果只是聽人說起也許不怪；但如果你是親眼看到，那就很恐怖了。一進到玄關，那裡的五斗櫃上擺放好幾張照片，另外還有花、蠟燭，幾件托馬斯的個人物品，根本就是個祭壇。」

「每個人都有自己的悼念方式。」莉娜想到，她和艾絲塔把家中幾乎所有會讓人想起丹尼爾的物品全部清空。在丹尼爾嫂嫂的眼中，這種作法大概也非常古怪吧。

「話是沒錯，」他同意她的說法，「可是卡洛琳……總之，在她那裡，我覺得她似乎在從事聖人崇拜。」他冷笑著說：「可是我哥哥實在不是什麼聖人。」

「你說過，他大大轉性了。」

「的確沒錯。」接著尼可拉斯話鋒一轉，「可是……」他停了一下，最後說：「啊，反正都無所謂了。」

「你說說看嘛。」

尼可拉斯注視著她，考慮了一會兒，接著才繼續說：「有件事讓我一直放不下，在他死後我也不斷在思考。」

「什麼事？」

「嗯，托馬斯去那裡要幹嘛？他在那裡根本沒什麼要做的！實際上，那一天他應該跟平時一樣去辦公室上班，結果他沒去。」

「也許他在古地有業務要處理？」

「托馬斯在那裡沒有客戶，那裡根本不是他的業務範圍，這是他主管告訴我的。」

「說不定他想去看朋友？」

「不會。果真這樣，卡洛琳一定會知道的。當天早上我哥哥跟平時一樣開車上班，但接下來卻是兩名警察在她家門前通知他的死訊。」

「好奇怪。」

「真的很奇怪，有時我會因為不知道托馬斯究竟想在漢堡市的另一頭幹什麼，而無法平靜下來。」

「有沒有可能……」莉娜蹙起眉頭，說：「嗯，你哥哥說不定有婚外情？」

尼可拉斯搖搖頭說：「這一點我也考慮過，可是我認為這是不可能的，他們兩人依舊非常相愛。」

「那他也許想給太太驚喜。」莉娜猜測，「誰曉得呢，說不定他去看了一家很棒的飯店之類的，那一帶飯店多得很！」

「有可能，可是我不確定……」他喟嘆一聲，「反正都無所謂，什麼都無法改變了。」

接著兩人都陷入自己的思緒中。

最後尼可拉斯先起身，對莉娜笑了笑，問：「要不要繼續走？」

「哦，好啊。」莉娜起身，把艾瑪抱回嬰兒車，幫她蓋好被子，這才拿出她在家裡列印出來的地圖，尋找從「蝴蝶園」前往「玫瑰墓園」距離最短的路線，「玫瑰墓園」是丹尼爾安息的地方。如果走鋪設柏油的大馬路「中央大道」，距離大約一點五公里，不過沿著穿過這一大片地區、有樹籬掩映的蜿蜒小徑，景色絕對更加優美。

「你先生的葬禮很美。」踩在沙徑上時，尼可拉斯如此說。

莉娜忍不住想笑。「嗯，美……」

「這麼說可能不妥，」他帶著歉意說：「不過教堂裡的音樂、牧師的演說、花飾、玫瑰墓園……」

「我一看就知道，那裡就是我要的丹尼爾的安息處所。」莉娜表示，「他非常喜愛玫瑰，特別是深紅色的茶香玫瑰。」說到這裡，莉娜想起當年他在醫院前送給自己的花束。後來她把那束花壓成乾燥花，直到現在都還收存在她衣櫥下方的記憶盒子裡。當她繼續往下說時，聲音微微顫抖。「我很慶幸那裡剛好有塊可以使用的墓地。」

「卡洛琳也是這樣選中了蝴蝶園，」他停頓了一下，之後才接著說：「我只是想表示，我真心覺得他的葬禮辦得很美、很感人！還有，弔唁的人那麼多……」

「唉，他們還見識到了一場精采好戲呢。」莉娜諷刺地說：「有墓旁的打人秀和緊急分娩，這些可不是每天都看得到呢！」

尼可拉斯有點尷尬地笑了笑，說：「唉，幸虧沒有出事。」

「是啊。」莉娜嘆了口氣。這場葬禮上的意外插曲，勾起了莉娜的另一個回憶。「欸，葬禮上有個黑髮女子，當時你還跟她聊過的，記得嗎？」

「你說的是手腕上有刺青的嗎？」

「你也注意到了。」

「那當然，那個刺青想不看到也難。是某種動物吧？」

莉娜點頭，說：「我想是蠍子吧。」

「對，沒錯。我還記得那東西挺噁心。」

「你跟她是怎麼認識的？」莉娜問。

「我根本不認識她。」

「不認識？」

尼可拉斯搖搖頭說：「不過，她也參加了托馬斯的葬禮，跟她那兩個怪裡怪氣的哥德族朋友。你知道的，就是那種看起來像『阿達一族』的怪咖。」

莉娜停下腳步，詫異地望著他說：「真的？他們也參加了你哥哥的葬禮？」

「沒錯。所以我才問那個女孩，她怎麼會同時認識我哥哥和你先生。我覺得很怪。」

莉娜愣了一下，這確實很怪。「結果呢？她怎麼說？」

尼可拉斯聳聳肩，說：「她只是對我露出古怪的笑容，說：我們對死亡很感興趣。」

「她這麼回答？」

「這就是她的回答。」

「聽起來很隱晦。」

「哼，在我聽來，他們就像是某種墓園觀光客。」

「墓園觀光客？」

「就是偷偷混進葬禮，享受接近屍體快感的那種人。」

「有這種事？這種享受太變態了！」

尼可拉斯擺擺手說：「相較於舉行黑彌撒的人，這還算是小事。」

「嗯，我倒覺得這一種還更討人厭。」莉娜表示，「享受他人的不幸，這真是病態！如果當時就知道了，我一定會馬上請他們三人離開。」說著，她朝嬰兒車彎下身，彷彿想確定艾瑪不會聽見這番話。小艾瑪睡得正沉，她一手抓著奶嘴，一手緊緊握著一隻內建音樂鐘的動物布偶，甚至還發出鼾聲呢，一種輕微、甜美的鼾聲。莉娜的怒氣頓時煙消雲散。只要看一眼這個安詳的寶寶，就能讓人與這個世界重修舊好。

兩人繼續往下走，莉娜再次端詳地圖。方才和尼可拉斯的一番話，讓她忘了他們在這個地區的位置了。

「我想，我們必須在這裡左轉。」尼可拉斯說。

「我不確定，我們是不是應該再右轉呢？」莉娜又瞥了地圖一眼。

「好，那就往右吧。」他同意。

兩人右轉，來到一條較寬闊的沙徑上，這條路和這裡多數的通道一樣，兩側都夾峙著樹籬或樹木。

「現在再左轉嗎？」尼可拉斯問。

「我不曉得，」莉娜坦承道：「我們先繼續往下走，反正最後一定到得了；再說，有時還會有路標呢。」

到了下一個轉彎處，兩人突然停下腳步。在他們正前方出現了一片墳地，顯然是兒童墓園：一片粉紅和淡藍，氣球、動物布偶、玩具、五顏六色的風車、嬰兒鞋、天使像和小朋友的相片妝點著許多小小的墳墓。

一對年輕男女靜立在刻有粉紅色碑文的白色十字架前。女子哭泣著，男子用手臂攬著她的肩膀，彷彿想保護她。見到這兩人的模樣，莉娜感到喉頭一緊，目光卻無法移開，反而覺得自己被眼前的景象所吸引。在這一瞬間，她覺得自己也像個「墓園觀光客」，打擾了這對男女的傷痛之情。更糟的是，她還推著嬰兒車站在這裡，恐怕會讓人以為這是種譏諷。

「太悲慘了，」尼可拉斯說：「失去孩子，這該是最令人悲痛的事了。」

「是啊。」她拉起尼可拉斯的手拖著他說：「我們走吧。」

他們走得好快，快得像逃命似地轉進某一條路，總之，就是要快點離開這座兒童墓園。莉娜不由得想起小奧斯卡，心想他是否也在這裡安息。她當然沒有受邀參加他的喪禮，當時芭貝特和塞巴斯提安也許就站在這裡，哀悼著、哭泣著，同時詛咒著她──莉娜。

如此走了二十多分鐘，兩人終於抵達目的地，找到有兩道門拱的入口處。門拱上環繞茂密的玫瑰花蔓，大多數墳墓後方也都種植玫瑰，繽紛的色彩賦予這裡撫慰人心的愉快氛圍。

兩人通過一道門拱走向墓地。尼可拉斯指著左邊一張長椅，說：「那麼我就在這裡等你，嬰兒車留在我這裡就好。」

「好的，謝謝。」莉娜用腳固定住煞車，同時瞥了艾瑪一眼，確定她還睡著，這才走向丹尼爾的墳前。

墓園園丁同樣在這裡種植了一株玫瑰，當然是深紅色花朵的。之前乾枯的花圈和花朵已經清除掉了。

在閃著光的淡色石碑上鐫刻著「丹尼爾・安德森」，底下是他的出生與死亡日期，另外還刻著一朵小玫瑰花。石碑是艾絲塔和莉娜挑選的。

「哈囉，寶貝，」莉娜輕聲說：「我來了。」接著她默默佇立，聆聽一片寂靜。此刻站在這裡，這裡似乎不再可怕，之前阻攔她過來探視的恐懼感也消失了。莉娜感到自己被一股暖意、一股內在的安寧所籠罩。

她目光逡巡了一下，眼下這座墳墓還略顯荒涼，墓園園丁應該栽植更多花卉的。自己居然沒想到帶鮮花過來，莉娜忍不住生起自己的氣。她決定要盡快把花補上。

就在她想移轉目光時，一件不尋常的物品吸引了她的注意：墓碑後方地面上隱約擺著一個鞋盒般大小的箱子，莉娜蹲下身去看個究竟。

那是個小木盒，做工精緻，表層閃著漆光。莉娜見到盒蓋上點綴著五線譜、一把小提琴和一支笛子的圖案。是音樂鐘嗎？是誰將它放到這裡的？

莉娜必須朝墳墓跨近一步，才能把盒子撿起來。她重新站好，發現木盒果然是個音樂鐘。當她準備打開盒蓋時，卻聞到令人難受的味道，一股腥甜的腐臭味。莉娜感到一陣噁心，同時發現盒底的溼氣不只是碰觸到泥地的緣故。

莉娜嚇得將木盒放回地上，並且檢視自己的雙手。某種紅褐色的物質沾黏在她的手指上。是血？是血嗎？

她惶惑地轉身望著尼可拉斯，他正坐在長椅上小心翼翼地來回推動嬰兒車。接著莉娜的目光又轉回木盒上，她深深吸了一口氣，這才又蹲下身去，倉皇地將盒蓋掀開。

眼前的景象令她作嘔，她忍不住別過身去，手腳撐地在墓旁的碎石地面上嘔吐。

「老天，發生什麼事了？」短短幾秒後，尼可拉斯已經上氣不接下氣地趕到她身邊。

「那裡！」莉娜聲音顫抖，蹲在地上，邊嘔吐邊驚恐地指著小木盒。直到此刻，她才聽到從音樂鐘裡傳來叮叮噹噹的旋律。

耶穌，吾民仰望的喜悅

「這、這到底……」接著他突然住口，臉上同樣露出驚惶的神情。

在他們眼前，音樂盒裡露出已經腐爛一半、臭氣沖天的動物部位，那東西讓莉娜想起有時她會買回家煮給吉內斯吃的豬心。在這塊死肉上，爬滿了密密麻麻的蛆。

比起見到這個腐爛的器官，比起那些蛆蟲和臭味，比起有如譏笑聲般烘托著這幅驚悚畫面的音樂還加倍恐怖的是，莉娜在木盒蓋上見到的東西。

一張相片。相片是婚禮上的莉娜和丹尼爾。他一身剪裁優雅的灰色服裝，她則穿著法蘭西第一帝國風的白色禮服，手捧深紅色茶香玫瑰紮成的新娘捧花，朝相機綻放幸福的笑容。此刻在這張相片上，有人用紅筆以印刷體在莉娜的臉上寫了意思再清楚不過的兩個字：

凶手！

17

「我不懂，我們為什麼不報警，這絕對是犯罪行為，罪名叫妨害死者安息之類的。」莉娜與尼可拉斯返回車上，朝溫特福德的方向行駛時，他還一肚子怒火。

「我很清楚是誰開這種恐怖玩笑。我覺得這件事最好自己處理。」莉娜內心的憤怒並不亞於他。

尼可拉斯搖著頭說：「關於你所說的『玩笑』，最好的對策是提出控告！」

「我應該向喬西提出控告？她還是個孩子耶！」

「你不是說過她已經十六歲了？」

「是沒錯，」她嘆了口氣，說：「但她還是個孩子。」坐在副駕駛座的莉娜轉身朝後座瞧了一眼。打從他們匆匆離開墓園之後，艾瑪就醒過來了，現在正嚎啕大哭。這一次似乎又證明了，大人的激動心情是會感染到小寶寶的。「噓噓。」莉娜試圖將奶嘴塞回艾瑪嘴裡，但每次都被艾瑪吐了出來，繼續哭鬧。「噓噓！」莉娜再次哄她，「乖乖，甜心！」但完全無效。

「至少你沒把那個噁心的東西帶回來。」尼可拉斯說。

莉娜確實考慮過要找個塑膠袋，把小盒子連同裡頭的恐怖物品都包起來，但最後她只用尿布墊包起木盒，用指尖拎往灌木叢裡藏起來。

「否則那股臭味會在車子裡散不掉。」

莉娜只是鄙夷地哼了一聲。爛肉、密密麻麻的蛆……這幅畫面又浮現在她眼前。她揉揉眼睛，想把這種令人毛骨悚然的景象趕走，偏偏這畫面卻牢牢烙印在她的視網膜上。

「喬西住在溫特胡德的哪個地方？」尼可拉斯問。

「在龍笛湖畔。」莉娜答。

尼可拉斯吹了聲口哨，說：「高級地段。」

莉娜只點了個頭，說：「希望她現在在家，不是在寄宿學校。」

「你可以打電話給她呀。」他提議。

莉娜說：「我沒她的電話號碼。」

「你婆婆呢？她應該知道要怎麼跟孫女聯絡吧？」

「應該是吧。」莉娜承認，但她說：「可是我覺得直接打電話找喬西並不妥當。我該跟她說什麼好呢？說『抱歉，可是你為什麼在丹尼爾的墳墓上放了一顆腐爛的豬心呢』？不好，這種事還是得當面講。」

「你確定是她幹的？」

莉娜聳聳肩，說：「事實不是很明顯嗎！你忘了葬禮時她是怎麼攻擊我、罵我是凶手嗎？」

他點點頭，「倒也是。」

「我不懂，」莉娜咕噥著，「我真不懂！這個女孩腦子裡到底在想些什麼？喬西就那麼恨我嗎？」

「青少年啊，」尼可拉斯表示，「反應往往非常極端。」

「『極端』——正是這個說法！」

後座安靜得令人訝異，莉娜轉過頭看，見到艾瑪果真又像個天使般入睡了，彷彿什麼事都沒發生過。這件事我還得處理，莉娜心想。那是個未成年人在盛怒下做出的非理性行為。喬西雖然處在青春期，但她的所作所為還是令人無法原諒。

「龍笛湖畔的房子是丹尼爾的嗎？」尼可拉斯似乎對這個話題很有興趣。

「對。」莉娜說：「那棟別墅是他好多年前買的。當時屋況極糟，後來才經過修繕。」

莉娜想起，丹尼爾和蕾貝卡離婚後，他曾經告訴自己，這麼多年來，這棟位於龍笛湖畔的別墅根本是他的監獄，那裡只有寂寞與酒癮。因此在蕾貝卡堅持要和喬西繼續住在那裡時，他並沒有為那棟房子流下任何一滴淚。他只要繼續支付那裡的經常性開銷就好。

後來莉娜得知，那裡的開銷相當驚人。雖然法律上丹尼爾已經沒有責任了，但他還是繼續付款。每次莉娜試圖和他討論，這話題都被他三振出局，丹尼爾根本不想談這件事，莉娜也不希望別人會以為自己是任何好處都不願留給前妻的第二任壞老婆。

手機鈴響將莉娜從思緒中驚醒，她看了螢幕一眼，隨即轉到靜音模式，以免手機聲將艾瑪吵醒。是艾絲塔打來的，但這時候她並不想接。喬西做的事最好先別讓艾絲塔知道，別讓艾絲塔擔心，應該讓她好好休息。晚一點莉娜會告訴她的，但她必須先親自和喬西談，聽聽這個女孩的說法。

「前面就是了。」莉娜指向右側一棟紅磚大別墅說。別墅前停放著蕾貝卡目前在開的Touareg車，看來她應該在家。

「的確令人印象深刻。」尼可拉斯讚嘆地點頭說。

「是啊，確實是。」莉娜也有同感。到目前為止，她只來過這裡兩次。第一次在丹尼爾與蕾貝卡離婚後不久，當時她曾經在夜裡開車經過龍笛湖，想看看蕾貝卡過怎樣的日子。她在好奇心的驅使下過去，然而當她縮頭縮腦地開著Polo車在路上慢速行駛時，她覺得自己像個埋伏起來準備襲擊獵物的獵人，像個被嫉妒啃噬的女人。

第二次是數星期之後，她與丹尼爾第一次共度的耶誕夜。那一次她下了車，登上三級臺階來到大門前，按了門鈴，和今天一樣，想找喬西談件正事。

18

「晚安？」幫莉娜開門的既不是蕾貝卡，也不是喬西。在她面前的是一位中年男子，正用詢問的目光望著她。他身穿白襯衫搭配一襲深色西裝，髮色微紅，膚色蒼白，臉上架著金絲邊圓框眼鏡，不特別帥氣，但也不討人厭。

「不好意思，」莉娜有點困惑，「我想找喬西。」隨即改口：「約瑟芬娜・安德森。」

「在耶誕夜的時候？」

「對。抱歉，可是我有很重要的事。」

「您是哪位？」

「我叫莉娜・梅伊。」

「哦，」他眉梢挑高，說：「您就是莉娜？」

莉娜恨不得轉身就走，令人意外的是，男人立刻對她露出笑容，並且朝她伸出手來。莉娜握住他的手搖了搖。男子說：「我叫馬汀・布胥，是她們家人的朋友。」

「哦？」她心想，自己是否曾聽丹尼爾提起這個名字，但她並不確定。「喬西方便說話嗎？」

「您找她有什麼事？」

「是私人的事。」莉娜答。

他臉上浮現促狹的神情，說：「了解，是女人之間的事。」

「您要這麼說也行。」

「請等一下。」說著，他便轉身進入屋內。

莉娜神經緊繃到快斷裂了。來到這裡已經耗盡她所有勇氣，如今終於站在大門口，她卻開始懷疑這個主意究竟好不好，何況丹尼爾還不知道這件事呢。

然而獨自待在家中，陪著那棵無聊的耶誕樹和爐子裡焦了一半的鵝，令她感到萬般無助，於是她決定要和喬西好好談談。就算喬西願意聽她勸說的機會極為渺茫，她也得試試在丹尼爾和他女兒之間擔任調解人。

「梅伊小姐？」是蕾貝卡．馬汀．布胥站在她後方，彷彿想保護她。蕾貝卡穿著閃亮的紅色套裝，更襯托出她纖細的腰身。再一次，莉娜和在義大利餐館時一樣，覺得自己像個和成熟女性較量的小女生。莉娜打了個寒顫，但不只是因為十二月天零下的氣溫。

「晚安，安德森太太。」莉娜勇敢地伸出手，丹尼爾這位離婚進行式中的妻子也很有修養地握住搖了搖。「我想和喬西談談。」莉娜再次說出來意。

「我可以請問是為了什麼事嗎？」蕾貝卡語氣平靜，但帶有權威感。

「我希望可以跟喬西本人談。」莉娜又補上一句：「就我跟她。」

「哦，您不覺得在耶誕夜不請自來有點怪嗎？」說著，蕾貝卡朝馬汀．布胥側轉過身，馬汀一隻手搭在她肩膀上點頭表示同意。

「是，當然，我很清楚，可是我真的有很要緊的事。」

「要緊到不能等過了耶誕假期再說？」

莉娜深深吸上一口氣，接著她勇敢地挺起下巴說：「不能，不能再等，否則我就不會過來了。」

蕾貝卡．安德森臉上露出詫異的神情，她顯然沒料到對方會如此執拗。她考慮了一下，接著轉向馬汀，請他讓她自己處理。馬汀立即離去，蕾貝卡跨出屋門一步，朝莉娜走過來，同時把門帶上。「我想我知道是為了什麼事，」她壓低音量說：「不過我不認為我女兒願意跟您談。」

「這豈不是值得一試嗎？」

「您聽好，小姐……」

「梅伊。」莉娜幫她說出來，但話一出口她就感到懊惱，她不太清楚蕾貝卡是否知道自己的姓名。

「梅伊小姐，您親自過來一趟，實在令人感佩。只是我認為，我們家沒有人需要您的協助。」

「我只是想當喬西和她爸爸的調解人。」

蕾貝卡爆出嘲諷的笑聲，但隨即變回嚴肅的模樣，說：「很抱歉，不過我認為這不是個好辦法，最後還是得由他們兩人自行解決。就算您是我先生的情人，也不該管太多喲。」

莉娜硬是把這番羞辱吞下肚去，她絕對要避免丹尼爾的老婆挑釁成功。「我想，這些誤會其實很容易就可以釐清的。」

「誤會？」

「比如寄宿學校的事。」莉娜解釋：「依我看，喬西其實並不想去。」

「這是我們的問題，您就別煩惱了。」

「我並不是想干涉……」莉娜察覺自己有點不確定。

「那您就別干涉。」

「可是……可是喬西似乎以為丹尼爾不要她了。不是這樣的，在新家有一個房間保留給喬西，隨時歡迎她去。如果她願意，也可以長期住下來……」

「現在請您聽清楚了！」蕾貝卡很不客氣地打斷她的話，並且將身體湊近她說：「您一點也不知道自己在說什麼！丹尼爾決定了要您而不要我們。」莉娜想反駁，卻來不及說出口。「您一點也不了解丹尼爾！您只知道他的光明面，一個剛墜入愛河的魅力男性的光明面。也許他是個您想像不到的優秀演員？」

「我……」

「別開口，我還沒講完呢！」此時蕾貝卡已經站得離莉娜好近，近到莉娜都察覺得到她噴在自己皮膚上的溫熱氣息。「我非常能夠想像，丹尼爾並沒有告訴您所有真相。事實是，他並不要我們的女兒干擾到他和您的兩人世界；還有，在您們的家，喬西只會礙事罷了，所以他才會不管她願不願意，都要她上寄宿學校。因為這樣，純粹是因為這樣，現在我們的女兒才會一點也不想跟她爸爸多談。耶誕節不想，其他任何時間也不想。無論丹尼爾跟您說了什麼，這個才是真相。」

「可是我無法想像……」

「您能想像什麼，完全不重要！」蕾貝卡再次打斷她的話。「您就別再干涉我們的事了。我不希望您干涉，喬西不希望，還有我丈夫，」這三個字她特別清楚強調，「同樣也不希望。」說完，她就轉身進入屋內，同時反手把門甩上。

莉娜惶惑又羞愧地步下階梯，回到自己的汽車旁，打開車門，唉聲嘆氣地重重坐到駕駛座上。之前她留在中控臺上的手機此時閃著光，有三通來電和一通語音留言。莉娜查了語音信箱，是丹尼爾，他想知道她跑去哪裡了。莉娜把手機擱到一邊，發動引擎離去，心裡隱約有不好的預感。

「你做了什麼？」二十分鐘後莉娜回到家，將自己去蕾貝卡家的事告訴他時，他不只是不高興，簡直是氣炸了。「你瘋了嗎？」

「我只是想跟喬西談談，」莉娜急切地分辯：「我只是想，我也許可以幫你們調解。」

「哦，你這麼想？」他氣呼呼地說：「你以為我自己沒辦法解決？」

「我沒這麼想！我只是想……」她突然頓住，忘了自己本來想說什麼，心中同時想著自己真蠢，怎麼會想到在耶誕夜開車去蕾貝卡家呢。

沒錯，她原本就知道這麼做丹尼爾不會太高興的，但她萬萬沒料到，他居然對自己大發雷霆。

「這實在是我聽過最白痴的主意了！這麼一來，你只會讓事情變得更加糟糕透頂！」

「我……我……」莉娜結結巴巴，淚水也沿著臉頰潸潸滾落。「我只是希望你開心。」

「如果這是你想要的，那你最好別管我的事！」

她受傷地看著他。「我的」事。在此之前她一直以為他的事也是「她」的事，她和丹尼爾豈不是隊友、屬於一起的嗎？既然屬於一起，豈不是該互相幫忙嗎？看來她徹底搞錯了。

直到此刻，丹尼爾似乎才發現她在哭。他走向她，雙手抱著她說：「莉娜，對不起啦，寶貝！」莉娜閉起眼睛，把頭靠在他肩膀上，慶幸他再次回到她身邊，又是她的丹尼爾了。

「我不該那麼激動的，」他一隻手撫摸著她的背，說：「你都是為了我著想。」

「對呀，」她抽抽噎噎地像個小孩，「我是在為你著想。」

他喟嘆一聲，解釋說：「喬西跟我關係糟透了，雖然你滿心想幫我，但這件事還是得由我們自己解決。」

莉娜仰起頭來望著他，「所以，你不再生我的氣嘍？」

他搖搖頭朝她微笑，說：「不生氣，我愛你，我怎麼可能生你的氣？」

「我也愛你。」

「那麼我們就來慶祝耶誕節，忘了之前發生的事吧。」

「好。」儘管莉娜不確定自己是否真能忘卻丹尼爾方才的激烈反應，但她還是願意嘗試。忘了它，並且不再追問為什麼。

19

情景彷彿時光倒流。和五年前一樣，這次也是馬汀．布胥來應門，只不過現在他已經改叫馬汀．安德森了。三年前他和蕾貝卡結婚，並且冠了她的姓——丹尼爾的姓！

這個家的新男主人一見到莉娜，臉上立刻露出關切的表情。

「莉娜！」他親切地打招呼，「您好嗎？」

「還好。」莉娜不耐地回答。她來是想和喬西議論，不是和喬西的繼父寒暄的。

「小寶寶怎麼樣？」他繼續問：「葬禮上我們都非常替您擔心！非常抱歉，我們也不知道喬西到底……」

「她在嗎？」莉娜悍然打斷他的話。

「誰？」馬汀．安德森不解地問：「喬西？」

不然是誰？她恨不得對他大吼。就在此時，她聽到蕾貝卡的聲音。

「是誰在那裡？」

一秒鐘後蕾貝卡就出現在門口，毫不掩飾拒人於千里之外的神情。「您想幹嘛？」她冷冷地說：「我們正想開車出去吃午餐。」

「如果打擾到您們，我很抱歉。」莉娜說：「可是我得跟喬西談談。」

「為什麼？」

「這跟您們沒關係。」

「這跟我們沒關係？」蕾貝卡突然發出難聽的笑聲，接著回說：「喬西不在，她在寄宿學校，在波羅的海海畔。」

「現在不是放假期間嗎？」莉娜隨口問。

「學校舉辦夏令營。」說完，蕾貝卡又補上一句：「所以，如果您有什麼話要說，只好對我們說嘍。」

莉娜猶豫了一下，但隨即搖搖頭。「這件事只關係到我和喬西，我不想和兩位談。」儘管莉娜自己不清楚為什麼，但她依然想保護丹尼爾的女兒，不願在她媽媽面前說出她所做的事——雖然這件事很快就會曝光。

「丹尼爾之前跟您談過嗎？」馬汀開口問。

「談過什麼？您指的是什麼？」

「沒什麼，」蕾貝卡插嘴說：「不過是喬西直到現在依然無法承受爸爸離開她，更別說是他的死了。」

「正是這件事。」莉娜說。

「我說過了，她不在這裡。」蕾貝卡又重複一遍。

「好吧，」莉娜說：「那我去寄宿學校找她。」就在她準備離去、回到在車內等她的尼可拉斯和艾瑪身邊時，蕾貝卡卻開口制止她。

「等等，」她呼喊道：「您不能就這樣跑去我女兒的學校！」

「為什麼不行？」

蕾貝卡似乎考慮了一下，接著她態度突然改變，表情變得較為溫和。「也許您應該冷靜一下。請先進來，再請您告訴我們究竟發生了什麼事吧。」她做出邀請的手勢。

最後莉娜決定，也許把發生的事告訴他們兩人，會比直闖寄宿學校要好。再怎麼說蕾貝卡都是喬西的媽媽，繼葬禮上喬西抓狂失控後，這件事也該讓她知道。「好，」她說：「我就進去吧，不過只待一下子，我女兒還在那裡。」

她朝待在車內的尼可拉斯示意，表示自己馬上回來，接著隨蕾貝卡進入別墅。

半小時後，莉娜再度坐進尼可拉斯的Passat車時，她簡直快氣炸了。

「我的話她連一個字都不信，這個傲慢的女人！我把豬心、婚禮照片和上頭寫的字都告訴她了，她卻否認喬西會和這件事有關，甚至懷疑根本沒有音樂鐘。她說，我大概幻想力太過豐富；說天曉得我在墓園裡發現了什麼，還有我為什麼拿不出小木盒和照片給她看。」莉娜氣呼呼地說：「我跟她說，等一下我就可以給她看那個音樂鐘，外加豬心和蛆和噁心的味道……我絕對不會任人編派我是瘋子的！這個女人到底在亂想什麼？」

尼可拉斯用詢問的目光盯著她，「你跟她說了什麼？」

莉娜把手匆匆一擺，「我說我會拿證物給她看，我們現在就過去！」

尼可拉斯嘆了一口氣，看了看氣呼呼的莉娜，接著發動汽車，莉娜則轉身注視咯咯笑著、咿呀咿呀叫的艾瑪。

一路上兩人都不發一語。莉娜很慶幸尼可拉斯並沒有責備自己。她知道，他一定有其他更有意思的事好做，大可不必在一個燠熱的夏日載一名他幾乎不認識的女人、外加一個小孩，跑遍大半個漢堡市，再次奔向歐爾斯道夫墓園。

但他卻這麼做了，而且無怨無悔，甚至在他們走向莉娜藏匿音樂鐘的灌木叢時幫忙推嬰兒車。來到藏匿處的正前方，兩人停下腳步，凝視著灌木叢，努力尋找那件犯罪事實。

可是木盒子不見了。

我

時候即將到來，很快就會發現，你原本以為的大驚嚇，不過是個微不足道的開頭而已。和你將來所面臨的相比，這個開頭幾乎過於可笑了。你以為自己的遭遇已經夠悲慘了嗎？等著瞧吧，要不了多久你就會嘗到真正絕望、真正黑暗的滋味了！

20

「哦老天，莉娜，這太可怕了，我現在就回去！」尼可拉斯送莉娜和艾瑪回到家，莉娜回電給艾絲塔時，她果然大為震驚。

「不用啦，你不必這樣。」

「我當然得中斷行程了，」艾絲塔堅持，「留在這裡，我會一分鐘都不安心的。」

「你反正也幫不了我，」莉娜勸她，「我決定明天一早就去喬西的寄宿學校找她。」

「不過莉娜，你真的認為那是她做的？」

「不然會是誰？」莉娜說：「我會跟她就事論事的，展開女人對女人的坦誠對話。」

「你說，那個小盒子後來不見了？」

「對，」莉娜答道：「不過你大可相信我，那絕對不是我的幻覺。不曉得盒子跑去哪裡了，可能是被墓園的園丁看到，或者被什麼動物拖走了；不過之前它真的在！除了喬西，不可能還有誰會把它放去那裡。」

「說不定有個很簡單的理由。」艾絲塔說。

「那麼，對這個理由我很好奇！」她冷笑著說：「何況那和喬西在葬禮上突然抓狂的行徑也很吻合。」

「當時她昏頭了，可是經過這些年，她應該不會……」

「剛才我說過了，」莉娜打斷她的話，「明天一早我就去她們學校，到時再看看。」

「我還是打個電話給她吧？」

「不要，千萬不要！我真的想要自己把這件事弄清楚。」

莉娜聽得到艾絲塔倒抽一大口氣。「好吧。不過我可以確定，這一定只是場大誤會。」

「也許吧。」莉娜自己也沒把握。為了轉移這個令人尷尬的話題，莉娜問：「吉內斯還好嗎？」

「很好。」艾絲塔說：「牠是我們的吉祥物，大家都搶著要帶牠去散步。」

「聽起來還不錯。」莉娜露出了笑容。她好想念吉內斯；尤其此時此刻，她更是萬分想念牠。

「我的小艾瑪怎麼樣了？」婆婆問。

「剛剛我才抱她去睡午覺。她就跟其他寶寶一樣，幾乎整天都在睡。還有，現在她願意乖乖喝奶了。」

「啊，這個小老鼠！」艾絲塔喟嘆了一聲，「還這麼小，就經歷了這麼多不幸。」

「是啊。」說著，莉娜又感到心情沉重。

「一找到喬西，你就打電話給我，好嗎？」艾絲塔請求。

「當然，我會的。」

兩人互相道別並掛掉電話。有那麼片刻，莉娜目光猶豫地看著手上的話機。太瘋狂了，這整件事實在太瘋狂了！瘋狂又令人心力交瘁，莉娜好渴望自己的人生和艾瑪的人生能恢復正常。此刻她覺得自己就像在洗衣機脫水槽裡，被一樁又一樁的事件拋來甩去，自己幾乎應付不來了。她好累，累斃了；同時她又如此激動，激動到都不知道自己是否還能恢復平靜。她又想起放在浴室櫃子裡的他佛。今天就試試這種鎮定劑吧。不，她不要，她必須保持頭腦清醒，尤其是現在。

她走進客廳，朝嬰兒車彎下腰看看艾瑪是否還在睡。艾瑪身子動了一下，眼睛還閉著，看來女兒正在作夢呢。希望她作的是美夢，莉娜心想，接著她進入臥房，重重癱倒在她的新床上，拉起被子蒙住腦袋，努力想讓自己睡一下，至少睡到艾瑪因為想喝奶而將她鬧醒。

當莉娜醒來時，她困惑地發現外頭已經天暗了，只有一盞立燈微弱的光從臥房窗口的百葉窗透射進來。每當黃昏時分天色變暗時，這盞矗立在花園裡的燈便會自動開啟。莉娜瞥了鬧鐘一眼：已經九點多了！

莉娜嚇了一大跳，趕緊掀開被子跳下床。艾瑪為什麼沒有吵醒自己？這個時候已經太晚，艾瑪應該早就餓哭了。

她跌跌撞撞地衝過走廊，半路上還差點摔倒，幸好她一隻手撐在牆上才穩住了身體。通往客廳的門敞開著，聽不到任何聲響，沒有啜泣沒有哭泣，更沒有嚎啕大哭，有的只是一片寂靜。除此之外，只有一股輕微的氣流將露臺上溫暖的夏日空氣帶進來，緩緩吹動著窗簾。

莉娜來到艾瑪的搖籃車旁，彎下身想將艾瑪喚醒，要抱她出來好好安撫她，並且為媽媽睡得那麼沉向她道歉；告訴她，媽媽很快就會給她牛奶喝、幫她換尿片了。

一聲尖叫，接著又是一聲，叫聲淒厲又絕望。尖叫的人是莉娜，她就站在小床邊不斷尖叫著。

站在空蕩蕩的小床邊。

艾瑪不見了。

但她的小臥墊上放著一張拍立得照片。照片上，艾瑪在如今空蕩蕩的搖籃車上睡得正香甜。照片上，艾瑪閉著眼睛躺在睡袋裡，嘴裡含著奶嘴。照片一旁則是一張紙條，上頭的字幾乎讓莉娜崩潰：

不准告訴任何人，

不然你女兒就沒命。

21

艾瑪、艾瑪！艾瑪！

莉娜不知道自己吶喊了多久，不知何時她聲音已經啞掉了。她呆望著之前女兒躺臥的搖籃車，膝蓋發軟，感到頭暈目眩又想吐，全身麻木且時熱時冷，感覺有上千根針戳刺著她的皮膚，一股難受的麻癢感流貫全身。

莉娜知道這種感覺，這是當你遭遇萬分悲慘的事時會侵襲你的感覺。比如有人對你說：「我不再愛你了」、「我們必須將您解雇」，或是「您先生過世了」。

但這些都無法和這裡發生的事相提並論，和她站在艾瑪空蕩蕩的小床邊、看著空無一人的臥墊的這一刻相提並論。她用顫抖的手拿起字條，一遍又一遍讀著上頭的內容：

不准告訴任何人，
不然你女兒就沒命。

她放開那張紙，任由它飄回艾瑪拍立得照片的旁邊。

幾秒鐘後她開始歇斯底里，慌慌張張地把搖籃車都翻遍，所有物品都拿出來——儘管車上幾乎什麼東西都沒有了。小嬰兒睡覺時不能有動物布偶、被子和枕頭，這是多年來她一直叮嚀他人，包括奧斯卡爸媽的，而她同樣也讓艾瑪睡睡袋。在這個搖籃裡沒什麼需要仔細尋找或舉高檢視的物品，以便查看底下是否藏著一名嬰兒。

但莉娜依舊抓起臥墊，扯下鬆緊床單，把床單從右翻到左，摸索著編織的搖籃底部，蹲在搖籃車旁的鑲木地板上，確認艾瑪沒有躺在這張小床底下。

接著她手腳並用地在地板上爬行，把客廳的每一平方公分都找遍了。沙發後頭、窗簾下方，就連所有櫥櫃、架子她都一一看過。她愈來愈絕望、愈來愈慌張，最後她起身跑遍了每個房間，接著出去到花園，再進入屋裡，四處尋找艾瑪。

雖然她很清楚，雖然她早就明白自己找不到艾瑪。她的孩子不見了，被人抱走了。有人進到屋內，經由花園和敞開的露臺門進來，從這個「高級社區」把艾瑪自搖籃裡抱走了，就是這樣。

就在莉娜躺在一旁的房間裡沉睡時，在她這個不盡責、狠心的母親不察時，有人偷走了她的孩子；在她睡著時，有人溜進屋裡偷走了艾瑪。

艾瑪，那麼弱小、那麼無助。打從一開始莉娜就沒有盡到該有的責任；從女兒的第一口呼吸開始，她就沒有盡到為人母的責任。她拒絕這個孩子，對自己的寶寶、自己的骨肉沒有感覺，只是一味沉浸在自己的憂傷、自憐中，絲毫沒有想到現在自己有責任要扛；沒有想到現在自己已經不再那麼重要，重要的是孩子和孩子的人生。每位母親，每一位，都願意為自己的孩子犧牲性命，這是顛撲不破的自然法則！然而她，莉娜，卻違反了這種法則。

「艾瑪！」她又一次呼喊，懷抱著不可能的期待，希望女兒會回應、會發出聲音，只要一下就好，即使那聲音是那麼地微弱都好。要不就像面臨嚴重危險般高聲哭鬧、盡情吶喊，吵到讓利希特太太都聽得見。

然而依舊是一片寂靜、一片死寂。是誰把艾瑪帶走的？喬西？喬西？不會，不可能，這是絕對不可能的。莉娜相信墓園中驚悚的「禮物」有可能是這個心靈受創的少女幹的，可是綁架？帶走、偷走一個小寶寶，從屋裡、從她的搖籃裡抱走？不，不會的。或者會？或者真的會？

「還有，我希望其他的事你也會經歷到。」這句話突然在莉娜的腦海中閃現。芭貝特，奧斯卡的媽媽。難道是芭貝特與塞巴斯提安帶走艾瑪？他們想讓莉娜經歷失去孩子的滋味？不，不可能！莉娜覺得這個念頭太可怕了，何況他們根本不知道自己住哪裡。不對，她想起來了，他們知道！當年他們將她的信件退回，寄到家裡，寄到這個地址！難道自從在阿爾斯特河見到莉娜懷孕後，他們便擬定了這些計畫？他們又重新燃起對她的仇恨？難道從那一刻起，他們便決定一等寶寶出生就要將她奪走？

他們兩人彷彿又出現在莉娜眼前，莉娜見到他們注視著自己，見到芭貝特盯著自己隆起的腹部瞧的模樣？有可能嗎？這真的有可能嗎？

莉娜用力甩頭。不，她不相信芭貝特和塞巴斯提安跟這件事有關，這是她無法想像的。更何況他們怎會拿到音樂盒裡的結婚照？這是不可能的，這豈不表示可以將他們排除在外？

所以應該是喬西嘍？

莉娜腦袋裡隆隆作響，她無法思考，無法思考、思考！

她滿身大汗，心臟狂飆。一定是喬西！她絕對有她的結婚照，就算沒有也有辦法拿到，輕而易舉。

儘管看似不可思議，卻有它的邏輯在：先是在葬禮上襲擊自己，再來是豬心，現在則是這件事。沒錯，絕對是丹尼爾的女兒！喬西抱走了艾瑪，其他人都不可能。現在莉娜再清楚不過了。

她必須報警，莉娜必須立刻向警方通報！她急忙跑到走廊，一把抓起電話，撥了兩次「1」，但是在她按下「0」之前，她就把電話掛掉了。

不准告訴任何人，
不然你女兒就沒命。

這個恐嚇勒住了她的脖子。這句話當真嗎？喬西果真會下手嗎？她真的會下手嗎？或者她只是在嚇唬自己，想嚇死自己？而喬西卻在屋外某處抱著艾瑪等待著，邊竊笑邊算秒數，等時間一到就來按門鈴，把艾瑪還給莉娜？這會是在開玩笑嗎？一個比豬心更惡劣的玩笑。

可是，用自己的雙手殺死艾瑪？不，喬西並不是魔鬼，她才十六歲，還是個少女，一個憤怒、心靈受創、絕望的小女生。喬西悲慟，因為父親的死而悲慟，她絕對萬分悲慟，但這些都還沒有構成讓她加害這個小嬰兒的理由。

也沒有理由罵我是殺人凶手，或是把一顆豬心放在丹尼爾的墳墓上呀。

這個念頭想擋也擋不住，就這麼浮現出來了。她對這個女孩了解多少？一無所知！莉娜什麼都不了解；她完全不知道喬西在想什麼、有什麼感覺，有什麼在驅使著她；還有，她幹得出什麼事。

再度抓起聽筒，她又撥了「1」，接著再一個「1」，最後又掛掉電話。不，不能報警！風險太大了。萬一喬西發現自己報警，萬一她在驚慌之下做出什麼未經考慮的事呢？萬一她一時衝動，做出本來不想做、卻又無可彌補的事呢？

手機鈴聲響起，莉娜嚇了一大跳。手機在玄關她的手提包裡，她急忙衝向她放置手提包的五斗櫃，還差點跌倒。她一把抓起手提包，氣急敗壞地翻找，終於在鈴響第四下時找到手機，按下「接聽」，氣喘吁吁地說：「喂？」期待會聽到喬西以及背後艾瑪的聲音；聽到喬西破口大罵、尖叫、哭泣的聲音；期待喬西不會傷害艾瑪一根汗毛，並且會把艾瑪還給自己；她一定會這麼做的。

「哈囉，我的美人兒！」手機另一頭傳來一名男子的笑聲。

「嗄？」

「莉娜，是我，雅斯培！」

莉娜察覺自己膝蓋又發軟了。「你幹嘛？」

「哦，抱歉！」他語氣有點委屈。「我不過是想打給你，聽聽看你好不好。嗯，還有為我不久前在深夜裡的突襲舉動再次表示道歉。」

「我現在沒空。」

他還來不及再說什麼，莉娜就把手機掛斷，沒有禮貌性的道別，什麼都沒說。莉娜腦袋快爆炸了，她必須非常小心，否則隨時會尖叫吶喊。

集中精神，她必須集中精神！必須好好思考現在她能做什麼、必須做什麼。雖然對方威脅她，但她總不能什麼都不做，傻傻等待接下來會發生的事。她必須採取行動！

去寄宿學校？立刻就去？不，這麼做沒有用。如果是喬西帶走女兒的，那她現在應該還在漢堡市。

冷靜！莉娜無聲地警告自己。冷靜，仔細思考！她一定得打電話給喬西，現在就打。也許她有辦法好好和喬西談，說服她，讓她知道自己鑄下大錯了。不過只要她趕緊將莉娜的艾瑪送回來，莉娜絕對不會把這件事告訴任何人，任何人她都不會說，任何人都不會。就讓這件事成為她們兩人共同的祕密，不需要有別的人知道。就忘了它讓它過去，那不過是一次微不足道的意外，就這樣！

直到現在，莉娜還是沒有喬西的手機號碼！之前她為什麼沒有問艾絲塔？沒有請婆婆給自己喬西的號碼？不過那時她當然還不知道會……

在自己繼續胡思亂想前，莉娜拿起電話撥了艾絲塔的手機號碼，準備告訴她，她改變主意，想打電話給喬西了。至於剛才發生的事，婆婆則不需要知道。

莉娜沒有聯絡到艾絲塔，電話直接轉到語音信箱。莉娜沮喪地放下電話。現在該怎麼辦？她得找到喬西，一定得找到！喬西在哪裡，艾瑪就在哪裡。

丹尼爾的手機！他一定儲存了女兒的手機號碼，當然啦！莉娜衝進臥房，刷地拉開她床頭櫃抽屜，取出手機，開機，輸入「2807」這個丹尼爾與她相識的日期；手機螢幕亮起。

不久，莉娜找到喬西的聯絡號碼，收在丹尼爾的「最愛聯絡人」裡，在莉娜——還有蕾貝卡的名字之前。莉娜愣了一下，沒想到丹尼爾也把前妻儲存在這個類別中。接著莉娜按下「撥號」。

結果同樣只有語音信箱，莉娜掛斷電話，生起自己的氣。她究竟是怎麼想的？手機當然不通，當然是這樣啦！喬西並不笨！可是她會在哪裡呢？到底在哪裡？莉娜將學校排除，喬西不可能躲在那裡，何況她還帶著個小嬰兒。那麼應該在漢堡市，在這一帶，在這附近的某個地方。

莉娜把丹尼爾的手機收起來，走到玄關一把抓起手提包和外套，一分鐘後她就坐在自己的車內了。

她要再去找蕾貝卡和馬汀，她盼望，不，她祈求能在那裡找到喬西。萬一喬西沒有藏在媽媽那裡，那麼她希望蕾貝卡至少會告訴她喬西可能的去處。這件事已經不是開玩笑了！那是非常嚴重的，這一點蕾貝卡絕對會了解。

不准告訴任何人，
不然你女兒就沒命。

哦不，一開始莉娜什麼都不會告訴蕾貝卡的，她只會堅持和喬西談！為了以防萬一，她得想些方法，必須威脅要報警，或是高聲尖叫，讓蕾貝卡那些上流社會的鄰居們都聽得見。一定得想個辦法，一定要讓蕾貝卡鬆口。

22

將近十點時莉娜抵達別墅，那裡漆黑一片，連氣派的入口大門都不見燈光，一切顯得孤寂落寞。

莉娜下車，登上臺階來到大門前按門鈴。她等了一會兒，沒有任何動靜，接著她又按了一遍、再一遍、又一遍，最後她乾脆按壓著門鈴鈕不放，但依然沒有任何反應。沒有燈光亮起，沒有腳步聲接近。

莉娜後退幾公尺，打量著這棟別墅。左右兩側種植矮樹籬，後方是花園。別墅左側有扇鑄鐵大門。她走向鐵門，用力搖動門把，但大門依然緊閉。

「蕾貝卡？」她高聲呼喊，「您在嗎？」沒有人回答。

「喬西？」她改喚丹尼爾的女兒，接著又改口：「馬汀？我是莉娜，有人在家嗎？」

別墅後頭突然傳來某種物體刮擦的聲音，莉娜豎起耳朵傾聽，是椅子挪動的聲音嗎？

「蕾貝卡？」莉娜用她最高的聲量呼喊，但一切又復歸沉寂。也許那聲音只是莉娜幻想出來的，她的感官刺激過度，神經緊繃到快斷裂了。

「哈囉！」她再次用力晃動花園門，氣憤又絕望地搖著，彷彿靠意志力就能把鐵門搖開。最後她鬆開手，兩條手臂無力地下垂，就這麼站立了幾分鐘，不知該如何是好。看來真的沒有人在家。

莉娜從褲袋裡掏出丹尼爾的手機，尋找儲存在裡頭的蕾貝卡手機號碼，然後撥了號。這次她運氣不錯，另一頭鈴聲響起，莉娜把丹尼爾的手機緊貼在耳邊聽著鈴聲，緊到耳朵都痛了，同時也拚命想著等一下該說什麼好。她決定直截了當地請丹尼爾的前妻幫忙，以妻子與母親的身分向蕾貝卡呼籲，告訴她事關艾瑪而且極為重要，但不透露真正發生的事，只告訴蕾貝卡自己急需她還有喬西的協助。大概就這麼說，她打算這樣做，只需先激起蕾貝卡的好奇……

「您好，這是蕾貝卡·安德森的電話，『嗶』聲後請留言。」

莉娜拿著手機的手無力地下垂，聯絡不到任何人，沒有任何人在。突然間，莉娜閃現一個念頭，這念頭遠比她到目前為止的任何想法都要可怕：她們兩人是同謀，這是她們一起策畫的！難怪無論喬西或蕾貝卡都聯絡不到。她們帶著艾瑪逃之夭夭了！

在此之前，她們母女兩人還把豬心放到墳墓上，為莉娜設下這個駭人的局，接著喬西趁對此毫不知情的莉娜和蕾貝卡談話時，將小盒子清除掉。

不，不可能。莉娜心想，這種陰謀只可能出現在犯罪小說中，和真實的人生毫無關連。蕾貝卡何必這麼做？她為何會痛恨自己到這種地步，並和喬西聯手想出這種陰謀？她和丹尼爾離婚已經是五年前的事了，就算當時蕾貝卡心有不甘，莉娜她也沒有做過任何會讓蕾貝卡如此懷恨在心的事。

但喬西就不同了，葬禮上喬西狠狠攻擊自己。「你是凶手！如果沒有你爸爸就不會死！是你殺了他！」這些話莉娜還記得清清楚楚，彷彿那只是昨日的事。

莉娜跑回自己的車，打開車門一屁股坐到座位上，連安全帶都沒繫就驅車離去。

寄宿學校是她此刻唯一想得到的地方，她要開車到波羅的海尋找那所學校。萬一喬西不在那裡，說不定有人能協助自己找出喬西，比如某個她學校裡的朋友、某位教師、某個仰慕者甚至是工友等等。總之，任何比她更熟識喬西的人。

從前這所寄宿學校肯定是座大莊園，有棟富麗堂皇的主建築和同樣氣派的附屬建物，坐落在類似公園的大庭園中，景色極為優美。園內栽植樹齡古老的柳樹、栗樹和山毛櫸。在校園後方，莉娜見到黑暗中波光粼粼，小艇碼頭附近有幾艘小帆船緩緩漂蕩。停車場入口前方的牌子上註明「私人用地」，但莉娜故意裝作沒看見，她把車開進停車場，將她的Polo車停在一輛奧斯頓馬丁和一輛賓士之間。附近三名身穿校服、年紀較大的女孩好奇地望過來，接著快步從她身邊通過。莉娜那款老爺車在這裡想必相當罕見吧。

莉娜趕緊下車，從後方呼喚那三名女孩：「哈囉！」

中間綁長馬尾的女孩邊走邊回過頭說：「我們只是出來一下下，現在就要回房間了！」

這三名女生似乎以為會遭到莉娜訓斥，畢竟現在已經將近午夜了。

「不是，我只是有事想請問一下！」

「嗄？」三名女孩停下腳步，莉娜趕緊追上前去。

「我在找人，找我姪女——喬西。」

「喬西？」左邊的女孩問，她是個剪了金色短髮的漂亮女孩。

「約瑟芬娜．安德森。」

「不認識，」她答，另外兩個女孩也搖頭。「她幾年級？」

「我不曉得，」莉娜坦承，「她十六歲。」

「那就是中年級，」綁馬尾的女孩說：「跟她們很少往來，我們是高年級生。」

「啊，這樣呀。」莉娜很失望。

這時右邊的女孩開口：「中年級生的宿舍在那邊，」她指了指停車場左側再過去的地方，「可是訪客時間只到九點。」

「謝謝，」莉娜說：「我有急事。」

三名女孩都好奇地看著她，似乎期待有什麼大新聞。「需要我們打電話通知校長嗎？」綁馬尾的女學生問。

「不需要、不需要，謝謝。」莉娜朝她們點點頭，接著就依照女學生指示的方向，朝那群建築物走去。

這些宿舍只有幾盞零星的路燈照明，偶爾從某扇窗口透出微弱的燈光。現在該怎麼辦？隨便按個門鈴詢問喬西的下落嗎？這些宿舍有門鈴嗎？她瞧了瞧第一棟建築物的大門，沒有門鈴，只有一個頗具分量的古老門環。莉娜拉了一下沉甸甸的青銅門環，門鎖上了，一動也不動。

「需要我幫忙嗎？」

聲音來自後方，莉娜嚇了一跳。她轉過身去，眼前一名年約六十歲的女人正狐疑地打量著自己。這女人的模樣彷彿是古時候的家庭教師，頭髮梳成一絲不苟的高髮髻，身穿一襲樸素的黑外套。

「是，」莉娜清了清嗓門，說：「我在找一名女學生，約瑟芬娜・安德森。」

「請問您是？」

「莉娜・安德森，喬西的姑姑。」

「哦。」女人依然盯著莉娜看，絲毫不掩飾她的懷疑。「您在這種時候找您的姪女？」

「家裡有很緊急的事。」莉娜試圖用堅定的語氣說。

「您沒打她手機嗎？」

「她應該關機了，」莉娜順著那個人的說法，說：「我有打來學校，可是沒人接。」

「這麼晚我們辦公室當然沒人了，」說明過後，那名家庭教師說：「您該打給我的。」

「我……我沒有您的號碼，我哪……」

「所有學生家屬都會有緊急聯絡用的手機號碼。」女人說。

「嗯，很不好意思，如果有其他辦法，而事情又不是那麼重要的話，我是不會冒昧過來的！」

「我想，我們最好先到我的辦公室吧。」

「真的不需要，我只消跟約瑟芬娜談一下就行了。」

「這件事我們可以到我的辦公室處理。」她的語氣絲毫不留餘地。莉娜從眼角瞥見上方高處有一扇窗戶打開，看來有人在注意聽著她們的談話。

莉娜擺擺手，說：「很感謝，不過我現在還是先回去，明天早上再來吧。」

女人猶豫了一下，也許她在考慮是否該報警或是呼叫警衛吧。最後她還是點點頭說：「那好，這樣最好了，安——安德森小姐？」

「那麼就明天見了！」莉娜想逕自離去，但這位嚴厲的女人不肯輕易放過她，當莉娜走向停車場時，她也在一段距離以外亦步亦趨，似乎想確認莉娜是否真的會離開校園。

來到停車處，莉娜用汽車鑰匙打開車門，坐到駕駛座上，倒車離開校園，接著開上碎石坡道，顛簸行駛過這短短的路程，直到抵達下方的柏油路。

離開那個女人的視線後，莉娜把車開到馬路右側停下。她虛軟地把頭往後一仰，閉上眼睛，慢慢地呼吸。

現在該怎麼辦？再打喬西的手機？莉娜並不抱持任何希望，只是機械性地撥打過去。果然只有語音信箱，莉娜將丹尼爾的手機往副駕駛座頹然一扔。

這樣事情不會有進展的，她必須跟喬西談。之前她太輕易就讓人打發掉了，這一次事情沒有完成之前，她不會就這麼開車回家的。

莉娜果斷地打開車門，她必須再去一趟寄宿學校，找出喬西躲藏的地方。這一次，她要做得巧妙些。

23

莉娜在柏油路上跑了一段，準備從後方進入校園。這所寄宿學校四周都有圍牆，所幸並不高，她輕輕鬆鬆就翻過去了。進到牆內，莉娜瞇起眼睛，在黑暗中確定自己的位置。從這個位置來看，中年級生的宿舍位在右邊，莉娜小心翼翼地朝這些建築群走去。

幾扇窗戶後頭還亮著燈，當莉娜來到這棟建築的正前方時，她聽到一樓某個房間裡有微弱的音樂聲流洩出來。莉娜先深深吸了一口氣，接著才小心翼翼敲了敲玻璃窗。

沒動靜，音樂聲持續響著。莉娜又敲了一遍，這次比較用力。

音樂停止，燈光熄滅，接著是一片寂靜。

這可不是莉娜預期中的反應，看來顯然有人把敲窗聲理解為要求安靜。

「哈囉！」莉娜輕聲呼喚，說：「不好意思，我想請問……我……」

依然寂靜無聲，莉娜又敲了一遍。

「拜託！」這一次莉娜說得大聲些。

下一分鐘窗簾拉開，接著窗戶也開啟，露出一張年輕男孩的臉龐。莉娜看到後頭還有一個女孩，兩人詫異又自知犯錯地望著她。

男孩問：「您哪位？有什麼事嗎？」看得出來他原本以為敲窗的另有其人，很可能是那位梳著髮髻、作風嚴格的舍監。一股樹脂味鑽進莉娜的鼻孔，是大麻。

「對不起，」莉娜說：「我在找一個人，我姪女。」

「在半夜時分？」後頭的女孩問。

「嗯，對。」莉娜解釋：「因為家裡有很緊急的事，而我又打不通她的手機，所以我才想……」

「您的姪女叫什麼名字？」男孩又問。

「喬西——約瑟芬娜，約瑟芬娜．安德森。你們認識她嗎？」

「當然認識啦，」女孩說：「可是她不在這裡。」

「不在這裡？」

男孩搖搖頭。「我至少有兩星期沒看到她了。」

「兩星期了？」

「差不多，也可能是十天。」

「所以喬西不在學校？」

「沒錯。」

「你們知道她可能在哪裡嗎？」

「不知道。」女孩聳聳肩，「我們在夏令營有幾項一起上的活動，可是當時她就有一陣子沒出現，其他關於她的事我就不知道了。我們沒那麼熟，她有點……怪。」她停了一下，接著說：「我還以為她跟她爸媽在一起呢。」

「所以喬西絕對不在這裡？」莉娜追問。

「百分百不在。」男孩說：「不然我們一定會見到她的，中年級生沒那麼多。」

莉娜腦袋裡嗡嗡作響，還沒搞清楚自己到底在做什麼之前，她就脫口說出：

「這樣吧，你們有辦法讓我進入喬西的房間嗎？我急著查看一些東西。這件事非常重要，如果你們願意幫我，我會，嗯……」她在手提包裡翻找，找到了錢包並且看了裡頭一眼，說：「給五十歐元。」

兩名年輕男女彼此對看，似乎在默默商量。

「呃，我不知道。」男孩說：「這會惹上大麻煩的。」

「我是說每人各五十歐元。」

「好讓我們偷開喬西的房門？」女孩問。

「欸，差不多是這樣。」莉娜說：「或者還有別的辦法？比如有備份鑰匙之類的……」

「沒有，沒有備份鑰匙。」女孩說：「不過我們的門鎖滿爛的，馬里烏斯……」她下巴朝男孩點了點，說：「如果有人外出時不小心把門關上了，他還滿常幫人開鎖的，而且只用現金卡就能開。」

「不過門多鎖上一道就不行了。」馬里烏斯接著說。

「那麼，你願不願意幫我試試看？」莉娜問。

「好吧，請您先去宿舍大門，茱蕾會放您進來，我先去看看房門怎樣。」說著，這兩名少男少女就從窗口消失，並且在離去前先把窗戶關好。

莉娜來到前門時，茱蕾已經在那裡了。她放莉娜進去，說：「請過來，馬里烏斯在樓上喬西的房間。」

兩人悄悄走過黑暗的走廊，經過十幾扇房門，偶爾見到有燈光從縫隙中透出來。走廊盡頭有道階梯通往二樓。她們火速登上二樓，那裡的走廊上同樣分布許多房間，莉娜見到馬里烏斯大約在走廊中段，正蹲在一扇房門前。

「怎樣？看來怎樣？鎖住了嗎？」茱蕾壓低了嗓門問。

「沒有，應該沒有。」馬里烏斯咕噥著說。

莉娜緊張地盯著他把現金卡插進門板和門框之間的縫隙來回移動，接著門「喀啦」一聲便彈了開來。

「行了。」馬里烏斯站起身來，臉上露出得意的笑容。

「太棒了。」莉娜說。

馬里烏斯看著她，問：「接下來呢？」

「我只需要看一下下。」莉娜努力裝出不在意的模樣，同時想從馬里烏斯身旁進入小房間，但他並沒有讓開。

「先給錢。」

莉娜聳聳肩，從手提包裡掏出錢包，拿出兩張五十歐元的鈔票給他。

「好，」馬里烏斯往旁邊讓開，說：「可是要快一點，十分鐘，不能超過。然後我們就帶您出去，再從裡面把門關上。」

莉娜鬆了一口氣，她點點頭，這兩名年輕人隨即離去。

莉娜走進房間，打開電燈開關，結果嚇了一大跳。喬西的房間布置得一點也不像莉娜心目中這種年紀的女孩常見的風格。這裡沒有花卉圖案的窗簾、搖滾明星海報，書架上也沒有可愛討喜的小物；黑、灰和暗紅反而是主要的色調。房間左側牆面上掛著一幅超大的黑玫瑰圖畫，前方窗口懸掛著酒紅色雙幅窗簾，單人床上的床罩同樣是黑色的，就連喬西的小書桌都漆成深灰色，而且顯然是手工漆上的。此外，這裡看不到愉快的全家福照片，有的只是門旁櫃子上陰沉的人物照片。莉娜猜想，那些都是哥德族中的知名人物。她覺得其中一人似乎是瑪麗蓮．曼森，不過她不太確定。

接下來莉娜看到了那個黑色的鐵十字，就掛在床頭，中間鑲了一顆紅色的心形石，喬西的床頭櫃上則擺置一尊和鐵十字同樣材質的天使像，這個類似聖母的形象腳邊還纏繞著幾近黑色的玫瑰花。天使像一旁散布著各種比較像是近身搏擊武器的飾物，空氣中瀰漫著淡淡的灶香味。

莉娜忍不住毛骨悚然，她感到一陣寒意從體內升起。這個房間是否反映了喬西的心靈？她的內心世界也同樣陰暗、荒寒嗎？莉娜不得不承認自己對喬西全然陌生，但她絕對不再是那個五年前渴望擁有一件紅火的加拿大鵝絨外套的小女孩了。這裡所有一切散發的不是生之喜悅，而是末世的氣息。

莉娜慌亂地四處張望，該從哪裡找起呢？什麼東西能透露出喬西的行蹤？是某位閨密寫給她的信、一張火車票，或者是某座城鎮的地圖、日記、行程表等等幫得了自己的東西？可是這個房間裡連臺電腦都看不到，如果喬西有筆電，那麼她一定會帶走的。

莉娜仔細檢視了書桌旁的書架，這裡既沒有撒旦聖經，也沒有任何阿萊斯特．克勞利的著作，除了教科書，其他幾乎都是少女小說。儘管《妄愛》、《決戰王妃》、《暮光之城》等書名隱約透露出偏向暗黑的內容，所幸這些不過只是小說罷了。這個發現幾乎令莉娜放下了心上的大石頭。

接著莉娜把注意力轉移到書桌。桌上的物品收拾得整整齊齊，左邊一堆作業簿疊得井井有條，旁邊則放著尺、量角器、圓規和一只裝了筆的文具盒。

一本充作寫字桌墊的大型活頁簿顏色雪白，莉娜伸手摸過去，表面極為平滑，完全沒有上一頁有人寫字印透過去、在紙張撕除後仍遺留的字痕。書桌底下擺放一個三屜式活動櫃，莉娜彎下腰想把最上層的抽屜拉開但上了鎖，其餘兩層也一樣。

莉娜在喬西的辦公椅上坐下，緩緩轉了一圈，同時思索著，換成是她自己，如果有什麼想隱藏的會藏在哪裡。

櫃子裡？床底下？床墊下？玫瑰花圖畫背後？或者沒什麼特別，就放在活動櫃抽屜裡？她拿起桌上的尺插進最上層抽屜和櫃頂間的縫隙，把尺當成槓桿往下壓。「喀啦」一聲，塑膠尺斷了。接著莉娜改用圓規，把其中一支腳當成槓桿，用力往下壓。又是一聲「喀啦」，莉娜以為圓規也斷了，結果最上層的抽屜現在可以拉開了。

莉娜在裡面找到一包香菸、一只打火機、兩個收存郵票的小文具盒，還有幾個空信封。

現在第二個抽屜也開了，裡頭散置幾張未經收拾的音樂光碟，不過在這些光碟底下露出紅黑兩色的物品，那是莉娜自己年輕時也曾用過的學生筆記本。

莉娜雙手瞬間變得濡溼，她緊張地推開光碟，將筆記本從抽屜裡取出，發現底下還有四冊，於是一併拿出來放在書桌上。翻開第一冊，便證實莉娜猜得沒錯，這些筆記本是喬西的日記，過去數年來她的私人紀錄。莉娜因為找到這些日記而大感振奮，但她同時想到，如果喬西跑掉了，為何沒有帶走自己的日記本？一般人會留下這種東西嗎？還有，一般人會沒有鎖上房門，只是把門帶上就離開嗎？但莉娜隨即揮去這些無用的念頭，開始讀了起來。

第一本日記的內容已經是七年前的事了，字跡潦草，日記邊緣點綴著簡約的花卉圖案、笑容符號和馬頭圖樣。莉娜匆匆翻閱這幾年來的內容，注意到裡頭一些零星的句子，例如：「數學考了甲」、「笨蛋」或「要去度假了，我好好好開心」。

其間不時會出現不同的男孩名字，這些人名都以花體字母精心書寫，再加上愛心圖裝飾。這些日記本全都鉅細靡遺地寫滿了一名少女的生活內容。

在這裡窺探他人的私密紀錄，莉娜並沒有感到愧疚，完全沒有。假使喬西與艾瑪失蹤有關，那麼自己現在的行為不過只是正當防衛而已；如果自己的懷疑是錯的，那麼別讓喬西知道這件事就好，或者至少她會了解莉娜何以這麼做、莉娜為何得這麼做。

「您在幹嘛？」

24

這句話在背後響起，嚇得莉娜手中的日記本都掉到地上。茱蕾正站在房間裡惱怒地望著她，指著掉落在莉娜腳邊的學生筆記本質問：「我們可沒說你可以在這裡亂翻東西！」

「我……我……」她該如何辯白？該如何解釋自己在這裡幹什麼？事實！莉娜決定盡可能不要偏離事實。「是這樣的，」她邊說邊站起身來，「真正的情況我無法詳細告訴你，只能說有個人命在旦夕。」

「命在旦夕？」茱蕾睜大了眼睛問：「誰？喬西嗎？」

「我真的不能說出來，不過請你相信我，我的所作所為都是正當有理的。」

「看來可不是這麼回事。」

「沒錯。我懂，可是我別無選擇。」

「如果你把事情告訴我，說不定我能幫得上忙。」看來好奇再次戰勝了懷疑。

「不，這樣不行，不過還是謝謝你。」莉娜笑了一下，說：「可以的話，拜託別把我做的事張揚出去，這樣你就幫了我大忙了。」

「萬一這件事傳出去了會怎樣？」茱蕾緊張得兩隻腳扭來扭去，同時扭頭往後方張望，彷彿隨時會有人闖進房間。

「我就快出去了，沒有人會發現我來過這裡的。」莉娜彎腰撿起地上的筆記本，連同另外四冊一起放進手提包裡，她必須好好讀一讀。

「您要把這些本子帶走？」

「是啊，我得這麼做。」

「可是這麼一來，喬西就會發現了！」

「好吧。」莉娜嘆了口氣，她走向茱蕾，雙手擱在她的肩膀上，在茱蕾想閃避時輕柔但堅定地抓住她的肩膀，說：「你想像一下，有個你愛他勝過世上任何人的人，為了他你甚至願意犧牲性命。」

這個女學生放鬆了戒備，開始專注地聆聽莉娜所說的話，等待一件大祕密即將揭曉，而她臉上也浮現出隱約的笑容。莉娜心想，這個女孩是否想起某個男孩了。

「只有你救得了這個人的性命，」莉娜接著說：「全都靠你了，為了這件事，你必須做一些也許不是那麼正當的事，因為這是唯一的辦法。你能想像嗎？」說著，莉娜放下自己擱在女孩肩膀上的手。

「大概可以。」茱蕾說：「嗯，雖然我自己沒有親身經歷過，但還是能夠想像。」

「我就是處在這樣的情況下。就算你不認識我，也沒有理由信任我，我還是請你相信我。」

「呃，」茱蕾晃了晃腦袋，說：「聽起來挺怪的。」

「確實是，」莉娜承認，「真的挺怪的，可是相信我，我也恨不得自己沒有陷入這種境地。」

「所以，您要把喬西的筆記本帶走？」

「我希望可以在裡面找到能幫助我的訊息。」

「喬西絕對不會發現嗎？我是說，不會知道是我們讓您進去她房間的？」

「我不會跟她說的。」

茱蕾先是一動也不動，接著她往旁邊讓開一步，示意莉娜可以「通行」了。「好，那麼現在我就帶您出去。」聽到茱蕾這麼說，莉娜差點因為心情放鬆而放聲大笑。

莉娜等不及返回漢堡市，才過了第一個彎道，她就把車停在路邊，熄掉引擎，打開車內的燈光，從手提包裡取出筆記本。她翻了翻，直到找到最近的那一冊，但是裡頭並沒有記錄什麼特別的事。那只是一本再尋常不過的日記，記載學校生活、歌詞和詩句，外加幾段她從簡訊上抄下來、她和一個名叫優拿斯的男孩的對話。她似乎和他交往了一段時間，只是後來他為了莎拉那個「臭女生」和她分手了。

接下來是一些憤怒的歌詞，內容不外乎痛苦與情傷，但也談到對方將會因為錯捨舊愛而悔恨之類的。

幾頁之後，記載的是一個「有著世上最迷人藍眼睛」的譚莫，再來是一個叫歐利的男孩……沒有任何不尋常之處，更沒有任何會讓莉娜跟喬西房內的暗黑氛圍或是艾瑪遭人抱走一事相連結的線索。

是她自己弄錯了嗎？這些只是一個平凡女孩，一個曾在西班牙布拉瓦海岸和某個叫譚莫或歐利的男孩祕密交往過的女孩的日記？對於這些戀情，蕾貝卡與馬汀都毫無所悉，因此誤以為喬西仍在寄宿學校？儘管如此，莉娜還是把這些男孩的名字抄在一張紙條上，以備不時之需。

莉娜正想把日記本擱一旁，卻在此時看到今年二月底的一篇日記，當時莉娜前三個月的孕期剛過，丹尼爾和她決定要把這個消息通知親友，當然也包括蕾貝卡與喬西，而且丹尼爾堅持要親口告訴她，她就快有個妹妹或弟弟了。說得更準確些，是同父異母的妹妹或弟弟。

丹尼爾前往寄宿學校看過喬西之後，莉娜向他問起喬西對這個消息有什麼反應。當時丹尼爾宣稱，喬西「雖然不是太開心」，但是她「可以接受」。

此時此地，莉娜看到的是喬西真正的想法，白紙黑字；莉娜從字裡行間讀到的憤怒，幾乎令她喘不過氣來。

> 我恨她！**我恨她！**我恨莉娜這個賤女人，也恨她的孩子！
>
> 剛才爸爸來過這裡，他跟我說，我就快有個「妹妹或弟弟」了。一開始我沒聽懂，還以為媽媽又懷孕了，可是我又完全無法想像這是真的。
>
> 但是爸爸接著說，那是他和莉娜的孩子。他和莉娜的！預產期在八月。爸爸還認真地問我，我開心嗎？我會因為他的新老婆懷了他的孩子，懷了「妹妹或弟弟」而開心嗎？我發

誓，我跟那個雜種不想有任何關係！那個雜種絕對不會是我的弟弟或妹妹。

看來那個莉娜終於達成目標了。她先是搶走爸爸，現在還要跟他建立「自己的」家庭。如果沒有她，爸爸就不會離開，**絕對不會**！他絕對不會離開我，還把我扔到寄宿學校！

當然啦，他為了她，一心想把我擺脫掉，對他來說我是個麻煩。等到那個新寶寶出生，我就更不算什麼了，到時候他就可以把我忘得一乾二淨。他當然會說那是我在胡思亂想，他當然會永遠愛我啦。哼，當然會！

他也說過，我永遠是他的喬西，是他的小女孩，還說這一點並不會因為媽媽沒有跟他在一起而改變。可是我清楚看到，這些話有幾分是真的。不管我在寄宿學校是多麼不快樂，都沒有人在乎！

我恨死了這個賤女人!!!她毀了我的人生！她搶走了她想要的一切，除了自己，她完全不考慮別人！我恨死她了！

我恨不得現在就去找她、揍她、踹她肚子，不斷地踹，用力踹到她的寶寶流產，踹到她在我面前流著血蜷縮著身體！她跟她的孩子最好血淋淋地死得很慘！**他們最好都死得很慘！**

莉娜倒抽一口氣，驚駭得一隻手按在胸口上，儘管她想停下來不看，卻違反自己的意願被喬西的字句吸引過去。那些字母變得模糊，在她眼前跳動著，她無法相信自己所讀到的內容；不相信居然有人能寫出這樣的內容，她完全無法理解。

可是證據明明在那裡，一字一句，出自丹尼爾女兒之手。這是暴怒之下才寫得出來的，沒有一絲一毫的諒解，有的只是仇恨與最不堪的辱罵，而且每個句子都是衝著莉娜而來、衝著她那無辜的孩子艾瑪而來；衝著她的小寶貝，那個沒有錯、完全沒有錯的艾瑪而來。

這又不是寶寶的錯！這是出車禍那一天，當丹尼爾在公路上狂飆時她說的話。此刻，這句話再次在她耳中迴盪。

這又不是寶寶的錯！

接下來幾頁同樣通篇都是憤怒，另外還摻雜著哀傷的詩句和歌詞，內容則是失望、恐懼與絕望，對死亡的嚮往以及復仇。日記中她描繪著驚悚的景象，談到她想在墳墓上跳舞，還有她萬分渴盼她爸爸、莉娜和那個「噁心的怪胎」墜入人間地獄。

此外，喬西也提到她和母親與繼父馬汀的談話。蕾貝卡的丈夫顯然試圖安撫喬西，但蕾貝卡卻只是更加挑動她的情緒，她告訴女兒，她爸爸「不要她了」。告訴她，他不再關心她，不希望她出現在他的新人生中了。還說丹尼爾和莉娜才不在乎她的事，說喬西現在根本就不算什麼。

想到喬西從自己親生母親聽到那些話，莉娜的胃就痛得揪成一團。沒有任何關愛的協助與安慰，有的只是惡意中傷。想來這些對喬西來說，應該就像是額外的打擊。此外，儘管只能微微辨識，但喬西寫下的每一個句子仍然隱含著對父親的愛。沒有愛就沒有恨，沒有愛慕就沒有拒絕。

從喬西的日記可以明顯看出，蕾貝卡刻意煽起女兒的怒火，在女兒的傷口上不斷挖得更深，總有一天喬西會再也承受不了那些痛。為什麼？莉娜自問，究竟是為什麼？難道蕾貝卡對她與丹尼爾離婚的憤恨大到她一定得煽動女兒？背後的原因究竟是什麼？是什麼？

接著，莉娜無意中瞥見第一個堪稱是動機的內容，裡面談的是錢。這麼簡單又了無新意，卻又如此合理。這一點是莉娜從沒想到過的，但現在這個理由如此清晰地出現在她眼前，她居然沒有早一點想到，簡直太可笑了。

媽媽最氣的是，新寶寶會奪走我的東西。今天晚上媽媽在電話上問我，我有沒有想過那個小雜種將來也會分得遺產。不只莉娜會因為跟爸爸結婚而分到他一部分的錢，不只這樣！現在，這個壞巫婆還硬塞給他一個孩子，一個未來可以和我平分一切原本只屬於我的東西的孩子！

莉娜驚呆了，任憑這本日記跌落膝頭。原來是為了這個嗎？為了這個？因為艾瑪可能搶走喬西的遺產？搶走屬於「她」的遺產？所以原因不只是失落的情感，而是一大筆錢財？

這一刻，莉娜再次意識到，她的艾瑪正面臨多大的危險。這個震撼教育迫使她一把拉開車門，在馬路上吐了起來。她拚命乾嘔，到最後只吐得出膽汁來。她喉嚨灼燒，心臟怦怦痛苦跳動，額頭上、頸背上汗水涔涔流下，卻依然乾嘔不止。

當她虛軟無力地直起身時，這句話不斷在她腦海中盤旋著：原本只屬於我的東西……現在她知道這句話的含意了：萬一自己找不到艾瑪，喬西就會將艾瑪殺死，因為只要自己的女兒還活著，她就有權利分得一份遺產，所以她只有死路一條。

莉娜發動引擎奔馳而去。求饒，她要為艾瑪求饒！她的要求就是這麼卑微。她要馬上去找蕾貝卡和馬汀，拚命按門鈴，直到有人來開門，並且幫她找到喬西。只要喬西把艾瑪還給自己，無論他們要什麼都可以，一切，每一分錢都可以。這是她唯一的請求。

25

「下次我們再去，我答應你！」丹尼爾伸出一條手臂想攬住莉娜的肩頭，她卻抗拒著。坐在沙發上的她甚至還把身體挪開幾公分，離他遠一點。

「要等到你有一連三星期的時間去旅行，得等到我頭髮都白了！」

「不會的，」他不表同意，「到了夏天一定可以的。」

「這裡的夏天是南非的冬天。」莉娜執拗地嗆他。

「那我們就等十一月再去！」

她發出冷笑聲。「我不是說了嗎，得等到我頭髮都白了。」

「莉娜！」丹尼爾嘆了口氣。「我該怎麼辦？如果我沒有去參加開幕式，喬西一定會失望透頂。她都上寄宿學校了，第一次活動我總得陪陪她吧。」

「我了解，」莉娜回答：「但這個活動又不是非參加不可，不過就是一些演講，那些學生反正覺得無聊死了。我們該為了這種事捨棄那麼棒的假期？」

「那可是寄宿學校第一場正式活動。」丹尼爾提醒她，「不該隨便不管的。誰想得到活動剛好在這個時候舉行呢，這又不是我的錯。」

「當然不是。」莉娜察覺淚水已經快湧上來了。「可是難道你不認為，就算你不去，喬西也會體諒的？」

丹尼爾只是默默望著她，莉娜也猜得到他的目光意味著什麼：喬西是不會體諒的，何況她爸爸是要跟新歡去度假呢。還有，他的女兒已經夠失望也夠受傷了，如果丹尼爾連學校的慶祝活動都無法如她所願參加，她一定會更恨他的。

莉娜垂下眼簾，淚水從她臉頰上滾落。「親愛的！」他再次用一條手臂摟住她的肩膀，說：「拜託別哭了！將來我們會經常去旅行的，我向你保證！可是反過來看，對喬西而言一切都還那麼陌生，她可是我女兒呀！」

丹尼爾將她的下巴托高，直視著她的眼睛，說：「你在想什麼呢，寶貝？」

莉娜忍不住脫口說出：「在你心目中，喬西的地位愈來愈凌駕於我！」她啜泣著說：「我們的共同生活永遠得排在她後面，我永遠只是你的『新女友』，永遠無法在你的生活中占有固定的位置！」

丹尼爾無奈地望著她，問：「你真的這麼想？」

莉娜點頭，心中覺得自己像個鬧脾氣的孩子。她知道自己行為卑劣、非常自私，而且有那麼點討人厭。但她心中一直懷著莫大的恐懼，擔心丹尼爾會突然棄她而去，會再次離開，就像他差點不告而別那次。

「莉娜！」他笑了起來，一把將她拉過去，吻著她說：「你永遠不能有這種想法！你早就在我的生活中占有固定位置了！難道你不知道嗎？」又是一個吻。「你是我夢寐以求的女人，我永遠不會離你而去。」

「真的不會？」她的語氣簡直像個少女。

「當然不會！」丹尼爾大聲回答。

接著他突然起身，熱情地來到她面前，跪下來執起她的手，笑著問：「莉娜・梅伊，你願意成為我的妻子嗎？」他咧嘴笑了笑，說：「等我和蕾貝卡離了婚，我們就馬上結婚。」

莉娜破涕為笑。「願意……願意……丹尼爾・安德森，我願意成為你的妻子。」她說：「樂意之至！」

他再度將她擁入懷中，並且瘋狂地親吻她。這時莉娜的腦海中彷彿響起一個輕微的聲音，這輕微的聲音想知道，喬西對此會作何反應。

不過此時此刻，喬西的反應莉娜才不在乎，重要的是丹尼爾和她自己的人生、他倆共同的未來、未來許多快樂的歲月。還有，莉娜祝願，將來他們共同生養的子女。

莉娜抵達龍笛湖畔的別墅時，已經快凌晨兩點了。別墅內沒有任何燈火，只有街燈照著鵝卵石路面。莉娜按門鈴——一次，接著又一次，依然沒有任何動靜。要不是裡頭的人都睡得太沉，聽不見門鈴聲，就是根本沒有人在家。

無論是哪種情況，莉娜已經下定決心，一定要進入屋內。她必須知道喬西人在哪裡；她不計任何代價，一定要知道。

她鎖定目標，走向花園的鑄鐵大門。那道門不特別高，但是門上裝有金屬利刺。莉娜抓住欄柵，右腳踩著門把，身體往上爬。

翻過這道門其實沒那麼難，門把提供了足夠的支撐，較上頭的欄柵間也有足夠的地方可以踩腳攀爬。

莉娜跳進鑄鐵門內，兩腳響亮地「啪」一聲，降落在鋪石路面上。她沿這條環繞著別墅的路往後頭走，一邊緊緊夾著手提包。她隨身攜帶喬西的日記本，準備必要時出示給喬西本人或她媽媽看，好從一開始就免掉這一切是否「只是」莉娜幻想出來的，或是她想出來的瘋狂點子等等的爭論，要求她們把艾瑪交出來。

此刻莉娜來到別墅後方，這裡是座英國風的庭園，裡頭的樹籬、灌木修剪得整整齊齊，還有超大的草坪。花園左側布置成岩生植物主題的造景，還有一條小溪蜿蜒流到龍笛湖，一棵大柳樹下安置著一架公園搖椅。此外，花園裡還散布著一些抽象的青銅雕刻。

莉娜轉身面對別墅，仔細觀察別墅的露臺。露臺上擺著一張大木桌、幾把椅子，外加一組鋪了白色椅墊的藤椅。木桌上放著一只空酒瓶和一個酒杯。莉娜的目光落到露臺門上，那扇門敞開著，莉娜突然有種不祥的預感。

莉娜小心翼翼地走上前去。桌子底下橫放另一只酒瓶，這個酒瓶也是空的，而在緊鄰酒瓶的地方，莉娜發現了一個白色的小硬紙盒。莉娜彎身撿起紙盒，立刻認出那是丹祈屏的包裝。她認得這種藥物，主要用在急性焦慮時，但會令人極度疲倦，而且服用幾週後便會造成生理與心理上的依賴。如果有當媽媽的人向莉娜詢問，是否該請醫師為自己開這種處方，基本上莉娜都會建議不要，而她也還沒碰過自己的「他佛」，希望不借助藥物來降服自己焦慮的心魔。

看來有人焦慮恐慌，是蕾貝卡嗎？世上有許多莉娜想像得到的事，卻萬萬料想不到這個冷漠的金髮女人會為某種激烈的情緒所苦，尤其在自己翻閱喬西的日記之後，更是難以想像。喬西筆下的母親應該能嚴格控制自己的情緒而且冷漠無情。但話說回來，誰又知道一個人的內心世界呢。

小紙盒空了，透明包裝內的十顆藥錠都不見了。

還加上紅葡萄酒……

莉娜腦筋一亮。老天！如果有人服用這種藥——甚至一口氣吃下所有的藥錠，再把酒灌下肚，那麼這個人現在要不是死了，就是面臨高度的生命危險。

莉娜沒多想便立刻拔腿狂奔，經由露臺門進入屋內。

「蕾貝卡！喬西！馬汀！」

莉娜朝暗處呼喚，跌跌撞撞地跑到房間後頭，找到牆壁上的電燈開關，把燈打開，客廳天花板的照明刺眼地亮起。接著她又衝到隔壁的廚房、客用廁所查看，穿過走廊來到上一層樓，查看擺放雙人床的臥室、書房、一間布置風格類似寄宿學校，顯然屬於喬西的房間、一個移動式衣櫥、一間擺放坐臥兩用沙發與一組桌椅的客房……可是連個人影都看不到。

看來屋裡根本沒有人在。

莉娜轉身下樓，來到地下室，查看儲物室和家務間，這裡也不見人影。在另一扇門的後頭，莉娜見到那裡有暖氣設備，吊掛在旁邊牆上的大型機器則發出古怪的抽水聲和某種規律的拍擊聲。在這具機器上貼有醒目的標示：「Pool-O-Licious」。莉娜的大腦高速運轉，這裡一定有座泳池！丹祈屏、紅酒、泳池——這些聯想令莉娜腦海裡警鈴大作。

莉娜再次跑上樓去，穿過露臺門來到戶外。如果這裡有泳池，那麼它的位置應該在花園的另一頭，從這裡是看不到的。後來莉娜發現別墅旁邊有條小徑，在一片黑暗中莉娜沒注意到從兩旁茂密的灌木叢向外伸出的枝椏，臉上還被樹枝打到。接下來眼前豁然出現一座由塑膠玻璃搭成的半圓形屋頂，這座外觀類似貝殼形音樂臺的屋頂下方，是一座閃爍著藍色幽光的泳池。

水裡一具俯趴的人體隨著水波漂動，是個女人，衣著完整，就在泳池邊緣，金色的髮絲纏繞她的身軀。

蕾貝卡。

莉娜向前衝上兩步趕到泳池畔，脫掉腳上的鞋子、外套，接著跳進水裡，抓住女人的雙肩將她翻身向上，讓她口鼻浮出水面。莉娜必須使出全身的力氣，才能在自己爬出泳池時仍抓住蕾貝卡的身體。好不容易她終於把蕾貝卡拉上岸，先是上半身，接著又猛然用力一拉，才將她完全拖到池畔，只剩雙腳還垂在水中。

躺在莉娜面前，已經了無生命跡象的女人果真是蕾貝卡。她蒼白毫無血色，沒有被溼答答衣物覆蓋住的肌膚布滿了暗色的微細血管，從她上半身兩邊的衣袖裡露出被水泡得起皺的雙手，美麗的髮絲這時則彷彿骯髒的水藻般黏在蕾貝卡腫脹的臉龐上。

莉娜立刻對蕾貝卡壓額抬下巴，但在碰觸到她時卻嚇得縮手，她的肌膚摸起來冰冷又沒有生命。接著莉娜俯身，專注地聽取她的呼吸聲。

完全沒有。

莉娜開始進行急救復甦術，她雙手交叉放置在蕾貝卡的胸腔上，反覆並有規律地用力按壓，力道大到她都聽見一根肋骨的斷裂聲。

她持續按壓三十下，接著抬起蕾貝卡的下巴，摀住她的嘴，用自己的嘴對蕾貝卡的鼻孔用力吹氣。這時沒了生命跡象的蕾貝卡，胸腔明顯鼓起隨即又下陷。莉娜再次對蕾貝卡的鼻孔吹氣，接著將她頭部放下，伴隨「咕嚕」一聲，從蕾貝卡冰冷的嘴巴裡湧出水沫，形成蕈狀的泡泡。莉娜先將泡泡擦掉，接著繼續對她施行心肺復甦術。

她不知道自己按壓、吹氣又按壓了多久，她忙著救人，只是機械性地持續這些動作，腦海中也不斷迴盪著「Staying Alive」（活下去）的歌聲，她在接受急救訓練時，就是配合這首歌的旋律學習正確的按壓速度。

不知何時，莉娜終於放棄了。當她已經無法再欺騙自己，必須承認她只是在對一具沒有生命的軀殼加工時，她頹然鬆手，滿身大汗地仰身累癱在蕾貝卡身邊，左右兩條手臂大大張開，凝視著黑漆漆的夜空。

她就這麼躺了好一會兒，復甦術用掉她所有力氣。直到呼吸再次平復，她才勉強起身尋找自己的手提包。她必須找出手機打電話報警，並且呼叫急救醫師——即使醫師可能也愛莫能助了。

手提包就在泳池邊，莉娜在泳池旁的一張躺椅上坐下，從手提包裡掏出手機，一邊想著該怎麼說才不會洩漏艾瑪的事。她甚至一度考慮過是否該直接閃人，不要叫救護車了，但最後還是撥了一一〇。在她撥打電話時，發現躺椅旁邊有張縐巴巴的紙。她放下手機，彎下身去撿起那張紙。紙是溼的。莉娜心想，是蕾貝卡跳下——還是跌落——泳池時濺起的水花弄溼的。她邊這麼想邊把紙翻過來。上頭草草寫就的印刷體字已經被水微微暈染，字母邊緣都散成細縷了。

都是我的錯。

26

莉娜回到家時已經是早晨七點，她再次把每個地方都找過一遍，查看了每一間房間、每一個角落，盼望綁架的人能將艾瑪送回。可是沒有，當然沒有，艾瑪依然不見蹤影。莉娜失魂落魄又心力交瘁，她縮著身體窩在客廳沙發上，思索著下一步該怎麼辦。

之前幾小時的情景不斷在她腦海中浮現，感覺上似乎過了好久好久，警察才完成對她的偵訊。先是警方在蕾貝卡屋內、露臺和泳池附近採證，接著由刑警與一名莉娜之前在醫院就認識的急救醫師等人進行驗屍，最後莉娜還與這位醫師談了一下。醫師私底下告訴她，根據他的判斷，這應該是一起自殺事件，刑警在蕾貝卡床頭櫃上找到的丹祈屏處方箋，上頭的患者姓名也確實是死者。醫師告訴莉娜，所有她能做的她都做了，蕾貝卡早就死了。

接下來便是偵訊她與馬汀。馬汀在警方抵達後不久也在別墅現身了。

偵訊時莉娜向警方說明她是如何發現蕾貝卡，如何試圖將她救活，如何發現那張手寫訊息，最後又是如何呼叫救護車。她表示，她與蕾貝卡的關係不特別好也不特別差。

慌亂之中她編了一個幼稚的理由，說明自己何以在半夜來到別墅這裡；另外她還瞎掰自己當天下午來找蕾貝卡的原因，說是為了想釐清不久前過世丈夫的死因。她還說，自己應該是在離開露臺時搞丟了一只珍貴的耳環，為了尋找這只耳環，她才會來到屋後泳池。

警方採信了她的證詞，但盤踞在莉娜腦海裡的卻是其他問題：蕾貝卡為何自殺？她果真是自殺而死嗎？她知道艾瑪失蹤的事嗎？她是否與喬西聯手策畫出這樁計謀，以免自己的女兒得和同父異母的妹妹平分財產？她遺留的那句認罪的話和這件事有關嗎？那裡是否隱藏著某個暗示，能帶領自己找到女兒？

有好幾次她差點就要向警方供出這一切，告訴他們她女兒被人綁架了，死者的女兒絕對是作案者，還想殺死自己的寶寶！她想告訴警方，他們應該幫助自己！他們應該幫自己找到女兒，而不是把時間浪費在死者身上。

但最後她還是保持沉默，深怕一旦供出這些事，會將艾瑪推向更大的危險。

不能讓警察插手——報紙上不是經常看到，被綁架的人往往在家屬請求公權力協助之後慘遭殺害嗎？

這些都是經過媒體披露，即便有警方介入協助，受害者依然得死的駭人案例。不，莉娜不想冒這種風險，也不能冒這種風險，所以她選擇沉默，沒有說出這樁令她心急如焚的事。

但最令莉娜放心不下的，是蕾貝卡的死與那張手寫的懺悔句子，是否表示一切已經太遲，艾瑪已經——死了。

「都是我的錯」，這句話看來如此絕決、絕決地不容置疑！想到這裡，莉娜眼前就變得一片黑。蕾貝卡自殺，這是難以承受的罪咎感造成的嗎？

莉娜已經不知道自己該相信什麼、該想什麼了。尤其在她從馬汀口中獲知，下午莉娜去過蕾貝卡家後，蕾貝卡絲毫不見情緒低落的模樣。或許憂慮，但絕非意志消沉。後來蕾貝卡請馬汀讓她獨處一晚，說她想獨自一個人。但根據馬汀的說法，他本來就和朋友相約見面，蕾貝卡也不是第一次提出這種要求。

莉娜都想破頭了，還是不懂，她就是不懂。

除非蕾貝卡確實嚴重憂鬱，也許和丹尼爾離婚以及丹尼爾的死帶給她的傷痛，比她對外的表現要沉重許多？或許因為這樣，她才吞下了丹祈屏、灌了紅酒。

或者那是場意外？也許蕾貝卡在丹祈屏的作用下頭暈目眩、步履踉蹌，一個重心不穩便跌落水中。

或者——有人推她下水？也許有人推她下水？

是喬西嗎？是她推了蕾貝卡，推了自己的媽媽？或是某個潛入屋中，跟艾瑪失蹤毫無關係的人所為？這起事故純粹只是意外？是馬汀嗎？馬汀在這整起事件扮演什麼角色？他真的是應蕾貝卡的請求而外出嗎？或是他殺死她，之後他先跑去某個地方，接著再回家，裝出痛不欲生的模樣？

莉娜猶豫不決地站在玄關，身上仍穿著溼答答的衣服，手上還抓著裝有喬西日記的手提包。她不知道現在該怎麼辦，她得找個人談，把這一切都告訴對方，尋求建議、協助。她需要一個在這種情況下還能冷靜思考的人，一個能回答盤旋在她那疲憊至極的腦袋裡種種問題的人替她思考。

艾絲塔！她得打電話給艾絲塔，無論如何都得這麼做。就算不是為了告訴她艾瑪被人抱走和喬西失蹤的事，也得通知她蕾貝卡的死訊。她當然得和艾絲塔聯絡，如果不打給艾絲塔，於情於理都說不過去。她沒有任何理由不打電話告訴艾絲塔，說她兒子的前妻溺死在泳池裡了。

不過，艾絲塔已經知道豬心事件，那麼其他事是否也該讓她知道？是否該告訴她喬西失蹤，艾瑪也不見了；還有，自己擔心喬西會殺死艾瑪？

不准告訴任何人——這個要求她辦得到嗎？該怎麼辦才好？艾絲塔一定會察覺情況有異，最晚在她返回家中、想看看小孫女的時候……

直到此刻，莉娜才發現自己有多麼疲憊，她好想睡個覺，睡上一千年，並且在醒來之後發現，這一切只是場惡夢，艾瑪正躺在客廳裡大聲哭鬧著要喝奶。是啊，這樣該有多好，有多美好！

太美好了……

就在她脫掉腳上的球鞋時，她發現地板上有個信封，有人從門縫底下把信塞了進來。信封有點拗折，還有點髒。

她撿起信封打開來，立刻膝蓋發軟，身體必須貼著牆。她雙手顫抖，凝視著這張照片，這張艾瑪最新的照片。她的小艾瑪呀！她的小艾瑪躺在一張莉娜從沒見過的白色柵欄床上，身軀裹在一個莉娜從沒見過、印有小象圖案的米黃色睡袋裡。她的奶嘴是莉娜從沒見過的；而她一雙小手臂緊緊摟著的安撫巾，也是莉娜從未見過的。

照片上的景象令莉娜心碎，但同時也讓她鬆了一口氣，因為這張照片表示生命跡象，代表艾瑪還活著！代表無論艾瑪現在身在何處，那張陌生的白色小床在哪裡，艾瑪都安然無恙，艾瑪安然無恙！

但她只輕鬆了一瞬間。莉娜從信封裡抽出一張字條，那是留給她的新訊息，一則語帶威脅的訊息，其中的威脅意味就和電腦列印出的紅字同樣濃烈。

最後一次警告：克制你自己，
否則今天你女兒就得死！
等待後續指示。

最後一次警告！今天！最後一次警告指的是什麼？是現在莉娜手上的這張紙？是莉娜在泳池發現的蕾貝卡屍體？難道那是謀殺？

克制你自己究竟是什麼意思？她並沒有告訴任何人綁架的事，一個人都沒有！不過她試過去找喬西，為此去了寄宿學校，也去了她們家的別墅，這個警告指的是這件事嗎？

那個人究竟要她怎樣？要她安安分分坐著，雙手擱在膝頭上靜靜等待嗎？要她什麼都不做，要她聽天由命，別為了找回女兒而輕舉妄動？

莉娜拿著那張警告字條和照片進入客廳，在沙發上坐下，思索接下來該怎麼辦才好。蕾貝卡到底是自殺或他殺，她暫且不多想，反正沒有機會找出真相，她自己顯然受人監視，顯然有人在監督著她的一舉一動。她的住家是否已經遭人裝了竊聽器？在鏡子和窗簾後頭是否有小型攝影機？或者藏在艾瑪的動物布偶眼睛裡？太荒謬了，她告訴自己，太荒謬了，這根本是胡思亂想！

然而，有人在監視著自己，這個念頭依然令她深感不安。這種感覺有如一股灼燒的熱氣般，經由她的後頸四處擴散，最後不只擴散到全身，還延燒到她的心。

她拚命不去理會這種感覺。恐懼是拙劣的顧問，這是她從助產士工作體會到的心得。恐懼會導致錯誤；恐懼會令人癱瘓，從而做出錯誤的決定；恐懼是清明頭腦最大的敵人。

她起身走進浴室，打開鏡櫃門，伸手拿出那包「他佛」，仔細端詳裡頭的口溶片，考慮著這種藥物是否能讓自己平靜、謹慎些。蕾貝卡。莉娜將包裝放回原處。這不是個好辦法。

她必須讓自己的行為舉止保持正常。

如此一來，接下來該怎麼做也就再清楚不過了。

首先是艾絲塔。她得打電話告訴她蕾貝卡的死訊，其他作法都不正常，而且啟人疑竇。

莉娜拿起放在玄關的手機，再次坐回沙發上，撥打婆婆的手機號碼。雖然現在才清晨七點半，但「保持正常」這個原則依然適用：等得愈久，艾絲塔愈會懷疑其中另有隱情。

手機撥通待接的聲音響起，但沒有人接。莉娜猜想婆婆也許還在睡。這樣也好，這樣她就有較多時間好好思考。莉娜在電話上留言，請她收到消息後立刻回電。

接下來，莉娜想拔掉電話機的插頭，並且關掉自己的手機，但最後改變了主意。她必須讓綁架艾瑪的人隨時能聯絡上，儘管她認為綁架艾瑪的人——喬西不會打給自己。不會的，莉娜認為自己會收到更多的書面指令，她希望自己很快就會發現另一個從門縫底下塞進來的信封。

門縫底下。公寓裡，公寓裡！

她猛然跳了起來。機會渺茫，但終究是個機會！一絲絲確認她猜測正確的機會。

「安德森太太？」

安娜莉瑟·利希特驚訝地望著她。方才莉娜快步衝上樓來，此刻正呼吸急促地站在利希特太太家門口。

「對不起，這個時候把您吵醒。」

「沒關係的，我本來就醒得早。」

「嗯，」莉娜吃力地吞嚥了一下，把喉頭堵堵的感覺吞下肚去，說：「我只是想請問一下，昨天晚上您是否……是否看到有人進來我們公寓……」

「看到有人進來我們公寓？」利希特太太驚訝地把話又重複了一遍。

「我是說，您是否發現有人站在我家門前。」

「誰呢？」

「這就是我想知道的。」莉娜回答的音量超過她自己的預期。

「對不起，可是我不太懂……」

「有沒有人想找我？」莉娜打斷這位鄰居的話，說：「比如送報的、發廣告傳單的、送小包裹的，或者——比如年輕的女孩子？」

利希特太太定定地看著她，似乎在思索，最後她搖搖頭。「沒有，」她說：「我什麼人都沒看到。」

「您確定都沒有嗎？」

「沒有，我想應該沒有。」

「您到底是確定，或者只是認為？」

「我記不得了。」她一隻手抓著自己的下巴，接著又搖頭，說：「沒有，我確定沒有，我什麼人都沒看到。」

「謝謝。」莉娜轉過身去，想走回家。

「您沒事吧？」

莉娜又轉過身去，注視著利希特太太擔憂的臉龐，說：「當然沒事，我只是在等一個緊急包裹，所以……」

「哦，這樣啊。」擔憂的神情消失了。「您可以在門上貼一張字條，說如果您不在，我可以幫您收郵件的。」

「我會這麼做的，謝謝了。」莉娜抬起一隻手打招呼，腳已經踩著下樓的第一級階梯。

「您女兒呢？」利希特太太在她背後詢問：「艾瑪好嗎？我有一段時間沒聽到她哭了。」

莉娜的動作霍然頓住，接著她轉身上前兩步，重回利希特太太面前。

「您這是什麼意思？」

「我只是想知道，您家的寶寶好嗎。」利希特太太驚慌地倒退一步。

「為什麼？」莉娜語氣凌厲地質問：「您為什麼想知道？」

「就這樣啊，我……嗯，她好像比較不鬧了，昨天晚上她連一次都沒哭鬧過。我當然很開心，也為您開心。我沒有別的意思。」

「嗯，她很好。」莉娜審視著利希特太太的臉孔，試圖從她的神情變化找出異常之處，找出她不只純粹出自對艾瑪的關心而問的蛛絲馬跡。

哭鬧的嬰兒……令利希特太太那麼生氣，氣到抓狂、再也無法忍受了嗎？氣到她決定做個了結，想讓艾瑪消失嗎？這裡的花園只供莉娜與丹尼爾使用——不對，現在只供莉娜使用！不過，雖然只供她使用，可是，同一棟公寓裡的鄰居如果有人想進去，只消經過地下室，接著再由露臺走進房門敞開的房間——完全沒問題，連退休的老女人都辦得到。

「安德森太太？」利希特太太打斷了莉娜的疑心，問：「您怎麼了？有我幫得上忙的嗎？您看來有點疲憊。」

「不用，我沒事。」莉娜心想，她絕對不能出現被害妄想症。不該杯弓蛇影。這句話她父親經常掛在嘴邊。只不過如果你覺得處處見到蛇影，可就無法那麼豁達了。「我……我只是睡得很差。唉，再加上包裹的事，這件事搞得我有點神經兮兮地。」

「這件事我真的很樂意代勞，」利希特太太微笑著說：「完全沒問題。」接著她壓低了音量，說：「至於不久以前，我們的小誤會……嗯，請別放在心上。我是說，在您這種情況下是可以理解的……」

「哦，非常謝謝您。」莉娜打斷她的話，說：「真的很感謝！」接著便跑回家，反手把門關上，身體貼著門往下滑，並且閉上眼睛，試圖讓呼吸恢復正常。

27

電話鈴聲一響，莉娜就如同觸電般衝向機座，一把抓起無線電話機。

「哈囉？」她大聲呼喚，同時想看清螢幕顯示的號碼。那個號碼開頭是「09」。

「莉娜！」當然是艾絲塔。

「哦。」

「『哦』是什麼意思？你以為會是誰？」

「沒有、沒有，我才剛剛進來。」

「抱歉，我沒有馬上回電話給你，這家飯店的收訊是大災難，我大罵了一頓，才有人跟我解釋房間裡的電話該怎麼用！這裡一分鐘要兩歐元，你能想像嗎？」

「能……我是說，不能，我是說……」

「這裡的店家反正都貴得離譜。」她深深吸了一口氣，說：「算了，至少現在可以通電話了！你聯絡到喬西了嗎？墓園的事她怎麼說？」

「什麼都沒有，」莉娜回答：「我還沒跟她談這件事。」

「你沒說？你的留言聽起來好激動，我還以為出了什麼事呢。」

「是出事了，」莉娜遲疑了一下，說：「蕾貝卡死了。」

電話的另一頭沉默了一會兒，接著說：「嗄？什麼？」

「蕾貝卡死了。」莉娜又說一遍。

「莉娜，別鬧了！我沒心情聽這種惡劣的玩笑，更不想花一分鐘兩歐元的錢聽！」

「這不是開玩笑，她真的死了。」

「哦，老天！」艾絲塔驚呼。「不可能，你……你……發生了什麼事？」

「她溺死在泳池裡，在她家別墅。」莉娜察覺回想起當時的情景，自己又開始頭暈目眩起來。「她似乎是自殺的，不過詳細情況得等法醫的報告。」

「自殺？我不信！」

「可是看起來似乎就是。」

「這是不可能的！」

「我說過，必須先經過法醫……」

「這件事你是怎麼知道的？」莉娜的話被艾絲塔打斷。

「她的屍體是我發現的。」

又一陣沉默。莉娜雙手幾乎可以碰觸到婆婆的困惑。「你？」艾絲塔問：「怎麼會？」

「昨天晚上我又去了她家一趟。」莉娜的手心開始冒汗，現在她得注意自己說的話，尤其在電話上，尤其在自己有被害妄想時。

「你不是想跟艾瑪留在家中，稍微休息一下嗎？」

「是，可是後來我改變主意，又出門去了。」

「帶著艾瑪？」

「沒有。」情況有點危險了。「我不在的時候，由樓上的鄰居利希特太太照顧她。有寶寶……」

「哦。」艾絲塔似乎頗感意外，但沒有再追問下去。「可是你又去找蕾貝卡做什麼？我實在搞不懂……」

「嗯，這些事在電話上很難講清楚，最好等你回來了再說。」

「啊，沒錯！我正在收拾行李呢。」莉娜聽到艾絲塔那裡傳來吉內斯的吠叫聲。艾絲塔說了些話安撫牠，接著又轉回莉娜這裡。

「喬西怎麼樣？是誰去通知她？有人陪著她嗎？」

「我不知道。」莉娜回答：「喬西不在。」

「嗄，不在？」

「不曉得，」莉娜說：「我去寄宿學校找過她，可是她不在那裡。」莉娜還來不及細想告訴艾絲塔這件事到底明不明智，話就已經脫口而出了。什麼該說，什麼不該說？什麼才是「克制自己」，哪些話超過界線？

「你還去了寄宿學校？昨天？這麼說，艾瑪不就好幾個小時沒媽媽了？」

莉娜咬住下脣。她知道自己說錯話了。

「不是這樣的，我把她送去樓上的利希特太太那裡，艾瑪喝牛奶，沒問題的。」

「可是我還是不懂，為什麼……」

「豬心的事讓我心神不寧。」莉娜打斷婆婆的話，「唉，後來我在喬西的學校沒找到她，就又開車去找蕾貝卡和馬汀了。」

「喬西既然不在學校，就應該在家呀！」狗狗叫得更大聲，艾絲塔也拉高音量，語氣中還夾雜著恐懼與慌亂。

「我找不到她，用電話也聯絡不到，她沒接手機。」

「等等，」艾絲塔說：「我自己試試看，等一下我馬上再打給你。」

莉娜還來不及反對，艾絲塔就掛掉電話了。莉娜倒抽一口氣，望著握在手中的話機，不知道自己究竟是希望還是不希望艾絲塔聯絡上喬西。

數秒後，電話再度響起。

「只有語音信箱。」艾絲塔表示。

「我想也是。」

「可是為什麼？怎麼會這樣？」

「不曉得，」莉娜說：「手機沒電、無法收訊？不知道。」

「我問的不是這個，」艾絲塔惱怒地說：「我問的是……蕾貝卡……這一切！」

「對不起，」莉娜說：「我太……」

「給我學校的電話號碼，」艾絲塔說：「看看我在那裡能不能發現什麼。」

「恐怕沒有用。」

「你怎麼知道？」

手心出汗更嚴重了。「我……我遇到了她一個同學，她說，喬西至少有十天不在學校了。」

「不會吧！」艾絲塔呼喊，彷彿莉娜說了件不可思議的事。「麻煩馬上把電話號碼給我！」莉娜取過手提包，找出她抄下寄宿學校電話號碼的紙條，唸給艾絲塔聽。

「我再打給你。」艾絲塔拋下這句話，就把電話掛了。

二十分鐘後，莉娜的電話再次響起。

「她真的不在，」艾絲塔劈頭就說：「我真的搞不懂！」吉內斯又在艾絲塔那一頭狂吠。

「起先他們什麼都不說，後來我跟校長通了電話，才逼他告訴我真相。」

「那——真相是什麼？」莉娜用力抓著話筒。

「就是這個讓我無法理解。十天前蕾貝卡就幫喬西書面請假不參加夏令營，說喬西在爸爸過世後心情一直很差，所以她們要一起去度假。」

「你有告訴他蕾貝卡的事嗎？」

「哦，老天，沒有！這件事跟那個男人又沒有關係，這是我們的家務事！」

「欸，他反正會知道的。」

「但不應該從我這裡知道。總不該在喬西自己還不知情的時候，喬西媽媽的死訊就在她學校傳開了吧。」

「對，」莉娜同意，「是這樣沒錯。」

「這整件事太怪了，」艾絲塔說：「而且理由有兩個。」

「你的意思是？」

「首先，她們既沒有去度假，也沒有這樣的計畫。如果有，喬西一定會跟我講。第二個理由是，有很多事我相信我這個前媳婦可能會做，但她不可能這麼無私，不可能因為關心喬西的情緒而犧牲她自己的時間，帶小孩去旅行！」她冷笑說：「這可是頭條大新聞！」

「畢竟丹尼爾過世了。」

「你還在幫那個冷血的女人說話？這也是個大新聞！」

「看來蕾貝卡應該是自殺的。」

「哼哼，但不會是因為丹尼爾的緣故！」

「不然是為了什麼？」

「我哪知道，也許她斷了一片指甲！」

「艾絲塔，她人都死了！」

「沒錯，」艾絲塔說：「我知道。而我只能說，我並沒有特別感到難過。」

「你怎麼能說這種話。」

「啊，幹嘛假惺惺地？你不是也很討厭她嗎？」

「我對她所知不多。」

「算你好運，」艾絲塔說：「不知道也沒損失。」艾絲塔狠狠吸了一口氣，說：「總之，最重要的是，我們要找出喬西的行蹤！愈快愈好。」

「是啊。」莉娜表示贊同——儘管婆婆絲毫不懂自己為何要盡快找出喬西的下落。「只是不知道我們該從哪裡開始。」

「我們會知道的。我猜她跑掉了。丹尼爾的死讓她心思大亂，這種反應我完全可以理解。她也可能跟某個男孩一起，到西班牙、義大利、南非等等地方去了，根本不知道這裡發生的事！」

莉娜的思緒已經飛到九霄雲外了。喬西在南歐某個地方……帶著艾瑪……艾瑪站在白色柵欄式小床上，哭著喊媽媽……

艾絲塔繼續說：「如果她知道她媽媽的事，卻沒有人陪在她身邊，那就太慘了！蕾貝卡雖然沒有資格得到這種待遇，但是喬西非常依賴她，就像一般做女兒的依賴媽媽那樣，不管她們有沒有資格……」

*不管她們有沒有資格。*這句話迴盪在莉娜的腦海裡，她又開始自責，怪自己沒有謹慎些；怪艾瑪失蹤，錯都在自己。*都是我的錯。*

「我的小艾瑪好嗎？」艾絲塔的語氣變得溫柔又充滿關愛。這個問題，這個莉娜打從接到電話的那一刻起一直害怕的問題終於出現了。

「好……很好，」莉娜趕緊回答：「她現在躺在她的爬墊上，等一下我就會餵她喝奶。」莉娜閉起雙眼，她真盼望這些話不是謊言。

「那就好！這個小東西不知道這些事也好。」艾絲塔又喟嘆了一聲。「好了，再半個小時我就會收拾好行李，馬上開車回去。順利的話，六、七個小時以後我就回到家了，大概是下午三、四點。」

掛掉電話後，莉娜立刻絞盡腦汁，想著到時該如何向艾絲塔解釋艾瑪失蹤的事。艾絲塔想見艾瑪，她會站在艾瑪空蕩蕩的搖籃車旁，要求莉娜提出她無法回答的問題，或是莉娜絕對不願給的解釋。

莉娜必須採取行動，她必須做點什麼。她在家裡跑來跑去，一遍又一遍看著裝在她於門縫底下發現的信封袋內艾瑪的照片和那句警告。

克制你自己，

等待後續指示。

可是她不想等待，她不要枯等喬西送來另一則殘酷的訊息，不要枯等下一個裝著訊息的信封袋送到。

莉娜想到一個辦法。她走進從前她和丹尼爾共用的書房，那裡現在只剩她的書桌了。莉娜從活動櫃最上層的抽屜拿出一張紙、一枝筆，開始寫了起來。寫好之後，她把紙對摺，塞進信封袋裡，走到玄關，把信封半塞進門縫底下，讓外面的人看得到，也能把信封抽走。

接著她走進廚房，從冰箱裡拿出一瓶白酒，取出軟木塞，倒了一杯。她必須平息下來，必須珍惜自己的體力，她需要睡眠。

她一手拿著酒杯在客廳沙發上坐下，打開電視，身體往椅背一靠，開始等待，等待有人取走她的訊息。

你要我怎樣？說吧——我會給你！

一陣聲響嚇得莉娜身體彈起，她困惑地四處張望。剛才她應該打盹了，此刻電視正在播放購物節目，訊號接收器上顯示的時間是十一點半。

她豎起耳朵傾聽，聽到的卻是一片寂靜。

信封袋！她跳了起來，衝進玄關查看。

信封袋還在，信封一角從門縫底下露出來。莉娜正想轉身回客廳，準備關掉電視，卻在這一刻發現信封在移動。她眼睛緊盯著白色信封眨也不眨，信封緩慢地、有如慢動作般緩緩消失，被人從門的另一側抽走了。

莉娜身體開始顫抖，心跳加劇。接著她倏地衝向大門，一把將門打開。她力氣好猛，門「砰」地大聲撞上玄關牆面。

在她前方蹲在地板上的人身體震了一下，手上的信封袋也掉到地上。那人抬起頭來望著她，莉娜驚駭地倒吸一口涼氣，身體也倒退一步，一隻手搭在門框上撐住身體。

接著她發出驚心動魄的怒吼，同時朝對方撲了過去。

我

我隨時在你身邊，無時無刻。你看不到我，你聽不到我，但凡是你在的地方就會有我。

你的每一個呼吸

你的每一個舉動

這首歌真美。沒錯，我會留在你身邊，直到結束。

你的結束。

28

「你？是你？」莉娜雙手握拳猛往蹲在門口的尼可拉斯捶打，拳頭瘋狂落在他舉起來防衛的雙手上；她還用腳踹，一下又一下，彷彿處在高度亢奮的情緒下。雖然尼可拉斯早已呻吟哀號著請求莉娜住手，她的手腳卻還是停不下來。

「你為什麼對我做出這種事？」她嘶喊著，「你為什麼對我做出這種事，為什麼？」樓梯間響起急促的腳步聲，接著有人幾近驚惶地問：「安德森太太！出什麼事了？」

莉娜終於停止攻擊尼可拉斯，但他仍然困惑又恍惚地蹲在地上。莉娜抬起頭來望向鄰居利希特太太，她正站在上方樓梯，手臂緊抱在胸口，驚恐地注視著這一幕。

「需要我……需要我叫警察嗎？」說著，她便準備轉身採取行動。

「不要！」莉娜高喊：「不要！別叫警察！」

「可是……」

「不用，真的沒有必要。」尼可拉斯邊說邊站起身來，他邊咳嗽邊拍拍身上的衣服，說：「只是發生了誤會。」

「誤會？」利希特太太看了看他們兩人。

「對。」尼可拉斯吃力地挺直身軀。「相信我，什麼問題都沒有。」說著，他朝莉娜投以審視的目光，莉娜也點點頭。

「對。」莉娜也這麼說，眼睛不信任地盯著尼可拉斯，說：「什麼問題都沒有。」千萬別叫警察！

「如果您這麼認為……」利希特太太依然遲疑地站在樓梯上，莉娜的電視聲傳到了樓梯間，聽得到攝影棚裡的鼓掌聲。「那我就上去嘍。」利希特太太聲音顫抖著說，接著她便轉過身，邊搖頭邊走回自己的住家。

此時，莉娜再次握緊雙拳，準備萬一情況不對，一等利希特太太的身影消失，便要再次發動攻擊。不久傳來了利希特太太家的關門聲，而莉娜家電視裡的掌聲也恰好止歇。

「別靠近我。」莉娜邊恫嚇邊退回家中一步，但目光仍然緊盯著尼可拉斯。

「你的問候也未免太猛烈了。」尼可拉斯伸出一隻手摸了摸自己破裂流血的嘴脣。

「你想對我怎樣？」莉娜努力壓低音量，卻辦不到。

「我只是想看看經過昨天的事之後，你現在怎麼樣；就這樣而已。」

「你少演戲了！」

「什麼戲？」尼可拉斯首度現出擔憂的神情，問：「莉娜，你在說什麼？」

「她在哪裡？馬上告訴我你對她怎樣了！她現在怎樣？我警告你！」莉娜察覺自己又拉高音量了，但她就是無法平靜下來。

「我完全聽不懂，真的不懂！我對誰怎樣了？」

莉娜彎下身撿起信封，交到尼可拉斯手上，說：「這裡！這不就是你剛才想拿走的嗎？」

「我沒有要把它拿走，」他把信封交還給莉娜，說：「我只是想撿起來給你。」

「我該相信你的話嗎？」莉娜怒斥。

「隨你怎麼想。我只是剛好在附近，想說過來看一下。」他如此解釋。「剛好你們有個鄰居出來，所以我直接從公寓大門進來，結果就看到了這個信封，正準備撿起來，接著就有個復仇女神對我撲了過來。」

「你……你說謊！」莉娜駁斥。

尼可拉斯聳聳肩，接著笑得很誠懇，說：「沒錯，我並不是剛好在附近。」

莉娜看著他微笑的模樣，看著他像個大男孩般難為情地站在那裡。在這一瞬間，莉娜突然發現整個情況有多荒謬，她突然覺得自己好可笑、好幼稚。

「對……對不起。」莉娜表示歉意，「我不知道該說什麼才好……我沒料到你會來，我……」

尼可拉斯走上前，搖著頭說：「那你以為我是誰？俄羅斯黑手黨派來的殺手？」他笑了起來。

「抱歉，」莉娜說：「我無意傷害你，我只是緊張過度……」心裡盼望他會接受針對自己行為暴衝這種不具說服力的解釋。

「我看也是。」

「我睡著了，大概是夢見……」

「你願意把你的憂慮說出來嗎？」

莉娜嚇了一跳。「不用、不用，已經好了！自從丹尼爾過世之後，一切都變得有點不好過……」

「要不要我們找個地方喝杯咖啡？」發現莉娜毫無反應，尼可拉斯趕緊詢問：「我是不是做錯了什麼？你在生我的氣嗎？」

「沒有！」她反駁。見到他站在那裡認真地問她是否生他的氣，令她感到很難受。「是因為我婆婆隨時會結束旅行回到這裡，所以我希望留在家裡。」

「好吧，」尼可拉斯表示，「我當然可以理解。」他再次露出大男孩般的笑容，說：「那麼我就……」他轉身準備離去。「這幾天我可以打電話給你嗎？」

「我不曉得，我這陣子太多……」

「莉娜，」他打斷她的話，笑了笑說：「打電話，沒別的。我只是想知道你是不是安好。」

「可以，當然可以。」莉娜答道：「歡迎你打來。」

尼可拉斯小心翼翼地朝她彎下身，在她左右兩頰各親了一下。這一次莉娜沒有閃躲。老實說，他的碰觸甚至能安撫她的情緒。

尼可拉斯離去後，莉娜把門關上，身體貼靠著門板。她得好好整理自己的思緒，她得聚精會神。艾絲塔還要三小時才會回到這裡。她必須利用這三個小時好好安排一切，以免婆婆起疑。

她從手提包裡拿出喬西的日記，塞在床腳處的床墊底下，接著從玄關的儲藏室找出一個大旅行包，帶著這個旅行包在整間屋子裡走動，開始收拾物品。尿片、口水巾、奶嘴、安撫用的動物布偶、音樂鐘、嬰兒連身衣、連身踩腳褲、小襪子和睡袋；從衣帽間拿了一頂小帽子、兩件外套；從廚房拿了三只奶瓶和一袋奶粉，最後還拿了幾件嬰兒玩具。

旅行包都快塞爆了，莉娜在家中四處張望，考慮還有什麼是要帶走的。如果她要把艾瑪送去某位女性友人家，還有什麼需要打包帶走？想到這裡，莉娜忍不住開始哭泣，但她隨即抹去淚水，在屋子裡匆匆走動。

家中大門旁的嬰兒安全座椅也得帶走！還有公寓過道樓梯下方的嬰兒車。莉娜帶著旅行包和 Maxi-Cosi 嬰兒安全座椅，打開家門。接著她再次轉身，和之前一樣，將信封塞進門縫底下，這才來到停放汽車的位置，把所有物品都放到後座上，接著拆下嬰兒車的車座，放到副駕駛座上，折疊起來的支架勉強塞得進她的 Polo 行李廂。

她心想，喬西是否在觀察自己，她是否看到莉娜將艾瑪的物品放進車內；還有，她是否了解這個舉動是為了不讓任何人發現艾瑪失蹤了。莉娜什麼都願意做，她也願意依照喬西的要求三緘其口，並且靜待進一步的指示。

莉娜打開駕駛座一側的車門，坐到方向盤前，發動引擎。接下來，她得把車停到別的地方去，暫時就這樣了。等她比較有時間，再找個更合適的地點安置艾瑪的物品，好空出車來使用。

莉娜在林姆路旁找了個停車格把車子開進去，接著下車，將車門鎖上，這才步履匆忙地沿著伊澤貝克運河往回走。她先來到霍耶魯夫特大道，接著左轉進入中央大街，往市中心方向移動，行經格林德爾高樓群。曾經有厭世者從這些外層貼著黃色缸磚的鋼筋水泥建築上一躍而下，當場斃命。莉娜目光沿著建築立面向上遊走，直到屋頂處。她合上雙眼，想到怎麼會有人絕望到從某扇窗口往下跳，身體便忍不住戰慄起來。

自殺。在她最悲慘的幾個鐘頭裡，她也曾有過自殺的念頭。只是要採取如此殘酷的方式嗎？自由落體，急遽加速，最後是無法阻擋的墜落，頭顱、軀體狠狠撞上堅硬的柏油路面，腦袋迸裂，所有骨骼斷裂，鮮血與腦漿四射……莉娜趕緊睜開雙眼，驅走腦海裡的畫面。

男性偏好「硬」死法：開槍自殺、衝撞行駛中的火車，或是從高樓跳下。女性則傾向在浴缸裡割腕、打開廚房的瓦斯管，或是服用藥物，比如蕾貝卡，她在吞服丹祈屏後溺死在泳池內。

莉娜向左轉，再走上幾公尺，接著右轉來到海因里希—巴爾特街，接著朝她位於拉珀街的住處前進。現在是下午兩點，順利的話，再一個小時艾絲塔就到了。

公寓大門前已經有人在等待著她了，但不是艾絲塔，是馬汀。他在路上來回踱步，莉娜從遠處就看得出他相當焦慮。

這是今天第二個不速之客。

29

「我有急事找你。」這是馬汀的第一句話。他腦袋發亮泛紅，不知是因為八月的烈陽曝晒，還是因為情緒過於激動，而他雙眼底下也泛著黑眼圈，看來昨晚一夜無眠。

「哈囉，馬汀。」莉娜在他面前停下腳步，問：「有什麼事嗎？」

「馬路上不方便講話。」他語氣焦慮地說。

「請進來吧！」莉娜走在前頭，帶領馬汀進入屋內。

「地上有東西，」馬汀指著門縫底下，正想將信封撿起，莉娜趕在他之前以動作示意他停止，說：「謝謝，應該是慰問函。」

「這麼快？可是這件事還沒有人知道啊。」他詫異地說。

「是為了丹尼爾的事，不是蕾貝卡。」

他尷尬地望了她一眼，說：「哦，對，丹尼爾，當然，我……」

莉娜沒有持續這個話題，她把門關好，將手提包掛到衣帽架上。

馬汀禮貌性地問：「艾瑪在哪裡？」

「在我一個女性朋友家。」莉娜回說：「我心裡還很亂，需要給自己一點時間……」她帶頭走進客廳，在沙發上坐下。馬汀跟著她進去，接著逕自走到露臺門往外看，似乎沒聽見她的回答。一等莉娜說完，他就直接問她：「你為什麼沒有告訴我喬西不見了？」

「什麼？」莉娜試圖裝出驚訝的語氣。

「別裝了，你明明知道的。」

「沒有，馬汀，真的沒有，我……」

「你別耍我了！」他憤憤地瞪著她，說：「我已經去過寄宿學校。我想去找喬西，委婉地告訴她，她媽媽……」他頓了一下，強忍淚水，接著才清了清嗓子說：「喬西不在寄宿學校，已經好幾天不在了。聽說是蕾貝卡幫她請假的，可是蕾貝卡並沒有這麼做！我們都以為喬西在學校裡，昨天我們還跟她通過電話……」

「馬汀……」莉娜想插話，但馬汀完全不給她機會。

「你也去過那裡，」他說：「我跟一位名叫哈畢希特的女老師談過，她很清楚記得你。」他以詢問的目光望著她，問：「你到底想找她做什麼？」

「我想找她做什麼？」莉娜無奈地比劃了個手勢，說：「我……我想找她談談豬心的事，你忘了嗎？」

「豬心？就因為這件事，你還特地開車過去？」他搖搖頭說：「抱歉，可是這種說法真的無法令人信服！你找她真正的目的是什麼？你為什麼去他們學校？還有，昨天晚上你去我們家到底要找什麼？你以為我會相信你說的找耳環那種鬼話嗎？」

莉娜狼狽地垂下眼簾，囁嚅地招認：「不會，我不認為你會相信。我只是想確認喬西不在你們家。不管你信不信，豬心的事一直令我心神不寧。」

「哼，是嗎？令你心神不寧？」他一臉懷疑地注視著她，質問：「既然這件事令你心神不寧，而你又那麼確定是喬西幹的，甚至要在半夜偷溜進我們家，那你為什麼沒有把這件事告訴警方？」

「我並沒有偷溜進你們家，馬汀。」莉娜動怒了，她看著馬汀說：「你們家露臺的門開著，這一點我也跟警察說了。」

「你是翻過花園門進來的！」

「至少因為這樣，我才發現了蕾貝卡。如果我早點到，說不定她現在還活著！」

馬汀凝視莉娜，這段話似乎在他體內起了某種作用，這個委靡不振的男人似乎崩潰了。

「啊，莉娜，我完全無法理解。所謂蕾貝卡自殺……」他握緊雙拳，彷彿要打人一般。

「她沒有憂鬱症，他媽的！她絕對沒有憂鬱症！」

「你真的確定嗎？」

「當然！我很了解她！認識她……」他吞嚥了一下，說：「我告訴你，藥錠、酒、泳池……這一切都不合理！」他雙手掩面啜泣，接著又看著莉娜。「蕾貝卡為什麼會留下那麼奇怪的話？還有，喬西人在哪裡？她去哪裡了？她跑掉了嗎？或者她出什麼事了？這些事我都得弄清楚，否則我會瘋掉！」

莉娜嘆了口氣，說：「也許其中有我們不知道的？」

「會是什麼？」莉娜察覺他的聲音顫抖，似乎在思索什麼事，最後他搖搖頭。「沒有，我們家一切都很正常。當然，丹尼爾過世對我們三人都是個打擊，除此之外，我想不出有什麼異狀。」

莉娜忍不住臉孔扭曲，說：「在墓園裡發生的事故，你認為那也很正常？我說的不是豬心事件，而是喬西狠狠地攻擊我。」

馬汀輕輕揚起雙手辯駁說：「但蕾貝卡沒理由為了這種事輕生呀！」

「你覺得是否有可能……」莉娜停頓了一下，腦子裡搜尋著恰當的措詞，她不想傷馬汀的心。「你覺得是否有可能，蕾貝卡對丹尼爾一直念念不忘？」

馬汀瞥了她一眼，目光中半是質疑，半是譏諷。「你的意思是，蕾貝卡因為情傷而了結自己的性命？」

莉娜遲疑地點了點頭。「有可能嗎？」

馬汀放聲大笑。「絕對不可能，你大可相信我！」

「那她遺留的那句話又是怎麼回事？」莉娜問：「她似乎有罪惡感。」

「我不知道，但絕對和丹尼爾的死無關。再怎麼說都是他要離開她，不是她主動的。」

馬汀喟嘆一聲，兩人陷入了沉默。最後馬汀準備離去，莉娜陪他走到門前。

「你真的不知道喬西在哪裡？」兩人站在玄關時，馬汀又問了一遍。

「不知道，對不起。」莉娜聳聳肩說：「她有沒有可能跟某個男孩開車去海邊之類的地方？」

「我不認為喬西有男朋友。」

「這種事她不一定會告訴別人。」莉娜問：「要不，就是跟著女性友人？」

「我也想不出會是誰。」馬汀解釋。「她從沒跟我們介紹過任何『最要好』的女性友人，喬西比較獨來獨往。」

「她向來都這樣嗎？」為了多了解喬西的事，莉娜鼓起勇氣追問。

「我不清楚，」馬汀回答：「過去幾年來，她愈來愈少和人來往，變得相當孤僻。不過我們也很少見到她。」他語帶歉意地說：「只有週末她回家時我們才看得到她，但她很少回來，老是說她寧可留在學校。」

「嗯。」

「我知道你的想法，」馬汀表示，「但我們並沒有不要她！甚至相反，喬西那麼少回家，這件事令蕾貝卡非常難過。」

「是嗎？」莉娜掩飾不了譏諷之意。「那她為什麼把喬西送去寄宿學校？」

「蕾貝卡認為，為了喬西的未來，她必須接受良好的學校教育，而在漢堡市的公立文理高中和綜合中學，除了蹺課和吸毒，別的幾乎都學不到。」

「丹尼爾也說過，寄宿學校對她最好。」莉娜承認。

馬汀無奈地舉起雙手，說：「再怎麼說，她總是蕾貝卡和丹尼爾的女兒，我們兩人誰都沒有發言權。」

「是啊，」莉娜說：「確實沒錯。」

兩人都沉浸在自己的思緒中，最後是馬汀打破了沉默。

「好吧，那麼我先回去了，但願喬西很快就會跟我聯絡。」說著，他一隻手已經搭在門把上。

「你說，昨天你們還跟她通過電話？」

「對，」他答：「上午的時候。」

「當時她在學校嗎？」

「她自己是這麼說的。不過這個年代想確認並不容易，她是用手機打給我們的，所以無法確定她在什麼地方。」

「那她語氣很正常嗎？」

「我不清楚，是蕾貝卡跟她通話的。」

「而她也沒有察覺任何不尋常的狀況？」

「沒有。」馬汀若有所思地蹙起眉頭，一隻手滑過自己的嘴唇，說：「有，有件事不太尋常。」

「是什麼？」

「不是什麼大不了的……」

「到底是什麼？」

「喬西說，她對葬禮上的事感到非常抱歉；還有，她想知道你和艾瑪好嗎。我記得事後蕾貝卡還說，她要請我們向你問候。」

「這種事你現在才跟我說？」

「我幾乎都忘了。」他聳聳肩，問：「幹嘛那麼激動？」

「因為喬西那麼恨我，所以我覺得這件事非常重要。」

「說『恨』未免太誇張了。」

「我可不這麼想。」莉娜想到喬西的日記。不會，「恨」這個字極為恰當，日記中字裡行間都是滿滿的恨意。因此，喬西居然對蕾貝卡表示後悔自己的行為，甚至請蕾貝卡代為問候自己，也就愈發奇怪了。口是心非！這一點莉娜百分百確定。這些溫言軟語只有一個目的，就是讓她媽媽放心。

「我自己倒也覺得，」馬汀表示，「葬禮過後，喬西情緒比較平靜了。」

「那她就這麼消失不見，不是更令人匪夷所思嗎？」

「是沒錯，不過目前我也只能先回家等她了。」

「如果你有她的消息，請跟我聯絡。」莉娜走向放著電話機的五斗櫃，在便條紙上寫下自己的手機號碼，撕下來交給馬汀。

「謝謝。」馬汀揮手道別，接著便出門離去。

莉娜正想把門關上，卻在這時聽見外頭的吵雜聲和狗吠聲。她走到門外樓梯處，見到馬汀與艾絲塔正站在公寓大門入口，中間則是不斷吠叫的吉內斯。

「實在太可怕了！」艾絲塔扭絞著雙手，語氣中滿是不捨。接著她才發現吉內斯拚命拉扯牽繩，於是朝牠想奔跑的方向望了過去。

「莉娜！」

吉內斯與婆婆同時奔向莉娜，狗兒在莉娜的腳邊吠叫著並向上竄跳，艾絲塔則一把抱住莉娜。

「我來了！」她說：「我一路狂飆回來了。」她再次緊緊擁抱莉娜，接著目光越過莉娜的肩頭，用甜滋滋的聲音說：「小老鼠，奶奶來了！」

她輕輕將莉娜推開，快步走過開著的屋門，走向艾瑪的房間瞧了瞧裡面，隨即趕到客廳的搖籃車旁，接著滿臉不解地轉向莉娜，問：「我的小艾瑪在哪裡？」

30

「在你朋友那裡？」艾絲塔遮掩不住失望之情。此刻她正坐在莉娜家廚房裡，看著兒媳婦把咖啡粉加進咖啡機。

「我好想抱抱我的小老鼠哦！」她一臉難過的表情，吉內斯也在屋子裡跑來跑去，想把艾瑪找出來，最後才決定留在莉娜身邊，專注地看著她的一舉一動。

「很快就可以了，」莉娜說：「我只是暫時讓她在蘇珊娜那裡待幾天。」

「蘇珊娜？沒聽過這個人。」

「以前醫院裡的同事，她會把艾瑪照顧得很好。」

「我也會把她照顧得很好。」

「可是那時候你不在。」

「現在我回來了，我們可以馬上接她回家。」

「我是希望艾瑪不要接觸到這些事。」

「她還只是個小嬰兒！」

「如果有什麼事不對勁，小嬰兒也會感受到的。」莉娜表示。

艾絲塔嘆了一口氣，說：「好吧。總之，現在我們必須全力尋找喬西，她不可能就這麼人間蒸發的！」

莉娜按下咖啡機開關，在桌畔坐下，雙肘擱在桌面上。「如果連馬汀都毫無頭緒，我就更不知道我們該從哪裡著手才好了。」

「一定會有人知道一些線索的，我們應該再去學校一趟，必要時我會一一詢問每一個學生，直到有人願意說出來！我的孫女就這麼人間蒸發，我是不會坐以待斃的。」

這些話彷彿幾記硬拳重重敲擊莉娜的心窩，她恨不得把自己的祕密告訴艾絲塔；恨不得自己能告訴她，艾瑪同樣也失蹤了，同樣人間蒸發、被人綁架了！更寄望艾絲塔能為她另一個孫女伸出援手，幫自己把艾瑪找出來，讓自己不必單獨面對這麼巨大的恐懼，如此無助。

莉娜已經準備開口了，然而就在這時，吉內斯用嘴拱了拱她的膝蓋，用天真無邪的目光望著她，跟她討狗餅乾也討愛，因此她只是咕噥著回應艾絲塔：「不會，當然不會。」接著起身幫牠裝了一碗狗餅乾和一碗水，這隻拉不拉多犬立刻發出咂吧咂吧的咀嚼聲，貪婪地吃喝起來。莉娜朝牠彎下腰，拍了拍牠的背，享受片刻牠皮毛給人的溫暖慰藉。

咖啡機一頓一頓地噴吐熱氣，莉娜轉身面向流理檯，拿起滿滿一壺咖啡，幫艾絲塔和自己各倒了一杯。

「還有一件事也很離奇，」莉娜重新坐回座位，說：「馬汀告訴我，喬西向蕾貝卡詢問我和艾瑪的近況，還請蕾貝卡轉達她對我的問候。」

艾絲塔的反應一如之前的馬汀，她露出不解的眼神，說：「這不是很好嗎？看來她情緒已經平復了。」

「所以當天她就在丹尼爾的墳頭放了一顆腐爛的豬心，還罵我是殺人凶手？」

「首先，你並不清楚那是否真是喬西幹的，」婆婆駁斥：「就算她真的開了這種噁心的玩笑，你也無從得知那是她什麼時候做的，有可能在葬禮過後就把豬心放過去了。」

莉娜搖頭，說：「後來她還讓豬心消失了！可見得當時她就在那裡監視著尼可拉斯和我。」

「尼可拉斯？」

「一個熟人，當時他陪我一起去墓園。」莉娜咬著下唇，她不想讓艾絲塔知道自己和托馬斯・克羅恩的弟弟見面。

「這件事你根本沒跟我提起。」果不其然。

「這件事沒那麼重要。總之，他也見到了那顆豬心，而豬心後來不見了，他也在場。」

艾絲塔不再追問尼可拉斯的事，只是馬上將話題轉回喬西。「我說過了，你並不清楚那是否真是喬西幹的！」

莉娜很受傷，她瞥了婆婆一眼，說：「我還以為至少你會相信我的話。」

「我的確相信你的話呀，」艾絲塔強調，同時把一隻手搭在莉娜的手臂上，說：「我相信那顆令人作嘔的豬心絕對不是你幻想出來的；我也相信你認為那是喬西幹的，但是你無法百分百確定。」

「不是她還會是誰？」莉娜想從椅子上倏然起身，卻被艾絲塔攔住了。

「拜託，莉娜！我是站在你這一邊的！可是如果我們兩人都變得那麼莽撞，也於事無補。」

「我不莽撞！那是唯一合理的解釋，事情再清楚不過了！」

「我倒不這麼想。」

「你當然不這麼想，」她攔不住自己的嘴，嗆聲說：「我們講的是你的孫女，那個行蹤不明的孫女。」

「那跟這個沒關係，我只是不想遺漏其他可能性而已。」

「哪些可能性？」莉娜鄙夷地將「可能性」三個字說得特別長。「除了她，你認為還可能是誰？」

「比如那對夫妻呢？」艾絲塔問：「你知道的，就是孩子在你進行癒後護理時死去的那對夫婦。」

莉娜的身軀不由自主地震了一下。

艾絲塔注意到了莉娜的眼神，她輕拍莉娜的手臂安撫她，一邊說：「我說的是他們的寶寶過世的那對夫妻。你自己不是跟我說過，不久前他們兩人還嚇壞你了嗎；他們叫什麼名字？」

「芭貝特．舒斯特和塞巴斯提安．舒斯特，」莉娜坦承：「我也考慮過他們，可是他們要怎麼拿到音樂盒裡的結婚照呢？」

「天曉得！」艾絲塔回說：「瘋狂到能把豬心弄到手的人，一定也能拿到結婚照。」

莉娜搖搖頭，說：「我想不出有什麼辦法。」

艾絲塔想了好一會兒，接著說：「天曉得。也許他們是透過當時的攝影師拿到的……不管怎樣都沒有理由從一開始就把這兩人排除在外。」

「不對，」莉娜搖著頭說：「再怎麼說我都無法想像會是他們。」

「換成是喬西你就可以想像了？」

「再怎麼說她都參加過我們的婚禮！」莉娜回想起丹尼爾的女兒在自己的婚禮上，和隨後的慶祝活動上臭著臉的模樣，這絕對不是她喜愛的回憶，真的不是。「還有葬禮上的事——這些不都說得很清楚了。」

「但現在她似乎感到悔恨了。」

「那是蕾貝卡說的。」莉娜隨即糾正自己的說法，把「說」改成了過去式。「正確說來，是馬汀說的。」

「他更沒有理由自己編出這種話。」

「啊，我真的什麼都不懂了！」莉娜雙手托腮，同時察覺淚水已湧上眼眶，這是心力交瘁、絕望、一籌莫展的淚水。吉內斯汪汪叫了幾聲，接著緩緩走過來，把嘴巴靠在她腿上。

「聽著，莉娜，」艾絲塔遞給她一張面紙，說：「假設把豬心放到丹尼爾墳頭上的人不是喬西，而真的是那個芭貝特和她丈夫，那麼我們至少可以確定一點——這件事跟喬西失蹤沒有關聯。」

莉娜愣愣注視著前方地面，恨不得能脫口高呼可是跟艾瑪失蹤有關。一種奇癢難耐的感覺從她體內向外擴散，她覺得自己快爆炸了。她要說出來！要把所有的事都告訴艾絲塔！還有，要把艾瑪要回來！

「所以現在我們就去。」說著，艾絲塔站了起來。

「去哪裡？」莉娜不解地問。

「還有哪裡，去找芭貝特和她丈夫啊，這不是再清楚不過了！」

「我們去那裡要幹嘛？」恐慌襲擊著莉娜。萬一被艾絲塔說中了該怎麼辦？如果喬西和這件事無關，如果是芭貝特和塞巴斯提安搞的鬼，如果自己和艾絲塔出現在芭貝特他們家會怎樣？這可是跟「克制你自己」完全相反哪！

她該怎麼辦？莉娜坐在艾絲塔的ＢＭＷ副駕駛座上，告訴婆婆前往芭貝特和塞巴斯提安位於愛斯布圖勒區的家該怎麼走，但此時此刻她腦子裡根本無法清楚思考。她把吉內斯留在家中。見到自己離開女主人那麼久，結果女主人和艾絲塔慌慌張張地出門卻沒帶上自己，吉內斯非常不開心。

莉娜也大為驚慌，她試著說服艾絲塔，就算去找舒斯特夫婦也不會有什麼結果的。無論那是不是他們做的，他們都會否認曾經在丹尼爾的墳頭上送給莉娜這麼低級的驚喜。

「這個問題留給我處理。」婆婆如此應付莉娜的抗議，說：「我會像處理寄宿學校的傢伙那樣，讓他們開口的！」

莉娜提出另一個理由，認為就算是他們夫婦幹了墓園那樁事，找他們對於尋找喬西的下落也無濟於事，但這個說法艾絲塔不表贊同。「那麼至少我們就知道，喬西跟那件事毫無瓜葛。」

就這樣，此刻莉娜坐在該死的副駕駛座上，完全攔不住婆婆的行動。話說回來，她內心裡同時也燃起了希望的小火苗。她想像她們婆媳倆怒責那對小夫妻，在丹尼爾的墳頭上放了裝豬心的音樂盒，結果他們立刻招認了！更美妙的結局是他們隨即也招認，是他們抱走艾瑪，因為他們想給莉娜一個教訓。之後他們當然就把艾瑪——毫髮無損的艾瑪還給了自己。

可惜這是個背離現實的夢想。無論籌畫這種陰謀的人是誰，是一個人或幾個人，他們似乎非常清楚自己究竟在幹嘛，這樣的人不會光是因為兩名歇斯底里的女人出現在門口就繳械投降。

艾絲塔在二環道上往奧斯特大街方向飆馳時，車速明顯過快。此時莉娜最期盼的，莫過於在幾分鐘後見到兩張無比詫異的臉孔，莫過於見到塞巴斯提安與芭貝特全然不解，真的全然不解她和艾絲塔在說些什麼，並且當著婆媳兩人的面「砰」地把門甩上，甚至揚言要找律師或是告他們誹謗。沒錯，這是莉娜所盼望的，這麼一來，她至少沒有把女兒推向險境。

「那邊過去就到了。」莉娜手指通克維斯特街尾一棟紅色缸磚建築說。那是建於二十世紀五〇年代的公寓，芭貝特和塞巴斯提安就住在二樓的三房公寓裡。莉娜依然記得，他們家非常舒適。

每次她去他們家時，茶几上總是備有茶水、點心，整間屋子一塵不染，收拾得井然有序，似乎一週至少請人打掃三次。聽到芭貝特說這個家是她一手打理時，莉娜頗為訝異。莉娜照顧的新手媽媽絕大多數都會手忙腳亂，芭貝特卻是例外，每次莉娜造訪時，芭貝特總是儀容整潔地前來應門，穿著熨燙過的牛仔褲、白襯衫，和家裡怡人的布置風格一致。就連她家的窗簾，好像每個星期都會拆下來洗淨、熨燙。

莉娜沉浸在對芭貝特和塞巴斯提安模範住家的回憶中，下車時她抬眼望向二樓窗戶。她立即發現，那些窗戶空無一物，沒有懸掛任何窗簾，而透過其中一扇窗，還可以見到天花板上懸吊著一顆裸燈泡。

「他們離開了。」她訝異地說。

「什麼？」艾絲塔邊問邊將她的ＢＭＷ鎖上。

「你看！」

莉娜指著那層從屋外就能看出裡頭已經搬空的公寓，說：「那裡沒人住了！」

31

「我們過去按門鈴看看。」說著，艾絲塔便邁開大步穿越馬路，莉娜跟隨在後，心情彷彿有好幾噸重。她不想知道對面那層空蕩蕩的公寓意味著什麼，可能意味著什麼，她一點也不想知道。

莉娜按了門鈴，當然沒有人開門，那裡甚至已經看不到芭貝特和塞巴斯提安的姓名了。

「那就找他們的鄰居。」說完，艾絲塔便攤開手掌，將所有的門鈴按鈕一掌打盡。幾秒鐘後，電控鎖便有了反應，在婆媳二人踏進樓梯間時，分別有兩個不同的聲音詢問著：「喂？」一個來自二樓，另一個來自更上方。

「我們是來找舒斯特夫婦的。」莉娜的聲音在過道上迴盪，接著在更上方有門「砰」地關上，二樓則有人回應：「請上來！」

她們依言上樓，在二樓一戶住家門口，有名穿著運動服的年輕女性站在那裡。

「哈囉，」說著，莉娜把一隻手伸向她，自我介紹說：「我是莉娜．安德森，這位是我婆婆。」

「我也姓安德森。」說著，艾絲塔也和那位小姐握了握手。

莉娜問：「您知道芭貝特和塞巴斯提安去哪裡了嗎？我們有急事找他們。」

那位小姐聳聳肩，說：「對不起，我不知道。」

「他們有多久不住這裡了？」莉娜追問。

「我去度假兩星期，前天回來的時候他們就不在了。」她又聳聳肩。「我也很訝異，沒聽他們提過什麼。」

「您是舒斯特夫婦的朋友嗎？」艾絲塔問。

「說不上是朋友，不過我們交情還不錯。鄰居的交情，比如互相幫對方收包裹、偶爾在樓梯間聊一下，就是這樣而已。」她笑了笑，穿著運動鞋的雙腳也前後輕晃著，說：「畢竟他們比我大上幾歲。」

「嗯，」莉娜說。她猜這位小姐大概二十出頭，和芭貝特年紀可能相差十歲。「舒斯特夫婦完全沒有提到他們要搬家嗎？」

小姐搖搖頭，說：「這段期間絕對沒有。」

「這段期間？」艾絲塔又問。

「嗯，哼，」她壓低音量，「我也是從在我搬來以前住這裡的太太聽來的……」她神祕兮兮地看著莉娜和艾絲塔說。

莉娜問：「是什麼事？」同時察覺自己因為神經緊繃而握緊雙拳。

「應該是發生了相當悲慘的事，」那位小姐繼續說：「他們兩人曾經有過一個孩子，只是後來孩子死了。」

「死了？」艾絲塔的語氣顯得極為驚訝，彷彿這件事她從沒聽說過。

「沒錯。」小姐點點頭，莉娜已經快受不了她那副八卦嘴臉了。「大概是意外吧，我也不是那麼清楚。總之，之前住這裡的人告訴我，當時情況很慘，據說舒斯特太太哭了好幾個星期，還曾經因為喝醉酒從樓梯間摔下來，而那一段時間，她先生跟她兩人也常常互相對吼。」她聳聳肩說：「唉，這也是可以理解的。」

「是啊。」莉娜輕聲回答。她深深理解；不只這樣，她還能感同身受。

艾絲塔飛快地瞄了媳婦一眼，接著問：「您還知道什麼消息可以幫我們忙的？剛才說過了，我們有急事必須找他們夫婦談。」

「真的不多。」那位小姐的語氣中透著歉意。「我只知道當時他們兩人考慮過要搬走，好像要去國外之類的，不過我也不太確定。」

莉娜問：「您有他們的聯絡方式嗎？」她自己雖然有芭貝特的手機號碼，但她很清楚，這個號碼當然不管用了。「他們有沒有留下新地址？比如轉寄郵件的地址？」

「沒有。剛才說過，我連他們搬走了都不知道，也不知道他們是否有申請地址變更的服務。」她又聳聳肩，說：「我真的沒什麼可以奉告的了。」

「好吧，」艾絲塔開口，「我想，只好就這樣了。」她拍拍莉娜的手臂，轉身準備離去，但莉娜不肯這麼輕易放棄。

「房東呢？也許房東能幫忙？」

「有可能。」那位小姐答說：「屋主也住在這棟公寓大樓，在四樓。」

「哦，謝謝！」莉娜朝她點頭，接著轉身想上樓，卻被艾絲塔攔住。

「我們想知道的，現在都知道了，」她說：「你這是要幹嘛？」

「是你說要來這裡的。」說著，莉娜趕緊閃開她。

「我需要的答案現在都有了。」

「我的還沒有。」

那位小姐仍舊站在自家門口，好奇地觀看這對婆媳間的爭執。直到她被莉娜悻悻然的目光掃到。目光的目標其實是艾絲塔，但她仍然像做了壞事被逮到般嚇了一跳，含糊地咕噥了一句「再見」，就趕緊進屋去了。

「莉娜……」艾絲塔再度開口，接下來的話卻被一名男子的聲音打斷。

「對不起，」一名中年男子邊走下階梯邊致歉。他身穿牛仔褲和T恤，頭髮還溼溼的，腳上趿著藍色布希鞋。「兩位按門鈴的時候我正在洗澡，所以得先穿好衣服。」之前「砰」一聲關上門的應該就是他。「提爾曼．克拉夫特，」他邊和艾絲塔與莉娜握手邊自我介紹，「兩位要找舒斯特夫婦？」

兩人點頭。

「我也是！」

「您就是屋主吧？」莉娜問。

「是啊，可惜我也不知道我的房客去哪裡了。」他露出友善的笑容，顯然並沒有將房客不告而別放在心上。

「那麼，芭貝特和塞巴斯提安也沒有通知您他們要搬走？」

他雙手微微一攤，似乎在表示歉意。「四天前，我在我的信箱裡發現了他們家的鑰匙，那時他們已經搬空了。就這樣，沒有留下任何消息，沒有新地址，什麼都沒有。」

「真怪。」艾絲塔也承認。

「確實很怪！」房東搖搖頭說：「我這輩子還是頭一次碰到這種事呢。」

「您好像並不生氣。」莉娜詫異地說。

「嗯，」他頭偏了偏，說：「該怎麼說呢？這幾年，舒斯特夫婦過得並不快樂，您知道嗎？」

莉娜和艾絲塔再次點頭。知道，這件事她們知道。

「我太太和我，我們也有兩個小孩，」提爾曼．克拉夫特說：「如果我設想……」他甩甩頭，彷彿想把這種想法驅趕掉。「總之，舒斯特夫婦總是準時繳交房租，老實說，他們是很好的房客。他們把房子維護得很好，離開時屋況也無可挑剔，我完全沒什麼好抱怨的。」

「唯一的問題是，現在您沒有租金可收了。」莉娜反對克拉夫特的說法。

他笑了起來，說：「位在愛斯布圖勒區的公寓非常搶手，不過我當然也想知道他們去哪裡了。我是說，有人突然就這麼斬斷一切聯繫，實在挺怪的。」

「確實是。」說著，莉娜察覺自己頭暈目眩，必須抓住樓梯扶手眼前才不會發黑。悄悄搬家、沒有通知任何人，連房東都沒有。莉娜確定可能性只有一個：芭貝特和塞巴斯提安拋走艾瑪，他們帶著她的艾瑪遠走高飛，人間蒸發，說不定跑到國外去了，而且沒有人，沒有任何人幫得了自己。

「所以兩位也不知道，我要怎樣才能聯絡到舒斯特夫婦了？」房東問。

「不知道，」艾絲塔回答：「所以我們才會來這裡。」

「嗯，」提爾曼又笑了笑，「那就沒辦法了。」他雙手一拍，彷彿表示談話就此結束。

「非常感謝，」艾絲塔說：「我們不想再打擾您了。」說著，她朝莉娜使了個眼色，莉娜卻呆呆地靠著樓梯欄杆，還緊緊抓著扶手，彷彿這是她的救命物。

她覺得自己變成了化石，再也動彈不得。還有，她喉頭彷彿被一塊石頭堵住，淚水即將奪眶而出，再也克制不住了。救命！她在腦海中淒厲呼救，救命呀！快點來人救我啊！

「走吧。」艾絲塔催促她，拉著她的手，硬將她從扶手上拉開，像帶著一名虛弱的老婦人般領她緩緩走下樓梯。

32

一進入車內，莉娜再也壓抑不住。她一坐上副駕駛座，淚水就如瀑布般沿臉頰流下。

「莉娜！」艾絲塔呼喚她的名字，同時彎身向前，從汽車置物箱裡拿出一包面紙遞給莉娜。莉娜笨拙地抽出一張擦拭臉龐。「我不懂你為什麼這麼激動，」艾絲塔不以為然地說：「他們夫婦跑掉了，在一夜之間搬得一乾二淨——之前他們可能還留給你一件令人不安的臨別禮物——不過就是這樣罷了。」

莉娜默默點頭，卻還是哭個不停。她的淚水怎麼停得下來呢？真正發生的事艾絲塔毫不知情，她不知道墓園裡那顆該死的豬心早就不重要了，重要的是莉娜的心！是她那顆萬一失去自己的孩子時，會裂成碎片、淌乾了血的心！

艾絲塔溫柔地撫摸著莉娜牢牢抓住揉縐面紙的那隻手，說：「也許舒斯特夫婦怕你會控告他們吧。」

莉娜又默默點頭，她得極力控制自己，此刻她不能崩潰。該死，我女兒被人綁架了！

「你過度緊張了。」艾絲塔勸慰著她，彷彿是個母親在安慰失去心愛泰迪熊的孩子。「這段日子你經歷了好多事，你現在迫切需要休息！」她邊嘆氣邊繼續撫摸莉娜的手，「這些事當然都令人非常難受……先是墳墓上的東西，然後你又發現了蕾貝卡的屍體……」艾絲塔將汽車鑰匙插進點火開關，「至於喬西的事，我想，她大概真的跟某個男孩或是女性友人一起出走，這時候正在體驗她人生中最刺激的冒險吧。」她啟動引擎，說：「不過我們當然得繼續找她。我是說，她媽媽死了，她卻完全不知情。無論用什麼辦法，我們都得盡快找到她。現在她需要我……」

太多事了，我再也無法承受了。

恐懼、心力交瘁、絕望，種種感受紛至沓來，洶湧澎湃，再也無法攔阻。

「那個被慣壞的少女到底死去哪裡，我他媽的完全不在乎！」她放聲大吼，邊哭邊用拳頭捶打著儀表板。

艾絲塔發出驚惶的叫聲，她正想反駁，但莉娜還沒把話說完。

「在我看來，蕾貝卡本來就該自殺，這個滿腦子都是錢的蠢女人只關心她自己。別人的死活，包括自己的女兒，她都無所謂！」

「嗯，我……」

莉娜轉身面向艾絲塔，憤憤地瞪著她，彷彿她得為這一切負責。「我的孩子才重要，你聽到了嗎？艾瑪才重要！」她呼喊得愈來愈大聲，大到嗓子都啞了。「你另一個孫女！我的寶寶，我可愛的寶寶！」莉娜又給了儀表板一拳，她想怒吼咆哮，想大搞破壞，想把周遭的一切打得粉碎。「喬西愛去什麼鬼地方都隨她去！」她又狠狠吸了一口氣，說：「我根本不甩，你聽見了嗎？」

艾絲塔驚駭地望著她。莉娜癱回椅背上，合上雙眼，重重喘著氣。她臉色發光，因為過於費勁而冒汗，心臟也急速跳動。

下一秒莉娜便醒悟自己到底做了什麼，醒悟方才自己全然失控了。

「你說什麼？」艾絲塔小心翼翼地詢問，彷彿深怕莉娜的歇斯底里反應隨時會爆發。

「艾瑪？艾瑪怎麼了？你是什麼意思？我完全聽不懂。」

莉娜沒吭聲，只是默默注視著婆婆，不知該說什麼好。她已經透露太多，太多太多了。

「你給我說啊！」艾絲塔要求著，她的憂慮也轉成了怒氣。「你馬上告訴我發生什麼事了，否則……」話就這麼懸在半空中；她該拿什麼來威脅莉娜？

「根本沒事。」莉娜像個鬧脾氣的孩子。她呼吸依然沉重，必須倚靠強大的意志力才能抑制淚水。

「沒事？這樣你還說沒事？你像個瘋子般大吼大叫，結果你還說沒事？」

莉娜合上雙眼，點頭，接著答說：「當然有事。」她凝視著婆婆，說：「我怕，我怕死了！」

「怕？你怕什麼？」艾絲塔小心翼翼地伸出一隻手搭在莉娜的肩膀上。莉娜坐著，兩手悄悄埋在臀部底下，彷彿想極力克制自己。「現在一切都清楚了，」丹尼爾的母親努力想強化她的信心，「我了解。你怕艾瑪會感受到這一切。」艾絲塔帶著笑容撫摸莉娜的臉頰，說：「你既擔心又自責，認為你不是艾瑪的好母親，我說得對嗎？」

「大……大概是這樣。」莉娜囁嚅著回答。

「我可以向你保證，」艾絲塔安慰她說：「你是個好媽媽！」艾絲塔又摸了摸她，「這段時間發生的事讓你大受打擊，這其實很正常。」婆婆說：「那麼，現在請你告訴我，你的朋友蘇珊娜住在哪裡？」

「我的朋友蘇珊娜？為什麼？」

「因為我們要馬上過去接艾瑪回家，我太想看看我的小老鼠了！她也會很快轉移你的焦慮。」

「這……這樣不行！」莉娜幾乎是驚恐呼喊。

「為什麼不行？」

「因為……因為蘇珊娜帶艾瑪去海邊，準備要待個幾天。」

「你的朋友帶艾瑪出遠門？」

「嗯，不算出遠門，」莉娜安撫她說：「只是北上去波羅的海，蘇珊娜在那裡有一棟度假屋。」

有那麼一瞬間，艾絲塔簡直驚呆了。「你把才六個星期大的女兒交給外人照顧那麼多天？」

「我又不是不要艾瑪了！」莉娜回嗆。

「哦！」艾絲塔舉起雙手擺出防衛的姿勢，說：「你犯不著覺得我是在攻擊你！」

「你的確在攻擊我！」

「我沒有。」艾絲塔的雙唇抿成一條線，說：「如果我是你，我就不會這麼做，就是這樣而已。」

「不會，當然不會！」在這一剎那，莉娜彷彿見到利希特太太就在眼前，見到這位鄰居老太太在抱怨嬰兒大聲哭鬧，抱怨自己的艾瑪哭鬧的時間不對，這讓莉娜更加怒火中燒。「丹尼爾在艾瑪這個年紀時，你的丈夫並未過世，你也不需要把別人的屍體拖上泳池畔！」

艾絲塔垂下眼簾，囁嚅著說：「不需要。抱歉，我太不公平了。」她再次凝視著莉娜，露出懊悔的表情，說：「我們和解好嗎？我送你回家。」

「好，和解。」莉娜回答。

艾絲塔默默點頭，隨即發動引擎，開車加入薄暮時分下班的車潮中。

莉娜在書房裡，她坐在筆電前已經超過三小時了。她不斷將芭貝特和塞巴斯提安的姓名以各種不同的組合輸入到不同的搜尋引擎，吉內斯則睡在她腳邊。之前她曾試過撥打芭貝特的手機，聽到的卻只是語音信箱，現在她恨透了那種輕微的沙沙聲，以及沒有答鈴、直接啟動的答錄機咔嚓聲。

現在她改以網路搜尋，依然沒有結果，完全沒有線索。舒斯特夫婦屬於這個世界上你搜尋不到的人。他們的聯絡資料雖然登錄在電話簿上，甚至還附上了他們在通克維斯特街的地址，但是除此之外就無消無息了。

沒有網頁，沒有臉書；據莉娜所知，塞巴斯提安任職於某大型企業顧問公司，芭貝特懷孕前則在一家花店工作過，但任何公司網頁上都見不到他們其中一人的訊息，她也不知道芭貝特曾在哪家花店工作。

這些都幫不了她，而且發現他們兩人都沒有自己的網頁，好宣布他們剛剛帶著偷來的嬰兒逃到美國去，這一點莉娜也絲毫不感意外。此外，莉娜也不期待能透過推特或其他社群媒體得到她要的消息。可是，這個時代不是人人都會在網路上留下痕跡嗎！至少在此之前莉娜是這麼想的。

莉娜喪氣地合上筆電，朝吉內斯彎下身，撓著牠的耳後。

「怎麼樣呢，好小子？」莉娜死心了，「你幫不了我嗎？」莉娜在腦海中想像吉內斯是隻訓練有素的警犬，一隻追蹤犬，那麼她就可以讓牠嗅嗅艾瑪的連身踩腳褲，帶牠走遍漢堡市和鄰近地區，翻遍每一顆石頭，直到尋獲艾瑪的蹤跡。每一顆石頭，這讓莉娜想起拄著長拐杖、徒步走遍救援地區的搜救隊與犬隻，上方還盤旋著配有熱顯像攝影機的直升機。好幾個百人大隊徒步行走，拿著手電筒照遍每個灌木叢，再偏僻的角落都不放過，隨時有人在全力搜尋某個孩童的下落。

她是否該報警？這難道不是最理智的做法嗎？光靠一己之力她毫無所獲，何況若有警察鎖定目標尋找舒斯特夫婦，他們夫婦倆應該就無所遁形吧？絕對如此！利用國際警力搜查，一定能迅速把他們找出來，在某某火車站或機場將他們逮捕。世界是個地球村，誰能躲上一輩子呢？

但如此一來，他們依然可能殺死艾瑪，只消區區數秒就能殺死她。芭貝特和塞巴斯提安一旦發現自己遭人追捕，就可能出手殺害艾瑪。就算他們清楚自己逃不掉了，也未必會放過艾瑪。

莉娜覺得脖子好緊，難受得想吐，於是她站起身來深深呼吸，她需要喝杯水。莉娜失魂落魄地走向廚房，吉內斯也踩著輕盈的步伐跟隨著。來到玄關時，莉娜的目光落到了門縫底下的白色信封，她的信封還在那裡。艾絲塔離開後，莉娜立刻又將信封擺回原處，但並沒有人將它取走，沒有人。

失望沮喪之餘，莉娜打算把信封撕掉，撕成許多小碎片再扔進垃圾桶。

她伸出手去，卻陡然發現那是不同的信封，不同的信封！不是她的！不是她的！

緊接著她拆開信封，裡頭是一張艾瑪的照片。艾瑪躺在嬰兒搖椅上，正吸吮著奶瓶，但照片上看不到拿奶瓶的手。望著艾瑪玫瑰色的臉頰，有那麼一瞬間莉娜感到一陣心安。女兒還活著，還活著！而且艾瑪似乎過得挺不錯，看起來相當健康！

和之前一樣，照片旁邊也附上一則訊息。

你想知道我想要什麼？
明天下午到阿爾斯特河畔的遛狗草地，
從三點等到四點，
你就會知道了。

33

這一夜莉娜睡得極差，直到上午她依然有如遊魂一般。艾絲塔來電關心過她的狀況，莉娜據實以告，答稱自己一夜都未能合眼。莉娜刻意隱瞞其中的緣由，只是告訴婆婆，現在她要吃顆安眠藥，在沙發上躺一躺，艾絲塔也相信了，並且允諾最早在傍晚會再與莉娜聯絡。

莉娜抵達阿爾斯特河畔的遛狗草地時，時間不過是下午兩點，但家裡她已經待不住了。她把吉內斯留在家中，她必須為各種可能狀況做好準備，因為這一次絕對不是來散步的。

莉娜緊張地沿著草地亂走，偶爾見到幾位之前曾經和自己輕鬆閒聊過的狗主人，其中幾位朝她揮手致意，莉娜也向他們揮揮手。他們見過莉娜之前大腹便便的模樣，但自從艾瑪出生後，莉娜就沒有來過這裡。

一隻混有可麗牧羊犬血統的狗是吉內斯的好玩伴，牠的女主人走過來，友善地詢問莉娜寶寶是否出生了——儘管對照莉娜扁平的腹部，這個問題顯得相當可笑。莉娜匆匆答了個「是」，留下這名愕然的狗友，便轉身邁開大步往河畔的克利夫餐廳走去。

莉娜站在克利夫餐廳入口處，目光緊盯著遛狗草地，邊草草喝下一杯卡布奇諾，這時是下午兩點五十分。接著她又走回去，在一張長椅上坐了下來。

兩點五十五分。莉娜目光不離草地，見到的只是些尋常人士、狗兒的主人、散步者與一些推著嬰兒車的母親。

三點鐘。地平線上烏雲聚集。經過連日以來晴朗高溫的天氣，這時似乎就快下雨了。就算下雨，莉娜心想，就算降冰雹、颳大風，她也不會離開這裡一步。而且無論需要多久，如果有必要，她會在這張椅子上一直坐下去，直到女兒重回自己的懷抱。

三點五分。

三點十分。

三點十二分。

莉娜起身，在長椅前來回踱步，用腳踢著小石子，邊安慰自己，距離下午四點還有四十八分鐘——儘管等待令人煎熬，煎熬！和所有她近期所遭遇到的一切同樣令人煎熬。

三點十五分。

莉娜的手機響起，這鈴聲有如電擊般嚇了她一大跳。她一把扯下肩膀上的手提包，在裡頭翻找。錢包、唇膏、喉糖、鑰匙和太陽眼鏡散落一地，最後她才找到手機。她盼望，不，祈求那是抱走艾瑪的人。她瞧了螢幕一眼，是她不知道的號碼。莉娜的心跳停了一拍，接著才慌亂地繼續跳動。

「哈囉？」她努力讓自己的語氣顯得平靜。

「哈囉，莉娜，」一個男子的聲音說：「是我，馬汀。」

「馬汀？」

「對，馬汀！」他答。

「我現在沒辦法講電話！」莉娜倉促回答，心中懊惱自己昨天怎麼沒有立刻輸入他的手機號碼。「我再打給你。」說完，她就把電話掛斷。

莉娜沮喪地把手機丟回包包裡，接著彎腰將散落一地的物品一一拾起。

馬汀！他在這個時候找她幹嘛？她該關掉手機的！但若真關機的話，她又不知道舒斯特夫婦，不知道綁匪是否會打電話過來，也不知道他們是否會先觀察她一陣子。因為她得在這裡等候一小時，也許他們夫婦想先確定莉娜確實孤身一人，才會和她聯絡。

三點二十分，莉娜又坐回椅子上，雙手緊抱著手提包，彷彿那是個救生圈。

接著手機響起嗶嗶聲，告知有簡訊進來。莉娜再次取出手機，是馬汀。

抱歉，我不想打擾你，但我得和你談談喬西的事。重要，請和我聯絡。馬汀。

莉娜嘆了口氣，隨即收起手機，這次是塞進外套口袋裡，這樣需要時可以快點找到。至於喬西的下落，第一，這不是她的問題；第二，這件事晚一點反正也會知道。晚一點，等這一切都解決好時。

四點，莉娜起身四處張望。天上烏雲四合，草地上的人也減少了，但直到此時依然看不到任何像在監視自己的人。

時間有如蝸牛般緩步前進，莉娜每走幾步就停下來，轉圈找尋可疑對象，但什麼都沒見到。見不到任何人，沒有任何蛛絲馬跡。

最後又回到長椅上坐下，她精疲力盡，彷彿剛剛完成一場急行軍。

手機再度響起，這一次她較快就拿到手機，見到螢幕上顯示艾絲塔的號碼。她沒接，這種時刻她沒辦法開口講話，她已經無法思考，彷彿已經癱瘓了，她所有的希望都落空，再也不知道該做什麼才好，她已動彈不得，只能等待，只能等待。

雨開始落下，莉娜嚇了一跳。起初她不知道自己置身何處。她在阿爾斯特河畔的草地上，暮色已經降臨。莉娜看了看手錶，八點半。她昏昏沉沉地站起身來，她得回家，但她又害怕在那裡等待著自己的事。

她坐在車內，打開車上的收音機，聽著白痴主持人在鼓勵聽眾回答更白痴的問答遊戲。莉娜的車緩緩朝拉珀街行駛，每次遇到紅燈，她便慶幸可以延遲回家的時間。

莉娜一腳才剛跨進玄關，就見到貼在她家門板上的字條。她取下字條，讀著手寫的字母，將它們拼成一個個的字，再組成一個完整的句子，一個她沒能立刻看懂的句子：

我們都在樓上我家等你！

安娜莉瑟．利希特

我們？「我們」是誰？一陣氣流吹來，將莉娜手上的字條吹走，她家大門晃動著向內開啟，緊接著又關上。莉娜莫名其妙地看著門鎖。鎖不只開著，還是被人撬開了。

她猛然轉身，兩步併作一步狂奔上樓，接著氣喘吁吁地按了利希特太太家的門鈴，並且聽到吉內斯在裡頭吠叫，只過了一分鐘，利希特太太就出現在她面前。

「安德森太太，」她嘆了一口氣，終於放下心來。「您終於回來了！」

吉內斯嗚咽著吠叫，從利希特老太太身邊經過，奔向自己的女主人，同時瘋狂地搖著尾巴，還差點摔倒。

「吉內斯！」莉娜屈膝蹲下，兩條手臂緊緊摟住吉內斯，把自己的臉龐貼在牠溫暖的脖子上。「對不起，小傢伙，媽媽對不起你！」淚水沿著她的臉頰潸潸而下，滲進了這隻拉不拉多犬黑色的毛皮裡。「我回來了。」

「是啊，」利希特太太開口說：「也該回來了。」

「真的非常非常不好意思。」莉娜邊說邊起身，吉內斯緊緊貼在她的腳邊。「我——有事走不開，沒辦法早點回來。」

「您怎麼能把這隻可憐的狗關在家裡，一連好幾個小時不管？」利希特太太根本沒在聽莉娜的回答，自顧自地說：「牠叫得令人受不了！」

莉娜自知理虧，低垂著頭。

「我差點要叫警察了。」利希特太太狠狠地點頭，說：「幸虧我找到一個沒那麼死腦筋、願意幫我開鎖的鎖匠，他們本來不可以這麼做的！」

「我說過，」莉娜盡可能耐著性子說：「我很抱歉。您幫我照顧吉內斯，我真的很感激，只是我遇到了——非常緊急的事。」

利希特太太瞬間睜大了眼睛。「您女兒出了什麼事嗎？」

懷疑——懷疑立刻浮現。她為何突然問起艾瑪？她一定知道了一些事，某些事！「您怎麼會認為我女兒有事？」

「嗯，哼，」利希特太太臉上浮現些許紅暈，「在您們家時我當然也立刻過去看寶寶，可是四處都看不到她，她顯然也沒跟您在一起。」

「艾瑪沒事，她在我女性朋友那裡。」莉娜如此回答，並且放棄責備利希特太太在自己家中四處探查的念頭。「真的非常感謝。這種事不會再發生了。」

「但願如此。」利希特太太答道。

一返回家中，莉娜立即查看地板上是否出現新的信封，但沒找到。她反手把門關上，門馬上又彈開一條縫，於是莉娜把插銷插上——這是她從沒做過的事。

接著她進入廚房，在吉內斯的碗裡裝好水和狗食，看著牠，等牠貪婪地喝完水，準備帶牠出門。

「乖，小傢伙。」莉娜邊說邊撫摸牠的背。「媽媽回來了。」

接著她來到外頭通道上準備拿吉內斯的牽繩，卻在這時發現通往書房的門縫底下有光線透出，莉娜手臂上的汗毛登時豎了起來。她並沒有開燈呀！她確定沒有。

莉娜憋住氣，緩緩走向書房，腳底下的木質地板也發出嘎吱嘎吱聲。接著她停下腳步，思索著是否需要武器，以便在必要時可以攻擊。這時吉內斯已經來到她身邊，牠揚起頭，耳朵警覺地朝前豎起。乖小子，好狗狗！莉娜走上前去，按下門把，猛然把門向內推開。

她書桌上的筆電是掀開的，但螢幕一片黑，鍵盤上則擺著一張照片和一則訊息。

莉娜急忙衝到桌邊，在辦公椅上坐下，拿起照片。照片上，艾瑪躺在白色的柵欄式嬰兒床上，裹在之前莉娜見過的睡袋裡，只是先前她仰面躺著，現在則是趴臥。趴臥！不該讓嬰兒採取這種睡姿的……

可是——這真的是艾瑪嗎？從背面莉娜無法確認。莉娜開始讀起訊息：

很好，你真的依照我的要求做了。

就這樣，就這兩句話！

莉娜衝到玄關，一把拉開屋門衝了出去，希望能逮到躲在大樓前窺看她的人。吉內斯緊跟在她身邊，激動的吠叫聲響遍了整個樓梯間。

外頭下著傾盆大雨，不過才幾秒鐘，莉娜就淋成了落湯雞，淚水、流淌過臉龐的雨水模糊了她的雙眼。

她在公寓前方通往馬路的鋪石路上奔跑，一邊擦抹眼睛上的淚水和雨水，一邊左右張望，想找出留下訊息給自己的人，想找出可能想表明他們意圖的那對夫妻，那對終於了解這場折磨已經足夠、就要終止這場惡劣遊戲的夫妻。

「你們在哪裡？」莉娜高聲呼叫：「出來吧！」她仔細聆聽，想聽到回覆，可是聽不到，什麼都聽不到。

她想繼續奔跑，在馬路上前前後後奔跑，卻摔了一跤，膝蓋著地，然而她幾乎一點也不覺得痛，因為其他事更令她痛徹心扉。但她隨即察覺血液在嘴裡、舌頭上擴散開的金屬味。

她就這樣躺著，趴在溼答答的石板上，身體顫抖，臉孔埋在泥地上。吉內斯在她身畔哀哀嗚咽，不斷舔舐她的臉頰，想讓媽媽站起來。

而莉娜確實也站了起來。她站起身，一隻拳頭朝陰暗的天空一揮。她邊朝天空揮拳邊放聲嘶喊，竭盡所能地吶喊：「你們想對我怎樣？怎怎怎樣？我該怎麼做，告訴我吧！」接著她跪坐在地，抽抽噎噎地雙手掩面，說：「拜託，告訴我！」她低聲啜泣，「告訴我，我的小艾瑪在哪裡！告訴我，我該做什麼才能要回我的寶寶！」

她感覺到吉內斯輕輕推著自己的肩膀。她把雙手從臉上移開，吉內斯馬上舔起她的臉頰。此刻除了淅瀝瀝的雨聲，只聽得到大雨落在地面上發出的「啪嚓啪嚓」。

沒有人在聽她，沒有人在看她；沒有人想聽她、看她。

莉娜站起身來。

她低頭望向吉內斯，牠正繃緊神經注視著自己，尾巴也高高豎起，準備隨時作戰。

有人在她肩膀上碰了一下，莉娜倏地轉過身去。

是利希特太太，當然是利希特太太。她趿著室內拖鞋，手上撐著傘。

「安德森太太，是不是又發生什麼事了？」

「沒有，」莉娜回答：「沒什麼事。」接著她呼喚：「吉內斯，走！」於是一語不發，逕自返回屋內，留下這位鄰居呆立在原地。

進入屋內後，莉娜做出了決定。她再也受不了，受不了沒有任何行動，受不了煎熬人心的一無所知。她要打電話報警！她要將這一切都告訴警察，他們必須協助她，他們會找到艾瑪的。他們會動員所有可行的辦法，他們會把艾瑪帶回來給她。

她一把抓起充電座上的手機，隨即又放了回去，內心天人交戰。

這麼做對嗎？或者她會鑄下大錯？她該這麼做嗎？

如果有人能告訴她什麼是對的、什麼是錯的，該有多好？一個能對一跨出就再也沒有回頭路的那一步扛起責任的人。

莉娜再次拿起手機，看著螢幕。螢幕上顯示四則艾絲塔的留言。莉娜腦海中忽然閃過一個念頭，婆婆或許想打電話告訴自己，喬西現身了；想告訴自己，不知為何，喬西居然帶著艾瑪！而此時此刻，艾絲塔正抱著艾瑪坐在家中，不解莉娜為何遲遲沒接電話！

儘管這個念頭看似荒誕不經——但不無可能！

莉娜手指顫抖著按下語音信箱的按鍵聽取留言。

16:39：哈囉囉囉囉，你在哪裡？打你家裡的電話你沒接，打你手機也沒接，我都開始擔心了。

17:46：還是我。剛才我去過你家，你到底去哪裡了？拜託請讓我知道你的情況。

19:37：莉娜！請馬上打電話給我！出事了！

19:58：莉娜，馬汀死了！回電給我！馬上！

我

群山之巔
靜謐一片，
眾樹梢間
幾乎感受不到
一絲風息：
眾鳥沉默在林中，
且待，俄頃
君也即將安息。

這是歌德〈流浪者的夜歌〉，你是否也曾在你的暗夜中流浪？在你那永不止息的幽暗惡夢中流浪？但願如此！之於你，光已不再；猶如之於我一般。

34

馬汀，死了，在別墅花園裡被子彈射殺。他把槍口對準自己，躺臥在泳池邊，在蕾貝卡死去的地方，手上猶自握著槍。兩發子彈，第一發穿透脖子，似乎馬汀因為手槍的後座力或是因為手抖而射偏了。第二發準確命中目標，射進他的頭顱，將他腦袋轟碎。

鄰居們聽到兩次槍響，立刻報警，但任何援助都已來不及救回馬汀了。沒有人知道他是怎麼拿到槍的，但是在漢堡地區，只要肯付錢什麼都買得到，包括他的自殺凶器。

警方再次展開偵訊，艾絲塔開著她的ＢＭＷ載莉娜前往警局。根據目前的驗屍結果，法醫判定沒有他殺嫌疑。難道這次的自殺又是哀傷過度所致？

莉娜不信，艾絲塔也不信。兩人都向負責調查的員警表達她們的懷疑，並告知喬西失蹤一事。那位員警提出青春期啦、父親過世造成精神壓力啦等理由，試圖平緩她們的情緒，並表示這樣的案例他已聽過不下千遍了。但他還是請她們給他一張喬西的照片，並允諾會搜尋喬西的下落，「其他同仁」也會留意。他們會開車駛遍漢堡市，並特別查看火車站以及年輕人聚會的地方，尋找喬西的蹤跡。一旦找到她，他們會將她「拘留」。

之後他還向她們說明，關於未來喬西監護權屬誰一事，由於當事人雙親已經過世，必須交由家事法院判定。最後這名員警將他的名片遞給她們，並且寫下文件號碼，說了句「祝你們有個美好的夜晚」便就此道別。沒有搜查犬，沒有直升機。

偵訊過後，兩人又坐在莉娜家的廚房裡。這時艾絲塔說：「我很怕。」在此之前，莉娜從未聽婆婆說過這樣的話。這時莉娜開了一瓶紅酒，吉內斯則躺臥在她腳邊。

「我也是。」莉娜回答。

「有人想毀掉我的家人，想毀掉他們。」艾絲塔若有所思地凝視著手上的酒杯，這已是她今晚的第三杯了。「丹尼爾、蕾貝卡、馬汀，都死了，這絕對不是巧合！」

莉娜望著她。果真如她所說嗎？這些死亡意外彼此互有關聯嗎？老天，對自己的女兒而言，這意味著什麼？「太難想像了。」莉娜表示贊同。

「你想……」艾絲塔欲言又止，「你想，喬西是不是也有危險？」

莉娜身體一震。這種猜測不無可能，但她依然說：「喬西一定會沒事的！」

艾絲塔喟嘆一聲，說：「沒錯，我們不可以放棄希望。」這句話彷彿是句咒語。

「沒錯，我們不可以放棄。」儘管婆婆講的是喬西，不是艾瑪，莉娜眼前依然再次浮現小女兒的模樣。不可以放棄、不可以放棄，她絕對不可以放棄希望！

兩人默默無語。丹尼爾剛過世時，她們兩人也經常在這裡這麼坐著，彼此安慰、彼此扶持。現在，她們也得這麼做。

「明天我們就把艾瑪接回來。」艾絲塔突然提議。

「為什麼？」莉娜極力克制，不讓自己立刻又驚慌失措。

「你女兒應該跟你在一起，尤其在這個時候，她需要你。」

「我並不這麼想，」莉娜反駁說：「在我們釐清這究竟是怎麼回事以前，讓艾瑪跟著蘇珊娜會好得多，至少她是安全的。」

艾絲塔看著莉娜，問：「你這麼認為？」但莉娜還沒來得及回答，她已經點頭，說：「你說得沒錯——雖然我非常想念我的小老鼠。」

「我也是。」莉娜喉頭一緊，眼眶溼潤，淚水又湧了上來。

「馬汀為什麼找你？」這個問題艾絲塔今晚已經問了不下一遍。

莉娜也一遍又一遍地回答：「我不知道。」說著，她再次拿起放在桌上的手機，看著上頭的簡訊：

抱歉，我不想打擾你，但我得和你談談喬西的事。重要，請和我聯絡。馬汀。

「如果我能知道他為什麼找你就好了……」

莉娜察覺酒精開始在婆婆體內發揮作用，她自己也開始有醉意了。

彷彿察覺到莉娜的意念，艾絲塔起身指了指紅酒，說：

「我想我喝太多了，我去休息一下。」

莉娜同樣起身，往客廳的方向一指，說：「我幫你把沙發椅調好。」

艾絲塔點點頭說：「謝謝。」

隔天清晨八點，莉娜踏進廚房時，婆婆已經儀容整潔地坐在桌畔，她面前的咖啡杯已經空了。

「我想說等你起床了再走。」艾絲塔微笑著起身，說：「現在我就回去了。」

「不吃早餐嗎？」

艾絲塔搖頭。「我家裡還有一堆事要做，再說，今天中午我還要開車去寄宿學校，好好詢問喬西的同學。你要不要跟我一起去？」

「好啊，當然好。」莉娜淡淡地說。接著她走到門口，將插銷推開，「我還有幾件事要處理。等我知道行不行，就會馬上打電話給你。」

艾絲塔狐疑地瞥了她一眼，但沒說什麼。然後她在莉娜兩邊的臉頰上分別迅速吻了一下，拉開門，準備走向樓梯間。

「哦！」

「怎麼了？」莉娜克制不了自己的動作，她有點魯莽地將婆婆推開，想看看是什麼讓婆婆這麼驚訝。

玫瑰。一束搭配著滿天星和數朵白花的深紅色茶香玫瑰，以綠色縐紋紙綑紮成束，再包上玻璃紙，擱在門口的腳踏墊上。

艾絲塔彎身拾起花束，舉到莉娜的鼻子前方。

「這應該是給你的。」艾絲塔訝異地說：「真優雅。這是遲來的弔唁花束嗎？」艾絲塔以詢問的目光望著莉娜，說：「是丹尼爾最喜愛的花。」

莉娜聳聳肩，她隔著一段安全距離伸手接過花束，彷彿手上拿著的是一顆炸彈。

「是誰送的？」艾絲塔邊問邊張望，想尋找是否附有卡片。

「不曉得。」莉娜強忍著不讓自己戰慄。她見到在縐紋紙與花莖之間夾著一只信封，以不讓艾絲塔發現信封的方式握著花束。

「把花束拆開嘛。」

「等一下吧，我得先照顧吉內斯。」

*新的訊息！莉娜腦中閃過這個念頭。是芭貝特和塞巴斯提安送來的？或者是喬西？*無論送花的人是誰，莉娜都會等到獨自一人時才將包裝拆開，她絕對會這麼做。

「好吧，」艾絲塔回說：「不過別讓花枯掉了。這麼漂亮的花，枯掉就太可惜了。」她朝莉娜點個頭，說：「那我就等你電話嘍。」接著就離開了。

莉娜背靠著門板內側好一會兒，雙手緊揪著花束，一等外頭公寓大門關上，便急忙跑進廚房，雙手慌亂地在中間抽屜裡找出刀子，將玻璃紙和縐紋紙割開。她動作粗暴，弄得花束散開，花朵凌亂地掉落在地上。接著她雙手捏住信封，一把撕開。

一張艾瑪的照片，在柵欄式嬰兒床上。這一次她仰躺著，一隻手伸向某個位在照片外的東西。另外附上新的訊息：

擺脫那個老婆子，否則有你好看。

是誰把這束花放到門前的？這個人一定知道丹尼爾第一次送給自己的花是什麼模樣。不可能是芭貝特和塞巴斯提安！話說回來，莉娜也無法百分百確定，誰曉得她是否曾向芭貝特提起過這件事呢。當時她們兩人相處極好，彼此聊過許多事，聊生活，也聊愛情。莉娜已經不清楚自己是否可能興高采烈地對她談起過丹尼爾，還有他們相識的經過；談起有一天他帶著一束花現身她汽車旁的經過。還有，自己是否甚至帶著戲謔的口吻，笑說丹尼爾那束花是在醫院那家超貴的花店買的。她可能說過，這些可能都說過。

莉娜將地上的花朵撿起，扔進垃圾桶。她毫無進展，完全沒有。

她大口喝下一杯水，在一張廚房椅上坐下，因為毫無成果的思索而感到頭痛，覺得自己再也撐不下去了。

突然間，她靈光乍現：說不定舒斯特夫婦，或者喬西，或者哪個綁架了艾瑪的人，根本沒把艾瑪帶在身邊。一個小寶寶、一個奶娃，這可是個莫大的負擔呀！尤其在你得將這個嬰兒藏匿起來時。將她留在、扔在某個地方，應該會輕鬆多了。

莉娜腦子裡轉過千百個念頭。艾瑪那些不同的照片是怎麼回事？那些照片是在哪裡拍的？這會是個線索嗎？莉娜一躍而起，從床頭櫃裡取出另外四張照片，回到廚房坐下，仔細審視比對。沒有，沒有任何照片看得出屬於哪個特定地點、日期或是時間，唯一的例外是一開始的拍立得照片，那張照片是在莉娜家中，在抱走艾瑪時拍攝的。除此之外，從這些照片完全看不出任何蛛絲馬跡！看不出是何時、何地拍攝的，這些照片也有可能都是在幾秒鐘內拍成的。

當莉娜意識到這意味著什麼時，她驚駭地高喊：「不要！」這無法保證艾瑪還活著，無法保證照片上的寶寶是在不同日期拍攝的！

莉娜從廚房桌邊彈了起來，雙手絕望地揮動著，像個被灼熱的爐板燙到的人，彷彿這麼做可以將這些最新的恐怖畫面揮散掉。

「來，吉內斯！」她再也無法待在屋子裡了，她得出去，繼續待在這裡她會窒息的，帶著狗兒出去走走能幫她釐清思緒。再說，吉內斯也必須出門了。

她把門上的插銷拉開，小心翼翼地讓門虛掩著，這才離去。

她想，得找個鎖匠才行；同時又覺得這種想法太過可笑了。

35

和吉內斯漫無目的地在附近走了一個小時，最後莉娜決定打電話給艾絲塔，找個藉口告訴她自己無法和她一同前往寄宿學校了。藏在花束內的要求或許正是這個意思：她必須遠離艾絲塔。

她在英諾森公園較僻靜的角落找了一張長椅，拿出手機，撥打艾絲塔的固網電話。

「我也不知道是怎麼回事，」莉娜在通知婆婆自己突然感染了腸胃炎後說：「真的來得好突然，完全沒有任何徵兆。」

「吃活性碳吧，」艾絲塔建議，「也許這樣就行了。」

「我根本離不開馬桶。」

「啊，太可怕了！你需要什麼嗎？需要我至少幫你照顧吉內斯嗎？」

「不需要，謝謝，我可以應付的。如果吉內斯得出去，我就讓牠去花園，偶爾一次應該還行的。」一群慢跑者說說笑笑地從莉娜身邊經過，莉娜用一隻手遮住話筒，免得艾絲塔聽出她人在外面。

「好吧，就照你的意思。」

「你還是要去寄宿學校嗎？」

「當然嘍！我甚至要早點出發。今天是星期五，那裡一定有許多學生會離開學校度週末，所以我打算十二點以前就到那裡。」

「對不起，」莉娜再次表示歉意，「我真的沒辦法同去，實在太難受了。」

「沒關係的。你好好休息，我十分鐘後就出發。」

「祝福你能找到答案。」

「沒找到答案我是不會離開的。」艾絲塔門志昂揚地說：「我要盤問每一個人，直到問到我要的答案。」

掛斷電話後，莉娜便向查號臺詢問住家附近的鎖匠電話，打了過去。

莉娜表明事由，並且說出自家地址，這時電話另一頭的男子詫異地問：「安德森家？昨天我才去過那裡開鎖，把一隻狗放出來！」

「欸，沒錯。」莉娜說：「那就是我家。」儘管自己無需多向對方解釋，莉娜還是覺得有必要稍作說明。「有緊急狀況……我得照顧我女兒，」她無力地說：「否則我是不會把狗獨自留在家中那麼久的。」

「還好很順利，」男子說：「我們把牠放出來了。狗兒還好嗎？」

「好。欸，一切都正常了，只是現在我急需換個鎖。」

「沒問題，」男子說：「不過我要忙到今晚才有時間，頂多六點左右才能過去。」

「這樣可以。」莉娜回答。

「好，那麼六點見！」

莉娜掛掉電話，接著手機立刻響起，是尼可拉斯的號碼。莉娜忍不住笑了笑：他說「這幾天」會打電話過來──他說這句話不過是昨天的事呢。

「哈囉，莉娜！」莉娜接聽他的電話，他先如此問候，接著問：「怎樣？一切都好嗎？」

「不好。」這一次她坦率地回答：「老實說，目前我甚至一切都糟透了。」

「出什麼事了？」

「蕾貝卡死了，她丈夫馬汀也死了。」

「什麼？」震驚、不可置信的口吻。接著他問：「又是意外嗎？」

「不是，」莉娜回答：「其實真正的情況我們也還不清楚，有可能這兩次都是自殺。」

「什麼？老天，莉娜，你說的是真的嗎？太不可能了！」

「但就是這樣。」

「那是什麼時候的事？」

「蕾貝卡是三天前，馬汀是昨天晚上。」

「你為什麼沒打電話給我？還有，昨天我去你家時，你為什麼都沒跟我說？當時蕾貝卡就已經過世了，你怎麼沒有告訴我？」

「抱歉，」莉娜說：「這幾天我心裡很亂……」

「我了解，」尼可拉斯說：「這些事真的都很可怕。」

「是啊。」莉娜嘆了口氣，「我壓力太大了。」

「喬西怎樣了？她有沒有出現？」尼可拉斯問。

「沒有，我們一直還在找她。」

「所以這些事她都還不知道嘍？」

「對。」莉娜答。

電話線另一頭傳來一聲極力克制的喟嘆。「對她來說，這一定很悲慘吧。」

「是啊。」莉娜表示同意。「一定是的。」

「我該過去你那裡一下嗎？」尼可拉斯提議，「我今天事情不多，我們可以一起喝杯咖啡。」

「老實說還是不要的好，我累得要命，急需好好睡個覺。」

「哦，好吧。」他毫不掩飾失望之情。「嗯，等你好一點了，可以打電話找我。」

「我會的，那麼……」

「莉娜？」

「嗯？」

「我真的不想介入你的生活，可是我想讓你知道，我喜歡你，甚至可以說很喜歡你。還有，我很為你擔心。如果你願意，我很想陪著你。」

在第一時間，莉娜不知該如何回應才好，她只是簡短地說了句「謝謝」就掛掉電話，同時又忍不住露出了笑容。

□

莉娜帶著吉內斯返回拉珀街時，已經是下午四點了。之前她先把吉內斯交給一名狗保姆照顧，接下來的幾小時她都在圖書館閱覽室和那裡的無障礙廁所中度過。在閱覽室是為了使用那裡的公用電腦上網查詢所有她需要的電話號碼，在無障礙廁所是因為把門鎖上後這裡勉強算是較穩當的藏身處，可以不受干擾地打電話。她依照列印出來的電話號碼，一一打給相關機構：方圓兩百公里所有的棄嬰安置中心、棄嬰之家與孤兒院，就連教會的教區辦公室她統統打過去詢問，盼望會有善心人士將艾瑪放到某間教堂的臺階上。

結果都白費力氣。每當她詢問過去幾天是否有人發現或送去一名小寶寶，而小寶寶的身分至今未明時，她得到的反應都是：對方狐疑地詢問她的姓名，還有她想知道這些事的理由，同時要求她親自過去一趟，因為在電話上他們無法提供她任何這類消息。絕望之餘，莉娜甚至打過電話給一間派出所，但那裡同樣一無所獲。派出所的員警問她，是否該派警車過去，但莉娜連客套話都沒說就把電話掛了。

現在她心力交瘁，一片空虛。在開始這次搜尋行動時，她還抱著一絲希望，認為自己能找出些許線索；如今絕望的感覺變得更加強烈了。她不得不承認，她已經無計可施。唯一能做的就是等待下一則訊息；這個想法快將她逼瘋了。

當她帶著吉內斯走進樓梯間時，吉內斯突然開始吠叫，同時猛搖尾巴、用力拉扯牽繩，並且緊張地狂吠。莉娜停下腳步，這是牠前所未有的行為，看來一定有什麼理由令吉內斯如此激動。莉娜仔細觀察自家大門，門是關著的，當然只是虛掩而已，因為門鎖尚未修好。

莉娜緩緩走向自家門口，一邊朝吉內斯說「噓」安撫牠。來到自家門前時，她小心翼翼地把門推開，卻立刻倒退一步。

此時她見到一個影子，一個從屋內暗處衝出來的身影。吉內斯再度狂吠，簡直快瘋了。

「你對她怎麼了？」

是艾絲塔。她哭紅了眼，神情猙獰地撲向媳婦大吼：「她在哪裡？你對那個孩子做了什麼？」

「住手！」莉娜邊吶喊邊阻擋艾絲塔不斷打向自己的拳頭。最後她握住了婆婆的雙手，將歇斯底里的艾絲塔推回屋內。

吉內斯簡直糊塗了，牠停止吠叫，縮著尾巴躲到莉娜背後，不知道自己究竟該保護哪個人才對。

「你到底做了什麼？」艾絲塔高聲叫嚷，想掙脫被莉娜牢牢握住的雙手。「我要報警！馬上把真相告訴我！告訴我你對她怎樣了，否則我就打死你！我要打死你，我絕對會打死你！」艾絲塔大口喘著氣恫嚇。

「別這麼激動！艾絲塔！聽我說！」莉娜從抿閉的雙脣間擠出這幾句話，同時拚命拉住艾絲塔；沒想到婆婆的力氣這麼大。「求求你別這麼激動，」她懇求她，「我對喬西什麼都沒做！我也不知道她人在哪裡，她失蹤跟我沒有任何關係，請你相信我！」

艾絲塔突然停止攻擊，肌肉也鬆弛下來。見到婆婆的手臂虛軟地下垂，莉娜於是也鬆開手。艾絲塔目光古怪地盯著莉娜。

接著她聲音微弱，幾近呢喃地說：「我說的不是喬西，是艾瑪。」

36

「艾瑪？你是什麼意思？」莉娜聲音顫抖，說：「艾瑪跟著……跟著我的朋友蘇珊娜，在波羅的海海邊，我不是跟你講過了嗎？」

「你別騙我。」婆婆駁斥。「你該對我說實話了，否則我馬上報警！」

「可是這就是實話呀！」莉娜堅稱，「蘇珊娜帶著艾瑪……」

「騙人！」艾絲塔大聲打斷她的話。「說不定根本沒有蘇珊娜這個人！就算真有這個人，她也絕對沒有帶我的孫女去她的度假屋。」她朝莉娜跨近兩步，怒氣沖沖地站在她面前，說：「現在我就要知道，我的小艾瑪怎麼了！」

「我完全不知道你在說什麼！」莉娜依然如此堅稱，此時她腦海中不斷迴響著不能讓她知道！不能讓她知道！

「是嗎？」艾絲塔鄙夷地揚起一邊的眉毛。「你不知道？那你一定也不知道，你不只闖進了寄宿學校，甚至還擅闖了喬西的房間。」

「可是……」

「閉嘴！」艾絲塔以一個霸氣的手勢讓莉娜住口。「我跟她的同學談過，其中有兩人告訴我，他們讓你進入宿舍，還有你進入喬西的房間，搜查了她的物品，甚至還帶走一些東西！」她看著莉娜的反應，注視著媳婦在自己的斥責下，身體逐漸癱軟。

「沒錯。」最後莉娜坦承，「我的確進入了喬西的房間。」

「可是你完全沒有跟我說！」

「沒有。」

「為什麼不說？」

「因為……因為……」她為之語塞，接著說：「我不知道這件事跟艾瑪有什麼關係。」

「哦，我可以解釋給你聽！」艾絲塔絲毫沒有挪步離莉娜遠些，一雙水藍色的眼睛定定地盯著兒媳婦，說：「知道你對我撒謊後，我就試著要打電話給你，但就跟昨天一樣，我根本聯絡不到你，每次都進入語音信箱，所以我就直接過來你這裡。」丹尼爾的母親繼續說：「可是你並不在家，於是我決定在你家等你回來——門還沒修好。」

「艾絲塔……」

「我還沒說完！」她眼睛眨都沒眨，像肉食魚緊盯著獵物，隨時準備張嘴咬住般注視著莉娜。「我在這裡坐了一個鐘頭，不斷思索你到底去哪裡了，根據你的說法，你應該生病了。還有，我當然再三問自己，你為什麼沒告訴我你進去過喬西的房間。」

「我想要……」

「讓我說完！」艾絲塔朝莉娜大吼。她先深深吸上一口氣，這才繼續說：「後來我失去耐心了，於是上樓找你的鄰居。我心想，她也許知道你可能去哪裡了。」接下來幾個字她刻意說得特別慢，「你知道的，就是你在前往寄宿學校和蕾貝卡家之前，把艾瑪託給她照顧的利希特太太……」

完了。

艾絲塔無需再講，無需再說利希特太太聽到莉娜宣稱自己曾代為照顧艾瑪時，有多麼驚訝。艾絲塔也無需再說，在她向莉娜這位鄰居保證不洩漏談話內容後，利希特太太如何描述了近來發生的諸多「怪事」。先是原本哭鬧不休的艾瑪變得異常安靜，再來是莉娜如何崩潰失控，還有她莫名其妙在樓梯間對一名男子拳打腳踢，最後則是狗兒被關在屋內久久出不來，以及莉娜在公寓樓前古怪的吶喊。

這些話艾絲塔不必說出口，莉娜就知道完了，她為了保護艾瑪而撒的謊已經見光死，除非她向婆婆吐露真相，除非婆婆見到孫女，否則婆婆是不會離開的。

「所以，她在哪裡？」艾絲塔把問題又重複了一遍。「你有對她怎樣嗎？」

「沒有、沒有，當然沒有！」莉娜驚駭地猛搖頭。

「那麼是怎麼回事？這到底是怎麼回事？」

莉娜張開嘴想說些什麼，卻連一個字都說不出來，只是以絕望的目光望著艾絲塔，接著眼淚突然潰堤，頭也低垂到胸口，全身開始顫抖。

艾絲塔走過去擁抱她，將她抱緊，說：「求求你，莉娜！你可以跟我說！如果你做了什麼……你需要可以傾訴的人！」原本凌厲的語氣如今完全消失，她平靜地說：「這些情況讓你無法應付：丹尼爾突然死亡、葬禮上的意外事故，再加上緊急分娩。除了對死者的悼念，還加上孕期憂鬱症、不斷哭鬧的嬰兒……我不該把你一個人丟在這裡的，我讓你扛下太多壓力了。」

莉娜睜大了眼睛，呼吸也頓時停止。「你認為……你認為我對艾瑪做了什麼事？」她難以置信地追問，「對我自己的女兒？」

「求求你，莉娜，」艾絲塔沒有回答她的質疑，只是繼續說：「我只是想幫你。還有，不管發生了什麼事，不管你做了什麼，我都站在你這一邊！我不會見死不救，我絕對不會。不過，你得把真相告訴我，這樣我才能幫你！」

莉娜注視著婆婆，腦海中突然一片死寂。接著她開口說：「你說得沒錯，艾瑪不在波羅的海，她沒有在我的朋友那裡，根本沒有蘇珊娜這個人。」當她說著這段話時，她覺得說話的彷彿是別人的聲音。艾絲塔倒抽一口氣，但她還來不及回答，就聽到莉娜招認：「艾瑪不見了。」

「不見？」

「她被人抱走了。」

37

莉娜把事情的原委一五一十吐露出來，毫不保留。她向婆婆傾吐胸中所有的鬱悶，同時感到舒暢無比。接著她在客廳沙發上坐下，大口灌下艾絲塔幫她準備的一杯水。

莉娜說完時，艾絲塔彷彿驚嚇過度般喃喃說道：「可是這不可能呀，這是完全不可能的！」

莉娜證實道：「是可能的，事情就是這樣，這是一場惡夢。」

「我們必須報警，馬上！」

「不行！」莉娜高喊，「這樣太危險了，這樣艾瑪會死！」

「那你認為該怎麼辦？我們一定得採取行動才行！」

「我已經在試了！我一直都在試！我一直遵守指令，同時不斷思考艾瑪可能在哪裡。今天我打過電話給所有的棄嬰安置中心、棄嬰之家和教會，希望她會在其中一個地方。」

「醫院呢？」

「漢堡市和附近的醫院我都盡量聯絡了，不過我當然還來不及打給所有醫院，這需要幾天的時間。」

「那我們就一起來吧！」艾絲塔似乎從最初的震撼中回復，現在又充滿鬥志了。

「不，」莉娜表示，「這麼做沒有用。大多數的機構是不會在電話上提供陌生人訊息的，必須親自過去表明身分。」她累得閉嘴不語，只能任憑綁匪擺布。決定接下來該如何的是他們，不是莉娜。

「所以是芭貝特和塞巴斯提安嘍。」艾絲塔又說了一遍。

「我是這麼想的。」

「這種人有多病態？要有多病態才做得出這種事？」艾絲塔走到露臺眺望花園。「可是，這跟蕾貝卡和馬汀的死根本看不出任何關聯呀。」與其說艾絲塔是在說給莉娜聽，不如說是在說給她自己聽。「舒斯特夫婦連他們兩人都沒見過。」

莉娜點頭。「所以我相信，他們兩人真的是自殺，跟艾瑪失蹤一點關係也沒有。」

艾絲塔漫不經心地用手指敲打著窗玻璃。「不對，」她轉向莉娜，說：「我根本不信。在我看來，說蕾貝卡和馬汀是自殺的，這一點也不合情理，尤其蕾貝卡更不可能！」她走到莉娜所坐的沙發上坐下。「莉娜，這兩件事絕對有關聯！我百分百確定，他們兩人的死不是意外，而是和艾瑪遭人綁架有關！」

「但這麼一來，舒斯特夫婦就不可能有嫌疑了，他們絕對不會殺害蕾貝卡他們的。」

「可是他們突然失蹤也頗令人不解。」艾絲塔腦筋持續轉動。「突如其來的搬家，沒有告知任何人，連他們的房東都沒有。」

「是啊，真的很奇怪。不過可能的原因有很多。」

艾絲塔若有所思地咬著下脣。「嗯，只是個假設：如果不是舒斯特夫婦，那麼還可能是誰呢？」

莉娜考慮是不是要說出來，是不是要把自己最先的懷疑說出來。她已經體驗過，只要有人指責她的長孫女，艾絲塔會做何反應。「喬西。」莉娜終於說出口。「她是我唯一還想得到的。」

「喬西？絕對不可能！」艾絲塔從沙發上彈起，驚愕地望著莉娜，說：「她絕對不會做出這種事！」

「是。」莉娜喝了一口玻璃杯裡的水，說：「我也不是這麼肯定，不過……喬西可能有動機。」

「你在胡扯什麼？」艾絲塔嚴斥，「喬西才十六歲！她才剛剛失去父親！還有母親和馬汀！」

「我知道、我知道。」莉娜心想「她可能還不知道蕾貝卡和馬汀的死訊」，但她沒有說出口。

「可是……」她欲言又止。

「可是什麼？」

「啊，沒什麼。」

「你說呀！」

「嗯……」莉娜躊躇著，「我找到了喬西的日記，」她解釋道：「在她的房間裡；而且我還把那些日記帶走。」

「你看過了嗎？」

「看過了。我自然看過了！」她脫口說出，而且比她心想的更大聲、更急切。

「然後呢？」

「她寫說她恨我；說她認為我搶走了她爸爸。」

「她這麼想實在不好，但這也不是什麼新鮮事了。」莉娜聽出艾絲塔這番話中不容人辯駁的語氣，彷彿她是喬西的辯護律師。

「接著她又寫說，她媽媽說過，如果她有兄弟姊妹，她就得和他或她分享遺產。」

莉娜的婆婆縱聲大笑。「這是蕾貝卡典型的想法，不是喬西的。」她搖搖頭說：「不，這真的一點也不像喬西的作風，這女孩這輩子從來沒有關心過錢的事。」

莉娜嘆了一口氣，說：「好吧，忘了我說過的話，反正沒有用。」

「對不起，」艾絲塔回答：「可是對我的孫女提出這麼嚴重的指控，我一定得好好問個仔細才行！」

莉娜憤怒地望著婆婆，說：「我可以提醒你一下嗎？艾瑪也是你的孫女。」

「是，」艾絲塔囁嚅地答說：「當然，我……」她頓了一下，難過地看著莉娜，眼眶裡含著淚水，輕聲說：「對不起，真的很對不起。只是喬西跟這件事可能有關，這個想法實在太令人難以忍受了。」她抽泣著說：「我就是不願意接受有這種可能。」

「我了解。但不管怎樣，我們都不能不注意到她。」

艾絲塔別過身去，她在哭泣。

「艾絲塔。」莉娜一隻手搭在婆婆肩上，什麼話都沒說。她察覺到婆婆全身都在顫抖。

「好。」不知何時，艾絲塔再次轉過身來，以堅決的手勢抹去淚水，說：「我們也把喬西當成可能的嫌疑犯。」現在她又轉回莉娜所認識、充滿鬥志的堅強女性了。

「你是說？」

「我現在回家去，而我們也裝作若無其事的樣子。」艾絲塔解釋。

「若無其事？」

婆婆點點頭，說：「裝作你什麼都沒有告訴我，一個字都沒有！因為你說得對，我們絕對不能讓艾瑪涉險。」

莉娜以懷疑的目光望著婆婆，說：「艾絲塔，有人在監視我！我確定，幹這事的人絕對也看到你來過我家了。」

「那又怎樣？我是你婆婆。在你丈夫過世後需要有人關心你、照顧你，那個人就是我。」丹尼爾的母親如此回答。她如此堅決、如此充滿自信，令莉娜佩服萬分。

「好。」

「那麼，現在我就開車回去。今天接下來的時間我們好好考慮該怎麼辦。」

「也不知道我們到底能做什麼。」莉娜用疲憊的聲音補充。

「別擔心，」艾絲塔說：「我們一定會想到辦法的。」

「真的嗎？」

「真的。」

聽到這種話真好；有人扛下擔子，而她，莉娜，終於得到援兵了，真好。

婆婆離去後，莉娜做的第一件事就是幫吉內斯換上晚上牠需要的水和狗食。接近六點半時，鎖匠依約過來換鎖，只花了一刻鐘就把事情完成。一等鎖匠離去，莉娜立刻放下心來把門關上。

她走進臥房，把床墊底下喬西的日記本拿出來，在客廳沙發上坐下。在她向艾絲塔說出自己的懷疑之後，她打算把這些日記從頭到尾仔細讀過，任何細節都不遺漏。她必須確保自己沒有遺漏任何蛛絲馬跡。

她翻開最近的日記，從後往前讀，結果卻大失所望。難道艾絲塔說對了？難道喬西是清白的？

爸爸死了!!!

這是七月二日最後一則日記唯一的內容，之後只有幾張空白頁，沒有復仇計畫、沒有詛咒，也沒有任何滿懷仇恨的願望，什麼都沒有。

而從這一頁之前的內容也看不出任何惡念，甚至相反。除了最開頭對莉娜以及莉娜寶寶滿懷恨意的描述，莉娜見到的只是「我那他媽的遺產！」、「錢從來沒有讓我們家的人快樂過。」、「爸爸要跟那個女人和孩子快樂過日子就隨他，現在我要過我自己的人生，完全沒有他的人生！」。

莉娜愈是深入日記內容，喬西那看似動機的心態愈是令莉娜悵然所失。這些內容顯示的是一名傷心的少女；情感敏銳，幾乎因為爸爸「拋棄」自己而心碎的喬西。她宣稱莉娜懷孕是一種「背叛」，但光從這些內容仍看不出她會是可能做出這些事的惡魔。

不，這個少女顯得如此困惑、受傷，無依無靠，只能從陰鬱的詩文和歌詞，從哥德族的世界中尋求慰藉。這名悲傷、憤怒的十六歲少女，她的想法極其正常而且可以理解。但奪嬰？甚至殺嬰？不，仔細觀察，並沒有這種可能。

莉娜長嘆一聲，放下手中的日記，拿起另一本開始翻閱。讀著讀著，她的心情也愈加抑鬱。讀著丹尼爾女兒的日記讓莉娜感到自己對喬西的了解更深了，如果自己能多認識她，甚至會對她大有好感。

38

當莉娜從沙發上驚嚇而起時，室外已經天亮，吉內斯在她前頭低聲嗚咽著。看來昨晚閱讀喬西日記時她顯然抵擋不住倦意，最後睡著了。莉娜將還擱置在膝頭的日記移開，起身伸了個懶腰。她一打開通往露臺的門，吉內斯立刻飛奔到花園，躲到一處灌木叢後頭去了。

莉娜又坐回沙發上，拿起下一本日記開始瀏覽。這本日記是喬西在丹尼爾和莉娜相識時寫的，裡頭白紙黑字描述了喬西對這種情況的感受，也令莉娜湧起一股尷尬之感，一種罪惡感。因為自己從初識丹尼爾起——姑且不論開頭時遭遇的難題——日漸幸福，但現在她卻獲悉，父母離異對喬西而言有多麼難受。

還有，在他們相識之初的前幾個月，父親酗酒帶給喬西多大的痛苦。而現在莉娜也知道，喬西，這個當時年方十一歲的孩子，是如何在絕望之餘絞盡腦汁想著，自己該怎麼幫助父親。莉娜讀著喬西的各種想法：爸媽為何經常起爭執，人生為何如此不公平，自己的家庭為何無法跟其他女同學一樣？還有，爸爸為什麼突然不愛她，不愛喬西，卻愛上了「那另一個女人」。

看了幾頁後，莉娜再也止不住淚水直流。喬西寫下的字字句句，都像一刀一刀刺在莉娜的心口上。她該好好跟喬西談的；沒錯，她真該這麼做才是。她該不顧丹尼爾要她置身事外的要求，該好好向喬西說明她父母雖然離異，並不表示他們就不愛她了；因為她父母兩人顯然都沒有做到這一點。對丹尼爾而言，是因為喬西根本不想聽他解釋；蕾貝卡呢？莉娜不知道蕾貝卡為何沒有這麼做。她唯一知道的是，現在要解釋已然太遲，遠遠太遲了。

雖然莉娜的心情已經極度低落，根本不想再看了，她卻還是翻開下一本日記。此時此刻，她已經不認為能在日記中找到對自己有幫助的內容，仍依然停不下來，喬西的思緒以某種神奇的魔力吸引著她。這本日記寫於她和丹尼爾尚未相識時。

日記本的內頁某處夾著一張照片，當莉娜翻動日記時，這張照片飄落到地上。莉娜撿起照片仔細觀看，上頭是一棟房屋，一座矗立在廣闊土地上的大型古屋，有著木桁架牆面、蘆稈屋頂，主建築左側有兩座較小的建築與幾棵果樹，一棵滿布節疤的橡樹枝椏上垂吊著一架鞦韆，看來寧靜又充滿詩情畫意。但這景象卻讓莉娜屏住了氣！

那是丹尼爾想帶她去看的，位於波斯特摩爾的閒置農莊！莉娜無需找出當時丹尼爾寄給她、至今還保留在她筆電裡的電子郵件，她一眼就認出了這處農莊。她已經看過太多遍，並且在觀看時一再自問，如果住在那裡，自己是否會感到開心且能有歸屬感？此刻，她卻感到極度困惑。

這張照片怎麼會在喬西的日記裡？她在日記本內尋找夾著照片的可能位置。

當她開始翻看時，心中的疑團逐漸增大。有件事可以肯定：丹尼爾並非如同他對莉娜的說詞，是在不久前無意中發現這處農莊的。不，他撒謊！更早之前他就曾經帶著喬西還有蕾貝卡去過那裡。好幾年前他就參觀過，早在當時他就夢想著要和家人搬過去住。不是跟莉娜和艾瑪，是跟他第一個家庭搬過去。

星期天我跟媽媽、爸爸在波羅的海度假時，去了一趟聖彼得奧爾丁，我們一整天都待在海濱，還租了一把海灘篷椅，我不時下水游泳，還難得吃了兩份冰淇淋，我好希望可以在那裡待一整個星期。可是不行，隔天我就得上學了。到了該回家的時候，我覺得好難過，也有點生氣，為什麼我不能一天不上學？可是，唉，爸爸也得上班呀。

在回家途中，爸爸又給我們看了一個意外的驚喜！他開車載我們到一座很古老的大農莊，還跟我們說，他很想把這座農莊買下來，帶我們一起搬去那裡住！那棟房子超超超大的，比我們的房子大多了！最棒的是，這樣夏天時我們就能每天到海邊去，我甚至可以騎自行車一路殺到沙灘；還有，奶奶也可以來這裡住，這個地方夠我們大家一起住。

可是媽媽不喜歡，她又開始大聲罵爸爸，說他瘋了。回到家時，氣氛已經盪到最低點，我趕緊上樓回我的房間寫作業，但我還是聽到樓下客廳裡，媽媽和爸爸吵了一整晚。

啊，我真希望爸爸能說服媽媽。如果能住在那裡，不知有多棒！我實在太太盼望了。

莉娜站起身來。聖彼得奧爾丁？波羅的海海岸？為什麼是聖彼得奧爾丁？

她把照片又仔仔細細瞧了一遍。不，她絕對沒有搞錯，照片上的房屋分明就是丹尼爾在照片上給她看的。可是她不懂，怎麼會這樣？那座農莊明明在波斯特摩爾，不在波羅的海海岸，這一點她百分百確定！否則丹尼爾為了讓自己參觀那處農莊，卻載自己前往易北河南方的古地，實在毫無道理。

莉娜手上還拿著那張照片，雙手卻已開始顫抖，抖到照片都滑掉了。她腦子再度亂轉。根據喬西的日記，農莊位在波羅的海海邊，這跟和丹尼爾一同去看屋的計畫根本湊不到一起，除非那處農莊根本不在聖彼得奧爾丁——或者不在波斯特摩爾？

丹尼爾對自己撒謊嗎？還有，他何以從來沒跟自己說過，更早以前他就曾計畫搬去鄉下生活——在當年，跟蕾貝卡與喬西？他是因為顧慮到莉娜的感受，不願傷她的心嗎？這是個善意的謊言嗎？儘管不好，卻無害且基於善意？畢竟沒有哪個女人喜歡聽到某個男人和自己共同擬定的計畫，是他曾經為另一個女人所規畫的。

門鈴響起，莉娜身子一震，吉內斯也邊吠叫邊從花園飛奔入內，穿過客廳直奔玄關。莉娜趕忙起身，只有艾絲塔才會在星期六上午七點半過來這裡。

莉娜把門打開，出現在眼前的果然是婆婆。艾絲塔氣喘吁吁又汗水淋漓，彷彿是一路跑過來的。

「你看這個！」艾絲塔的聲音中滿是驚駭。人還沒進到屋裡，她就把一個信封塞到莉娜手裡，說：「今天早上這封信就擺在我家門口。」

莉娜打開信封，見到裡頭裝著一張照片，她一點也不意外。但這一次照片上的人不是艾瑪，而是艾絲塔昨晚離開莉娜家的模樣。

現在莉娜再無疑問了，有人在監視自己！

莉娜讀著和照片一起裝在信封裡的訊息，卻無法理解這些字句的含義，這些話太令人毛骨悚然了。

你的報應到了！

以眼還眼、以牙還牙。

十一點以前把這隻狗的一隻前腳掌

擺在你丈夫的墳頭，

否則你女兒就會失去一隻可愛的小手。

不可能，這不可能是真的！吉內斯？她必須將牠的一隻腳掌——剁掉？莉娜心煩意亂，只是默默瞪著字條。

「莉娜。」艾絲塔溫柔地碰觸她的臂膀，莉娜把目光從這則惡魔般的訊息上移開，凝視著艾絲塔，不發一語。

「莉娜，」艾絲塔又呼喚了她一遍，說：「我們得照辦。」

「不，」莉娜猛搖頭，她困難地吞嚥了一下口水，極力不讓淚水湧上來。「絕對不要！我是不會對吉內斯下手的！」

「可是不這樣還能怎樣？你總不希望他對艾瑪……」

「哦，老天！」莉娜跪倒在地戰慄著，蜷縮著身軀，雙手擺在頭上，彷彿這樣可以躲避朝她襲來的畫面。「不……」啜泣轉成了嚎啕大哭。「這樣不行，我辦不到，這樣太——沒有人性了！」最後那句話她是嘶喊出來的。吉內斯走過來，用牠溼潤的鼻頭碰觸她的臉。

「不要。」莉娜又喊了一遍，同時用雙手抱住吉內斯。

艾絲塔走到莉娜身畔，蹲下身來，把一隻手搭在她的肩膀上，說：「我了解你的感受，這實在太殘忍了，可是我們還有選擇嗎？我們得考慮艾瑪……」

「這不可能是真的，」莉娜喃喃唸著，身體更緊緊依偎在吉內斯柔軟的皮毛上。「我辦不到，一輩子都做不到！我寧可砍掉自己一隻手，也不願意砍掉狗兒的！」

「可是綁匪要求的正是這個，他顯然就是想折磨你。」

莉娜突然彈跳起來，如此突兀急促，把吉內斯嚇得嗚咽著逃開了。「那他就該過來！」她吶喊著，「他敢的話就該現身！芭貝特、塞巴斯提安、喬西，不管是誰，我都無所謂！我已經準備好要面對所有對手了！」說著，她衝向門口，準備開門衝到公寓外面，跑到馬路上吼叫，直到那個膽小鬼從藏身處出來。

「不行！」艾絲塔抓住她的手臂將她一把拉回。「留在這裡，你這麼做也沒有用！」

「那可不一定！」莉娜想掙脫婆婆的手，想將她推開。要採取行動，要做點什麼！

「平靜下來，莉娜！你這樣會讓艾瑪陷入危險！」

這番話立刻發揮作用。莉娜陡然停下腳步，一動也不動地站在玄關，垂下肩膀。接著她慢慢朝艾絲塔轉過身來，凝視著婆婆，想從她的目光中找到一絲絲信心，找到一句救命的「等等，我還有個辦法！」。然而那裡什麼都沒有。莉娜知道，婆婆根本變不出戲法拯救吉內斯。

「我做不到，」莉娜垂下眼簾，說：「我就是做不到。」

「我知道，」艾絲塔說：「我做得到。」

39

兩小時後一切準備就緒，莉娜前往林姆路取車，把艾瑪的物品搬回家中，再將她的 Polo 車後座往下翻，在車內鋪上塑膠袋。

一等吉內斯的前掌剁下，她就將牠抱進車裡，載去動物診所。她在網路上查到，不遠處有家動物診所有急診室，到時她會宣稱那是一場意外，一扇沉重的地下室門突然關上所致，希望可以蒙混過去。

起初艾絲塔極力反對，認為這麼做風險太大，醫師可能會起疑，並且舉發這場假意外，揭穿她們的行為。但莉娜堅持，如果要剁掉吉內斯的前掌，事後就得立即將牠送醫，因為她們下刀的位置有主動脈經過，如果吉內斯沒有立即接受治療，就算莉娜先行為牠包紮，牠也會失血過多而死，而且會死得很快。

她們也曾討論過，是否能直接將吉內斯送往某家診所，請那裡的人代勞；或者她們是否能在莉娜待過的醫院裡找到願意協助執行這件事的人。但這麼一來，她們該如何向獸醫或一般的醫師解釋，有必要為一隻健康的狗截肢呢？不行，這些法子都不行，她們只能自己動手，其他辦法都行不通。

在莉娜將吉內斯送往診所的同時，艾絲塔則開車前往墓園，將狗掌放到丹尼爾的墳頭上。等兩人各自完成自己的「任務」後，她們便在莉娜家會合。

即使是現在，莉娜依然無法相信自己和婆婆居然安排了這麼荒謬的計畫，即將親手將吉內斯截肢。

此刻，正當自己和艾絲塔在廚房裡忙著將一大堆報紙與塑膠袋鋪開來時，莉娜依然恍如置身一場驚悚的惡夢中，置身在一幕不可能是真的，在自己真實生活中不可能發生的場景裡。儘管過去幾天以來這些否定的念頭不斷浮現，但這些終歸是真真切切的。

莉娜的目光不時落在專心追隨媽媽一舉一動的吉內斯身上。對於即將降臨的命運，牠毫無所知，依然一如既往天真又忠誠地緊緊跟隨著她，這是一種狗對人盲目的信賴。莉娜必須極力克制以免自己突然變卦，她必須與暈眩、噁心對抗，她必須保持堅強，她非這樣不可！為了艾瑪，現在她不能崩潰，萬萬不能。

一切準備都就緒後，莉娜開口問：「我們要用什麼工具？」在此之前她一直不敢提出這個問題，但婆婆似乎已經考慮好了。

「等一下，」艾絲塔說：「我馬上回來。」

她走進通道，接著莉娜聽到露臺門開啟。幾分鐘後艾絲塔回來，手上拿著一把大園藝剪。「它放在你們家花園的工具箱裡。我家園丁不在時，丹尼爾偶爾會將它帶過來。」接著她近乎自言自語地輕聲說：「斧頭會更合適，可惜你們家沒有……」她嘆了一口氣，閉起眼睛，過了一會兒才問：「我們要……」

「好。」莉娜點頭，她低下頭去看了看吉內斯，接著再度抬起目光，揚起一隻手，說：「等一下，還有一件事，這是我最低限度能為牠做的了。」

她走進浴室，打開盥洗臺上的鏡櫃。她曾經多次考慮過，是否乾脆將他佛用水沖掉，此刻她倒是慶幸自己沒那麼做。「我給牠兩顆。」莉娜回到廚房，給艾絲塔看那些藥錠時如此說道。

婆婆不太相信地看著她，問：「你覺得，這藥對動物的效果跟對人一樣嗎？」

「希望一樣。」莉娜走向冰箱，從中間層架上開啟過的包裝裡拿出兩塊肉片，再把藥錠放進去，擺在吉內斯的食盆裡。吉內斯立刻開心地吃了起來，還把空食盆舔得一乾二淨，激動地汪汪叫著想要更多。莉娜蹲下身去撓了撓牠的脖子，在牠耳邊輕輕說：「寶貝，真的非常對不起。」

婆媳兩人無言地站在吉內斯前方，等待著、觀察著吉內斯的反應。最後牠終於踩著笨重的腳步返回牠在通道上的被窩，把頭靠在毛茸茸的墊子上，閉上了眼睛。

如此過了一刻鐘，艾絲塔輕輕地推推牠，但牠沒有任何反應。

「現在可以了。」艾絲塔說。

「好。」莉娜聲音嘶啞地回答。

婆媳倆一起抓住被子，將被子連同狗兒一起從通道拖到廚房，再合力把吉內斯放到報紙和塑膠袋鋪成的墊子上。吉內斯並沒有醒來，身體只是稍微抽動，同時發出不情願的低吼。

接下來她們兩人站在廚房裡，再次望著酣睡的狗兒。

「一定得這麼做嗎？」莉娜無助地看著艾絲塔，最後一次提出這個問題。

艾絲塔吃力地吞嚥了一下，說：「對，一定得這麼做。」

「等一下！」莉娜抓住婆婆的手臂，將她拉住。在這一瞬間，她突然變得非常激動。她怎麼會忘了這件事？綁匪要求她們的殘酷指令如此駭人聽聞，令她心煩意亂到差點忘了這件重要的事。

「怎麼了？」

「在你過來前不久，我還發現了一件事！我本來想告訴你的，後來你給我看了那則訊息，我就忘了。不過我相信，這件事非常重要。」

「快說呀，免得藥效退了！」

莉娜死命抓住讓吉內斯再多睡一會兒的最後機會，最後一個能讓牠不知何時再次清醒，並且除了沉睡一場，什麼事都沒發生的機會。如果——如果她的新資訊有助於讓她了解這究竟是怎麼回事的話。

「那座農莊根本不在布克斯特胡德。」莉娜脫口說出。

「哪座農莊？」

「車禍當天丹尼爾想帶我去看的閒置農莊。我們出門就是為了去那裡看屋！」

「抱歉，我不太懂。」

「是不好懂。」莉娜知道這件事在婆婆聽來一定混亂得難以理解。「是這樣的，」莉娜改口說：「丹尼爾不是在波斯特摩爾發現了那座農莊嗎，在布克斯特胡德和施塔德之間的一個地方，你記得嗎？他非常中意那裡，所以想帶我去看，想說將來說不定可以搬過去。」

「嗯，」艾絲塔點頭說：「我還記得，可是這跟……」

「我在喬西的日記本裡發現了一張照片。」莉娜打斷她的話，並且將日記裡的內容，還有那座農莊顯然位在波羅的海海濱、根本不在古地等事告訴婆婆。

聽完莉娜述說之後，艾絲塔表示：「我甚至還記得在聖彼得奧爾丁的那棟房子。當時丹尼爾跟我講過那塊土地有多美，離海邊不過幾分鐘的距離，那裡還有足夠的地方供我住；在旁邊一棟小屋裡，週末可以當作度假屋。」她邊回想邊點頭。

「你了解這是什麼意思嗎？」

艾絲塔不明所以地看著莉娜，問：「你是說我兒子先是想跟蕾貝卡，後來又想跟你一起搬到鄉下住？」

「不是！」莉娜大聲反駁，她再也按捺不住了。

「我不是跟你說了嗎，在波羅的海海邊的和布克斯特胡德的，是同一座農莊！那些照片上顯示的是一模一樣的建築。」

「怎麼可能！」

「沒錯！」莉娜表示贊同。「那是不可能的。所以事情不太對勁，其中一定有什麼緣故。」

「也許它們只是非常相似。」艾絲塔說：「我們北部地區有不少農莊簡直就像同一個模子鑄造出來的：木桁架、蘆稈屋頂，山形牆上有兩顆馬頭當裝飾——真的會把人搞錯。」

「我不信，我的想法剛好相反，而且我百分百確定。來！」她拉著艾絲塔的手，說：「我給你看看那些照片！」

艾絲塔再次看了看熟睡中的狗兒，接著目光轉向爐子上方，位在廚房牆上的時鐘。時間已經稍微過了十點，她催說：「那就快一點，時間一直在跑！」

艾絲塔在廚房桌邊坐下，莉娜則跑進客廳，拿起那張照片，接著去書房拿筆電。

「這裡！」一回到廚房，莉娜立刻把照片丟給艾絲塔，自己則急忙坐下來啟動電腦。她在電子信箱裡搜尋一會兒，接著鬆了一口氣：她找到丹尼爾幾週前寄給她、附有圖片的信件了。莉娜打開第一份附件，調整筆電角度，讓兩人都能看到螢幕。

「真的！」過了一會兒，艾絲塔如此說，她的目光也不斷在照片和螢幕上來回移動。「絕對是同一座農莊。」

莉娜心中有數種相互抗爭的感覺翻湧著。一種是喜悅：她是對的，那是同一棟房屋，她沒有看錯。一種是失望：看來丹尼爾果真對自己撒了謊。另一種則是困惑不解，不知這究竟是「為什麼」。最後還有一種嫉妒的刺痛感，因為丹尼爾也曾夢想著和蕾貝卡與喬西重新開啟人生……

「但這是什麼意思？」艾絲塔將她從思緒中驚醒喚回。

「我不知道。」莉娜坦承。

艾絲塔看了看她，接著又瞥了廚房裡的時鐘一眼：十點二十分。

「有沒有可能是丹尼爾一時疏忽，寄錯了照片給你呢？」

莉娜搖頭否認，說：「我無法想像。他非常興奮地向我描述了種種細節。」

艾絲塔聳聳肩，「可惜眼下這件事也幫不了我們。」說著，她下巴朝時鐘的方向點了點，「我們得快一點。」

「不！」莉娜高喊。她還不想放棄，她還不能放棄，她一定得知道這些事彼此的關聯。說不定這樣能救得了吉內斯，救得了艾瑪。

「仲介！」莉娜彈跳了起來，「我打電話給那個仲介！」

「哪個仲介？」

莉娜沒回答，她逕自衝到玄關，從五斗櫃上一把抓起手提包，在裡頭翻找她一直隨身帶著的丹尼爾的手機。她拿出手機，邊走回廚房邊開機，用顫抖的手指在來電紀錄上翻動，直到找到她要的號碼，按下撥號。

「在車上的時候，丹尼爾還跟仲介通過電話。」莉娜向不解地打量著自己的婆婆解釋，「他一定知道一些事的……」

「喀嚓」一聲，電話通了，但失望也隨之而來。

「哈囉！」人工語音響起。「您撥的號碼是……」隨即報出莉娜所撥的號碼。

莉娜沮喪地瞥了婆婆一眼。「只有語音信箱。」

「說呀，要對方馬上回電。」

莉娜等了一下，接著請求對方緊急回電，並且掛掉電話。之後她又回到艾絲塔那裡，在桌邊坐下，手肘撐著桌面，雙手掩面，合上雙眼。

聽到艾絲塔清了清喉嚨，莉娜立刻抬起目光。

「來吧，」艾絲塔催促，「我們得開始了。不管仲介有沒有回電，馬上就十點半了，我們不能讓艾瑪陷入危險。」

「你說得沒錯。」莉娜把椅子向後推開，站起身來，在吉內斯身邊蹲下。她拿著一塊從廚房布巾剪下來的布條、一件艾瑪的紙尿褲，開始謹慎地幫吉內斯在左前腿上綁成壓迫繃帶，此時艾絲塔也再度拿起園藝剪，試試如何握緊園藝剪的長手把。

莉娜把吉內斯的腳綁妥，並再次檢查繃帶是否夠牢固夠平整，接著她朝吉內斯俯身，在牠合起的眼皮上親了親。牠身軀抽動一下，但並沒有醒過來。「對不起，」莉娜喃喃低語，「真的非常對不起！」

「現在你最好出去，」婆婆命令她，「其他的我自己來。」

莉娜躊躇了一會兒，準備起身離開廚房，但隨即又蹲下身去，搖搖頭說：「不，我是不會讓吉內斯獨自承受的。」

艾絲塔有點猶豫，但她隨即說：「好吧。」接著她也在吉內斯旁邊蹲下，將園藝剪的位置調好。莉娜恍如在夢中般注視著艾絲塔的舉動，她的心臟急速跳動，彷彿隨時會從胸口蹦出來。她察覺汗水從背上流淌而下，並且極力壓制自己的暈眩感，深怕自己隨時會昏過去。

「我抓不好。」艾絲塔低聲說，同時拚命想把吉內斯的腳掌挪到園藝剪的刃口中間。

「等等。」莉娜把手伸到吉內斯的後頸開始幫牠搔撓，另一隻手則將牠的左腿往前推，讓牠的腳腕骨伸進剪刀刃裡。

「好。」說著，艾絲塔雙手握住園藝剪的把手，深呼吸了好幾次，問：「可以了嗎？」

「可以了。」

艾絲塔閉上眼睛，再一次大聲深呼吸，接著使盡吃奶的力氣將把手合攏。

「嘎扎！」令人毛骨悚然的聲響：骨骼與軟骨的斷裂聲、兩片刀刃交錯而過的咔咔聲。

緊接著是一聲淒厲的長號、一陣絕望的尖叫、一段驚心動魄的哭泣。他佛也無法阻止吉內斯驚醒並且完全抓狂，牠猛然彈起，張開嘴來一陣亂咬。

在極度恐懼下牠睜大了眼睛、夾緊尾巴，發瘋似地猛轉圈，吠叫著、哭號著，不斷想咬艾絲塔和莉娜，嚇得她們趕緊跳開。

牠跌跌撞撞地向前衝，卻因為失去支撐而摔倒在地。牠身軀撐起一半，隨即又癱軟在地，將受傷的腳舉到嘴邊想舔。莉娜駭然發現，那隻腳掌還懸吊在牠腳上，腳掌和腿之間還連著皮，沒有完全分離。

還有鮮血，到處鮮血淋漓。雖然繫著壓力繃帶，鮮血依然從傷口汩汩流出，滲進報紙迅速浸透，並且在塑膠袋上形成紅色的血坑，中間則到處是狗掌印。吉內斯的心臟不斷將鮮血推送出來，血流不止。

牠會失血過多而死。莉娜腦海中閃過這個念頭。牠會失血過多而死，死在廚房地板上。

莉娜撲過去緊緊抱住牠，儘管牠拚盡全力抗拒，儘管牠哀號著、吠叫著、淒切地哀鳴著，她依然緊緊抱著牠。

她以全身的重量將牠壓制在地，說著話安撫牠，一隻手摸索著尋找懸吊在牠腳上的前掌，接著一把扯斷。

又是一陣哀號、一陣抵抗。艾絲塔站在廚房最後頭的角落裡顫抖著，背部緊貼牆壁。莉娜把斷掌扔過去給她，斷掌落在她腳邊。

「快開車！」莉娜大喊：「拿起腳掌，快去開車！」

艾絲塔愣愣看著莉娜，過了片刻才彎下身去嘔吐。她又吐又嘔、又咳又喘，接著一團泛著酸味的嘔吐物啪地掉在地上，四處噴濺，噴到莉娜、噴到吉內斯，也弄髒了艾絲塔自己。

「走！」莉娜再次嘶喊，同時苦苦和逐漸失去力氣的吉內斯對抗。「鼓起勇氣，快開車過去！」

艾絲塔又吐了幾回，接著她挺直身軀，踏著踉蹌的步伐用微弱的聲音說：「好。現在我可以了。」她拿起一條廚房布巾，蹲下身去撿起狗掌便奪門而出。不久莉娜便聽到輪胎發出刺耳的聲音，艾絲塔已疾馳而去了。

這時吉內斯也終於平靜下來，牠失去意識了。莉娜覺得這是一種恩典，她祈禱在她抵達動物診所之前，吉內斯別再醒過來。

她蹲下去，兩隻手伸到牠虛軟無力的身軀底下，想把牠抱起來，但牠的身軀卻滑開了。莉娜太虛弱了，過去幾星期的事令她虛弱又疲憊不堪，而吉內斯四十公斤的體重外加牠身軀癱軟沒有任何身體張力，對莉娜來說實在太重了。她又試了一次，卻還是抱不起來。連抬起吉內斯都辦不到，更休想將牠拖到車內了。

莉娜東張西望，現在她開始驚慌，因為她知道時間寶貴，救吉內斯的時間正逐漸逝去。

被子！她可以將牠放到被子上拖出去。可是公寓門口有幾級臺階，從人行道到她的車，中間鋪著粗糙的露石水泥混凝土板，在那種地面上被子絕對拖不動，何況還可能有好奇的鄰居在觀察她的舉動呢。

莉娜起身拿起廚房桌上的手機，想打電話請艾絲塔趕回來幫忙，但在電話接通前她就掛斷了，因為婆婆身負比任何事都重要的責任。

她又試著將吉內斯抬起來，還是徒勞無功，連將牠挪開半公尺都辦不到。

怎麼辦？打電話請動物醫師立刻過來嗎？這樣需要多久？還有，她來得及在那之前將廚房裡的血清理乾淨嗎？或者她該捨棄地下室門的謊言，坦白說出真相？最重要的是救回吉內斯一命？如此一來，她毀掉一切的風險有多大？

她需要有人協助！需要一個她能信賴、守口如瓶的人協助——一個無論發生什麼事都三緘其口的人。

她再次拿起手機，在通訊錄裡尋找她要的號碼。找到了，撥了電話過去找他。

「莉娜！真是個驚喜！」隨時！無論什麼事！無論什麼時候。就在不久前，他這麼跟她說過。

「你來我這裡需要多久時間？」

「什麼事？」

「多久？」

「十分鐘。」

「請在五分鐘後趕到！」說完她就掛掉電話，在吉內斯身邊的地板上坐下，撫摸著牠沾滿鮮血的皮毛，守護著牠，等待著，等待雅斯培過來。五分鐘後。

我

老實說，我對那隻狗有點，有那麼點抱歉。一隻狗如果信任某個人，如果牠把自己的生死託付在某個人類手上，如果牠對這個人忠心耿耿，卻被對方卑鄙背叛，一定非常難過吧。

沒錯，非常難過。

好吧，狗兒別無選擇，牠對自己的主人總是逆來順受。而我們，我們人類卻有選擇，對不對？只是想要有所選擇，我們就得認清事實，否則我們就會跟腳掌被剁掉的狗一樣，彼此逆來順受。

40

他們失敗了。

太遲了。

雖然八分鐘後雅斯培就出現在莉娜家門前；雖然他完全沒有質問莉娜這一切——這麼多血、廚房地板上血跡斑斑的園藝剪、一旁被截去腳掌且昏厥過去的吉內斯——是怎麼回事，而是立刻協助莉娜把狗從屋裡搬出去，安置在她汽車的行李廂內；雖然他們十五分鐘不到就趕到了動物診所；雖然醫師見到他們兩人的模樣——像兩個屠戶般站在他面前，身上沾滿血跡——並且在莉娜謊稱地下室的門夾到狗兒時睫毛眨都沒眨，立即為狗兒治療；雖然醫師讚許莉娜用紙尿褲做的壓力繃帶，表示她所做的一切都是對的；雖然莉娜在當時的情況下已經做了最佳處置，但種種努力終歸無力回天。

吉內斯死了，在動物醫師的診療檯上因為失血過多而死，連醫師也救不了牠。

此刻他們坐在莉娜的 Polo 車內，雅斯培在駕駛座上，他建議莉娜這種時候別開車。兩人就這麼在診所前方，雅斯培並沒有要發動引擎的意思。車內瀰漫著吉內斯的氣味，瀰漫著皮毛和血的味道。

莉娜原本想把吉內斯的屍體放回後車廂，找個地方埋葬，但醫師與雅斯培都勸她別這麼做，說服她把吉內斯留在診所裡。醫師告訴莉娜，他們會進行「獸屍處理」，也會發給她一份死亡證明，供她取消狗稅和責任險。

獸屍、處理。這些字眼莉娜不能多想，否則她會瘋掉。

「你想跟我談談嗎？」雅斯培問。他藍色的眼睛凝視著她，試圖擠出安慰的笑容。

莉娜搖頭。

「真的不想？」

又是搖頭。

「好吧。」他問：「我送你回家好嗎？」

莉娜沒吭聲，只是失魂落魄地直視著停在他們前方的車，無法回答這個簡單的問題。她自己也不知道該何去何從。回家？她的「家」在哪裡？在位於拉珀街的公寓嗎？那裡一度是她的全世界，如今這個世界已經蕩然無存，沒有丹尼爾、沒有艾瑪、沒有吉內斯，有的只是廚房裡的一片血坑。

可是不去那裡，她又能去哪裡？「好，」最後她用微弱的聲音說：「回家。」

雅斯培發動引擎，兩人完全沒有交談。過了一會兒，雅斯培打開收音機，節目主持人正講到明天即將結束的「漢堡夏季嘉年華」。

這麼說來，夏天就要結束了，莉娜心想，然後是秋天，再來是冬天，永無止盡的冬天。

「你女兒艾瑪呢？」雅斯培打破沉寂問道。

「我不知道。」莉娜沒多想就直接回答，此刻她連撒謊的力氣都沒有了。

「你不知道？」

「不知道。」

「是你婆婆帶艾瑪出門了嗎？」雅斯培進一步詢問。

「不是。」她搖搖頭，說：「她正把吉內斯的腳掌放到墓園去。」

「什麼？」他錯愕地看著她，方向盤差點急速轉向。接著他把車停在正前方的停車位上，熄掉引擎。「莉娜。」他解開安全帶，握住她的雙手，但在這一瞬間心中卻暗自震驚了一下：莉娜的手冷得像冰塊。「我真的不是要逼你，可是你難道不覺得，如果你告訴我究竟出了什麼事會比較好？我真心想幫你，你可以信任我。」

莉娜睜大了眼睛望著他，說：「沒有人幫得了我。」接著她身體微微前傾，把頭倚靠在他肩膀上，任由淚水滑落。「我再也無法相信別人了。」

起初她察覺他的身體僵住，過了一會兒便感受到他溫暖的手在自己頭上，感受到他溫柔地撫摸著自己的頭髮，聽到他安慰著：「噓，好了好了。」

接著莉娜開始述說，斷斷續續地說出她昨天向婆婆招認的所有事情。

她把所有的事都講出來：豬心、喬西失蹤、蕾貝卡和馬汀死了，警方判定這兩起案件都是自殺，最後也講到艾瑪遭人綁架，被人直接從家中抱走，很可能是經由開著的露臺門進入將艾瑪抱走的，此後綁匪便一再提出要求。還有，她至今依然不明白，對方想從自己這裡得到什麼。

向他坦承這一切是最艱難的，每說一個字莉娜都心驚膽戰，深恐突然間會冒出一個聲音，一個冷笑的聲音告訴她，她毀了自己女兒的性命。不過這種事並沒有發生，車內只是一片寂靜。

當莉娜談到此刻他們何以坐在血跡斑斑的Polo車內，談到她與艾絲塔用園藝剪剪斷了吉內斯的腳掌時，雅斯培緊張地清了清喉嚨。

沉默了一陣子後，他問：「現在你準備怎麼做？」

「我不知道。」

「一定有什麼能做的！你必須去找警察，莉娜。這種案例警方非常熟悉，他們一定能保守祕密的，如果你……」

「不行、不行、不行！」莉娜幾乎是驚呼著反對。「該做的我都做了，現在你快送我回家，萬一有新訊息到來，我人必須在家裡。」她大吸一口氣，說：「拜託，雅斯培！我得等綁匪對我提出要求，我不能讓艾瑪陷入危險。」

「好、好。你聽好，我得快點回醫院去幫一位同事代班，要等今晚過後才會離開醫院。一有什麼風吹草動，你要馬上打電話給我，聽到了嗎？」

莉娜默默點頭，雅斯培似乎暫時放心了。他發動汽車。

十分鐘不到，他就把莉娜的車停在拉珀街。兩人下車後，莉娜先陪雅斯培走向他的車，就在前方幾步遠的地方。

道別時，他將莉娜擁入懷裡，再一次要她打電話給自己，隨時都可以。

莉娜允諾會這麼做。雅斯培開著他的老爺荒原路華離開時，莉娜並沒有目送他離去。

又一個鐘頭過去，艾絲塔還是沒有回來。時間已經將近下午一點，莉娜相信婆婆有可能躲在丹尼爾的墓地附近，想在綁匪前往取狗掌時將他逮個正著；莉娜祈禱婆婆千萬不要被綁匪發現才好。

是否該打電話過去？不，她們已經說好在這裡會面了。

於是莉娜開始動手清除廚房裡駭人的血跡。她戴上好幾副塑膠手套，將浸飽血液的報紙和髒汙的塑膠袋收攏起來，扔進大垃圾袋，接著以廚房紙巾用力將幾處已乾涸的血漬擦掉。然後她在水桶裡裝滿熱水，蹲下身去用抹布擦拭地板。她又擦又刷，不斷將紅色的液體擰掉，換了好幾次清水，直到桶裡的水只剩淡淡的紅色，把廚房的每個角落都清洗乾淨。

兩點左右，莉娜打掃完畢，她蹲在地板上環顧四周，現在一切看起來又回復如常，但在她眼中，這裡仍然到處沾黏著血漬，沒有任何磨料能清除得掉的噁心、黏膩的血漬。她打定主意，如果可以，她馬上就搬離這裡，永永遠遠離開這裡。

她又想起位在波斯特摩爾的農莊，朝放在玄關五斗櫃上丹尼爾的手機瞄了一眼。仲介一直沒有回電，艾絲塔也無消無息，既沒打市話也沒打手機。莉娜開始感到不安，事情辦成了嗎？艾絲塔及時辦到了嗎？她應該很清楚自己在等她消息的，為什麼沒有和自己聯絡呢？

莉娜終於忍不住打了過去，但艾絲塔的手機響都沒響，就直接跳到語音信箱了。莉娜改撥艾絲塔的市話，也沒人接聽。她到底跑去哪裡了？難不成她果真還埋伏在墓園某個灌木叢後頭？她不會出事了吧？

莉娜不容許自己有這種念頭，從此刻起，她每隔五分鐘就撥打艾絲塔這兩個號碼，講了好多留言，另外還發送一則簡訊。

如此過了三刻鐘，莉娜再也按捺不住了。她一把抓起自己的外套，將自己和丹尼爾的手機丟進手提包便出門去。她要自己開車到墓園尋找艾絲塔，順便看看腳掌是否在墳墓上。

從遠處莉娜就看到它了，在距離門拱十公尺遠時，莉娜就發現豎著靠在丹尼爾墓碑上的信封。莉娜戰戰兢兢地走上前去，不知道這次等待著自己的是哪種病態的要求。這一次，綁匪要的是她自己的手掌嗎？吉內斯的腳掌還不夠嗎？無論哪裡都看不到吉內斯的腳掌，連她已經抵達丹尼爾的墳前也沒看到。

她撿起信封打開來。和之前一樣，裡頭也是一張照片，但這一次沒有附上任何訊息。莉娜看著照片，照片上的人不是艾瑪。

是艾絲塔。

41

莉娜的婆婆被人綁在椅子上，嘴巴黏著膠帶，胸前晃蕩著一只狗掌；狗掌用繩索懸掛在她的脖子上。

仔細觀察，莉娜認出繩索打的是絞刑結，嚇得她慌忙將照片塞回信封裡，驚駭地四處查看，接著想也不想便拔腿狂奔，一心只想離開這裡。

回到車內，莉娜把信封往副駕駛座一扔，將鑰匙插進點火鎖孔，但動作隨即又停頓下來。她該開去哪裡？現在該怎麼辦？

看來艾絲塔也遭人綁架了，這究竟表示什麼？果真有人鎖定他們全家人，一個接一個下手？蕾貝卡和馬汀——是自殺嗎？不可能！還有，喬西失蹤又是怎麼回事？說不定喬西也是這個大變態的犧牲者。接下來是否輪到她——莉娜了？

她雙手死命抓著方向盤，恨不得把方向盤拔出來。這是一場遊戲，一場卑鄙的遊戲！無論抱走艾瑪的是誰，現在莉娜已經不相信那個人會把孩子還給自己了。即使她乖乖遵從那個人的要求也無濟於事。

不會還了。就像玩弄著老鼠的貓咪，最終目的是要把老鼠殺死。

她嘆息著垂下頭靠在方向盤上，就這麼維持這個姿勢不變，只是吸氣、呼氣，集中精神不讓自己因為過於虛弱而崩潰。最後她又挺直身軀，再次拿起艾絲塔的照片仔細檢視。從照片上是否能發現蛛絲馬跡？是否能從背景推論出婆婆置身何處？但她看到的不過是一面深色的木牆，這種木板牆在小木屋、地下室或一般人家的後院裡經常可見。

莉娜心中突然泛起某種莫名的不安感；不對，是不耐煩。不知什麼東西在告訴她，她會在家中發現新的訊息；告訴她，有人趁她開車前往歐爾斯道夫墓園尋找艾絲塔時，留下一則訊息給她。

莉娜發動引擎，輪胎發出尖銳聲向前疾馳。她在碧貝爾大道上不斷超車，這種行為高度危險，在抵達連恩哈茨街時，她甚至差點撞上一輛在前方以時速四十公里突突龜速行駛的車。她又按喇叭又咒罵地超車過去，這是她以前從未有過的行為。

在埃彭道夫大道過彎時，她差點翻車，幸好及時將方向盤打回來。之後她朝霍赫大道的方向行駛，從那裡轉進大學區。當她回到拉珀街時，已經全身汗水淋漓，心臟簡直像跑過馬拉松般劇烈跳動。她車子停得歪歪斜斜，一半的車身還占據了人行道。接著她雙膝抖動著跳下車，直奔自家的公寓大樓。

莉娜慌慌張張地打開公寓門鎖，衝到她的信箱前準備打開信箱，激動之下不小心讓鑰匙掉落在地，她撿了兩次才把鑰匙撿起來，插進鎖孔，信箱門向外彈了開來。

映入眼簾的是個大信封。

莉娜邊走向住家門口邊用公寓鑰匙將信封拆開，等到進入家門便立刻關起門來，蹲在木質地板上，取出信封裡的照片。

是艾瑪！

是她的女兒艾瑪！同樣在白色的柵欄式嬰兒床上，這一次穿的是淡黃色連身裝，睜著眼睛，一雙小手伸向莉娜，彷彿在說：「媽媽，來！過來這裡抱抱我！」

在這一瞬間令莉娜心碎的不是艾瑪的手勢，而是艾瑪的笑容。那是真真確確的微笑！不只是沒有對象，眼睛也沒有跟著笑的反射性笑容。莉娜注視著照片，止不住地流下淚來。這是艾瑪的第一個微笑，是女兒此生的第一個笑容，但莉娜卻不在她身邊——艾瑪不是在對自己笑。

過了好一會兒，莉娜才又回過神來。她把信封裡的紙取出，然後打開。

等到「它」了，等到綁匪對莉娜質問「你要我怎樣」的回覆了：

在午夜前你必須自我了結，

否則你女兒就得死。

莉娜把這兩句話讀了一遍又一遍，她什麼都感受不到，連恐懼也沒有。這一切都太不真實了。她得自取性命——這樣才能救艾瑪一命？而且綁匪的話她得深信不疑？相信只要自己照著要求做，他便會饒女兒一命？比如現在便走進浴室，將浴缸裝滿熱水，用刮鬍刀割斷自己的動脈？

莉娜嘆了一口氣，背靠在門上，閉上眼睛。沒錯，她可以乖乖照做，可以真的去自殺，並且期盼自己的決定是對的，能讓艾瑪逃過一劫；她能如此期盼，但永遠無法得知結果。

莉娜一躍而起。不，休想！絕不可能！自己怎麼會蠢到考慮要乖乖照做呢？只要艾瑪還沒重回自己的懷抱，只要自己還不知道女兒是否安全無虞，她就絕不放棄！之後就算有人射殺自己或是將自己吊死在樹上，她都無所謂，但不是這種死法！

手提包內丹尼爾的手機響起，莉娜倏地轉過身去。房屋仲介！她腦中浮現這個念頭，隨即朝手機螢幕瞥了一眼，證實那的確是她撥出去的號碼。莉娜按下綠色接聽鍵，報出自己的姓氏。

對方靜默了一會兒，接著一名男子問：「莉娜？莉娜，是你嗎？」

莉娜腦子瞬間變成黑幕，無法辨識那是誰的聲音。

男子尷尬地笑了起來，說：「對不起，可是……這實在太不可思議了……你居然在這支手機上留言？你是用哪個號碼打來的？」

「我是莉娜．安德森，」她說：「我想請教布克斯特胡德區波斯特摩爾的農莊……」

「你在說什麼？哪個農莊？我是尼可拉斯，尼可拉斯．克羅恩呀！」

「可是……」莉娜真的搞糊塗了。是啊，現在她當然認出他的聲音了。她把聽筒拿離耳朵遠些，又瞧了手機螢幕一眼——那的的確確是房屋仲介的號碼，是丹尼爾在車禍前撥的最後一個號碼。「我也搞不懂，」她回答，又把手機湊近耳朵，「你為什麼有房屋仲介的手機？」

「我還是沒搞懂你說的是哪個房屋仲介，」他答說：「也不知道你怎麼會打給這個號碼。」

「我是在丹尼爾的手機找到這個號碼的！」

對方又是一陣靜默。

接著他才又開口：「莉娜，這是我哥哥的號碼，托馬斯的。」

「什麼？托馬斯？」

「沒錯，」他說：「我把他的第二張卡存在一支舊手機裡，因為偶爾還是會有不知道他已經過世的人打來。卡洛琳請我幫忙，她受不了要把這個消息告訴他們。」

過了好一會兒，莉娜才終於理解尼可拉斯的說明，接著她恍然大悟。

「你哥哥和丹尼爾，」她說：「他們彼此認識！」

42

尼可拉斯一定是從他位於拉爾施泰特的公寓狂飆過來，才一刻鐘不到，他已經在莉娜家門口按門鈴。莉娜讓他入內，當他在沙發上莉娜身旁坐下時，顯得和她同樣激動，尤其在莉娜向他透露一切，把所有的照片和訊息都給他看，並且將自己對這件事的想法告訴他，認為舒斯特夫婦或者喬西的嫌疑最大後，他情緒更是激動。

此外，小奧斯卡猝死、他父母的怒氣、她在阿爾斯特河畔遇見他們的情景，以及丹尼爾想帶她前往參觀的農莊很可能不在古地，而是不知為何在波羅的海一事，她都跟他說了，一五一十、毫無保留，不再有任何祕密。

「而在午夜以前你得——自殺？」尼可拉斯已經是第三次說：「這到底有多變態？」

「沒有比抱走一個小嬰兒，或者逼人截掉一隻狗掌更變態；也沒有比綁架一個老婦人，還把一隻狗掌用絞刑結掛在她脖子上更變態。」

尼可拉斯搖著頭說：「這些只可能是惡作劇吧！誰會做出這種事？」

「這就是我必須查出來的。」

「讓我幫你吧，莉娜。」尼可拉斯表示，「這幾個星期以來我一直在思考，托馬斯到底想在施塔德和布克斯特胡德之間幹嘛！現在我們知道托馬斯和你先生彼此認識……」他沒把話說到底。

「是啊，可是我不懂，這些跟艾瑪有什麼關聯——如果這件事跟艾瑪有關的話。」在這一刻，莉娜又感受到了之前暫時不再糾纏她的恐懼與絕望。「讓我們想想看，」她說：「丹尼爾和你哥哥互相認識，他們兩人同時出現在同一地點，這就表示他們事先約好了。」

「看起來的確是這樣。」尼可拉斯也贊同。「可是為什麼？」

莉娜答道：「我只想得到，因為你哥哥想讓丹尼爾和我看那座農莊。」

尼可拉斯猛搖頭，說：「不對，莉娜。托馬斯的工作不是房屋仲介。」

「有沒有可能他曾經跟出售不動產有關係？」

「嗯，」尼可拉斯說：「托馬斯一直都缺錢，即使在他最後獲得固定工作時也是。在阿倫斯堡，這麼一棟小房子價錢並不低。至於他是否涉及大筆金錢交易？」尼可拉斯聳聳肩，說：「我不清楚。」

「好，」莉娜說：「嗯，只是個假設：如果托馬斯跟出售那棟我們想去看的房子確實有關。」

「好，」尼可拉斯說：「只是個假設。」

「那麼還是有兩個矛盾的地方。」她邊思索邊說：「首先，那場車禍相當嚴重，而恰好是兩個彼此約好見面的人發生了車禍……」

尼可拉斯不以為然地搖搖頭，說：「我認為世上還有更巧合的事。正因為他們兩人都在同一個地點，所以這種事絕對有可能。」

「好，」莉娜表示同意，「可是據我們所知，他們行駛的方向並不相同，丹尼爾從布克斯特胡德過去，你哥哥則是從施塔德。」

「那又怎樣？」

「但車禍發生在赫頓道夫的某個彎道上，」莉娜解釋，「他們兩人在那裡的彎道上對撞，所以他們是行駛在反向車道上的。」

「你想說什麼？」尼可拉斯問。

「這不是很清楚嗎！」莉娜高喊。

「恐怕你得再說清楚一點，」他搔搔頭說：「我聽不懂。」

「你看！」莉娜身體向前傾，打開她放在茶几上的筆電，開啟「Google 地圖」，輸入布克斯特胡德、施塔德、赫頓道夫和波斯特摩爾四個地名，讓螢幕顯示這些地方之間的路線，對尼可拉斯說：「看！」

他身體也朝筆電螢幕湊過去，問：「嗄？」

「這裡，」莉娜伸出食指沿著路線遊走，「從布克斯特胡德出發，會先到赫頓道夫，再到波斯特摩爾；如果是從施塔德出發，想離開高速公路前往波斯特摩爾，就得在抵達赫頓道夫前四公里處下高速公路。」

「嗯。」尼可拉斯目不轉睛地盯著螢幕。

莉娜繼續解釋：「如果托馬斯和丹尼爾約好去看那棟房子，那你哥哥為什麼沒有轉進波斯特摩爾？」

尼可拉斯點頭說：「你說得有道理。不過這也只是表示托馬斯可能跟那座農莊毫無關係。」

「你這麼想？」

「這是第一種可能——或者基於某種原因，比如他腦子裡在想事情，所以錯過了前往波斯特摩爾的出口，一時疏忽就開過頭了。我想，如果不清楚路線，也可能發生這種情況。」

「你哥哥的車子沒有安裝導航系統嗎？」

「有，我記得有。可是就算有，也可能出錯。」

「嗯，」莉娜點頭說：「是沒錯啦，可是農莊的位置還是不清楚。根據喬西的日記，那座農莊應該在聖彼得奧爾丁，不在布克斯特胡德區的波斯特摩爾，到底哪裡才對。」

「我們最好開車去找那棟房子。」尼可拉斯提議。

莉娜瞧了自己的手錶一眼，已經七點半了……「我們沒時間這麼做了！不管是聖彼得奧爾丁還是波斯特摩爾，光來回就需要兩個鐘頭，何況我們還得找到那座農莊。」

尼可拉斯點點頭，說：「那麼，你說該怎麼辦？」

莉娜聳聳肩。「如果我們能知道丹尼爾和托馬斯是怎麼認識的就好了，一定有個連結的，只是我們不知道。」

尼可拉斯隨口問了一句：「丹尼爾是在哪裡上學的？」

「溫特胡德的約翰高中。」莉娜回答。

「兜不攏，我們兩人都念拉爾施泰特的學校。工作上的關聯呢？嗜好或是其他朋友圈呢？」

「我不知道！」莉娜嘆了口氣，雙手掩面說：「我們相識五年，可是丹尼爾從來沒有提起過托馬斯・克羅恩這個名字。」

「還可能有哪些聯繫？」尼可拉斯比較像在說給自己聽。

「那個女人！」莉娜突然大喊，音量大到嚇了一旁的尼可拉斯一跳。「就是她！」

「哪個女人？」

「手腕上有刺青的女人！」莉娜又激動了起來。當她繼續往下說時，聲音都啞了。「兩次葬禮她都參加了，跟她兩個怪裡怪氣的夥伴，至少你是這麼說的。」

尼可拉斯望著她，說：「你說得對，沒錯！那個說她和她的朋友對死亡感興趣的女人。」他冷笑起來。「當時我就覺得很可疑了。」

「總之這是個連結，是丹尼爾和托馬斯之間的連結。」

「有可能。」

「有可能？我覺得可能性大極了。他們三人鎖定了目標去參加丹尼爾他們兩人的葬禮，不只是單純的什麼『墓園觀光客』。」

尼可拉斯點點頭說：「不排除這種可能。」

「假設那三個人認識你哥哥和我先生，」莉娜說出她的想法，「我們只需要找到其中一人，詢問是怎麼認識的就行了。」

「『只需要』說起來簡單，」尼可拉斯問：「該怎麼找到他們？」

「你問過那個女人她的姓名嗎？」

「沒有，當然沒有。」

「我們得找到她。」說著，莉娜跳了起來。

「你要從哪裡著手？」

「也許可以從那個刺青開始。蠍子可能代表什麼含意？」

「我猜是她的星座。」

莉娜詫異地看著他，這麼顯而易見的含意她居然沒想到。「如果是這樣，對我們就沒什麼幫助了。」

「大概沒什麼幫助。」

莉娜繼續苦苦思索，突然間靈光一現。「托馬斯的葬禮上有準備弔唁冊嗎？」

尼可拉斯不解地打量著她，說：「有，在卡洛琳那裡，可是……」

「走！」莉娜高聲說：「得立刻出發，我們需要那本冊子。」

一刻鐘後，兩人坐在尼可拉斯的福斯 Passat 旅行車上，沿著A1高速公路往阿倫斯堡的方向疾馳時，他說：「但願她有簽名。」

「一定有這個可能，」莉娜表示，「總比什麼都沒有的好。」她又俯身看著丹尼爾的葬禮弔唁冊，那是她從家中床頭櫃拿出來，連同收到的訊息和照片一起帶上車的。

她逐一檢視上頭的姓名，刪除所有她認識或者至少聽過的。一旦拿到卡洛琳那裡的弔唁冊，她便能兩相比對裡頭的姓名，希望能找出交叉出現的人。不過這麼做需要不少時間，畢竟她不知道的人名要比知道的多。

兩人在車上默默坐著。莉娜合上雙眼，暫時沉浸在自己的思緒中，恨不得可以一直這麼坐在車上，一直行駛在Ａ１高速公路上，經過費馬恩海峽大橋，經過島嶼直到普特加登，再從那裡開往丹麥勒茲比港，接著前進哥本哈根、馬爾默，再繼續北上進入瑞典廣袤的地區，最後抵達布勒比這處阿絲特麗德·林德格倫筆下一切都如詩如畫又美好、孩童們也幸福無比的地方。

總有一天，沒錯，總有一天她要朗誦她最愛的阿絲特麗德·林德格倫的作品給艾瑪聽，要坐在艾瑪的小床畔，為她講述強盜的女兒隆妮雅、獅心兄弟、長襪皮皮和屋頂上的小飛人等故事。

但她和尼可拉斯必須先找出這裡究竟在演哪齣戲，這個願望才能達成。莉娜認為答案唾手可得，認為她即將破解這個祕密了——只要時間足夠！

幾分鐘後，他們來到大漢斯多夫和後方的阿倫斯堡。尼可拉斯左拐右彎了好幾次，最後在一棟漂亮的新屋前停下車。

「到了。」

「好。」莉娜解開安全帶。

「你留在車內比較好。」尼可拉斯說。

「我跟你說過，卡洛琳很少跟人來往，至少在我哥哥車禍之後。我自己過去比較好，不然她會覺得奇怪，我要弔唁冊做什麼。」

「為什麼？」

「哦好，」莉娜回答：「就照你說的，我在這裡等。」

「我會盡快。」尼可拉斯下車，關上車門，朝那棟新成屋走過去。接著他按了門鈴，不久之後一名紅色鬈髮的漂亮女人幫他開門。他們彼此擁抱問候，隨即進入屋內。

莉娜隔著車窗繼續望著關上的大門一陣子，她把最後的希望都押寶在自己和尼可拉斯能靠弔唁冊找到那三名古裡古怪的弔客姓名，而這三個人又知道是什麼將丹尼爾和托馬斯兩人連結在一起的。這是她目前抓得到的一根稻草，除此之外，她也別無其他辦法了。

莉娜將丹尼爾的弔唁冊合起，拿起手提袋，取出裝有訊息和照片的信封，打開來，將裡頭的物品倒在腿上，拿起第一張照片。

從眼角餘光她見到儀表板上的數位鐘。

還剩三小時。三小時過去，一切便畫下句點。到時艾瑪喪命，她自己也會步上艾瑪的腳步命喪黃泉，全都不免一死。

43

駕駛座一側的門猛然被人拉開，嚇了莉娜一大跳；她太專注在照片上了。

「拿到了！」尼可拉斯得意地將一本封面上印有黑色十字架的白色冊子遞給她，說：「一點也不難。我媽媽剛好來找卡洛琳度週末，兩人正忙著哄孩子上床，卡洛琳沒有多理我。」尼可拉斯在駕駛座上一屁股坐下，說：「不過她整個人好些了，那一大堆我哥哥的遺物已經不見。」

「好好，」莉娜急躁地回應。卡洛琳．克羅恩的情緒狀況儘管令人開心，但……莉娜把照片放回信封裡，從他手上接過弔唁冊，催促道：「我們快點查吧，只剩不到三小時了。」

「我想再往前開一段路，」尼可拉斯邊發動引擎邊解釋，「我們做的事，卡洛琳不必看到。」

尼可拉斯向前行駛，莉娜也趕緊翻開托馬斯的弔唁冊。頁面最前方夾著小小的程序單，一份以濃濃的愛製作的葬禮流程表。

「我們沒有這種東西。」莉娜說。

尼可拉斯轉過頭來說：「是卡洛琳做的。」

「很費心，」莉娜表示，「以我當時的狀況，我絕對辦不到。」

莉娜翻到下一頁，準備一一檢視弔唁客人的姓名。她把丹尼爾的弔唁冊攤開擺在一旁，目光從左往右掃視。

「怎樣？」尼可拉斯踩煞車，身驅朝莉娜湊過去，問：「有沒有找到什麼？」

莉娜默默搖頭，尼可拉斯又繼續往前開。現在他們已經抵達這地區的出口，尼可拉斯將車子空隆空隆地開上一條田間小路，最後開往一片林地。

「這裡離你嫂嫂家還不夠遠嗎？」莉娜問。

「純粹為了安全起見。」最後尼可拉斯把車停在林地外圍，說：「可以了，這裡應該夠了。」接著他轉向莉娜，「好，讓我看看！」

兩人一起湊近兩本弔唁冊，逐一查看內容。莉娜提議由她唸出她不認識的姓名，尼可拉斯則檢查那些姓名是否也出現在他哥哥的弔唁冊中。有些人的筆跡她無法辨識，只好等到最後再核對了。

「沒有，沒有，沒有。」尼可拉斯一遍又一遍地否定莉娜唸給他聽的姓名。剩餘的姓名愈來愈少，交叉出現的機率也愈來愈低。就像船沉了般，莉娜心想。只要有一個命中，一個就好！偏偏這個姓名遲遲未出現。如此經過半小時，只剩下六個姓名了。

「齊雅拉．貝克。」唸出這個姓名時，莉娜察覺自己的聲音微微顫抖。

尼可拉斯翻了翻弔唁冊，嘆了口氣，說：「沒有。」

「霍爾加．克拉赫特。」

過了一會兒，尼可拉斯還是說：「沒有。」

「皮特拉……」

「等等！」

「什麼事？」

「齊雅拉！」他激動地呼喊：「齊雅拉・貝克！我這裡有！這裡！在下面這裡！」

「給我看！」莉娜一把奪過尼可拉斯手上的冊子，盯著剛才他手指指著的位置細看。

齊雅拉・貝克，一線曙光。在兩本弔唁冊上出現筆劃曲折講究的相同字跡；果然有一個命中了！

「這一定是那個刺青的女人。」莉娜滿懷希望地望著尼可拉斯，說：「一定是她！」

「沒錯，」尼可拉斯也表示贊同，「接下來呢？」

莉娜想了一下，問：「你有智慧型手機嗎？」

「當然有，誰會沒有？」

「我就沒有。」莉娜說：「丹尼爾也沒有，我們是老舊派。」

「哦。」

「搜尋一下齊雅拉・貝克。」莉娜請求。

尼可拉斯從外套口袋取出他的智慧型手機，看著螢幕說：「沒有訊號。」

「一點都不奇怪，在這麼偏僻的地方！」

尼可拉斯把手機交給莉娜，將汽車鑰匙插進點火開關，把車駛離當地，說：「你注意訊號強弱！」

車子在鄰近森林的田間小徑彈跳著行駛，莉娜隱約見到遠處有座村莊。她聚精會神地注視著手機螢幕。

見到手機出現訊號時，她高喊：「停！」他們置身在一處田野上，不過這裡的收訊似乎較良好。她把手機交給尼可拉斯。

他在手機上點來點去，等候一下，接著告訴莉娜：「有好些個搜尋結果。」

「用『圖片』找找看！」莉娜建議。

「好，」他又重新輸入、滑動，「找到了！」他把手機舉到莉娜面前。

莉娜注視那名年輕女子的照片。「是她。」莉娜和尼可拉斯看法一致。「是臉書上的資料，」她點擊連結，隨即收到要她登入的指示，她表示：「我沒有註冊臉書。」

「我有。」說著，尼可拉斯拿回手機，說：「等一下，我先登入。」他的手指在智慧型手機上滑動，接著將手機舉在自己和莉娜之間。等了好一會兒臉書才開啟，他們兩人彷彿被人催眠般緊盯螢幕，等待瓶中的鬼怪現身。過了好久，齊雅拉．貝克的照片終於又出現。

「什麼都沒有。」尼可拉斯的語氣顯得相當沮喪。「除了那張照片、家住『漢堡市』和出生日期，其他資訊都沒有。」

「至少現在我們知道她不是天蠍座。」莉娜指著臉書上的資料，說：「她生日在八月，天蠍座大多在十一月。」

「這樣對我們還是沒有用，」尼可拉斯說：「我們需要某個齊雅拉的臉書朋友，這樣才能看到她整個塗鴉牆。」

「所以我們至少需要一個齊雅拉的朋友。」

「有你認識的嗎？」

「托馬斯或丹尼爾？」莉娜建議，「我先生有加入臉書，你哥哥也有嗎？」

尼可拉斯點頭說：「可是我們需要登入資料，托馬斯的我不知道。」

「給我！」莉娜把尼可拉斯的手機拿過來，說：「這方面我先生沒什麼創意，應該不會太難。」說著，她便登出尼可拉斯的帳號，改登入丹尼爾的。她先輸入丹尼爾的電子信箱；感覺好怪。自從他過世後，莉娜再也沒有用過他的電郵地址了。在密碼這一欄她先試了他們相識的日期，結果錯誤。她在日期前寫下自己的姓，又錯；改寫在日期後——

進去了！

「太棒了！」尼可拉斯興奮地呼喊，「怎樣，齊雅拉怎樣？他們是朋友嗎？」

「等一下，」莉娜回答：「頁面還在下載！手機好像當掉了。」

「我們先下車吧，」尼可拉斯建議，「如果我們往左或往右幾步，收訊可能會比較好。」

「會嗎？」

「不曉得。要不我們再向前開一段。」

「不用。」說著，莉娜已經握住門把，說：「試試這裡。」

兩人並肩離開汽車一段距離，莉娜始終把手機拿在前方，彷彿在觀察測量輻射值的蓋格計數器指針擺動的情況；兩人都密切注視著螢幕。

「可以了。」尼可拉斯說。網頁終於開始下載。

出現的又是齊雅拉的照片，但這一次還可以看到其他訊息。

「他們果然是朋友。」莉娜證實。

「那裡寫什麼？手指往下滑！」

莉娜照著做。一看到齊雅拉動態消息的第一條內容，她就驚訝地「哦」了一聲。

R.I.P. – Rest in peace（一路好走）

齊雅拉．貝克死了。

「怎麼會，」莉娜喃喃自語，「不會吧，她也死了？」

「看來應該是。」尼可拉斯搖著頭說：「我不懂。」

莉娜的手指持續在螢幕上向下移動，出現的是一條又一條的悼文，像是「我們永遠想念你！」、「太殘酷了！」，或是引用聖經經文等，總共有數十人在這裡表達他們的悼念。

這裡看不到丹尼爾的發文，不過齊雅拉本來就是在丹尼爾過世後死去的。

「這是條死胡同，」莉娜咒罵，「又是一條該死的死胡同！」接著她開始低聲啜泣。尼可拉斯小心翼翼地伸出雙手，將她拉過來深深擁入懷裡，緊緊抱著她，以免她崩潰。

「別放棄，」他輕柔地在她耳畔低語：「我們現在絕對不能喪氣。」

莉娜將他推開，高聲呼喊：「不能喪氣？我只剩下兩小時，結果我們什麼都沒有掌握到！除了又一具屍體，什麼都沒有！你叫我怎麼能不喪氣？」

「也許齊雅拉・貝克的電話有登記在查號臺。」尼可拉斯說。

「有誰會接她的電話？」

「說不定她某個親人？」

「而這個親人又剛好知道齊雅拉跟托馬斯和丹尼爾有聯繫？想得美！」

尼可拉斯聳聳肩表示歉意，說：「別的我也想不到了。」

「好吧，」莉娜說：「那就試試看吧。」

尼可拉斯撥號，將聽筒舉到耳邊，等了一下，接著詢問漢堡市齊雅拉・貝克的資料。最後他放下手機，一臉失望地說：「沒有登記，倒是姓『貝克』的有大約一萬人。」

「哈，」莉娜苦笑著說：「大概沒有其他辦法了。」

「我們不妨看看丹尼爾的臉書頁！」

「有什麼用？」

「不知道，也許可以找到一點線索。」

「好吧。」

莉娜叫出丹尼爾的臉書，這裡有一大堆哀悼文，例如「我們永遠懷念你！」，都是莉娜絕大多數不認識的人發的。光是看到這些內容，莉娜就感到難受想吐，這些莉娜這輩子從未聽過的人究竟是誰？好吧，他們大多是丹尼爾因為廣告公司的業務而結識的，但莉娜依然覺得直到此時，自己才見到了丈夫的另一個世界，這個世界卻是她一無所知的。

而她，莉娜，在這個世界裡當然缺席。當然啦，她幾乎還沒使用過自己的臉書，就把帳號刪除了。再說，她也認為沒必要透過像 Smileys 或 Anstupser 等社群網站和丹尼爾聯絡。沒必要。只要她想，每天清晨當她在他身畔醒來時，隨時可以碰觸他一下，可以每天依偎著他，感受他猶帶著被窩暖意的肌膚。

如果她保留自己的帳號，她會對丹尼爾更加了解嗎？對他那些虛擬「朋友」，例如齊雅拉．貝克等，更加了解嗎？現在莉娜果真在丹尼爾的臉書上發現一條齊雅拉的貼文，一條她生前留下的貼文，一條網路上的過往痕跡。

「哦，永生，如今你已完全屬於我！」尼可拉斯唸著這句話，說：「很富有詩意。」

「嗯。」莉娜什麼話都說不出來，她咽喉束得緊緊地。

在這裡，除了許多人之外，還有這個女人的貼文——這個自己丈夫顯然認識、並在喪禮上握住自己手的女人，這個……

「再回去齊雅拉的臉書吧。」尼可拉斯打斷了她的思緒，莉娜照做。

「糟糕！」他出口咒罵。

「什麼糟糕？」

「我本來希望齊雅拉和丹尼爾會有共同的朋友，如果有的話，應該會在這裡顯示，」他指了指頁面左側，「可是什麼都沒有。」

「所以又是一條死胡同。」又一顆淚珠從莉娜的臉頰上滾落。莉娜把手機還給尼可拉斯，說：「這些完全沒有用！我們還是算了吧。」

「難道你現在想放棄？」他不解地看著她，說：「這可是關係到你女兒的性命呀！」

莉娜大口吸氣再大口呼氣，接著挺起胸膛。尼可拉斯說得對，絕對不能放棄！「不，」她回答：「我是絕對不會放棄的。」

他笑著把手機放回她手上。

莉娜的食指又開始在齊雅拉的臉書訊息上移動，將一則又一則的發文往上滑。這裡有不少怪裡怪氣的人，彷彿取自恐怖片的人物照，臉孔化得慘白、眼眶塗黑的人物；剃著光頭、戴鉚釘項圈的女人；留著長髮、身穿皮衣皮褲的男人。這些都讓莉娜想起喬西的房間。在那種社群中，丹尼爾的女兒大概會感到非常自在吧。這裡每個人都挺適合為瑪麗蓮．曼森擔任伴唱。

「等等！」尼可拉斯喊道：「再回去上面！」

「回去上面？」

「對！」他拿過她手上的手機，指頭在螢幕上滑動，接著他看向莉娜問：「這不是那兩個穿黑色長外套的其中一個嗎？」

莉娜細細看了看尼可拉斯指著的照片，說：「嗯，有可能，不過我不是那麼確定。陪齊雅拉去的人我只瞥了一眼，偏偏這網頁上的人看起來又都一模一樣。」

「嗯，他們三個我倒是記得很清楚，我認為這個就是其中一人。」他點點頭說：「伊奇．印客（Itchy Ink），好蠢的名字！」

「他在齊雅拉的臉書上寫了什麼？」

「嗯，」尼可拉斯說：「你不會相信的，就跟齊雅拉在丹尼爾那裡寫的一樣，也是：『哦，永生，如今你已完全屬於我！』」

莉娜問：「同樣的句子？」她感到不寒而慄。

「沒錯。」尼可拉斯把手機拿給莉娜看，說：「我覺得我好像看過這個句子。」

「我們得找到這個伊奇！」

「我已經在找了。」

Google 大神又開始搜尋了。「伊奇．印客」這個名字將他們帶到一家位於灣茲貝克區、名為「Color Me Badd」的刺青工作室，網頁的首頁記載伊奇是這家工作室的所有者。

「應該沒錯！」莉娜說。此時此刻，她又開始卯起勁來尋找女兒了。

「我打電話過去！」

「就快要十點，那裡已經沒人了！」

「刺青工作室星期六晚上沒人？」尼可拉斯不以為然地搖搖頭，說：「我敢打賭，那裡生意正好呢。」說著，他又把手機擺到耳邊等候著。莉娜聽到另一端傳來的答鈴聲。「喂，您好。」尼可拉斯說：「我想……伊奇現在方便接電話嗎？」他意味深長地看著莉娜，接著問：「要等多久？」最後說：「好，非常謝謝您！」就把電話掛了。然後他拉著莉娜的手，說：「走！」接著就往停車的位置走去。

莉娜問：「我們要去灣茲貝克嗎？」

「正是。」尼可拉斯說：「伊奇剛好有個客人，沒辦法應答。接電話的女人說，他絕對還需要一個鐘頭，所以他人一定在那裡。」

來到尼可拉斯停放福斯車的位置，兩人即刻上車。尼可拉斯發動引擎、猛然啟動，連石頭都彈跳起來，有幾顆還撞上了車門。

尼可拉斯彷彿在說給自己聽。「但願我們到的時候，這個伊奇還活著。」

44

「用一個九〇年代過氣的流行樂團為自己的刺青工作室命名——虧他想得出來！」二十分鐘後，尼可拉斯邊搖頭邊把車停在灣茲貝克街「Color Me Badd」的正對面。

莉娜不解地望著他。

「你年紀還太輕。」尼可拉斯說。

「我們直接進去嗎？」莉娜問。時間只剩兩小時不到了。

尼可拉斯默默點頭。兩人下車，踩著急促的步伐直奔這家刺青工作室。店面櫥窗貼滿了身體各部位的刺青照，根本看不到裡頭的情況。

莉娜猛然將門推開，大門立刻發出「叮噹」一聲，宣告訪客的到來。兩人置身在一處簡陋的空間裡，正前方應該就是接待處了，莉娜只能隱約看出接待處後方那個女人的輪廓。

「嗨！」女人邊打招呼邊望向他們兩人——莉娜猜想，女人應該是在看他們吧。她的眼睛尚未適應這裡的黑暗；連外頭馬路上都比這裡明亮呢。

「嗨！」莉娜問：「伊奇在嗎？」

「他在幫客人刺青。」女人下巴朝左側點了點，那裡靠牆的地方擺著一張舊沙發。女人說：「請在那邊坐一下，還需要一點時間。」

「我們有急事得立刻跟他談，」尼可拉斯表示，「是很重要的事。」

「抱歉！工作的時候不能打擾。」女人搖搖頭。現在莉娜終於看得比較清楚，這女人模樣像個復古風的畫報女郎，一頭黑髮梳成五〇年代流行的挑高髮型，苗條的上半身穿著花卉圖案的貼身襯衫。莉娜原本以為是兩個深酒渦的東西，仔細看清後才發現，是兩頰上各一只穿環。

「拜託！」莉娜再次懇求，說：「幾分鐘就好。」

「抱歉，我沒辦法，如果我打擾伊奇工作，他會發飆的。」

尼可拉斯直接走近接待處，身體緊靠櫃檯，朝那個搖滾復古風的女人彎下身，問：「你有小孩嗎？」

「嗄？沒有。」

「他媽的！」莉娜插嘴說：「我們哪有時間管這種事！」尼可拉斯和櫃檯後方的女人還來不及開口，莉娜就逕自從他們面前走過，直闖唯一一扇她看得到的門，一把將門拉開。

「站住！」女人在背後呼喚，莉娜卻已跨入一個小房間。這裡燈光亮晃晃的，和前面截然不同。

在她面前的是個裸露上半身、躺在一張類似牙醫診療椅上的男子，另一名手持紋身槍的男子正彎身為他刺一顆蛇頭。突然受到干擾，兩人都詫異地抬起頭來。

「他媽的這是在幹嘛？」刺青師傅氣呼呼地質問。

「伊奇？」莉娜問道。

「出去！」

「你是伊奇嗎？」莉娜又問了一遍，腳底卻像生了根般一動也不動。

「你是……」他突然頓住，詫異地揚起眉毛，說：「嘿！我認得你！」

莉娜點頭。

「對，我認得齊雅拉．貝克。」三人坐在伊奇那間比較像是儲藏室的辦公室裡。那裡老舊的廢棄物一路堆到天花板，壞掉的燈罩、花格天花板、塗料乾涸的半滿油漆桶、磨損的鞋子、破盤子等等，這些破破爛爛的物品就算在舊貨市場也找不到買家，地板上則擺著堆積如山的紙張。通往伊奇辦公桌的道路簡直是一場障礙賽，他的辦公桌同樣也被一堆亂七八糟的物品掩埋。刺青師伊奇在這座垃圾山後頭的椅子上坐下，莉娜和尼可拉斯別無選擇，只能站在他前方。「你們怎麼會來這裡？我不瞭你們找我幹嘛。」

莉娜說明來意。「我們在找一個認識齊雅拉的人，透過臉書找到了你。你是她的臉友，我們看到你的相片就認出來了，因為你參加過托馬斯．克羅恩和丹尼爾．安德森的葬禮。」

「沒錯。」他點頭承認，說：「我們——我跟一個朋友——陪齊雅拉一起去的，她請我們陪她去。」

「為什麼？」尼可拉斯問：「齊雅拉為什麼會想找你們過去？」

「沒為什麼。」他回答。

莉娜不以為然地說：「沒有人會『沒為什麼』去參加葬禮！」

「我們就會。」

「你聽我說！」尼可拉斯又開口，「我們不想耽擱你太多時間，可是我們必須知道，齊雅拉．貝克與托馬斯．克羅恩和丹尼爾．安德森有什麼關係。」

「抱歉，這我也無可奉告。」伊奇答道：「我只是齊雅拉的刺青師。」

「她手腕上的蠍子是你幫她刺的嗎？」莉娜問。

「沒錯。」他說。

「蠍子代表什麼意思？」尼可拉斯又開口詢問。

「不清楚，」伊奇說：「是她的星座嗎？」

「不是，」尼可拉斯說：「她是八月出生的。」

「那我就不知道了。」

「你都沒有別的想法嗎？」莉娜問。

「沒有。想刺青的人使用的圖案千奇百怪，骷髏頭、龍爪、中國字、子女的名字或是媽媽的容貌，無奇不有！」說到這裡，他嗯哼了一聲，說：「如果我每次都要仔細盤問他們為什麼想要這種圖案，我就什麼都來不及做了。」他朝這些雜亂的物品比劃了個幅度極大的手勢，彷彿想表示：「你們自己也看到啦！」

「可是你也認為，蠍子應該有特別的含意吧？」莉娜追問。

「那當然啦。每種圖案對刺上它的人都有特別的含意，否則他們就不會去刺青了，這些圖案可是會維持一輩子的。可是齊雅拉並沒有告訴我為什麼她特別挑了蠍子。事情也已經過去很久，絕對超過一年了。」

「你知道什麼齊雅拉的事，可以告訴我們嗎？」莉娜探聽。

伊奇不解地看著莉娜。

「不曉得！」伊奇慢慢不耐煩了。「我跟齊雅拉交情不深，我們——她、我的朋友麥可和我——三不五時會一起出去。她人不賴，偶爾喝上幾杯啤酒還不錯，只是她腦筋有點阿達阿達。」他點了點自己的太陽穴，說：「其他倒是挺正常。別的我真的沒什麼可說，就是這樣啦！」

「別的你沒什麼可說？」莉娜窮追不捨，「而你卻同時陪她參加了兩場葬禮？」莉娜察覺，不，她很清楚這個伊奇隱瞞了一些事。

「嗯，欸，」伊奇招認，「她真的挺迷人的，當她說她想要我們一起去的時候，麥可跟我並沒有拒絕。」他臉上閃過一抹笑意，但笑容隨即消逝，轉成哀傷的神情，接著加上一句：「可憐的女孩。」

「她是怎麼死的？」尼可拉斯問。

「自殺的。」伊奇回答：「在她住的地方一個門框上吊死的。」他垂下目光，喃喃低語：「安息吧！」

「所以是自殺嘍。」尼可拉斯追問。

螞蟻上身的感覺再次出現，莉娜感到全身的皮膚就像被針刺了一般。自殺？

「我不都說了嗎！」伊奇不耐煩地回他。「還有別的事嗎？」

「有，」莉娜點頭說：「你在齊雅拉的臉書上寫了些話，像詩句一樣的話。」

「那又怎樣？有人掛掉的時候不是都會這麼做嗎？」

「可是為什麼剛好是這段話？作者是誰？」

伊奇聳聳肩說：「沒什麼理由。齊雅拉喜歡這段話，甚至還想過要刺在身上，可惜沒辦法了。於是我就想，至少要留言在她的臉書上。」

「哦。」莉娜說。伊奇的話她一個字都不信。

「好了，兩位，」伊奇兩肘往辦公桌上一撐，一堆亂七八糟的文件立刻消失在他結實的手臂底下。「我沒什麼可以告訴兩位的了，而且我也得去工作了，跟你們耗的時間又賺不到錢。」說著，他賞了他們一個清楚表示談話到此為止的眼神。

莉娜可不吃這一套，她堅信伊奇知道的不只這些……那段引用的句子一定另有含意，否則齊雅拉就不會在丹尼爾的臉書上留下那段話了。

「齊雅拉．貝克有沒有談起過，為什麼這段話……」莉娜話還沒說完，就被尼可拉斯打斷了。

「非常感謝，」他說：「你幫了我們很大的忙！」

「什麼？」莉娜驚訝地抗議：「等等，我們……」

「走吧！」尼可拉斯邊往外走邊說：「我們走吧，別再打擾這位，欸，印客先生了。」

「尼可拉斯，我……」他又拉住她的手，一把將她拖出這間儲藏室。

「我們只剩一個半小時了，」儘管莉娜用力反抗，他還是踱著她，邊往外走邊提醒她，「我們需要這個時間。」

「可是我還有話想跟這個伊奇談！」來到刺青工作室門外時，莉娜終於掙脫尼可拉斯的手，氣呼呼地瞪著他；他簡直把自己當成小孩子對待了！

「有什麼用？」他問：「從他嘴裡我們反正得不到更多消息。」

「可是我覺得他絕對知道一些事！」

「沒錯。」尼可拉斯有同感，「我也是，可是他絕對不會向我們透露的。」

「你為什麼這麼說？」

「很簡單，因為他根本不願意！」

「你怎能這麼確定？」

「你沒看到嗎？」

「看到什麼？」

「剛才他身體向前傾的時候，就在他的T恤底下，他的胸膛上！」

「我什麼都沒看到。」

「他在那裡刺了一隻蠍子。」

45

「一隻蠍子？他也有？」莉娜腦筋一片混亂。她坐在副駕駛座上，尼可拉斯則忙著把車停到他處，以防有人監視。「這究竟是怎麼回事？」

「我正想找出解答！」尼可拉斯眼睛盯著手機螢幕，在上面打字。

「所以這個伊奇有事瞞著我們。」莉娜說。

「正是。不過瞞的是什麼，我們會破解的！」尼可拉斯盯著手機看了一會兒，接著高呼：「我找到了！」

「快唸給我聽！」

「嗯，這裡寫說，蠍子這種刺青圖案，一般表示刺青者的星座。」

莉娜失望地嘆了口氣，說：「唉，這一點可以排除了。」

「等等！我還沒唸完。」他繼續往下，「蠍子能螫人致死，因此象徵死亡、復仇、背叛，或是一場爭執的最後反應。」

「背叛？」莉娜重複一遍，「復仇？為什麼？」

他一臉茫然地回答：「不曉得。我只是照著這裡寫的唸。」

「再繼續找，這些還不符合！」

尼可拉斯專注地操作手機，過了一會兒又唸道：「在刺青界，蠍子的毒刺也代表著刺青針頭。」

「嗯，」莉娜表示，「這種說法至少可以解釋伊奇的蠍子。」

「我可不這麼想。果真這樣，我們問他蠍子有什麼含意時，他大可直說，這又沒什麼好隱瞞的。」

「倒也是。」

「我再找找看。」尼可拉斯再次盯著手機，而莉娜望著儀表板上數位時鐘顯示的時間，心情愈發焦慮。只剩一小時又十五分就是午夜了，恐懼再次爬上心頭，有如一隻冰冷的手勒住她的咽喉，逐漸收緊。過去這兩小時她並未感受如此巨大的恐懼，但此刻，當她坐在車內等待尼可拉斯找出解答時，恐懼卻朝她席捲而來。

「找到了嗎？」她急躁地詢問。

「等一下。」他用大拇指和食指將手機螢幕上的頁面放大，接著猛點頭。

「快說呀！」

「你聽好！蠍子是黑暗勢力的死亡使者，牠往往被當成自殺的象徵，因為牠能以自己的毒刺殺死自己。」尼可拉斯放下手機，再次注視著莉娜。「就是這個了，是不是？」

「你是指自殺的象徵？指齊雅拉？」

尼可拉斯點頭說：「沒錯！」

「我不知道。」莉娜不太同意。「這也許可以解釋齊雅拉的事，可是不能解釋伊奇的，他看起來還生龍活虎。」

「是沒錯，」尼可拉斯也同意，但他接著說：「可是他和他那個朋友都曾出現在葬禮上。」

「因為他們是陪齊雅拉去的。」

「也許吧，但也可能有其他理由。」

「你是說？」莉娜張大了眼睛看著他。

「讓我們用那段引文找找看。」說著，尼可拉斯便開始在搜尋框打上幾個字。

「你指的是什麼永生那句話？」

「對，」他點了幾次，接著大喊：「哈！這段話出自海因里希．馮．克萊斯特的《洪堡親王》。」

「對不起，可是我聽不懂。」

他說：「反正也不重要。」

「重要的是？」

「海因里希．馮．克萊斯特是自殺死的，他開槍射殺自己和女友。」

「所以呢？」莉娜不解地問，但實際上她已經開始明白這究竟意味著什麼了，只是她的理智還不肯接受這種想法。

「這麼說也許太扯了，」尼可拉斯說出了莉娜連想都不願想的心思，「不過我哥哥和你先生是否有可能是自殺？」

莉娜看著他，她見到他的嘴唇在動，卻聽不懂他說的話。這種想法太可怕了。

「莉娜？」他輕輕碰了碰她。

「嗄？」莉娜從恍神的狀態中清醒，又問了一遍：「嗄？」

「莉娜，有沒有可能他們兩人是故意相撞的？」

她不知道自己到底怎麼了。她開始尖叫，聲音大到自己的耳膜開始振動，大到尼可拉斯雙手抱住頭部。「不！」莉娜吶喊，接著又是：「不！不！不！」

「莉娜！」尼可拉斯鬆開手，改抓她的上臂，緊緊壓制住並高喊：「你平靜下來！」

「不！」莉娜依然不斷尖叫，不知道該如何才能停止。「不！」

接下來她腦袋往一旁猛然一甩，「砰」地撞上側面的玻璃，撞得整輛車都開始搖動。尼可拉斯驚慌失措地看著她，不知該如何是好，接著他使勁搧了她一記耳光。

這一招果然奏效，車內突然安靜下來。

「不！」莉娜喃喃低語：「不可能，完全不可能。」

「怎麼說？」

「因為……因為……」她說不下去了。她深深吸了一口氣，接著說：「因為他沒有任何理由自殺，甚至相反！」她又拉高音量。「我們有孩子了！尼可拉斯，我們的孩子就要出生了！有哪個男人會在自己妻子懷孕時自殺？」

「哪個男人會把自己懷孕的妻子扔在公路上？」他如此反問。這個問題也不時浮現在莉娜的腦海中，但她不想聽到別人提出這個問題，她不願意！不，她絕對不許別人說出來！

「我們吵架了，」她招認，「吵得很凶；我跟你說過了！」

「是。」尼可拉斯平靜地說：「為了一座老農莊，一座顯然不在你先生所說的地點的農莊。」

「不是這樣的！」

「是嗎？」他凝視著她的模樣是如此——慈愛，彷彿一名神職人員希望帶給臨終者最後的安慰。

「我們不知道那座農莊在哪裡，我們並沒有……」她音量逐漸變小。

「莉娜，」他拉起她的手。這一次，她沒有抗拒。「我了解，這個想法太可怕了，可怕得令人無法接受。我自己也不願意去想，有可能我哥哥……」他止住不說，同樣強忍著淚水，「我那高大、強壯、熱愛生命的哥哥……」他吞嚥了一下，「他可能如此絕望，永無止境地絕望到把自殺當作唯一的手段。」他抹去淚水，說：「不願意去想，他沒有和我，也沒有和卡洛琳談過他的憂慮；不願意去想，他寧可和一名陌生人共同赴死，也不肯向我們傾訴。難道你以為我喜歡這樣？」

莉娜看著他，搖搖頭說：「那就不要把它當成真的！」

尼可拉斯差點笑了，他說：「我們不能在真相之前閉上眼睛！」

「啊？剛才你還說那是『可能』，怎麼現在突然就成了『真相』？」

「因為，」他說：「一切都指向我哥哥和丹尼爾彼此認識，他們最後一次在自己車內通的電話，一定就是他們最後的對話！而那個陰陽怪氣的齊雅拉跟她兩個朋友參加了他們兩人的葬禮；還有，你丈夫是她的臉友，再加上那段出自海因里希．馮．克萊斯特的文字……」莉娜恨不得掩住耳朵，不要聽這些話。「還有那座古老的農莊實際上不存在，或者至少不在波斯特摩爾；發生在公路上的車禍，至少托馬斯沒有理由出現在那裡……莉娜，這一切你都沒辦法否認！」

「對。」說著，她閉上雙眼，背往椅座一靠，任由淚水沿著臉頰滑落。她只能像個死人般坐在尼可拉斯的車內哭泣，覺得除了哭，她什麼都沒辦法做。

「莉娜！」不知何時，她聽到尼可拉斯低聲呼喚，感覺到他的手按住自己的手。「我知道，這對你來說真的很悲慘，可是……嗯，我們還是得找到艾瑪！」

莉娜張開眼睛，把腦袋轉向尼可拉斯，望著他，尼可拉斯則注視著她，不知該如何是好。「你不懂嗎？尼可拉斯，你不懂這是什麼意思嗎？」她問。

「什麼？」

「我也在場。」她說：「我也在場！我人在丹尼爾的車子裡，就坐在他身邊！」

「我知道，可是……」他雙眼突然大睜，現在他終於懂了。「哦，老天！」他低聲說：

「你丈夫要把你帶走，他也要你死！要你和你們尚未出生的孩子死！」

46

他們只剩一個小時，只剩下少得可憐的六十分鐘，但莉娜卻感覺到似乎有人讓時間靜止了。「他想把我們帶走」是她唯一想得到的句子，這個句子占據了她的大腦，不肯退出這座堡壘。丹尼爾要帶著艾瑪和我共赴黃泉！不，她腦子裡還另有一個小小的空位，一個保留給「為什麼？」這個句子的空位。

「為什麼？」她大聲說出她的疑問。「丹尼爾為什麼要這樣做？」

「我不知道。」尼可拉斯回答。他依然握著莉娜的手，而莉娜也沒有把手抽開。「你說過，你丈夫曾經得過嚴重的憂鬱症，也許他的憂鬱症又復發了？」

「如果這樣，我應該會發現。」莉娜表示。「他也會告訴我的！我們彼此總是毫無隱瞞，什麼都不隱瞞！」在她說出這句話的那一剎那，她就察覺那是個謊言。實情是，她，莉娜總是對他毫無隱瞞，但他顯然有祕密瞞著自己。

尼可拉斯發出一聲喟嘆。「我對托馬斯的想法也一樣，可是他從來沒說過他過得不如意。從他那個人，你根本看不出來，什麼都看不出來！我哥哥跟卡洛琳和孩子過得那麼幸福，他根本沒有理由……」

「沒錯！」莉娜打斷他的話，「丹尼爾也沒有理由！更沒有理由殺死自己的太太和孩子。」

「他也沒這麼做，」尼可拉斯說：「他要你在公路旁下車。」

莉娜冷笑起來。「說是把我丟出來還差不多！」

「我想，他這麼做是為了救你。」他說：「如果你丈夫真想殺死你和你們的孩子，那麼顯然有什麼讓他在最後一秒打消念頭，有什麼促使他饒過你們。」

「是啊。」這又不是寶寶的錯！接著她說：「艾瑪，是艾瑪使他轉念的。」

「如果我們的孩子是女孩，我希望我們的女兒叫作艾瑪，跟我親愛的祖母同名，你知道嗎？」莉娜頭枕在丹尼爾的胸膛上，當天清晨最早的陽光從臥房窗口投射進來，在她臉上搔著癢。莉娜皺起鼻孔，就快打噴嚏了。

「好好，」丹尼爾答應著：「那我們就叫她艾瑪。」

「就這樣？」莉娜訝異地支起手肘，看著他說：「好好，那我們就叫她艾瑪？」

他蹙起眉頭，問：「你覺得我應該說什麼？」

「唉，」莉娜嘟著嘴說：「我還以為你也會提出你的建議！」

丹尼爾思索了一下，最後說：「荷米娜。」

「荷米娜？」莉娜身體完全坐起，問：「你真的這麼想？」

「有什麼好懷疑的？我親愛的祖母就叫荷米娜！」

「可是重點又不在我們兩人親愛的祖母是誰。」她嗔說。

「啊，不是嗎？剛才你不正是這麼說的嗎？」她發現丹尼爾拚命忍住笑，他上半身已經忍不住開始抖動了。

「丹尼爾．安德森！」她惡狠狠地白了他一眼。「幫我們的女兒命名可是一件很嚴肅的事哦！」

「那當然。」他把被子往上拉，露出腳丫子來，接著腳跟懸空併攏，用右手行了個軍禮，高聲說：「了解，元帥娘子！是！屬下會立即秉持必要的認真精神辦理！」

「寶貝！」她拿起自己的枕頭，用力K他的腦袋，嚇得他猛哀號。

「饒命啊！」他懇求著，卻又忍不住笑了出來。

「看我饒了你。」說著，她又用枕頭再度進攻，自己卻忍不住咯咯笑了起來。

「好好，」丹尼爾把上半身略微抬高，背靠著床頭板，將她擁入懷裡，說：「那麼我來負責男孩的名字，我主張叫雷蒙。」

「為什麼不乾脆叫阿德貝特算了。」說著，她在他腰脅處捶了一拳。

「好好好，」他把「好」字拉得長長地，說：「有勒，就叫雷蒙．阿德貝特．葛雷果禮烏斯．安德森。還有，別忘了『三世』。我認識一位名譽領事，他也許可以頒個博士頭銜給我們。」說著，他也輕輕回她一拳，「現在你那個平淡無奇的『艾瑪』也該升級了！」

「親愛的，」莉娜正色地說：「請你別嘲笑我了，我很樂意思考我們的寶寶該叫什麼名字好。」她一隻手撫摸著丹尼爾光裸的上身說。

「我了解。」丹尼爾回答：「可是我們要不要至少等你懷孕了，再開始查命名簿？」

「我一定很快就會懷孕的！」她信心滿滿。「我相信我們不會等太久的。」

丹尼爾嘆了口氣。「我當然也這麼希望，只是萬一還需要一點時間，但願你別再那麼失望了。」

「別擔心。」她嘴上這麼說，心中卻泛起不安感。「所有的檢查我們都做過，也確定我們兩人都沒有任何問題，所以我很清楚，我們的寶寶很快就會來報到了。」

丹尼爾說：「無論你為什麼這麼篤定，最重要的是，見到你又比較開心了，我也感到很欣慰。」

莉娜說：「我深信之前純粹是心理問題，我們只是在自找煩惱，也給對方壓力，這麼一來當然不會成功。」她把頭側轉過去，枕在丹尼爾的肩膀上，合上雙眼說：「還有，我要再次謝謝你。」

「謝什麼？」

「你知道的。」

「啊，嗯……其實也沒那麼糟啦。」

「不，丹尼爾。」莉娜表示不同意，她稍微離開丹尼爾的肩膀，望著他說：「我知道，這種事有許多需要克服的。」

他清了清嗓子，說了聲「唉」，停頓一下才接著說：「我確實得承認，在時間壓力下，待在治療不孕症的診間，看著茶几上滿滿的色情雜誌對著一只杯子自慰，事後聽醫師告訴你，你的性能力是沒問題或有問題……這可不是每天都會遇到的事，絕對會是我將來寫回憶錄的好材料。」他笑得咧開大嘴。

莉娜依然一臉正色。「所以，你為了我而這麼做，更是令我非常感激。」她又馬上更正：「為了我們。」

他執起她的雙手，柔情萬千地注視著她，深情的目光讓她整顆心都暖了起來。「擁有我們共同的孩子，也是我最渴望的事。得知我的精液分析結果良好，當然也讓我非常開心。我自己也不懂，之前我為什麼抗拒了那麼久，不肯去檢查。當時光想到這種事，就讓我渾身不自在。」他又停頓了一下，接著說：「如果這麼做能減輕你的壓力就太好了。再說，這樣我也就放心了。」他的目光變得更加熱切。「對我來說最重要的是，就算下一次驗孕的結果是陰性，你也不會再情緒那麼低落、一直難過。生育能力是一回事，其他的就只能由命運決定了。」

「嗯，」莉娜點頭說：「我知道你不想聽，不過還是有別的辦法的，萬一……」

「噓噓，」丹尼爾打斷她的話，將食指按在莉娜脣上，說：「你一定要知道，我愛你勝過一切。」

他彎下腰親吻她，說：「對我來說，這個世上再沒有比你更重要的人了。」

「還有喬西。」她補充。

「當然，沒錯，喬西，但那是不一樣的。喬西是我女兒，而你卻是我為自己選擇、要一起白頭偕老的女人。」

現在輪到她親吻他了。她喃喃說道：「我也要跟你白頭偕老。」

「如果我們能有孩子，我就是世上最幸福的男人了。」說到這裡，他又將莉娜拉向自己的胸膛，說：「就算沒有孩子，跟你一起生活，也能讓我感受到前所未有的幸福。」

「我也是。」莉娜再次合上雙眼。「不過我很確定，這次很快就會成功的。如果有人像我們彼此這麼相愛……」她突然住口。

「怎樣？然後呢？」

她又咯咯笑了起來。「你口中那可惡的命運，一定會送給我們一個寶寶的。」

有那麼一會兒，丹尼爾不發一語，接下來他毫無預警地將莉娜推倒在床，隨即撲在她身上呼喊著：「呀，那就來吧！讓我們來幫命運一點小忙吧！」

「丹尼爾！」莉娜尖叫著、笑著，假裝抗拒著他，說：「今天沒有用的，十天後我的排卵期才到！」

「唉，算它倒楣，那時候我人已經在慕尼黑了。」他在莉娜上方用雙手撐住身子，對著她笑說：「不過，努力練習應該不會有任何損失吧。」

「不會，」她表示贊同，「不會有任何損失。」

「那就來吧，老婆大人！」

「跟你去慕尼黑怎樣？」莉娜滿心期盼地問：「讓我的排卵期和我陪你去好嗎？我是說，既然現在知道我們兩人都沒問題，那就該好好把握每個機會呀。」

「不好，」丹尼爾搖頭說：「這樣不行。我在那裡一整個星期都在趕約會，根本沒時間陪你。」

「好吧，」莉娜再次將丹尼爾拉向自己，說：「那就先來排練吧，月經周期反正一定會來的。」

「嗯，」他已經開始咬起莉娜的右耳，說：「一定會來的。接著還會有一個、再一個、再下一個……」

「不明原因不孕症」，十四次的月經周期過後，夜裡莉娜又坐在筆電前，看著各種不同的懷孕論壇，並且一再見到這個令人厭惡的詞彙。

她哭了起來。過去數月以來，有許多夜晚她無法成眠，只能在家中來回走動，一旁的丹尼爾已經入睡好幾個小時，對自己妻子心中的憂愁毫不知情。

其實他當然知道，他也盡可能安慰莉娜。在莉娜日漸悲傷絕望時，丹尼爾倒是堅信孩子總有一天會到來。命運既有安排，事情便會發生。再怎麼說這種事都沒理由不成真，這可是白紙黑字的。丹尼爾宣稱這是「上帝的禮物」，他們唯一要做的，就是再多等上一點時間。

那是丹尼爾的看法，莉娜則另有她自己的看法，甚至開始咒罵起「上帝的禮物」這個說法了。

莉娜在尼可拉斯的車中向他訴說著艾瑪是怎樣的一份禮物，一份如何令人難以置信的上帝的禮物，她原本已經不敢奢望自己能獲得這份大禮了。說著說著，她逐漸意識到現在並不是哭訴的時間。

就算丹尼爾是自殺的，無論他想帶著妻小共赴黃泉的想法有多可怕，無論這種種有多麼令人難以想像，莉娜都不該停下來。她必須找到艾瑪，必須尋找艾瑪並且找出她的下落！事情清楚得很，這是她身為人母該做的——這是莉娜欠艾瑪的，是她欠女兒的。因為艾瑪不只救了她自己，也救了莉娜，避免她們得死在一輛燒毀的汽車內。

福斯汽車內的數位時鐘顯示現在是十點十一分。莉娜問：「我們該怎麼辦？我們該做什麼好？」

「我認為齊雅拉和她的朋友是開啟所有謎團的鑰匙。」

「這把『鑰匙』長什麼樣子？」

「你聽過自殺團體嗎？」

「自殺團體？」

尼可拉斯聳聳肩，說：「我不清楚這是不是它們的名稱，我指的是相約自殺的一群人。」

「沒聽過。」莉娜回答：「我看過有人約好互相殺死對方的報導，大多是青少年，不過我不會用『團體』來稱呼他們。」

「我也不太清楚我的想法對不對，不過我們得接受這種論點，就是丹尼爾和托馬斯……嗯，相約製造那場車禍。」

「好。」儘管很不容易，她還是點了點頭。

「接下來還有齊雅拉和她那兩個怪朋友，」尼可拉斯說：「齊雅拉上吊自殺，至少這個伊奇似乎知道某些內幕，而他也在身上刺了蠍子。在我看來，這似乎是某種識別記號。」

「識別記號？」

「不曉得，我只是隨便想想，但我認為聽起來似乎他們——丹尼爾、托馬斯、齊雅拉、伊奇和他提起過的朋友麥可等——彼此認識，不管是怎麼認識的，也許是透過某個協會、某個網路論壇之類的。」

「網路論壇？」

「為彼此有共同興趣的人提供的討論平臺。」

「把自殺當成共同興趣？」

尼可拉斯點頭說：「沒錯，無論這些人是怎麼認識的，或該說生前是怎麼認識的，其中一人，其中一個還活著的人，應該能提供我們更多的訊息，協助我們。」說到這裡，尼可拉斯立刻拉開車門。他無需解釋莉娜就懂要去哪裡了：回刺青工作室。

尼可拉斯朝「Color Me Badd」的方向疾馳時，莉娜問：「萬一伊奇那傢伙口風很緊呢？之前他連一個字都不肯透露。」

「那我就揍得他屁滾尿流！我絕對不會放過他！」

死胡同。不管莉娜走到哪裡，碰到的都只是死胡同。當他們回到刺青工作室時，店門早已關上。週六晚上十一點二十分，就算是刺青店也已經打烊了。

「媽的！」尼可拉斯用力拍打刺青工作室的門咒罵。

「現在該怎麼辦？」恐懼再度將莉娜籠罩。

尼可拉斯露出痛苦的表情擠出這句話：「繼續找下去！」對著門這麼用力拍打顯然相當痛。他再次取出手機，說：「也許我們可以在其他地方，或是另一個自殺團體——如果真有這種團體的話——找到伊奇。比如那個麥可？他很可能也加入了臉書。」尼可拉斯按下解鎖鍵，靜待螢幕亮起。「他媽的！」他又怒喊道：「沒電了！」他高舉那隻手，彷彿準備將手機摔向路面，卻被莉娜拉住手臂。

「你有帶充電器嗎？」

「當然沒有！」說完，他拔腿就跑。

「你要去哪裡？」莉娜在背後呼喚，她很難跟上他的腳步。

「我住的地方離這裡只要十分鐘路程。」尼可拉斯扭頭說：「我們用我的電腦！」

「到了。」不久，兩人衝進尼可拉斯位在拉爾施泰特的住家，他表示：「我的書房在走道盡頭，電腦還開著。」他指著過道左側說：「你先去操作，我很快就過去。對了，順便幫我的手機插上充電線，我們也許還需要用到手機！」話一說完，他把手機塞給莉娜，就急忙進入右側的浴室了。

莉娜點頭，隨即進入他的書房，坐在他的電腦前，同時將隨身帶著的兩本弔唁冊放到桌上，準備再把所有的姓名重找一遍。這時她不經意地朝左邊一個小抽屜櫃瞥了一眼。在尼可拉斯開車回來的路上，她把兩本弔唁冊又翻了一遍，並沒有看到麥可的名字；不過，或許是她匆忙之中看漏了。

莉娜雙手急急敲打著空格鍵，想將電腦從休息的狀態中喚醒，一邊張望著尋找充電線。螢幕旁邊就有一條接著電腦的USB充電線，從莉娜手中滑脫了三次，最後一次她才把接頭插進手機。

螢幕從黑轉為彩色，顯示幾個開啟的視窗，有繪圖軟體和Word，擴音機裡傳出搖滾樂。莉娜用滑鼠在選單列上尋找瀏覽器，最後點進「Firefox」的符號，結果出現的不是網頁，而是一個新視窗。

一個照片軟體。

好幾幅圖片在螢幕上跳出來，大概是剛剛和電腦連上線的尼可拉斯手機上的資料吧。

莉娜想迅速將這些照片移開，好開啟瀏覽器，卻在匆匆掃視過其中一張照片時差點驚叫出來，趕緊掩住自己的嘴。莉娜見到自己的身影，有好幾張照片上的人都是她：即將臨盆、在阿爾斯特河畔，顯然是在丹尼爾過世前拍的。

「該死！」一聲音發自莉娜身後。坐在辦公椅上的莉娜倏然轉身。尼可拉斯就在離她不到十五公分的地方，惱怒地望著他自己的電腦。

47

「莉娜！」他舉起雙手站在她面前，臉上露出安撫她的表情，說：「我知道這看起來會讓人怎麼想，我……」

「這是什麼意思？」莉娜尖叫著打斷他的話，一根手指指著那些照片質問：「這些、到底、是什麼？」

「我可以向你解釋。」說著，尼可拉斯朝她跨近一步。

「不要過來！」她大聲喝止，同時連人帶椅往後挪了一下，椅子都撞到桌面了。

「求求你，」尼可拉斯又試了一遍，「聽我說，你完全誤解了，我可以向你解釋……」

「艾瑪在哪裡？」莉娜再度打斷他的話，每一個字她都刻意強調。她覺得心臟都跳到咽喉上了。萬一尼可拉斯攻擊她，一把揪住將她打倒在地？她完全沒有能力和他對抗，她的體力遠不及他，但是——她已經沒有後路可逃了。她從椅子上起身，朝他走過去，速度緩慢，直到自己和尼可拉斯幾乎已經沒什麼距離，甚至感受得到他身體的暖意。「馬上告訴我，我女兒在哪裡？告訴我，否則我就殺了你！」

「我不知道她在哪裡，」尼可拉斯急切地分辯：「真的，我發誓！」

「這是什麼變態的遊戲？」莉娜壓低了音量說。緊接著下一秒，她高舉雙拳怒吼著：「艾瑪在哪裡？」同時往尼可拉斯身上擊打，「她在哪裡？」一下又一下。

尼可拉斯試圖抵抗，試著抓住她的手不放，結果敵不過對手的人竟是他，他幾乎擋不住她的攻勢，只能擠出：「我不知道，求你聽我說！」

「不要！」她尖叫了起來，「你的謊話我連一個字都不想聽！我要我的孩子！」

「艾瑪不在我這裡！」

「你騙人！」有那麼一瞬間，莉娜察覺到自己的軟弱，察覺一陣短暫的不確定。這種不確定只持續了短短一秒，卻已足夠讓尼可拉斯雙手將她緊緊抱住。突然間，她彷彿被一支老虎鉗鉗住，再也無法動彈，只能像頭野獸般咆哮著、雙腳蹬著，兩人扭打了起來。尼可拉斯試圖將她壓制在地，結果兩人都撞上了桌面。

莉娜最後一次用盡全力，她大吸一口氣，同時用力將手臂往外撞，企圖掙脫尼可拉斯的箝制。有那麼一秒鐘他略微鬆開，莉娜立刻把握這個時機，用力將他撞開。

尼可拉斯腳下一個不穩，踉踉蹌蹌地摔倒，頭撞上了桌面邊角，並且在跌倒時把桌子也一併推倒。他發出呻吟，接著便躺在地上一動也不動了。

莉娜邊重重喘氣邊俯視著他，注視尼可拉斯和從他髮間滲出的血。

接著她蹲下去仔細傾聽。他死了嗎？他還在呼吸，只是暈了過去。腦部受到的撞擊使他喪失了戰鬥力。

莉娜已經準備拿起手機報警，已經準備要叫警察馬上過來，因為綁架女兒的人已經躺在她面前了。她想告訴警察，她要把尼可拉斯・克羅恩打到說出真相，打到他說出艾瑪在哪裡為止。

艾瑪！她任由尼可拉斯躺臥在地，離開書房來到廊道，逐一拉開所有的門。浴室旁邊有廚房和一間臥室，那裡全都空蕩蕩的，完全看不到柵欄式嬰兒床或嬰兒搖椅。沒有，當然沒有，他不會把艾瑪藏在這裡。

她跑回書房，尼可拉斯依然動也不動。

還是報警吧。她從手提袋裡取出手機。

哦，永生，如今你已完全屬於我！

莉娜的目光落到這句話上，落到這句出自海因里希・馮・克萊斯特的話，那是托馬斯・克羅恩葬禮程序單上以花體字印上的標題。程序單就在她正前方地板上。它原本夾在擺放在抽屜櫃上的弔唁冊裡，在弔唁冊掉到地上時也隨之飄落了。

所以這份「以濃濃的愛製作」、由悲慟的未亡人準備的資料，便是追思會程序單。

這一切她都恍然大悟了！

距離午夜還有二十五分鐘，莉娜拿走尼可拉斯的車鑰匙，衝進他的福斯汽車，一路飆回阿倫斯堡，獨留失去意識的他在他的書房裡。她檢查過他的生命跡象，認為他情況穩定，沒必要呼叫救護車。等她和卡洛琳・克羅恩談過，得知卡洛琳和尼可拉斯對艾瑪做了什麼以後，她自然會向相關單位通報。

莉娜腦子裡亂糟糟地，一直以來她都試圖從這堆亂七八糟的拼圖片裡理出一個頭緒，希望能拼出一副完整的圖像來，結果卻是尼可拉斯早在丹尼爾葬禮前就在觀察自己，在阿爾斯特河畔還有天曉得其他哪些地方跟拍她；他一直在跟蹤自己，好在葬禮上「正式」認識自己，目的是接近她、騙取她的信任，再和他嫂嫂聯手合擊，之後同莉娜一起「玩」，享受和她共同「偵查」、「協助」她的樂趣，實際上他和卡洛琳是這一切的幕後推手。

一直以來她都走錯路了，她所有的理論全都錯了，喬西和舒斯特與這些事全然無關，至於蕾貝卡與馬汀之死，要不是悲劇性的意外，就是同屬某樁陰謀的一部分；而這樁陰謀背後的脈絡，現在她開始了解了。

莉娜在城鄉公路上以超高速朝限速區猛飆，還差點沒注意到她得在某個十字路口左轉。她急踩煞車，用力扭轉方向盤，車身側滑衝了過去。在輪胎摩擦地面的尖銳聲中，莉娜轟然轉進史陀瑪恩街，繼續在漆黑的阿倫斯堡狂飆。

或許尼可拉斯說得對，丹尼爾之死應該是自殺，再沒有其他可能了。事實擺在眼前：他和齊雅拉．貝克是好友、他用來誘騙莉娜的廢棄農莊、他和托馬斯．克羅恩的那通電話……儘管丹尼爾是自願赴死，那場車禍確實並非意外，這些似乎都不容置疑，但這種想法依然快將她逼瘋了。

無論原因為何，可以確定的是，她丈夫決定在七月二號自殺，決定朝另一輛車衝撞過去，轟然一聲了斷一切。至於莉娜當時不在車內，這或許是丹尼爾在最後一秒鐘的慈悲之舉。誰曉得呢，也許她這輩子永遠不會知道真相。

更重要的是，莉娜相信自己知道，或者至少可以猜到尼可拉斯與卡洛琳的動機：報復。為死去的哥哥與丈夫報復，報復丹尼爾奪走了托馬斯・克羅恩的性命。

至於這場復仇行動何以沒有止於艾瑪與她，而是擴及其他安德森家的人，這對莉娜來說依然是個大謎團。

但她一定會破解這個謎團的，一定會。她要先找回女兒，再探究尼可拉斯與卡洛琳手段如此凶殘、泯滅人性的緣由。還有，這是如此地不公平，因為托馬斯和丹尼爾分明是約定好的！那場令人不解的自殺是在雙方同意下進行，根本沒有復仇的理由。

午夜前十分鐘，莉娜將尼可拉斯的福斯汽車停在卡洛琳・克羅恩家門前。她跳下車，衝到門口，按住門鈴不放，隨即聽到走廊上傳來不悅的聲音，接著有人開門。莉娜見到一名紅色鬈髮少婦和一名較年長的婦人，兩人都驚懼地望著她。少婦是卡洛琳・克羅恩；至於老婦人，莉娜猜應該是卡洛琳的婆婆。

「怎麼了？」尼可拉斯的母親立即質問：「您哪位？您這個時候來有什麼事？」

「我是莉娜・安德森，」在自我介紹時，莉娜的目光一刻也沒有從卡洛琳身上移開過，她甚至覺得對方身軀微微震了一下，不過也可能是她看錯了。「我是丹尼爾・安德森的遺孀。」

「啊，您是……」卡洛琳的婆婆才剛開口，就被莉娜打斷。

「抱歉，嚇到兩位了。」她刻意停頓一下，接著才說：「不過，尼可拉斯・克羅恩出了點事！」

「什麼？」這次是卡洛琳先開口，她臉上滿是驚駭的神情。

「尼可拉斯怎麼了？」他母親的擔憂不下於媳婦，「他死了嗎？」

「沒有，」莉娜回答：「他人安好，只是需要您的協助，您必須跟我過去一趟。」莉娜望著卡洛琳說，她必須逮住尼可拉斯的嫂嫂。「我載您過去。」莉娜指著停靠在路旁的尼可拉斯的車說。

卡洛琳猶豫不決。當然會猶豫啦，她一定會想這是否是個陷阱；會想莉娜是否已經知道，她與尼可拉斯綁架了莉娜的孩子。

「我也一起去！」克羅恩老太太表示，「那畢竟關係到我兒子！」

「不好，」莉娜趕緊反對，「比較好的做法是……」

就在這時，彷彿老天聽到了莉娜的祈求，卡洛琳也來幫腔。她眼神凝重地望著莉娜，對婆婆說：「請你陪著孩子，我跟她一起過去。」

「可是我想知道我兒子到底怎麼了！」尼可拉斯的母親說話都帶著哭腔了。

「我再打電話給你！」

話一說完，卡洛琳立刻離開家門，跟隨莉娜走向汽車，拉開車門，坐上座位並繫好安全帶。莉娜緊催油門向前疾馳。

「嗯，到底發生什麼事了？」才剛上路，卡洛琳立刻詢問。

莉娜回答：「等一下。」再七分鐘便是午夜時分了，但莉娜的直覺告訴她，就算期限馬上就到，艾瑪也不會有事的。她有卡洛琳，現在她也有人質，可以談交換條件了。

48

車子開上A1高速公路時，莉娜才打破沉默。

她直接了當地問：「我女兒在哪裡？」

「您女兒？」

「我女兒，我的寶貝艾瑪。」她斜睨了卡洛琳一眼，說：「您很清楚我的意思！」

「對不起，我不懂您的意思。還有，我想知道尼可拉斯到底……」

「您不懂？」莉娜打斷她的話，同時狠踩油門，車身立刻向前飆衝，車速表顯示的時速攀升到一百八十公里。

「您瘋了嗎？」卡洛琳尖叫著說，雙手死命抓住座椅，提醒她：「這裡限速一百三。」

莉娜深知卡洛琳的感受。當時，在B73公路布克斯特胡德與施塔德之間的路段上，她也是這樣坐在車裡，雙手緊揪著座椅，驚恐萬分。

「要是您還不肯說實話，我就甩尾給你看！」莉娜如此恫嚇。

「嗄？」卡洛淋．克羅恩驚懼地看著莉娜。「我完全不懂您想要我幹嘛！尼可拉斯在哪裡？他到底怎麼了？」她音調突然拔高，聽起來非常歇斯底里。

莉娜答道：「您小叔已經失去意識，躺在他家裡了。」

「什……什麼……」她舌頭打結，驚駭地看著莉娜說：「您究竟想對我怎樣？求求您告訴我，這到底是怎麼回事！」

「我想知道我女兒在哪裡？」

「您女兒的事我完全不知道！」卡洛琳哽咽地答說：「請您相信我，我完全不知道您在說什麼！我連您是誰都不知道！」

莉娜鄙夷地搖搖頭，說：「您自己也是有孩子的，怎麼做得出這種事？您怎麼能做出這種事？」

卡洛琳再也止不住淚水。「可是我……」她聲音凍住，轉成啜泣。

「別再演了！」莉娜嚴厲地說：「我全都知道了。」

「全都知道？」卡洛琳猶疑地問：「您是什麼意思？」

莉娜依然專注地看著路面，持續高速行駛，同時扼要地告訴卡洛琳自己的發現。「我知道您先生和我先生是自殺的，他們相約一起自殺。」

「什麼……怎麼……」

「而且我了解，您跟尼可拉斯同樣也知道。」莉娜接著說：「克萊斯特的那段話洩漏了您的祕密，那可是您為您先生的葬禮設計的程序單呀。」她冷笑著說：「沒錯，不過是個小細節，卻洩漏了您的祕密，實在太笨了，是不是？只因為您非得表現得這麼激昂誇張不可！」

「所以您也知道了？」車內氣氛頓時逆轉，卡洛琳不再哭泣，只是睜大了眼睛望著莉娜，「您知道他們兩人是自殺的？」

「那當然。」莉娜得留神，以免自己會在緊張之下突然轉動方向盤。尼可拉斯的嫂嫂終於開口了！「而且我也知道，您和尼可拉斯已經監視我好一段時間，我看到那些照片了。」莉娜又匆匆斜睨了一眼。卡洛琳．克羅恩眼睛眨都沒眨，只是平靜地注視著莉娜。過度平靜？「我唯一要的只是我女兒，」莉娜邊與從體內湧升的恐懼對抗邊說：「只要您把女兒還給我，我就不會對您怎樣，我保證。」

卡洛琳考慮了好一會兒，她默默透過擋風玻璃望著從左右兩側飛逝的白色輪廓標，最後說：「好。您開慢一點，然後從下一個出口出去。」

「不，」莉娜絲毫沒有減速的意思，「好讓您可以逃跑？休想！」

「您不是想知道真相嗎？」

莉娜直視著前方，點了點頭。

「那就離開公路！」

莉娜從史塔佩費爾德的出口離開，開上B435公路往漢堡市方向。卡洛琳要她把車停靠在右側一座公車候車亭旁。莉娜腳踩煞車，車子停下。她深深吸了一口氣，在這種時刻她必須保持平靜。

「那麼，」卡洛琳終於又開口了，她說得很小聲，一邊神經質地把弄自己的手錶，「您知道他們自殺的事了？」

莉娜點頭，幾乎快按捺不住她的不耐。

「了解。」卡洛琳垂下目光，盯著自己的大腿，說：「那麼，反正現在已經太晚了。」

「太晚？那我女兒呢？」

「是這樣的，」卡洛琳再次望著莉娜。她臉色蒼白，流露恐懼的神情。「沒錯，托馬斯確實是自殺的，他和您先生約好製造一場車禍。」她支支吾吾地說：「他留了一封遺書給我，我是在車禍隔天收到的。」她清了清嗓子才又往下說：「托馬斯寫說，我們背負高額的債務。」

「債務？」

她點點頭，說：「對。我們的房子、我們的生活方式……他寫說，他再也受不了這種壓力了，受不了要讓我和孩子們過好日子的壓力。」

「然後呢？」車內的數位鐘顯示，再三分鐘便是午夜。在莉娜開始尖叫吶喊、雙手胡亂揮舞之前，她還得聽卡洛琳說多久。

「托馬斯在遺書上告訴我，他把我們所有的錢都拿去投資股票，希望能有高額獲利。」她嘆了口氣，「結果我們顯然失去了一切。」她眼裡噙著淚水說：「而我卻什麼都不知道！想都沒有想過；他對我隻字未提。」卡洛琳雙手掩面啜泣。「他寫說，他在半年前投保了高額壽險，夠孩子和我用，只是絕對不能讓人知道他是自殺的，否則保險公司就不會理賠！」她抬起頭來轉向莉娜，臉上滿是淚痕。「所以我什麼都沒說，也沒有告訴任何人。如果沒有這筆錢，我就什麼都沒了，可是我必須對我的孩子負責，您了解嗎？」

對我的孩子負責。

莉娜腦海中湧現一種可怕的懷疑，她頓時頭暈目眩。她又走錯路了！卡洛琳．克羅恩並不知道艾瑪的去向。

「所以您根本不知道我女兒的事？不知道有人抱走了艾瑪？」莉娜害怕聽到答案。

卡洛琳不知所措地搖著頭，說：「不知道，真的不知道，我發誓！」

莉娜愣住了。「尼可拉斯知道保險的事嗎？」

「不知道！我沒有告訴任何人，我不能講！」

「不知道，」莉娜呆呆重複著她說過的話，「您不能講。」有那麼一會兒，兩人都默默無語。接著莉娜想起那些照片，那些她在尼可拉斯家中發現的照片。難道這一切都是他獨自計畫的？看來似乎只有這個可能了。「卡洛琳，」莉娜輕聲說：「我現在需要您的協助，我得找出我女兒，而我相信她是被您的小叔抱走的。」

「什麼？尼可拉斯？」卡洛琳用力搖頭，說：「絕對不可能！」

「恐怕是您搞錯了。他已經監視我好幾個星期，我在他那裡看到他偷拍我的照片，而且早在我們於丹尼爾的葬禮上相識之前。」

卡洛琳．克羅恩臉上閃過一抹拘謹的笑容，接下來她的回答令莉娜大感意外。「很有可能。」

「很有可能？」

「沒錯，」她聳聳肩說：「尼可拉斯想找出您人在哪裡，因為他想向您致哀。」她直視著莉娜，說：「我不太贊成，覺得丹尼爾．安德森的遺孀不一定想見到另一名駕駛的弟弟。可是尼可拉斯非常堅決，他主張這是他該做的。上次他來我這裡的時候，他就向我坦白說他果真去了您家，說他早在葬禮之前就開車去過您家。訃聞上有安德森的地址，於是他就買了鮮花去找您。」卡洛琳又露出拘謹的笑容。「結果您正好要出門，他發現您懷孕了，就沒有勇氣過去和您攀談。」

「可是，那些照片？」莉娜急切地問：「他偷拍了我的照片！」

「嗯，」卡洛琳點了點頭，同時打量著自己身邊這名年輕女性，說：「他顯然對您一見鍾情。」

「一見鍾情？」

「隨便您怎麼說，他偷偷跟蹤您，還用他的手機拍照。這當然不怎麼正當——但也不是犯罪。」

「不是犯罪，」莉娜表示有同感，「並不算犯罪。」現在，她最後一點希望之火也熄滅了。那些照片沒有任何惡意，雖然莉娜不願相信，但每件事都有其合理的解釋。

「後來他倒是鼓起勇氣去參加葬禮了……」

「就這樣？」

卡洛琳點點頭，說：「沒錯，就這樣；至少我知道的就止於這些了。」

「謝謝。」莉娜輕聲道謝。

「那現在您女兒怎麼辦？」

「我不知道，」莉娜啞著嗓子說：「我真的不知道。」她從眼角餘光看到數位鐘的數字跳動了一下。午夜十二點，完了。

「很抱歉，我幫不上您的忙。不過，我把知道的都告訴您了。」

「沒關係。」莉娜喃喃低語。

「不過……」卡洛琳的聲音突然變得很激動。

「怎麼樣？」

「說不定在另一封信裡有寫什麼！」

「另一封信？」

「對，」卡洛琳點點頭，咬著下脣說：「我差點忘了。還有另一封信！」

「快說呀！」

「托馬斯寄來的信封內還有另一個信封，上頭寫有地址，還貼了郵票。托馬斯在給我的信中說，要我在車禍另一位死者葬禮過後把信寄出去，那是丹尼爾的遺書。」

「這種事你現在才告訴我？」莉娜震驚地看著卡洛琳並質問道。

「對不起，」卡洛琳囁嚅著說：「當時心裡亂糟糟地，我實在沒辦法……」

「給誰的？」莉娜厲聲問道：「那封信是寄給誰的？」

「老實說，我原本一直以為是給他妻子的。」卡洛琳回答：「現在我才知道不是，否則您就不會……」

「您為什麼會認為，」莉娜再次打斷她的話，「那封信是給我的？」

「嗯，」她說：「信封上寫的是『安德森』。」

「是莉娜．安德森嗎？」

「我記不得了。」

「請你再仔細回想！」

卡洛琳皺起眉頭，接著嘆了一口氣說：「真的不知道。」但她臉色隨即一亮。「不過我還記得部分的地址，叫『海德』——還是羅瑟什麼的？」

莉娜倒抽一口氣。

「您知道嗎？」

「有，海德羅森路，我婆婆艾絲塔．安德森的地址。」

49

從史塔佩費爾德到福克斯道夫，開車一般需要二十分鐘，莉娜十分鐘多一點就到了。卡洛琳請莉娜一到就讓她下車；發現莉娜並不準備繼續扣留自己，她著實感到慶幸。兩個女人沒有再說什麼便就此分別。一等卡洛琳下車，莉娜立刻發動引擎離去。

莉娜完全無視所有交通規則，在暗黑的街道上一路狂飆，祈禱不會有夜間漫步的行人衝到她車前。那封信，那封信，這句話不斷在她腦海中敲擊著；她一定得找到那封信。

她祈求現在還不會太遲，祈求艾瑪以及艾絲塔還活著；儘管期限已經過了。她瞄了數位鐘一眼，知道現在已是午夜過後十七分了。可是她該怎麼辦？該宣告放棄、開車回家，因為她沒能遵守那個最後通牒嗎？不，她只能期盼這個期限不過是個恫嚇，誰能知曉自己此刻是活是死？沒有人能知道，沒有人！

她把車子開進歐伊稜克魯格街，並且問了自己第一百遍，丹尼爾的信中究竟寫了什麼？還有，婆婆對那封信為何隻字未提？那封信寄到艾絲塔家了嗎？或是在寄送途中遺失了？後者至少可以解釋艾絲塔何以完全沒有提起。又抑或信件內容太可怕了，以至於婆婆對莉娜說不出口，或不願意談。信裡或許藏著帶給他們家災難的內容，藏著與艾瑪和艾絲塔失蹤相關，甚至關係到喬西失蹤以及蕾貝卡與馬汀、還有吉內斯之死的祕密。

過了午夜又二十一分鐘，莉娜終於抵達婆婆位於海德羅森路的住所，這棟幾近立方體的紅磚建築孤伶伶地矗立著。

莉娜火速下車，將車門甩上，朝艾絲塔居住別墅左右兩側的房子瞥了一眼：婆婆度假前把備用鑰匙寄放在哪位鄰居那裡？莉娜先往左側跑，那裡樓上燈火還亮著。莉娜接連按了三次門鈴，不久，樓梯間的燈光亮起，再一會兒一名年約三十的男子把門打開，詫異又有點擔憂地看著莉娜。

「抱歉，打擾到您了，」莉娜氣喘吁吁地說：「我是您鄰居的媳婦！」男子緊繃的神情立刻放鬆下來。

「請問什麼事？」

「我有急事要進去安德森太太家，她跟我說過留了鑰匙給鄰居。」

男子臉上帶著歉意說：「應該是另一位鄰居了，我們沒有她的鑰匙。」

「謝謝！」話才說完，莉娜便轉身衝向右側。

她同樣猛按門鈴。這一次拖了好一會兒才傳來咕咚咕咚聲，接著大門後方的燈光亮起。幸運，算她幸運，這裡有人在！

莉娜聽到有人將門鏈拉開，接著大門開啟一條縫，一位上了年紀的婦人怯怯地張望著。

「有什麼事嗎？」她拉長了語調問。

「實在很抱歉，這麼晚了還來打擾。」莉娜又說一遍，「我是艾絲塔・安德森的媳婦，有要緊的事急著進去她家。」

老婦人鬆了一口氣，微笑著說：「啊，艾絲塔的媳婦！怪不得我覺得您很面熟！我見過您……」

「麻煩您，」莉娜打斷她的話，說：「事情很緊急，鑰匙在您這裡嗎？我婆婆去度假時把鑰匙寄放在一位鄰居家。」

「對不起，」老婦人點點頭說：「她很久沒有把鑰匙交給我了。」

「那真是對不起……」莉娜想轉身離去，但老婦人卻開始撥弄門鏈，接著把大門完全打開，身穿晨褸走了出來。

「艾絲塔還好嗎？我好久沒跟她說話了。」她把聲音壓低成聊天的語氣，身體也前傾朝莉娜湊近。「不久前，我也參加了葬禮，我對艾絲塔非常不滿。」她又挺直背脊。「之後我每次見到她時，她都很匆忙，連跟她好好說個話都沒辦法，她完全沒跟我說她要去度假……」從最後一句話聽得出她頗感委屈，絲毫沒注意到自己正在和艾絲塔兒子的遺孀說話。

莉娜什麼話都沒有再說，便逕自朝婆婆的房子走去。除了這兩家，婆婆並沒有其他緊鄰的鄰居。眼下她除了想辦法不用鑰匙進入別墅，便無計可施了。

通往花園的小門沒鎖，莉娜打開門來到別墅後方。這裡有條狹窄的鋪石小徑穿過草坪通往一處露臺，露臺則直通別墅暖房。夏天時，丹尼爾、艾絲塔和她偶爾會在暖房用餐、喝咖啡聊天或是烤肉。

儘管最後一次在這裡不過是兩個多月前的事，感覺卻彷彿過了幾萬年。當時莉娜挺著大肚子懶洋洋地躺在躺椅上，和艾絲塔聊著寶寶該取什麼名字好，丹尼爾則忙著在花園裡設置好幾個他幫母親買來的捉鼴鼠陷阱。當時莉娜完完全全想不到不過才幾個星期，她就得孤孤單單絕望地站在這間暖房前，絞盡腦汁想著該怎麼辦才能不靠鑰匙進入屋內。

她在露臺上張望，想看看是否能找到可以把門撬開的物品。她真希望那個叫馬里烏斯的傢伙偷偷闖進喬西房間時，自己有看得更仔細些。現在她只能自己來，但她並不相信自己只憑一張現金卡或一把刀就辦得到，因此她在露臺邊的小徑上挖出一塊石頭，對著暖房的玻璃門奮力扔過去。

一陣震耳欲聾的喀啦喀啦聲傳來，莉娜差點以為幾分鐘後就會有警車鳴笛開來，不過她才不在乎；門開了。

透過門縫，莉娜握得到門把和插在門上的鑰匙。她轉動鑰匙，雖然這麼做時弄傷了右手，她卻沒有察覺——她的心臟將大量的腎上腺素輸送到了全身。

她終於進入屋內，穿過暖房和廚房走向大門口，艾絲塔在那裡的電話桌上擺放一個小籃子收納近期的郵件。在這段路上，莉娜腦海中閃過一個念頭：萬一她在這裡被人逮個正著會怎樣？她想的這個「人」並非警察，而是綁架艾瑪與艾絲塔的人。不過，就算這樣她也無所謂，她不怕，這時才怕已經太晚了。

難道這一切背後的推手是尼可拉斯？或者如同卡洛琳所說，是因為他對自己一見鍾情，所以才偷拍了她那麼多照片？不過這一點她此刻無法多想，她得找到那封信，在那封丹尼爾寫的信裡也許能找到解釋，那封信也許能幫她找回愛女。

裝著郵件的小籃子一如往常擺在電話桌上，莉娜取出郵件，逐一檢視那些信件和單據：兩張電話費帳單、一張清潔隊通知單、一份披薩外送傳單、兩封退休金函件、劇院的當月節目單、一張洗衣店取件單，另外還有兩封手寫的信，莉娜看不出寄件人是誰，但絕對不是丹尼爾。

除此之外，還有一張當地超市的宣傳單、一份關於附近將設置行人徒步區的剪報以及一張明信片，可是並沒有丹尼爾的信件，連他寫的便條都沒有。但話說回來，如果真像卡洛琳所說，她在葬禮過後便將信件寄給了艾絲塔，那麼那封信或許已經隔了太久，不會和近期的郵件放在一起。

莉娜失望地將那堆文件擺回去。她得翻遍整棟屋子嗎？艾絲塔可能將丹尼爾的信收到哪裡？會像自己一樣，收在臥房的床頭櫃嗎？

莉娜正想轉身走向通往二樓起居區的樓梯，目光卻在這時落到那張明信片上。這張明信片擺在最上方，是拜羅伊特的景色。莉娜的腦袋「叮咚」一響。

她拿起明信片，正面以花體字註明拜羅伊特的四處景點：冬宮、侯爵噴泉、歌劇院與理察·華格納慶典劇院。

拜羅伊特。那正是婆婆好久以前就計畫在南部度假的地方，她幹嘛從旅途中寄明信片給自己？

莉娜將明信片翻過來讀著內容，手開始顫抖。

親愛的艾絲塔：

這是阿梅麗、吉瑟拉、海訥和馬克思從華格納的城市寄來的問候！你沒能跟我們一起來，實在太可惜了，不過我們當然都能理解！南部的球場真的很棒，每天揮擊小白球時我們都非常想念你。

擁抱你！

註：歌劇之夜又爛又冗長，你沒參加也不遺憾！

儘管在看第一遍時，莉娜已經了解這張「問候」意味著什麼，她還是又讀了一遍、再一遍。婆婆並沒有跟著去旅行，她根本沒去德國南部，根本不在拜羅伊特或附近什麼地方。莉娜把明信片放回桌上。艾絲塔在這裡，在漢堡，她一直都在這裡。

懷疑浮現。莉娜確實曾經在自己的手機螢幕上看到南部的區域號碼，她不懂怎麼會這樣，她的思緒又開始繞圈圈。此時此刻，莉娜唯一確定的是婆婆對她撒謊。可是為什麼？究竟為了什麼？

她全身顫抖，恐懼重返，而且比任何時候都加倍嚴重。

莉娜拚盡全力才從驚懼中回神，並且說服自己不能在這個時候放棄，必須找出丹尼爾的信。若想知道隱藏在背後的一切，她就需要那封信，絕對需要！

她衝上樓去，先到艾絲塔的臥房，把那裡所有的櫥櫃都翻遍，將抽屜內的物品隨意拉扯出來，弄得衣物、襪子、內衣、手帕、床單被套等到處亂飛；窗下的五斗櫃與床頭櫃中的物品也同樣散置在地板上。莉娜甚至連床底和床墊下都不放過，希望能找到丹尼爾的信，結果毫無所獲。

臥房之後輪到浴室，接著是客房和另一處艾絲塔用來熨燙衣物的房間，還是沒有找到，莉娜什麼都沒找到。難道艾絲塔將那封信扔了？不，這是不可能的。無論丹尼爾在給母親的信中寫了什麼，沒有人會把這種珍貴的紀念物扔棄掉！

紀念物。

紀念物！

莉娜下到一樓，再沿著螺旋梯來到地下室，打開右手邊第一扇門：裡頭擺著洗衣機和烘衣機，另有幾件衣物吊掛在屋頂下方一條繩子上。她衝出去，進入另一個房間，裡頭的暖氣設備正咕嚕作響。接下來是她左手邊的門，這裡似乎是間工作室，一張工作檯上方懸掛著螺絲起子、鉗子和其他工具。再回到走廊上，現在只剩左側一扇門了。莉娜把門撞開，在門後方的牆面上摸索尋找電燈開關，把燈打開。

紀念物。

此刻，莉娜就站在這座紀念物的殿堂中，幾週前她裝箱的物品全都在這裡，就如同她與艾絲塔的約定，這些丹尼爾的遺物先暫時存放在地下室，最後再當廢棄物處理。只不過這些物品已經不在紙箱中，這個房間被布置成丹尼爾在拉珀街家中書房的模樣。丹尼爾的書桌和椅子擺放在左邊的角落，後頭是他的大書櫃，書櫃裡存放他的書籍與文件，甚至連他最心愛的名家複製品，安迪．沃荷的名言「等待的時間總是令人興奮」也掛在牆上。莉娜曾經想保留這件作品，最後卻放棄了，因為它原本就和丹尼爾的書桌同屬一起，會讓莉娜在家中勾起對已經不再的事物的回憶。

莉娜站在門口望著這個房間，不知該如何是好。這裡彷彿丹尼爾隨時會走進來，會喟嘆著在椅子上重重坐下，背朝椅背一靠，說：「唉，今天公司裡又緊張死了！那些客戶又讓我抓狂了！」

或許正在整理醫院帳單的莉娜會起身離開自己的書桌，來到丹尼爾身後，幫他按摩頸背，提議接下來他們最好都放下工作，一起做飯，再欣賞一部好影片。

是呀，這裡，在艾絲塔的地下室裡就是這幅景象，差別只在於丹尼爾不會進來，而在擺放莉娜書桌的位置，現在則擺著一張沙發椅和一盞閱讀燈，旁邊的小茶几上則是一幅又一幅加框的照片，照片上的人都是丹尼爾：丹尼爾童年時、丹尼爾青少年時，另外還有幾幅近照。

紀念物。

莉娜走向茶几，朝那些照片彎下身，仔細觀看。這些照片莉娜大多見過，其中許多甚至是在丹尼爾過世後，莉娜在艾絲塔的請求下給她的。他們的結婚照也在這裡，不過只有一半——照片上只看得到笑容滿面的新郎，卻不見新娘。照片被人剪過了。莉娜再次直起身來。

莉娜在小茶几前側找到了一個抽屜，她拉開抽屜，裡頭放著幾張折疊起來的紙，莉娜認定，這些應該就是她在找的信件了。

沒錯，她找到了那封信。

丹尼爾生前的最後一封信。

50

親愛的媽媽：

當你收到這封信時，我已經不在人世，隨著莉娜和我們尚未出世的孩子離開世間了。不過您埋葬且為她哭泣的孩子並不是我的女兒，也不是你的孫女。艾瑪（這是她的名字）和我們沒有血緣關係。

我不知道艾瑪的父親是誰，我有我的揣測，不過這並不重要，重要的是，她的爸爸不是我，又一次不是我。

因為喬西也不是我的親生女兒，我們愛她勝過一切的喬西也不是我親生的，不過我知道，她的親生父親是馬汀。

也許我這裡寫的，你連一個字都看不懂，所以我要向你進一步說明。

你知道我在和蕾貝卡的婚姻生活中有多麼不快樂，幾乎沒有活下去的勇氣，我是多麼自暴自棄，從而逃遁到酒精裡。持續不斷地憂鬱沮喪、絕望，不想活下去的願望以及自殺——沒錯，在那段日子裡，對我來說自殺確實像是唯一合理的出路。我不想和蕾貝卡離婚，在我混亂的腦筋裡，我認為如果我是出事死亡而不是自願走的，對喬西來說會好受些。

在那段時間裡，我經常徹夜上網，和一群同樣想要自殺的人交換想法。在這群志同道合的夥伴中，有人也在尋覓「同謀」，希望能共同踏上人生最後的旅程。其中有一個人幫助我，使我決定重返人生。聽起來或許很荒謬吧，居然是個「厭世者」幫了我！他寫信告訴我，任何人只要還有一個活下去的理由，就不該自殺。而這個理由我有，就是喬西！

因此，當時我下定決心要給自己最後一個機會，我決定住院，希望至少能擺脫酒癮。接下來我想看看，對我來說，繼續活下去到底有沒有意義；這個努力是我欠我女兒的！

在醫院裡我認識了莉娜，她果真讓我重燃活下去的希望。直到現在我依然記得，當時我總是忍不住竊笑，因為她恰好是個助產士！和她在一起，一切突然都變得輕鬆無比，多年以來我首次再度覺得愉快，再度充滿活力了。當時我很幸福，非常幸福！由於她的緣故，我終於又有勇氣擺脫當時的困境了。

我開始找房子（這件事你也知道的），一找到房子，我便去找蕾貝卡，告訴她我愛上另一個女人了，想跟她離婚，喬西最好跟我同住，因為她們母女關係並不好。

蕾貝卡的反應令我大感意外：她先是放聲大笑，接著大吵大鬧。後來她了解我是認真的，於是就摧毀她所能摧毀的一切。

她告訴我，喬西——「你心愛的喬西」——不是我的親生女兒。她不但毫不慚愧，甚至病態地對於喬西是她與馬汀偷情的結果感到洋洋得意，還建議我去做親子鑑定。

這對我有如當頭棒喝，我實在無法形容我當下的痛，那是一種有點類似死亡的痛。

但蕾貝卡還不肯放過我，她威脅著要把這一切都告訴喬西，至於我們的女兒會有多痛苦，她根本不在乎。蕾貝卡一心只想打擊我，完全不計任何損失。她問我，我想不想讓喬西知道我不是她爸爸。她告訴我，我對我們的女兒沒有任何權利，還說她要從我手中將她完全奪走。

這些自然都是我不希望發生的！對我來說，這種事已經夠慘了，對喬西來說更是難以承受，無論如何我都必須加以阻止。就算她不是我的親生女兒，我還是把她當成至親骨肉疼愛，想要好好保護她！

蕾貝卡向我提出條件：想離開她可以，但我必須繼續提供她和喬西金錢。為了喬西，我本來就會這麼做，我不在乎為她花錢。但這樣蕾貝卡還不滿足，她還想方設法要傷害我。

她說，喬西必須留在她身邊，我不能將她帶走；我必須對我女兒說，是我想這麼做的，是我——實際上我萬分渴盼的恰好與此相反！另外，我也不許把這些事告訴別人，否則這項「交易」就不算數了。

除了滿足蕾貝卡開出的條件，還得假裝是我要讓喬西留在她媽媽身邊，我根本無計可施。我永遠忘不了，當我不得不這麼跟她說時，喬西注視著我的眼神有多受傷、多難過又多崩潰。在那一刻，她的世界開始崩潰，而我卻束手無策，無法使它復原、無法將它修復。

我甚至對莉娜宣稱我決定讓喬西跟著她媽媽比較好。我等於雙手被人綑綁，而我也大有理由擔心，萬一我沒有遵守蕾貝卡的要求，她會把真相告訴喬西，奪走我的女兒。

我們離婚後幾個星期，蕾貝卡通知我，她幫喬西在一所寄宿學校註冊了。我除了向喬西裝出這一步是我同意的，甚至假裝那是我的提議，我完全束手無策。

蕾貝卡對我究竟有多怨恨？還有她對喬西的愛有多淡薄？對她來說，擺脫女兒，把她推給寄宿學校，好讓她和馬汀的新人生通行無阻，甚至還從我這裡獲得金援，這自然是最輕鬆的做法了。

有段時間一切似乎相安無事，雖然喬西連在我這裡度一次週末、和「那個女人」同在一個屋簷下都不肯；「那個女人」是她對莉娜的稱呼，而她也認為我與蕾貝卡離婚，千錯萬錯都在莉娜。不過我還是盡可能去學校探望她，努力使我們倆的關係至少能再「正常化」。

直到後來，莉娜極度想要有個孩子。我知道她渴盼有個孩子，甚至能有兩、三個更好。但自從蕾貝卡從我手中搶走我們的孩子，自從她告訴我我不是喬西親生父親的真相後……我便不願再冒著承受這種痛苦的風險。在我看來，我是絕對不願意的，也不希望喬西受到更多傷害。我不想要她以為我會讓別的孩子替補她，會因為我已經不再「需要」她而將她忘得一乾二淨。

另一方面，我當然也怕自己如果向莉娜坦承我的想法，我便會失去莉娜。她是那麼想要孩子，以至於我認為如果我不想再有孩子，她就會離開我；認為她雖然愛我，卻不願為了我而放棄這個夢想。

於是我對此保持緘默，儘管我知道這麼做有多自私。我甚至更進一步假裝自己也和她同樣渴望孩子，但背地裡卻使盡一切手段阻止她懷孕。如果我知道時機「危急」，就假裝太累，託稱辦公室壓力太大，宣稱種種為了懷孕的「安排」讓我沒辦法。有幾次純粹是運氣好，什麼都沒發生，莉娜並未受孕。

有一天她失去耐性，希望我們尋求醫學援助。我斷然反對，告訴她，我認為人工受孕太不自然了。

最後她成功讓我至少答應去做泌尿科的檢測。莉娜自己當然已經做過所有檢驗了，我只好去診所做精液分析，希望可以讓她不再煩我。

結果可以預期：我一切正常，沒有任何阻止我與莉娜擁有共同子女的理由。這讓莉娜頓時放下心來，而我卻開始慌張。因為我很清楚，這麼一來我的妻子是不會死心的，而我也不能一再尋找藉口或是憑藉「運氣」了。

可笑的是，在診所進行的正式檢驗讓我興起一個念頭，我以前往慕尼黑出差為由，在當地進行輸精管切除術絕育。之後幾個星期，我向莉娜推說身體不舒服，說醫師診斷是嚴重的病毒感染。就這樣，在另一名泌尿科醫師為我做了術後檢查，確定我無法生育之前，我一直都以這個理由不和她一起。

一天晚上我返回家中時，莉娜已經在廚房裡準備豐盛的菜餚，兩眼放光地迎接我、擁抱我、瘋狂地吻我，我差點以為她中了樂透彩大獎。接著她拿起放在廚房桌上的小塑膠袋，取出一支白色棒子舉到我面前。那是驗孕結果，陽性的驗孕結果！

你可以想像我的感受是如何。在那一刻，我內心有個東西破碎了，破損到無可挽回的地步。但在那一刻，我卻不能對她說出真相，不能對她咆哮，不能質問她，她到底和誰聯手欺騙了我。

等我腦筋清醒之後，我立刻打電話給我的泌尿科醫師，請他再次幫我重做精液分析，也許哪裡出了問題，或者切除的輸精管又重新接通了；偶爾也有這種案例。結果令人崩潰：我百分百無法生育，我不可能是莉娜寶寶的父親。

接下來好幾週、好幾個月我都拚命不去理會寶寶從何而來的事實。我告訴自己，或許那只是一次微不足道的外遇，希望我自己能釋懷。我告訴我自己，我也會愛那個孩子的，就算不是我親生的也沒關係。就像喬西，無論她的親生父親是誰我都愛她。我甚至試圖將莉娜懷孕視為我再一次的機會，認為上天或許會以此賜予我的人生一個完整的家庭。

可是我辦不到。每次我看著她，每次她微笑撫摸著肚皮時，每次我們一起去看她的婦產科醫師或者她獨自去做產檢，並且在回家後給我看新的超音波圖時；每次她談到「我們的孩子」或「我們可愛的小老鼠」時——一次又一次，我心中總是燃起怒火，恨不得殺了自己。

至於喬西，從我這裡得知這個消息後，無論我怎麼解釋，她當然都不理我。當時我前往寄宿學校找她，告訴她莉娜懷孕的消息；因為這件事再也無法隱瞞了。在那一刻，我也摧毀了聯繫我們的最後一條細線。從她那裡，從她的眼神我看得出，她對我的感情已經蕩然無存，剩下的只有鄙夷。

媽媽，這就是真相。我對莉娜的摯愛已經成了仇恨。就連這個我為她捨棄一切的女人也欺騙了我、濫用了我的信任。這種痛、這種失望，這一切都奪走了我的力氣，此生我再也無法信任任何人；我從自己這樣的人生已經看不到任何意義了。

哦不，媽媽，我永遠信任你，這一點你很清楚。我該把這些事源源本本告訴你的，只是我必須獨自決定自己的路。當你聽到我說我徹徹底底動搖了時，我相信你會了解我的意思的。我不想再這樣了。

過去幾個星期以來，我又重新加入我在嚴重憂鬱時於網路上聯繫到的團體。幾年前和我通信的網友，有好多人後來都自殺了。不過我很快就和新成員結為好友。

他們自稱是「蠍子」，名稱雖然平淡無奇，卻指涉蠍子能以毒鉤殺死自己。在那裡，我遇到了一個願意和我共同走上人生最後一段路的人，他叫托馬斯。這時候你一定已經知道他是誰了，他就是開著另一輛車的人。

我們約好明天中午執行計畫，要在一條城鄉公路上對撞。這種方式有效又迅速，在這種車禍中存活的機率幾乎等於零；這一點我已經研究過了。我要帶走莉娜和尚未出生的寶寶。我的妻子沒有資格繼續活著；至於那個孩子，我也不希望她背負這種重擔長大。

在我的葬禮之後，會有人把這封信寄給你。我知道，你會很難接受的。但我了解你，媽媽，你是個堅強的女性，你挺得住的！至於托馬斯．克羅恩的事，請你不要把你知道的告訴任何人，我信任你！

還有，媽媽，請別哭泣。這樣一切都好，請千萬記得這是我自己想要的。還有一件事請你務必幫我：請你照顧喬西，此刻她需要你，這是她最需要你的時候。還有，別將你所知道的告訴她！可以的話，請將她從寄宿學校接出來，保護她免受蕾貝卡的傷害。親愛的媽媽，求你為我這麼做！為我這個做爸爸的親吻我的小女兒，告訴她，我愛她！永遠永遠愛她。

經濟方面你不必擔心，我的各種投資和我在廣告公司的股份加在一起大概有四百萬歐元，由你和喬西各繼承一半。

現在所有的事你都知道了。我認為你有權利知道這些事，還有——我期盼——或許也能理解。對我來說，現在這一切都過去了。

愛你的兒子

丹尼爾

看到丹尼爾遺書的最後一行時，莉娜感到天旋地轉，眼前頓時一片黑，覺得自己隨時會倒下。

所以丹尼爾騙了她，背著她做了許多事：沒有告知她就做了絕育手術，連他不想要孩子也從未讓她知曉，另外還有蕾貝卡與非他親生女兒的喬西等等事情，他也都對她絕口不提。他是怕她會離他而去嗎？或者是怕她會把這一切告訴他「女兒」？怕他如果將此事告訴她，會無法信賴她嗎？莉娜甩甩頭，兩行熱淚從臉頰上滑落，滴在丹尼爾的信上，把兩個字母暈出絲絲黑痕。他對她居然如此不信任、不相信嗎？以至於他根本沒有跟她——他的妻子——提起，就做出這種攸關生死的重大決定？

沒錯，很糟糕，非常糟糕，糟到不可原諒。

又是一陣頭暈目眩，她幾乎快站不穩了，因為她知道自己做了許多糟糕的事、不可原諒的事。她覺得腳底下的地面在搖晃，感覺到腳底下的地面即將裂開來將她吞噬。

而，被地面吞噬，是她自作自受！

「莉娜，這我沒辦法幫你。無論如何都不行，真的不行！」

「拜託啦！我絕望得要命，除了這個辦法，別的我都想不出來了！」

過去他們兩人經常坐在醫院大門口旁的咖啡館，趁著休息時間享受些許陽光，但近來莉娜心中卻布滿陰霾，而且已經持續一段時間了。

所幸幾天前莉娜想到了對策，她不禁責備自己，為什麼沒有更早就想到這個辦法。對於一個曾經在大醫院婦科工作過的人來說，這個辦法簡直輕而易舉。

但如此一來，她就需要仰仗雅斯培，以及他和醫院其他科別的良好關係。光靠自己的力量，她絕對無法執行她的計畫。

「我了解，」雅斯培說：「可是這麼樣一來，我可是會受懲罰的。」

「什麼『懲罰』。我們兩人都想要孩子，丹尼爾跟我同樣渴盼！」

「那你就再跟他商量看看，只要他同意就沒問題了！」

莉娜嘆了一口氣，說：「我已經跟他商量過很多次了，商量了一遍又一遍，可是他根本不想討論這件事！他認為生殖醫學是違反自然的，『試管嬰兒』是人類對造物的干預。」

「沒想到他信仰這麼虔誠。」

「才不是！不過他說孩子該來就會來，我們不該扮演上帝的角色。精液分析已經是我勸得動他的最大極限了，就連這件事都是經過我千辛萬苦地勸說，他才答應的。」

「那就先等檢查結果吧！說不定一切都好極了，丹尼爾的男性雄風威猛得很呢！這樣你們只要繼續同房，總有一天一定能懷上寶寶的。」他笑著說。

莉娜一點也笑不出來，她咬著開始顫抖的下唇，極力忍住即將奪眶而出的淚水。「萬一不是這樣該怎麼辦？萬一他的精子需要有人推一把呢？」

「他不是有個女兒了嗎？」雅斯培提醒她。

「喬西已經快十四歲了，」莉娜說：「經過這些年，丹尼爾的狀況可能不同了。」

「是啊，沒錯。可是他不想就是不想。偷偷騙他可是不道德的。」

「但是他想啊，真是的！」莉娜氣得大聲嚷說：「我們都談過好幾百次了，我們想要有孩子，想得要命！他只是不願接受不孕症治療，真搞不懂為什麼！也許是一種莫名其妙的『男性心理』吧。那種什麼『違反自然』的藉口，實在讓我無法接受。」

「你說的『男性心理』，我完全可以理解。」雅斯培說：「再說，我覺得如果有人對人工受孕這種事有心理障礙，也是可以理解的。」

「啊？你真的這麼想？」

「可以這麼說。還有，如果丹尼爾希望由命運來決定你們有沒有孩子，你就該尊重他的想法。」他促狹地笑了笑，說：「所以啦，就學學天主教徒吧：性只是為繁殖服務的，而且多多益善。」

「但願如此。」接著莉娜又壓低了音量。「自從我們開始試著做人，床事就諸多不順，我們的壓力實在太大了。這樣恐怕命運也出不了好牌呢。」

「這麼說來，理由就很清楚了。」雅斯培表示，「你這個助產士應該不需要由我來告訴你，孩子是怎麼製造出來的吧！」

「雅斯培，」莉娜勉強讓自己的語調顯得平靜些，「假設丹尼爾一切都沒問題，那我們當然可以繼續同房，希望能夠成功。可是就算這樣，那種必須在排卵期同房的感覺，壓力還是在的！如果有你幫我，那我至少有個備案，我們就可以再好好享受性愛了，因為我知道我還有別的牌。」

「別的牌？你瘋了！」

「唉，你要說這是『靜儲備』也行。」

「這可是丹尼爾完全被蒙在鼓裡的『儲備』，這樣並不會減輕他的壓力，因為他根本不知道。」

「丹尼爾完全感受不到這種壓力！」

「這就是我要說的！」雅斯培慢慢對莉娜失去耐心了。「你一定要丹尼爾不想要的東西，如果你還在他背後執行，就是在欺騙他。」

「你現在成了新衛道之士了嗎？」

「沒有，可是婚姻關係是以信任為基礎的。如果你騙他，就毀了這種信任。」

「你聽聽！你聽聽！」莉娜不以為然地看著他，「偉大的婚姻專家在發表議論了！」

「我不是以『婚姻專家』的身分說這些話的，是以醫師還有朋友的身分。」

「如果你是我的朋友，你就會願意幫我。」

「我是想幫你呀，只不過不是這麼幫！」

「還有什麼別的辦法？」她憤憤地白了他一眼，「難道你要跟我睡，讓我懷孕嗎？」

雅斯培又不懷好意地笑了起來。「有何不可？」

有那麼一會兒，莉娜愣愣地啞口無言。

「對不起啦。」察覺她神情有異，雅斯培趕緊道歉。

「幫幫我，雅斯培！」她拉起他的手用力握著，「求求你了！」

「莉娜，」他嘆了口氣，「我不能這麼做，我不能！就算我找到願意做的人也不能——萬一事情曝光該怎麼辦？」

「絕對不會的。」莉娜趕緊保證。這時，一顆淚珠果真從她臉頰上滑落。「絕對不會的，我保證。」

雅斯培凝視著她久久，接著莫可奈何地搖搖頭，說：「讓我考慮考慮。」

「哦，老天！」莉娜手上拿著丹尼爾的信，低聲驚呼。記憶有如拳頭般大的冰雹朝她紛紛落下，無情地將她的記憶，她以莫大的意志力排擠掉的記憶召喚回來。她將這份記憶排擠得如此徹底，徹底到她果真再也未曾記起，也從未跟任何人提起。除了雅斯培和當時協助她的醫師，再也沒有人知曉。

就彷彿那件事不曾發生過一般，因為一直以來它都不重要，完全無關緊要，不過只是她生命中一個無足輕重的註腳；是她為了賜給丹尼爾與自己一份莫大的幸福，是她為了她那偉大的愛情彎彎繞繞而走的路，一條微不足道的路。

記憶。

現在她又記起：幾天後，雅斯培在他們的部門找她，於是她便隨著他走進一間空置的房間。他在那裡告訴她，他願意幫忙。他找到一名願以一萬歐元的代價將丹尼爾的精子進行超低溫保存的同事，那人願意將精子利用液態氮冷凍在攝氏零下兩百度存放在醫院裡，等莉娜要進行人工受孕時再取出。到時候只要同樣再付他一萬歐元，他也會在沒有丹尼爾的同意下為莉娜進行人工受孕。這些事當然都是偷偷摸摸、非正式進行的，這一點莉娜必須了解。錢必須付現，絕對不能留下任何可追溯的痕跡。

現在她又記起：自己答應了。她拼湊了所有存款，不足的部分先向雅斯培借，之後再逐月一小筆一小筆償還，因為她不好向丹尼爾借錢。

還有，後來她真的做了。儘管依據丹尼爾的精液分析，他的生育能力極其正常。如此又經過了幾個月令人沮喪且毫無結果的嘗試，之後她開始服用荷爾蒙並接受注射；對丹尼爾的說法則是她上臂上的針痕和瘀青是為花粉熱進行自體療法的結果；至於她總是那麼緊張、情緒大幅波動，則是醫院裡工作壓力過大的緣故。他信了，他當然相信，他們向來都很信任對方的。

後來則是那一天，將受孕成功的胚胎植入子宮後十天，早上她手拿呈陽性反應的驗孕棒，看著兩條粉紅色的線條，那種開心，那種難以言喻的開心。她還記得那一整天，自己無論走到哪裡都笑得合不攏嘴。她笑得那麼燦爛，連同科的所有同事和病患都注意到了。她還記得許久以來她首次滿懷喜悅與幸福之感，從一個母親走到下一個母親、從一個寶寶走到下一個寶寶執行她的工作。不對，不是走，根本是蹦蹦跳跳。因為她知道，自己終於，終於也懷上孩子了。

還有，當天傍晚她如何等待丹尼爾從公司回來，如何準備他最愛的料理——法式紅酒燉雞，如何站在爐火前邊唱邊跳，並且不斷想著裝在塑膠袋裡、擺在廚房桌上，等著丹尼爾返家時給他看的驗孕結果。

接下來是他對她的新消息做出的反應。他呼吸困難、說不出話來，而她以為是他歡喜過度。另外他甚至抓起燉雞用的酒，不顧莉娜的阻止就倒了一杯喝下。沒錯，當時她以為那是一種興奮的反應。

現在她比較了解了，那不是興奮，而是全然的錯愕。

莉娜呆愣著，覺得自己完全失去了感覺。這個房間，這座「記憶的殿堂」繞著她旋轉，愈來愈快愈來愈快，她甚至覺得自己聽到了笑聲：譏諷的笑聲彷彿直接來自她體內。是你的錯，在她耳中有聲音說，你一個人的錯！因為你說謊，因為你欺瞞，這些事才會發生！丹尼爾、蕾貝卡、馬汀，他們都死了，都是因為你的關係。吉內斯死了，喬西失蹤了，這些也是你的錯。還有艾瑪，沒錯，艾瑪，你的女兒，她也是你害的。雖然你沒有親手勒住她的脖子，但也同樣都是你一個人的錯！

接下來浮現的是恐懼，強烈的恐懼。直到剛才莉娜還彷彿癱瘓了一般，彷彿受了驚嚇而喪失行動力；此刻她開始有了動作。她得離開這裡！快！如果她的猜測是真的，如果確實是真的！那麼艾絲塔根本沒有遭人綁架，她行動自如。還有，她把他們都殺死了。她那和善、貼心的婆婆詭稱去度假，卻鎖定目標展開她的復仇行動，自詡為判官與劊子手，像個狂戰士般大開殺戒。

莉娜匆匆跑到一樓，她跑得好快，差點摔了一跤。此時，一片片拼圖也在她腦海中持續拼湊。這一切都是艾絲塔的計畫，打從一開始就是。她要殺死所有她認為害丹尼爾自殺的人。而對付莉娜的辦法，則是奪走莉娜的孩子；如同她所認定莉娜奪走了她兒子般。

艾瑪！艾絲塔打算怎麼對付艾瑪？艾瑪還活著嗎？或者，自己的女兒也早已喪命？想到這個念頭，就彷彿有人朝她心頭刺了一刀，痛得她跌跌撞撞，同時用一隻手按住胸膛。艾瑪，艾瑪，艾瑪！

來到最上一級樓梯時，莉娜停下腳步。她不能逃走，絕對不能！這關係到她孩子的性命，現在她既然知道真相了，就不能一走了之，不管女兒的生死。不行，她不能這麼做！

她手抓著門框大口喘氣，試圖恢復理智，試圖釐清思路。警察！她得去警局，帶著證明一切的這封信，帶著她現在掌握到的所有訊息前往警局。

莉娜把信摺好，塞進褲袋，這才離開門框繼續跑，想離開這棟房屋，想衝進車內，把車開到附近警局，把這些事全都告訴警方，向他們檢舉自己的婆婆。真相終於，終於揭露了。

不行，這樣不行。她必須先把這棟房子仔仔細細搜查過一遍，搜遍眾多房間的每一個角落！艾瑪說不定就在這些房間裡！

上到一樓時，莉娜突然煞步。一個熟悉的身影擋住了她的去路，站在她面前，站在大門口的人是艾絲塔。她微微笑著，手上的槍對準了莉娜。

「哈囉，莉娜，」艾絲塔說：「還是被你發現了。」微笑成了咧嘴而笑。「佩服，真沒想到你有這能耐。」

我

你將因為你對我們造成的痛苦而遭受懲罰，因為你毀了我們的人生。

你罪無可恕，無論你怎麼做，都逃不過對你的懲罰。當時你做了決定，而在你決定的當下，你自己的命運也已拍板定案。

「為什麼？」你將自問：「為什麼我會有這種遭遇？」

終有一天，這個「為什麼」會清楚來到你眼前，屆時你將恍然大悟，並甘心領受對你的安排。

因為只有唯一一條路能讓你獲得解脫。

而這一天，已然到來。

52

「現在你什麼都知道了。」

「對。」莉娜嚇得呆住，幾乎無法呼吸了。「艾瑪在哪裡？」她勉強擠出這句話。

艾絲塔聳聳肩說：「不曉得。」

「不曉得？」莉娜膝蓋發軟，差點跪了下去。「你對她做了什麼？」

「什麼都沒做。」艾絲塔臉上仍舊帶著笑。「我讓別人幫我做。」

「別人？」

「你以為我會為了你那個小雜種弄髒自己的雙手？你這麼想嗎？」她搖搖頭。「才不，我讓人帶走那個小鬼。我付錢找人幫我做。」她似乎思索了片刻，接著才說：「沒想到金錢果然萬能。從前我根本不知道，在紅燈區沒什麼用錢買不到的，毒品、武器……」她轉動手上的槍，接著才說：「還有職業殺手……你知道嗎？」

莉娜突然感到噁心，她忍不住吞嚥了幾下，說：「我的艾瑪是不是……」

「我已經跟你說了，我不知道。」艾絲塔粗魯地打斷她的話。「有人從你家將她抱走，並且幫我拍了幾張她的照片。後來她過得怎樣，我就不得而知了。事後我不再追問，這也屬於我們約定的一部分。」

「那麼她可能還活著？」

艾絲塔聳聳肩，說：「有可能。不過這跟我有什麼關係？」

「跟你有什麼關係？」莉娜呼喊著說：「她是你的孫女啊！」

「莉娜！」婆婆被逗笑了，「你不是看過丹尼爾的信嗎？艾瑪才不是我孫女。」

「你錯了！」莉娜嘶喊著，「她是！這件事你不是全都知道的，你……」

「住嘴！該知道的我都知道了！艾瑪不是丹尼爾的女兒，喬西也不是。你們都騙了他、瞞了他、利用了他、騙了他的錢！」

「不是這樣的，我……」

「你給我閉嘴！你再多說一個字，我就把你轟死！」她舉起槍直接瞄準媳婦的額頭，再次冷笑著說：「反正，我總歸是要這麼做的。」她臉上浮現惋惜的神情。「其實我原本希望由你自行了斷的。」接著她聳聳肩，說：「好吧，反正再多一個也無所謂。」

「你殺了蕾貝卡，」莉娜說：「還有馬汀。」

「不完全對。」艾絲塔回答：「蕾貝卡，沒錯，是我殺的，而且殺得很痛快。」

「你是怎麼做的？」莉娜期盼艾絲塔會在虛榮心作祟下告訴她；期盼自己能因此爭取一些時間，她現在需要奇蹟。

「很簡單，」艾絲塔哈哈大笑，「我先在墓園裡準備那個小驚喜——這一招也幫了我不少忙——之後就打電話告訴她，我有很要緊的事找她談，而且必須單獨跟她談，不能讓別的人知道，連馬汀都不行。我告訴她，我知道喬西不是丹尼爾的女兒，我們得好好談談。她當然立刻就答應了，那個愛錢如命的婊子。她大概怕我會不承認喬西的繼承權吧。她將她老公遣走，在她家見我，其他的就簡單了：我在蕾貝卡的酒中下了足量的丹祈屏，於是她便完蛋，完全失去意識了。接著，我將她連同她躺著的躺椅拖到泳池，噗通一聲，將她倒進水裡，然後再用印刷體匆匆寫上幾個字的遺言——她就因為憂慮與悲慟過度而自殺了。」

「那裡放著裝有藥錠的盒子，不是藥水。」莉娜插嘴問：「另外警方還找到上頭註明蕾貝卡姓名的處方。」

「沒錯，確實如此！妳以為身為自費患者，如果想要一份自費處方，醫師會在意名字對不對嗎？妳以為他會要求查核證件之類的嗎？」她得意地笑了笑。「我去看的第一個精神科醫師聽到我兒子的死訊就夠了，他馬上幫我——抱歉，是蕾貝卡——開了處方。在第二個醫師那裡我拿到了藥水，把藥水混進酒裡當然容易多了。」說到這裡，她搖了搖頭，彷彿自己還無法相信這一切居然如此輕而易舉。「唉，過去幾個星期我真忙哪。」

「你根本沒有去德國南部，」莉娜說。

「我去了。」艾絲塔反駁：「我確實去了。解決掉蕾貝卡後，我就飆車南下，住進一家巴伐利亞的飯店，從那裡打電話給你。」她又笑了起來。「本來應該沒必要的，不過這麼耍你實在太過癮了，就跟陪你一起『找人』一樣好玩。你居然沒發現這究竟是怎麼回事！」她又被逗得搖搖頭，說：「最精采的是我們去找舒斯特夫婦那一次，當時我才知道，原來命運也支持我的作為。」

「支持？」莉娜問。

「我根本不知道他們兩人匆忙搬走的事，」艾絲塔說：「我本來等著看好戲，等著看你歇斯底里卻又得緊緊閉嘴，芭貝特和塞巴斯提安則完全不懂我們要他們幹嘛。」她聳聳肩說：「唉，結果他們突然走掉了，這倒大合我意。」

「我不信，」莉娜喃喃說道：「我全都不信。」

「哼，可不是嗎？」艾絲塔反問：「這種運氣可不是隨便就有的！不過我告訴你，對他們兩人，我真的破例沒耍任何手段。看來他們應該是因為傷心過度才決定離開漢堡，搬去不知哪裡展開新生活了。誰曉得呢，失去孩子的人往往就這麼奇怪，是不是？」她放聲大笑。

「那馬汀呢？」莉娜問：「你是怎麼做的？還有，為什麼？」

「他也該為丹尼爾的死負責！」艾絲塔狠狠地回答，臉上的笑意也瞬間消失。「他什麼都知道，打從一開始就知道，卻因為過於膽小而不敢聲張！直到他老婆死了，他嚇到了，才打電話向我坦承這一切，但這些我早就知道了。他問我他該怎麼做才對，還說他也想找你談談。」

「所以你就將他殺了？」

「錯了！我可沒這麼做，殺死一個膽小鬼太花功夫了；再說把人射死還要弄得像自殺，我可沒那個膽，我寧可找專家。」有那麼一瞬間，艾絲塔看來幾乎像是有一絲絲哀傷。「至於吉內斯，你自己也看到了，我並不像你現在可能想的那麼冷酷。」她打了個冷顫，說：「看到那景象，我真的噁心想吐。」

「為什麼要傷害狗？」莉娜想知道。她瘋了，莉娜眼睛一直瞪著槍管，腦海裡卻轟然一響，完全瘋了！我得阻止她、轉移她的注意力，無論怎麼辦、無論用什麼！

「啊，可惜不這樣不行。」艾絲塔比了個輕蔑的手勢，說：「我從你家將牠接走時，就很想把牠放走。可是我知道，我還需要用牠來考驗你。」她聳了聳肩說：「當作最後的試煉，我覺得挺棒的。」

「你這個變態！」莉娜怒吼。

「你錯了。」艾絲塔非常平靜地反駁。「我從來不曾像現在這麼健全。等我把你解決了，一切就會回到它該有的軌道。」

「你這個變態，」莉娜又說了一遍，這一次她說得很小聲，「什麼都沒有回到它該有的軌道。」

「你錯了，」婆婆駁斥，「你和你的孩子，你們都不該活下去，這是丹尼爾不希望的，我只是完成他沒有做到的事而已。」

「但艾瑪是他的孩子！」莉娜高喊，聲音大到鄰居應該都聽見了。「我向上帝發誓，艾瑪是丹尼爾的女兒！」

「那你就去跟他說吧。」艾絲塔說道：「你馬上就會見到他了。來，轉過身去，乖乖聽話，我們再下樓去。」說著，她揚起手槍，朝媳婦跨近幾步。

「喬西呢？」莉娜動也不動，反倒問：「你也將她殺了嗎？丹尼爾不是希望你照顧她嗎？」

「沒錯。」她點點頭，說：「這的確是他的願望，而我也照辦了。」

「怎麼照辦？」莉娜問：「也開槍射死嗎？把她溺死、吊死，再埋起來嗎？」

「你怎麼會這麼想？」艾絲塔驚駭地睜大了眼睛。「我怎麼可能對我的小喬西下手！」

她搖搖頭。「沒有，我對她什麼都沒做，只是以蕾貝卡的名義幫她向學校請假，把她送去美國。她過得很好，甚至可以說非常好，我們每天都互相通電話。」艾絲塔皺起眉頭說：「她當然還不知道這裡發生的事。一旦她從我這裡聽到，一定會萬分震驚。到時我會告訴她，我擔心她在美國就知道這些事的話，在回程路上恐怕會受不了，所以我寧可等到她回來。等幾個星期過去，喬西從驚嚇中平復了，她一定會過得很好的。到時我就將她從寄宿學校帶回來，讓她跟我同住，就跟丹尼爾想要的一樣。」艾絲塔又搖搖頭。「不會，我當然不會對喬西怎樣。有什麼理由呢？那又不是她的錯。」

「也不是艾瑪的錯。」莉娜啜泣著說：「你寫說我的時間只到午夜！」

「沒錯。不過這是騙你的；再說，現在你不是還活生生地站在我面前嗎？」

「惡魔！」莉娜低聲說：「你是個惡魔！」

「你還有臉這麼說？你這個人？」艾絲塔又放聲大笑，但隨即斂起笑容，正色說道：「好了，莉娜，現在你什麼都知道了。夠了，現在我們下去。」說著，她走到莉娜面前，用手槍頂住莉娜的胸口，下巴朝她點著說：「轉身，去地下室。」

莉娜別無選擇，她只能依照艾絲塔所說的做；她毫不懷疑，連一秒鐘都不曾懷疑婆婆會真的開槍。莉娜緩緩轉身，踩著樓梯下去。她感覺到槍管正抵著自己的背部，就在左肩胛骨下方；只要稍微一動，一個動作不對，她就會當場斃命。

樓梯嘎嘎響，再幾級階梯，她們就到地下室了。她該怎麼辦？她到底該怎麼辦？身體向前摔，來個倒栽蔥，並且祈禱艾絲塔沒有擊中自己？她該放膽這麼做嗎？等她一落地，艾絲塔就會朝自己開槍，她絕對不會手下留情的。或者她該試著把艾絲塔手上的槍打掉？一走完階梯就來個急轉身，並且祈禱艾絲塔會在階梯上失去重心摔倒？

這是她唯一的機會。莉娜深吸一口氣，再三個階梯，她就要動手了。

一、

二……

莉娜的正後方傳來一聲悶擊。接著好大一聲尖叫，繼而是一聲槍響。某個沉重的物體朝莉娜腳邊倒下，嚇得她往下跳了兩級，慌亂中一隻手朝欄杆胡亂抓去，總算及時穩住身軀。身子還沒站穩，莉娜便搖搖晃晃地轉過身去。

艾絲塔就躺臥在莉娜前方的樓梯上，她的太陽穴有鮮血滲出，她的頭顱和頸部則呈現不自然的角度。艾絲塔的身體一動也不動，在她的正上方處，則站著臉色死白的尼可拉斯。

他手中拿著莉娜用來擊破玻璃窗的石頭，他就是用那顆石頭將艾絲塔打倒的。

「你還好嗎？」他問。

53

莉娜與尼可拉斯並肩坐在階梯上，兩人的目光都落在艾絲塔身上。尼可拉斯幫她急救過，她卻已回天乏術。現在莉娜也已得知，艾絲塔從樓梯上跌落時扭斷了頸椎。

在尼可拉斯忙著搶救艾絲塔時，莉娜也在屋內四處尋找艾瑪。從地下室到閣樓莉娜都跑過，她也找遍了每一個房間，希望能找到女兒，卻看不到小艾瑪的蹤影。

現在她又回來坐在尼可拉斯身旁。看著艾絲塔的屍體，莉娜卻絲毫沒有復仇的快感。艾絲塔的死意味著，假使艾絲塔撒謊，那麼自己便再也無法得知艾瑪的下落了。

「你是怎麼找到我的？」莉娜問。

「卡洛琳。」尼可拉斯回答，目光並沒有從屍體上移開。「你去過她那裡之後，她就打電話把所有的事都告訴我，於是我知道你一定會來艾絲塔家。還好卡洛琳知道這裡的街道名稱，所以我就搭計程車在海德羅森路挨家挨戶尋找，最後發現了我的車。」

「謝謝。」莉娜輕聲道謝。

「你知道嗎，關於那些照片……」

「噓，」莉娜說：「現在別說，拜託。等這一切都過去了，我們再談。」

「你說得對。」他點點頭，又朝艾絲塔的屍體瞥了一眼。「等這一切都過去了再談。」

「我們必須報警。」莉娜起身。

「我的電池又沒電了。」尼可拉斯答。

「沒關係，」莉娜說：「我還有我的舊手機。」她從手提袋裡取出手機，盯著看了一會兒，接著眼淚突然奪眶而出。她放聲痛哭，雙手掩面，不斷哭泣。

「莉娜！」尼可拉斯趕緊起身，一隻手臂攬住她的肩膀，將她拉了過去。

「艾瑪！」莉娜喃喃哭訴著：「我的小艾瑪在哪裡？」

有那麼片刻，他們兩人就這麼站在艾絲塔家地下室的臺階上，緊緊擁抱著。接著莉娜稍微離開他，再次拿起手機撥打報警專線。不久，莉娜便向警方描述事情發生經過，對方允諾會馬上派警車過來。莉娜在和尼可拉斯交談時又重新燃起希望，現在警察會開始尋找艾瑪，會翻遍艾絲塔別墅附近的每一顆石頭，把花園裡每根草的後方都找過，最後一定能帶領莉娜找到艾瑪的。

莉娜講完電話後，尼可拉斯又伸出一隻手攬著她。

「來，」他說：「我們上去吧。」

莉娜隨著他上到一樓，並沒有再轉身朝樓梯多看一眼，她不想再見到婆婆脖子扭斷、躺在階梯上的模樣。

就在這一刻，莉娜聽到了拍打聲。先是輕輕地，接著變得較大聲。莉娜和尼可拉斯停下腳步。拍打聲再次出現！聲音來自下方，來自地下室的某個房間。

莉娜立刻轉身往樓下跑，尼可拉斯也緊跟在後。途中他差點被艾絲塔的屍體絆倒，幸好在最後一秒穩住了身體。

「哈囉？」悶悶的詢問聲傳來，怯怯的呼喚來自一面牆的後方。「哈囉?有人嗎？」

「我們在這裡！」莉娜大喊，此刻她已經來到地下室的通道。這個聲音她認得，她最後一次聽到這個聲音時，聲音的主人正對著她大罵：「凶手！」

是喬西。

「喬西，你在哪裡？」莉娜站在通道上，困惑地東張西望。這裡每個地方她都找過了，喬西並不在任何房間裡，所有的房間都沒人。

「我在這裡！」這一次，喬西的聲音較清晰，聲音似乎是從右邊——從洗衣房或暖氣室傳來的。*艾絲塔把自己的孫女關在這裡！她不在美國，她一直都在這裡！*莉娜心中立刻燃起一線希望。既然喬西在這裡，說不定艾瑪也在？

莉娜衝進洗衣房，急切地在狹小的空間裡搜尋，希望能發現牆壁有門，有嵌入式櫥櫃或某種喬西可能在裡面的夾室，但都找不著。

現在拍打聲就在身邊了。「這裡！」喬西再度呼喊：「暖氣室後面！」

莉娜又跑回通道，還撞到了跟著她進入暖氣室的尼可拉斯。

那裡！果然有一扇門，只是被大大的鍋爐遮去了一大半。那扇門沒有把手，只有一只圓頭鎖，無法轉開也無法用其他方式開啟。

「喬西？」莉娜高聲問：「你在裡面嗎？」

「對。」接著停頓了一下，「你是誰？」

「是我——莉娜。」

「救我出去！」喬西帶著哭腔說：「救我出去！」

「別擔心，」莉娜安撫她，「警察馬上就來了！」

回答莉娜的卻是一聲哭叫，一聲絕望的吶喊。

「你先別緊張！」莉娜安慰丹尼爾的女兒，「不需要太久的。」

「我好害怕！」喬西大聲哭喊，「我怕得快死了！求求你救我出去！」

尼可拉斯碰了碰莉娜的手臂，說：「等一下，也許我能找個東西把門撬開。」他在暖氣室裡找了又找，但什麼都沒發現，於是又跑回通道，莉娜則盡量安撫喬西的情緒。不久，尼可拉斯回來了，手上拿著一根大鐵銼刀。「這是在工作室找到的，也許有用！」

「試試看吧。」莉娜挪開一步。

尼可拉斯把鐵銼刀從圓頭鎖所在的高度插進門板和門框之間，雙手抓住銼刀把手，將銼刀當成槓桿用力一頂。「喀啦」——門彈了開來。

「莉娜！」淚流滿面的喬西跌跌撞撞地朝她跑過來，一把抱住她的脖子，哭著、戰慄著，嚇得驚慌失措。莉娜抱住她，緊緊擁抱著她。

「沒事了，」莉娜撫摸著喬西的背柔聲安慰，「都沒事了！你安全了！」

「奶奶把我從寄宿學校帶出來，」喬西啜泣著說：「她說要帶我去散散心，只有她跟我。」她又泣不成聲，「她載我來這裡，說要回家拿點東西。後來我們就到了地下室，她說要我幫她搬東西上去。」喬西又是一陣痛哭，哭得全身顫抖。「然後她就把我關在這裡，把門關上，再也不讓我出來。」

「都過去了。」莉娜的目光越過喬西的肩頭，打量著這個房間。房間布置得很溫馨，裡頭的物品都是白底綴花圖案，很漂亮。這裡如果不是作為地下牢房的話……

莉娜愣住了。直到此刻她才看到那件物品：左後方角落裡，一面木牆的正前方擺放著一張床，一張白色的柵欄式小床。小床一旁的椅子上還擱著繩索和膠帶，另外還有一灘應該是吉內斯的腳掌留下來的血跡，但腳掌卻不在了。

莉娜將喬西輕輕推開，走到床邊仔細觀看。接著她轉身問喬西：「之前艾瑪在這裡嗎？艾絲塔的照片也是在這裡拍的？」

「對。」喬西點頭說：「幾天後，艾絲塔把寶寶帶來這裡，還拍了照片。」

「艾絲塔的照片呢？」

喬西又放聲大哭，點著頭說：「我得幫她拍。她要我把她綁起來拍照。她說，如果我不乖乖照做，所有的人都得死！」

「所有的人？」莉娜問。

「對。你，還有寶寶，還有我媽跟馬汀。」她雙手掩面，「我怕死了！」

「現在不必害怕了。」尼可拉斯開口。他從喬西後方把雙手搭在她的肩膀上，說：「現在我們帶你上樓。」

莉娜拉住喬西，問：「你知道艾瑪現在在哪裡嗎？」

喬西搖搖頭。這可惡、該死的搖頭。

「不知道，」喬西回答：「奶奶說，她把寶寶送人了。」

尼可拉斯帶著不斷哭泣的喬西離開暖氣室，打算帶她上樓等待警察到來，莉娜則繼續待在這裡，注視著那把椅子和床，那張不久前艾瑪還躺在上面的柵欄式小床；小床左邊地板上還擺著艾瑪躺過、在上頭喝過奶的嬰兒搖椅。所以自己的孩子確實在這裡待過，幾天前她還躺在這裡，高舉著兩隻小手，笑著等媽媽來抱她。可是莉娜沒來，她來得太晚了。

無論此刻艾瑪身在何處，莉娜只能期盼警察能從地下室的蛛絲馬跡發現女兒的下落。離開暖氣室時，莉娜握住圓頭鎖，準備離開並把門帶上，門卻卡住了，被鋪在地上的一塊床墊卡住了。莉娜將床墊推開。

一把鑰匙。一把鑰匙從床墊底下探出頭來。莉娜俯身撿起鑰匙打量著。接著她把鑰匙插進鎖孔──剛剛好！莉娜知道這代表什麼，這是這間「牢房」的鑰匙，莉娜在這個房間裡找到了鑰匙！

「尼可拉斯！」莉娜呼叫著衝到通道上。「尼可拉斯！」

莉娜直奔樓梯，急急忙忙地踩著階梯上樓，跨過艾絲塔的屍體。「喬西她……」

「我知道。」尼可拉斯站在地板上，喬西也在一旁──用艾絲塔的手槍制住他。

「喬西！」莉娜驚駭大叫。

「過來他這裡！」喬西命令她，邊晃著手槍說：「過來你朋友這裡。」

「喬西，我……」

「照我的話做！」

莉娜把雙手舉高，表示自己會乖乖聽話。

「喬西，這麼做沒有用，」莉娜勸她，「警察馬上就到，你別做傻事了！」

「這才不是傻事，」喬西回說：「本來就該這樣。」

「該這樣？」莉娜驚訝地看著喬西，說：「你是指你爸媽和艾絲塔都該死？艾瑪該失蹤？這是你想要的？」

「不是，」喬西搖頭說。莉娜見到一顆淚珠沿著她的臉頰滑落，但喬西仍然堅決地說：「奶奶不該死，該死的人是你！」

「喬西，求求你！」尼可拉斯也試著安撫她。「我了解，現在你心情很亂，你爸爸的死……」

「叫那個人馬上給我閉嘴！」喬西朝莉娜的方向尖叫，尼可拉斯立刻閉上嘴巴。「你們都不懂嗎？」她質問：「你們難道無法想像，過去幾年來我過得怎樣嗎？媽媽和爸爸離婚，我自己得待在那間恐怖的寄宿學校，沒有人關心我，一個人也沒有！我走了，大家都開心了，因為我再也不會礙到誰了！」

「不是這樣的。」莉娜反駁。

「當然是這樣！奶奶是唯一還關心我的人！」

「你爸爸非常珍愛你！他……」

「我爸爸？」喬西打斷莉娜的話，「他根本不是我爸爸！」

「可是他愛你就像愛他自己的孩子！」莉娜高喊：「你可以相信我，喬西。」

「我該相信你？」喬西搖頭說：「是你把他從我這裡搶走的！」

「不是，喬西，我……」

「你給我閉嘴！」她舉起槍，朝天花板開了一槍。一片寂靜。喬西重重喘著氣，接著她繼續說：「奶奶把我從寄宿學校接回來，後來她就把所有事全都告訴我了。她把信給我看，告訴我，每個人都背叛了我，每個人！」

「然後她就慫恿你，向每個人報復？」尼可拉斯問。

喬西看著他，接著她露出微笑。「哼，一開始我簡直太震驚了。我是說，爸爸並不是我的親生爸爸，這件事讓我非常痛心。不過後來我終於了解，奶奶說得沒錯，讓我們這麼痛苦的人都該遭到報應，她的計畫實在棒呆了！」

「棒呆了？」莉娜簡直快吐了。

喬西點頭說：「沒有人知道我在哪裡，這麼一來，我就可以躲在這間屋子裡，和她一起好好執行計畫。最初幾天，我偶爾還跟媽媽——」她像吐痰般吐出最後兩個字，這才接著說：「通電話，以免她起疑。等到我名義上失蹤了，後續的事就等於自動進行了。」說到這裡，她臉上得意的笑容瞬間消失。「奶奶總是說，等一切都過去了，我們就帶著艾瑪離開。她說，我妹妹沒有錯，她跟我一樣都是受害者。還有，我們三人可以一起搬去波羅的海的農莊，展開新生活。」

「你們要帶艾瑪過去？」莉娜的聲音透露出她的激動。「她在哪裡？我女兒在哪裡？」

「不知道，奶奶沒有告訴我。」喬西聳聳肩。「現在看來她應該也不會告訴我了。她只跟我說，等時機到了，她就會把我妹妹帶回來。」

「求求你，喬西！」莉娜懇求，「你一定還知道什麼的！」

「抱歉，我什麼都不知道！」她垂下眼簾，隨即又抬起目光，憤怒地看著莉娜與尼可拉斯。「我什麼都不知道，根本沒有人告訴我什麼。」突然間，她看起來不再憤怒、堅定，而是無比絕望。她哭了起來，哭得像個孩童。「沒有人在乎我！」說著，她再次舉起手槍，接著傳來一聲輕微的「喀喀」。莉娜和尼可拉斯嚇得雙雙尖叫，身體也蹲了下去。

他們聽見槍響。

接著莉娜從眼角餘光見到喬西朝地上倒下。

54

你死了，我卻得活下去……

莉娜不知道艾瑪是否死了，不知道自己的孩子是否也去了其他家人去的地方。丹尼爾、蕾貝卡、馬汀、艾絲塔和吉內斯，托馬斯·克羅恩和齊雅拉·貝克，這麼多人和她的狗全都死了。

喬西住院治療槍傷，之後便轉往司法精神病院。她情況日漸好轉，但隨著肉體與精神逐漸康復，她對自己的罪咎，對自己犯行的罪咎也愈感痛苦，並且因為自己無法告知莉娜她女兒的下落而深感虧欠。

莉娜經常去探望她。經過一次次長談，兩人愈來愈親近。喬西未來如何、她還得接受非自願性精神治療多久、是否能有重獲自由的一天等等，這些都還是未知數；只有時間才能告訴我們，這名少女此生還能得到怎樣的機會。

而生活，生活幾乎又回復了「正常」，媒體的熱潮終於冷卻了。最初幾日，幾乎所有報紙都報導了這件事，而且都刊登在頭版。另外，電視、廣播、網路臉書等媒體也都在討論這件事，給莉娜的信件、email和電話等多到她手軟，即便在事過境遷半年後，雖然莉娜搬家已經快五個月，並且早已換了手機號碼和信箱地址，偶爾還是會有人打電話找她或寫信給她；三不五時依然會有一些想告訴莉娜她的命運有多悲慘的「同情者」找到她，彷彿莉娜自己不曉得自己的處境。除此之外，還有一些沒同理心的人譴責莉娜，認為她在艾瑪失蹤當天沒有照顧好她，彷彿莉娜自己沒有直到今日都如此責備自己。她無時無刻無日不自責。

可是對某些人來說，這樣還不夠。他們從自己的洞穴裡爬出來，將自以為是的惡毒言論一桶桶往莉娜身上傾倒，尤其當某份報紙因為新聞不夠，又把她的事翻出來炒冷飯，並且宣稱這整樁事件有多「不可思議」時，這些人——包括同情她的、打從一開始就認定她是凶手的，認為她撒謊而使得艾瑪淪為自己母親受害者的人——就會再度現身。

而且直到今日，仍有記者或狗仔不知從何處取得了她的地址，在她住處附近埋伏，想「重新探討」這件事，其實他們真正的目的在「炒熱冷新聞」。

莉娜愈來愈知道該如何應付他們，應付相關人士、怪咖、八卦媒體，以及會在街道上瞪著她看，或是在超市彼此碰觸示意、低聲評論的陌生人。

沒錯，對這些人她都能泰然自處，唯獨對於所有熟悉她案件的人一直以來所提的一個問題，對這個問題莉娜依然無法釋懷：艾瑪究竟怎麼了？艾瑪死了嗎？或者艾絲塔確實將真相告訴了喬西，她先把艾瑪藏起來，準備事後再將她接回家？說不定藏在國外？藏在這裡的媒體報導了好幾個星期之後，依然無人知曉；藏在儘管此地新聞炒得沸沸揚揚卻仍沒有人發現的地方？難道她人在東歐某處的孤兒院？或者——如果女兒無法回到她身邊，這將是莉娜最盼望的——艾瑪在新媽媽、新爸爸那裡？在艾瑪一輩子都以為他們是自己親生父母的慈愛的養父母那裡？

尋找艾瑪下落的大規模行動自然不缺：搜救犬隊、直升機、上百名員警出動尋找艾瑪，最後卻都無功而返，連蛛絲馬跡都沒發現。

因此莉娜無法得知目前艾瑪在哪裡；而不知道甚至比必須接受艾絲塔殺了自己女兒的事實更加令人難受；比她從一開始就知道機會等於零，比艾絲塔騙了喬西，並且早就殺死艾瑪還令人更加痛苦。

不，希望能得知結果，以便再度過著平靜的日子，這樣的想法過於自私了，她必須學習接納不平靜的生活。

而生活，這是莉娜想要的。有個人使她又有了活下去的意願——尼可拉斯。

在莉娜以為自己該就此死去的時候，他給了她新的希望，每天多出一點點、每天多出一毫米的希望。他讓她了解，她不該逃避責任；而她也見到了，那條看似解決之道的方式給其他人帶來多大的不幸。

她自己也不太清楚為什麼，不過這些鼓勵果真奏效。之後幾週，尼可拉斯利用所有的空閒時間陪伴在她身邊，並且協助她一步步重建新的生活。從搬家、找優秀的精神治療師到辦理莉娜辭掉醫院工作與遺產繼承等手續，尼可拉斯莫不盡心盡力。

莉娜知道尼可拉斯深愛自己，他也曾經向她表白。這份感情莉娜沒有回應，也無法回應。也許只是時候未到，也許永遠沒有辦法接受。他們兩人也討論過這件事，而他則懇切地向她保證，他對她的協助無關乎她是否對自己有好感，他只是想幫她，就這樣而已。

「你今天怎麼樣？」每天早晨將近九點時，尼可拉斯都會打電話來將莉娜喚醒。這是她請他這麼做的，為的是避免自己再度陷入憂鬱，陷入一直伸長手臂想攜住她的憂鬱。

「謝謝，我很好。我是指，還可以。」

「那很好！」

莉娜躺在床上微笑望著手機，目光在臥房綴有石膏花飾的天花板上游移。幾道春日的陽光從窗口投射進來，搔著她的鼻子。

她的新居有兩個房間、一間小廚房和浴室，雖然不大，但她很喜歡這裡。她租得起較大的公寓，但她不需要，她一個人不需要。她打算把丹尼爾一大部分的遺產捐贈出去，可能捐給棄嬰安置或其他照護兒童的機構。等她決定好了，她就要這麼做。

在她和丹尼爾共度婚姻生活時，她並不知道丹尼爾如此富有。這種事他從未詳細告訴過她，他自己也總是瘋狂地工作。他對工作的狂熱莉娜可以理解，她慢慢開始渴望有份工作，而不是待在家中發愣。因此夜裡她做了一個決定，並且準備在這時告知尼可拉斯。

「等一下我要去醫院，」莉娜說。

「你不舒服嗎？」他語氣顯得極為擔心。

「我沒問題。」莉娜笑著說：「剛好相反，我覺得自己好得很，好到我考慮再回去上班了。」

「真的？」

「真的。」莉娜答稱：「我至少要試試看。」

「可是這麼快？我是說，那件事不過才過了半年！」那件事，他通常用那件事稱呼那段過往。

莉娜依然坐在床上，她聳聳肩說：「如果整天都待在家裡，我會受不了的。」

「我了解，」他說：「所以現在你想再回到醫院工作……」話說到這裡他就打住了，但莉娜知道他在想什麼。他在想，這麼一來，她每天都會接觸到小寶寶。

「我也不曉得這樣好不好。」莉娜承認。「要試了才知道。可是我如果不試，很快就會得到醫院症候群了。」

「醫院……什麼？」

「啊，沒什麼！」她忍不住笑了起來。「總之，我很想再回去上班。」

「你想，就試試看吧。其實你大可不必的。」

「是啊，確實不必。」不必，她不必工作，她可以永遠不再工作；就算她把大部分的錢都捐出去，也不必為了生活而工作。「不過無論如何，我今天上午都要去醫院一趟，跟我以前的上司商量。」

「之後我們吃頓豐盛的午餐怎樣？就當是慶祝這個日子？我兩個小時不工作也行的。」

「哦，好呀！」

「那麼一點左右我去接你，我先在附近的義大利餐廳訂位。」

「好，樂意之至。」

掛掉電話後，莉娜起床進入浴室梳洗。她照著鏡子，發現自己胖了些，臉頰顯得較為圓潤，氣色也比幾星期前要好。她側轉過身，打量平坦的腹部、依舊纖細的身材——纖細，但不是骨瘦如柴。過往的事在她身上留下的明顯痕跡，很快就會不見了。莉娜知道，這些痕跡不會完全消逝，它們會永遠駐留在她的內心，猶如深刻的創傷留下的疤痕，永遠不會完全消失。不過沒關係，這些疤痕能讓記憶永遠留存。

洗過澡、選好要穿的牛仔褲和襯衫後，她開始吹頭髮，將頭髮挽起來，並且化了淡妝。她滿意地打量自己鏡中的影像，不錯，這樣很適合醫院，這樣能給人好印象。

她考慮了一下，是否該先打電話約好時間，或者可以先通知雅斯培她就要過去了。也許她可以先打電話給他，請他幫忙，讓自己順利重返職場。

但最後她決定不要這麼做，她想瞧瞧昔日的同事和上司聽到她想再回去當助產士時，當下會有怎樣的反應。

莉娜在玄關穿上淡色風衣，拿起手提袋離開家門，雀躍地經過公寓門廳。她突然渴望再回到過去的工作場所瞧瞧，甚至迅速而正常，至少盡可能正常地重返工作崗位。

她一把拉開公寓門口，卻在這時倏地停下腳步。

是塞巴斯提安。

55

在她前方，站在公寓步道上的人是塞巴斯提安．舒斯特。一見到她，他便朝她走來。

「哈囉，莉娜。」他顯得很尷尬。

莉娜想回答，聲音卻卡住了。

「很高興見到你，」他說：「你看起來氣色很好。」

「什……什麼……？」

「你以前的鄰居，就是住在二樓的老太太，她告訴我你現在住在這裡。」

「利希特太太。」莉娜說。

「對，就是她。」塞巴斯提安顯得非常緊張，兩隻腳不斷交錯移動著。

「你找我有什麼事？」之前莉娜曾經誤會過他和芭貝特，但即使這樣，她也不想再見到他。那些回憶會喚起她極度難受的感覺，莉娜再也不想忍受這種感覺了。

「我有東西想給你看。」他說。

「什麼東西？」

「你得跟我過去。」

「我為什麼得過去？」莉娜雙手叉胸，心想這是什麼把戲。塞巴斯提安為何找自己？他來這裡幹嘛？

「拜託，」他懇求，「跟我來吧。」

莉娜往左右兩側張望了一下，想看看馬路上有什麼動靜。那裡！莉娜見到芭貝特站在約五公尺遠，身體靠著汽車，正注視著他們。

「你先告訴我是什麼事。」莉娜完全沒有移動雙腳。

塞巴斯提安嘆了口氣，接著他舉起雙手，示意芭貝特過來。

芭貝特回身轉向汽車，打開後座門，彎下身去拿取某件物品。當她回轉過身，在人行道上緩緩走來時，莉娜感到膝蓋發軟。

一個嬰兒。芭貝特手上抱著一個嬰兒！她讓那個睡得酣沉的嬰兒靠在自己的肩膀上，一隻手托住嬰兒的小腦袋保護著。莉娜先看了看芭貝特，接著看了看塞巴斯提安。

「一個嬰兒？」她問：「為什麼……」

「是艾瑪。」塞巴斯提安打斷了她的問題。

莉娜頓時感到天旋地轉，有那麼一瞬間，她覺得自己就快昏厥過去了。「什麼？」她啞著嗓子吐出這兩個字。

「你女兒，」他說：「我們把她送回來給你。」

莉娜腳底彷彿生了根似地，一動也不動。接著她飛奔過去，跑完阻隔在她和艾瑪之間的那幾公尺，最後在芭貝特前方停住，突然間不知該如何是好。芭貝特哭泣著，無聲地哭泣著，她緊緊抱著嬰兒，溫柔地親吻著從帽子底下露出來的小腦袋。芭貝特的神情既悲傷又痛苦，這種感受也是莉娜極為熟悉的。

最後她說：「給你。」芭貝特小心翼翼地把嬰兒從肩膀上移開，抱給莉娜。

莉娜又遲疑了一下，然後才接過艾瑪，雙手抱著雖然微小、在她眼中卻顯得奇大無比的襁褓。小嬰兒「哇」了一聲，但隨即依偎在莉娜的肩頸上睡著了。

「艾瑪，」莉娜低聲呼喚，同時親吻著她的小腦袋，「我的艾瑪！」

芭貝特大聲啜泣著，身體彷彿抽搐般顫抖。塞巴斯提安走到妻子身旁，伸出手臂攬著她的肩膀安慰著她。

「為什麼？」莉娜就只問了一句，「為什麼？」

「我們本來不曉得，」塞巴斯提安解釋說：「真的不知道，直到兩星期以前我們才知道。」

「知道什麼？」

「知道……」塞巴斯提安還來不及說，芭貝特就搶先開口。

「你婆婆找過我們。」芭貝特還在哭泣，但她強打起精神，說：「她直接到我們家，告訴我們應該收養你的孩子。」

「嗄？」

她點點頭。「她告訴我們，她不知該如何是好，說怕艾瑪跟著你會不安全；說你受不了喪夫之痛，嚴重憂鬱，她擔心你會對孩子做出什麼事。」

「她這麼說？」莉娜閉上眼睛，同時緊抱著艾瑪。過了一會兒，她才再度望著芭貝特和塞巴斯提安。

「沒錯。」塞巴斯提安說：「她非常激動，還跟我們說，有好幾次她在你家發現艾瑪完全沒有人照顧，又餓又叫地躺在床上，尿片都滿了，而你要不是醉醺醺地，就是因為服用藥物昏沉沉地躺在床上。還說每次喝醉時，你總是說不想要這個孩子了，甚至說恨不得將她殺死。」

「什麼？」莉娜必須極力克制才能壓抑住叫喊，以免嚇到懷裡的艾瑪。

「我們當然太單純了，」芭貝特又說：「可是當時我們真的信了她的話。她非常令人信服地說，她已經找過相關單位，可是沒有人幫她；說他們的回答總是，以你的處境，你需要多一點時間，他們不能因為這樣就把你的孩子帶走。」她聳聳肩，「你婆婆的話我們不該採信的。」說到這裡，她垂下目光，囁嚅地說：「不過，我們當然也很願意相信。」

「後來呢？」莉娜聲音顫抖。她不確定自己是否真想聽他們兩人的回答，但另一方面她得知道，她一定得了解整件事的真相。

「艾絲塔說她自己年紀太大，不能接養小寶寶，」塞巴斯提安說：「而這麼做當然也行不通，因為法律不允許。但是她希望寶寶找到愛她的家庭，所以就想到了我們，因為她聽過我們的事，提議由她把艾瑪抱來給我們。」

「是綁架，」莉娜更正，「由她綁架艾瑪。」

「她沒這麼說。」塞巴斯提安為自己和妻子辯解，但他的話聽起來沒有把握又羞愧。

「後來呢？」

「她告訴我們，唯一的條件是，我們要立刻帶艾瑪出國，她會給我們足夠的創業資金和偽造的兒童護照。另外她還說，如果我們不願意，她也找得到其他夫妻，也許不是像我們這麼合適的，但她絕對不允許孩子在你的照料下出事，甚至喪命。」說到這裡，他看了看自己的妻子。

芭貝特接口說：「最後我們答應了。這不是不經思考的衝動反應。老實說，我們討論了兩天兩夜。」她清了清嗓子。「我們也考慮過是不是該開車去你那裡，親自了解你的情況，跟你談談。不過最後……」

「最後你們決定，抱走我的孩子是對的。」莉娜幫她把話說完。

兩人都默默點頭，眼睛盯著地面。

「是。」芭貝特聲音微弱到快聽不見。「我們以為自己是在做善事。」

「做善事？」

兩人再次看著莉娜。「我們是這麼勸自己的，」塞巴斯提安坦承，「我們告訴自己，這麼做對孩子最好。她需要愛她的父母，我們真的會好好愛她。」

莉娜搖搖頭。愛她的父母？她依然不敢相信自己聽到的話。

「我們知道這麼做是錯的，」芭貝特就像個因為故意做了自己也知道不該做的事，而對媽媽哭訴的孩子。「可是我們也把它當作第二個機會，當作命運送給我們的機會。」她啜泣著說：「你知道嗎，我們一直沒能再生育個孩子，所以我們就想……唉，我們的想法你也知道的。」

「對，」莉娜說：「我知道。」不只如此，她甚至也能理解。芭貝特與塞巴斯提安的作為儘管如此變態、如此荒唐，但在那種情況下她幾乎能夠理解。

「我承認，我們也想藉機報復。」芭貝特說。

「我知道。」莉娜又說了一遍。*我希望其他的事你也會經歷到*。莉娜還清楚記得，在阿爾斯特河畔時，芭貝特是如何詛咒自己的。如今回想，那彷彿已經是一百年前的事了。

「可是我們向你發誓，」塞巴斯提安急切地分辯，「當時如果知道，或者隱約猜到真相，我們是絕對不會這麼做的！」

「我知道。」這已經是莉娜第三次這麼說了，而她確實相信他們所說的話。

「我們帶著艾瑪飛到巴西，」塞巴斯提安說：「想在一個沒有人認識我們的地方展開新生活。」

莉娜不解地望著他們兩人，問：「那你們為什麼又回來？」

塞巴斯提安聳聳肩說：「就是剛才說的，直到兩星期前，我們才得知這裡發生的事，知道真相跟艾絲塔對我們說的完全不同。由於人在國外，這些事我們都一無所知，是芭貝特無意中在網路上發現了一則報導；因為不久前她想試試能不能知道你現在的狀況。」說到這裡，他合上雙眼。「結果她激動萬分地告訴我，我們被一個可怕的謊言騙了。」

「所以你們就決定，把艾瑪送還給我？」

「我們並不是當下就決定，」芭貝特坦承，「不過幾天以後就決定了。」

「為什麼？」莉娜又問：「我這輩子絕對不會發現的。」

「我們……」芭貝特想往下說，卻泣不成聲。她深深吸了一口氣，這才把話說完。「因為沒有人了解失去自己的孩子是怎麼回事，你也不會了解的。」

接下來他們兩人都不再說話，只是呆呆站著，彼此凝視，默然不語。

最後莉娜打破沉默。「那麼，奧斯卡的死，你們——原諒我了嗎？」

芭貝特和塞巴斯提安搖搖頭。芭貝特說：「沒有。我們無法原諒，可是這兩件事並沒有關聯。」

莉娜點頭。她把艾瑪抱得更緊，接著轉身離去。

「等等！」塞巴斯提安在她背後呼喊。

莉娜停下腳步，轉身看著塞巴斯提安和他的妻子。

「我猜，你會控告我們？」

「不會。」莉娜只說了這兩個字。

回到家中，莉娜走進臥房，用枕頭和棉被弄出一個窩，輕輕地把艾瑪放到上面，再幫她脫掉小帽、小鞋，然後就這麼站在艾瑪的臨時小床邊，凝視著酣睡的女兒。

她真想現在就將艾瑪喚醒，讓艾瑪可以看看自己，或許還對自己微笑。但她還是忍住了，她得耐心等待，讓艾瑪好好睡個覺。沒問題的，她還有往後的人生可以陪伴女兒。

過了一會兒，她走到玄關，拿起電話撥號。

「怎麼樣？」尼可拉斯一接電話就問：「你去醫院了嗎？」

「艾瑪回來了！」她對著聽筒高喊。

「你說什麼？」

「艾瑪！她回來了！他們把我的女兒還給我了！」

「對不起，可是我一個字也沒聽懂。發生什麼事了？誰把艾瑪還給你了？」

「這一點也不重要！」莉娜激動地說：「尼可拉斯，艾瑪回到我身邊了！我女兒終於回來了！」

他不發一語。接著他開始哈哈大笑，整整一分鐘除了他的笑聲，莉娜什麼都聽不到。

「好了，」最後他笑得急速喘著氣說：「我得掛電話了。」

「嗄？」莉娜愣住了，大聲抗議：「你不能現在掛我電話呀！」

「我得這麼做，」他說：「我得打電話給義大利餐廳，我們需要三人桌。」

電話線另一頭傳來「喀」的一聲，同時間，臥房裡也傳來了一聲「哇」，艾瑪醒了。

後記

「她答應了，」他在電話上笑著說：「她真的答應了。」

「恭喜你了！」她問：「我該把花送去哪裡？」

「拜託，寶貝，別這樣！」

「那你覺得我該怎樣？我可很不好受……」

「我也很不好受。」

「既然不好受你就說呀！別表現得好像真有什麼值得慶賀的。」

「對不起啦，」他答道：「我是想……對啦，我真的太蠢了……我只是想……」

「好啦、好啦，」她打斷他的話，問：「是什麼時候？」

「三個星期以後。」

「哦，這麼快！」

「她老是說要把大部分的遺產捐贈出去；誰曉得我還能攔她多久？我們愈早步入禮堂愈好！」

她嘆了口氣。「光是想到就覺得可怕。」

「很快就過去了，親愛的。」

「但願如此，」她緘默了一會兒，接著才輕聲說：「我一直在想，我們是不是太貪心了。如果我們按照一開始的計畫，在托馬斯死後拿到保險金就罷手，這樣是不是比較好？」

「那當然，」他說：「要不是你把那封該死的信寄出去，我們本來是可以這麼做的！」

「我知道，」她懊悔地說：「是我做錯了。」

「還是個大錯！」他咬牙切齒地說：「我是說，我仔細觀察了那個女人，去參加她老公的葬禮，好探聽她是不是知道自殺的事——結果你卻在那個時候把丹尼爾·安德森的遺書寄了出去！」

「讓他媽媽知道真相是他的遺願。只要一想到，如果我不知道為什麼我自己一個孩子……」她突然打住，嘆了口氣。

「話是這麼說沒錯，」他憤憤說道：「這件事我一直都沒搞懂。我們不是說好了，他把那封信交給我，讓我的『遺孀』保管到他的葬禮結束後，不能讓任何人得知信件內容，這實在是我們走狗運。」

「是，」她說：「我知道，是我一時衝動了。再說，他不是求他媽媽別告訴任何人嗎？我實在想不到她竟然瘋了！」

「你當然想不到了。」他語氣又變得較為和緩，「可是要不是我插手，一切就付諸流水了。」

「不會的，」她說：「這樣我們跟這整件事就不會有瓜葛，我們會拿到托馬斯的理賠金，事情就結束了！」

「親愛的，」他說：「最晚在豬心事件發生後，我就沒辦法置身事外了！在那個嬰兒失蹤以後，就更是沒有辦法。幸好我還保留了那支手機，而莉娜又打了電話過來，所以我才能掌控她，不然她自己就會發現這些事。」

「但也可能不會。」

「風險太大了。萬一這樣，我們就會一無所有。」

「我們會擁有彼此！」

「太棒了，」他語帶嘲諷地說：「我們會在社會宅裡過著快樂的生活，太美好了！」

「寶貝，拜託別這樣！」她又嘆了口氣。「我知道你說得對，只是這樣實在讓人好難受，尤其你那麼久都不在我身邊；還有，我好害怕。」

「我也一樣。還有，我當然非常思念你。不過，現在我們就差臨門一腳了……我們只需要再多熬一下下。」

她沒吭聲。

「這段期間，我真的賭上難以想像的風險，最後我也要這個風險值回票價！」他語氣中又帶著明顯的怒氣。「當初你跟我說，你想離開托馬斯，可是不知道該怎麼做時，我可是連一秒鐘都沒有猶豫就幫你。」

「我知道，」她說：「可是我……」

「你以為要說服托馬斯，說他絕對還需要一份壽險，是很簡單的事嗎？他本身可就是幹這一行的。接下來我還得找到那些想自殺的怪咖，並且挑出一個合適的；然後我還得冒充是托馬斯，跟丹尼爾通上好幾小時的電話，談什麼活著沒意義啦之類的感傷內容；你以為這些都這麼簡單嗎？」

「沒有，我……」

他又打斷她的話，大發雷霆地說：「跟他見面安排我們的『車禍』？還有請我哥哥開車載我到施塔德我停放車子的地方，回程路上跟隨在他車後，用手機指示丹尼爾，好讓托馬斯而不是我撞上他；還有，眼睜睜看著自己的哥哥死去，你以為這些對我來說都很簡單嗎？我是為了你才這麼做的！為了我們！」

「我知道，」她囁嚅著說：「這些我都知道。」她清了清嗓子，「可是對我來說也不好受，突然間一切好像都失控了。」

「根本沒有失控，」他駁斥道：「甚至進行得完美極了。」他笑了起來。「她甚至連你編的托馬斯欠債的事都信了，直到現在都還沒發現呢！我們不會有事的。」

「希望是這樣。」

他語氣又變得較為和緩。「現在你別想那麼多。我需要你，沒有你，我沒辦法把計畫完成。」

「好，」她說：「我一直都在。」

「那好。」他重重吐了一口氣，說：「那麼，三個星期後我們就會結婚，而明年，我想大概再六個月以後，她們母女就會發生意外。」

「想起來就好恐怖……」

「更早以前她們本來就該死了！當時莉娜走狗運才不在車上，她本來就命該如此！老天只是多給她和她女兒一點時間而已，甚至還給了兩次機會！要不是我在那個老太婆家出現干預，最晚在福克斯道夫時她就得死——至少莉娜得死。她婆婆肯定會冷冷地朝她開槍；就算不是她婆婆，喬西也會動手，而小艾瑪就會在巴西跟著舒斯特夫婦。寶貝，相信我，她們兩人真的該感謝命運的！」

「希望一切都能照著你的計畫走。」

「一定會的，你別擔心。」他又笑了起來。「那個家族彷彿受到了詛咒，就跟甘乃迪家族一樣，實在悲慘呀。」

她勉強笑了笑，說：「是啊。」

「我愛你，卡洛琳。我只愛你，一直都是。」

「嗯，」她朝電話低聲說：「我也愛你，尼可拉斯。」

「好。那麼我們一定會成功的。」

「我相信你。」她停了一下，接著說：「你能不能至少過來這裡一小時？我非常非常思念你，孩子們也很想再見到你。」

「好吧，」尼可拉斯說：「一個小時。不過我們真的得小心。」

「好，當然。那麼待會兒見，我很盼望你快來！」

他掛掉電話，從開往阿爾斯特河的右側車道切換到左側車道，準備開往霍恩圓環。如果開快一點，只需要二十分鐘就能抵達阿倫斯堡，這樣在那裡待上一個小時，他還是能及時回來，依約陪莉娜和艾瑪一起參加寶寶體操的活動。

他從圓環上A1高速公路往呂北克方向行駛，過了漢堡東區的高速公路交叉口，他打開收音機並全速前進。此刻他很想抽根菸，但莉娜以為他是不抽菸的，如果現在抽了，到時該如何向莉娜解釋滿車的菸味？

但最後他決定，不過就抽一根，應該沒那麼嚴重，等到了卡洛琳家再打開車窗就是了。他彎身向前，打開車門置物袋，翻找他藏在最後方的那包萬寶路。

當他再次抬起目光時，見到正前方車道上一輛大卡車閃著警示裝置。他嚇得猛踩煞車，接著傳來巨大的緊急煞車聲、一聲淒厲的尖叫，緊接著幾秒後，尼可拉斯最後聽到的，是一聲轟然巨響。

致謝

・布麗塔・漢森（Britta Hansen），戴安娜出版社的總策畫，在我撰寫這部小說時，她以淵博的專業知識與熱情一路陪伴並給予許多協助。

・海寇・阿稜茨（Heiko Arntz），在他嚴格的編輯協助下，使本書呈現出最佳面貌。儘管有時令人痛苦，卻也是絕對不可或缺的！

・我的經紀人彼特拉・艾格斯（Petra Eggers）博士。她總是給予我各種建議與具體協助，你是最棒的！www.agentur-eggers.de

・烏利希・根茨勒（Ulrich Genzler），從我第一本驚悚小說開始他便一路陪伴，並再次為我這本書在藍燈書屋找到美好的歸宿。

・亞利山德拉・黑內卡（Alexandra Heneka）。若沒有她提供我情節、場景等意見，我可能再也不想提筆創作了！

・徐碧樂・施洛德塔（Sybille Schrödter）。感謝你長年來的友誼，還有我們在烏瑟多姆島共度的美好時光。那段時光帶給我莫大的啟發！

・我的好友莎妮・賓德（Janine Binder），這位在科隆擔任刑警大隊巡官的好友總是本著批判的態度檢視一切，對我提出批評與指正，謝謝你！

・桑德拉・皮陵格（Sandra Pühringer）博士，費爾貝特市的動物醫師。吉內斯慘被截肢的場景雖然令人戰慄，她依然給了我許多建議，在此我要給她雙倍的感謝！還有一件非常重要的事：在桑德拉那裡，家中寵物總能獲得最佳的照護！這一點我可以保證，因為我和她從六年級就認識了！☺ www.tierarztpraxis-puehringer.de

・一級棒的利卡妲・歐利格史蕾格（Ricarda Ohligschläger），我的好友、讀者兼評論者；有友如此，夫復何求？

・萊納・薩斯（Rainer Sass）。感謝他對本書保險方面的內容提供高度專業的說明。

・克利斯提安・佩羅（Christian Perro）醫師，漢堡市精神科專科醫師，感謝他在醫藥與死亡原因上的指導。

・漢堡市警局新聞室的卡琳娜・薩朵夫奇（Karina Sadowky）。感謝她提供相關知識與偵查工作的相關資訊，同時也要感謝各位員警，我們的人民保姆！

・媽媽。有你閱讀我的作品，提供我珍貴的靈感，是我莫大的福氣！如果沒有你，這部驚悚小說的結局將會悲慘許多，會比較接近希臘悲劇。☺

・爸爸。謝謝二〇一四年的夏天，謝謝你的陪伴、你的協助。

・最後我要大大感謝馬提亞斯・威利格（Matthias Willig）。感謝你的愛，感恩與你和露西共度的生活、你的諒解和支持協助。另外，我自然也要感謝你，這位我作品的「第一位讀者」嚴格又熱心的「審校」了！

【Mystery World】MY0002

願你安息

Bald ruhest du auch

作　　者❖薇比克・羅倫茲（Wiebke Lorenz）
譯　　者❖賴雅靜
美術設計❖許晉維
內頁排版❖卡那拉
總 編 輯❖郭寶秀
責任編輯❖許鈺祥
行銷業務❖李怡萱、力宏勳

發 行 人❖涂玉雲
出　　版❖馬可孛羅文化
10483臺北市中山區民生東路二段141號5樓
電話：(886)2-25007696
發　　行❖英屬蓋曼群島商家庭傳媒股份有限公司城邦分公司
10483臺北市中山區民生東路二段141號11樓
客服服務專線：(886)2-25007718；25007719
24小時傳真專線：(886)2-25001990；25001991
服務時間：週一至週五9:00～12:00；13:00～17:00
劃撥帳號：19863813　戶名：書虫股份有限公司
讀者服務信箱：service@readingclub.com.tw
香港發行所❖城邦（香港）出版集團有限公司
香港灣仔駱克道193號東超商業中心1樓
電話：(852)25086231　傳真：(852)25789337
E-mail：hkcite@biznetvigator.com
馬新發行所❖城邦（馬新）出版集團
Cite (M) Sdn. Bhd.(458372U)
41, Jalan Radin Anum, Bandar Baru Seri Petaling,
57000 Kuala Lumpur, Malaysia
電話：(603)90578822　傳真：(603)90576622
E-mail：services@cite.com.my
輸出印刷❖前進彩藝有限公司
初版一刷❖2018年2月
定　　價❖400元

ISBN：978-986-95515-8-8（平裝）

城邦讀書花園
www.cite.com.tw

國家圖書館出版品預行編目資料

願你安息／薇比克・羅倫茲（Wiebke Lorenz）著；賴雅靜譯. -- 初版. -- 臺北市：馬可孛羅文化出版：家庭傳媒城邦分公司發行, 2018.02
面；　公分. --（Mystery World；MY0002）
譯自：Bald ruhest du auch
ISBN 978-986-95515-8-8（平裝）
875.57　　106023326